서사학과 텍스트 이론
토도로프에서 데리다까지

지은이

박진 朴辰, Park, Jin

고려대학교 국문과와 같은 대학원을 졸업했다. 문학평론가로 활동하면서 『문예중앙』 기획위원, 『작가세계』 편집위원, 문화웹진 〈나비〉 편집위원 등으로 일했다. 저서로 『장르와 탈장르의 네트워크들』, 『그래서 우리는 소설을 읽는다』(공저), 『문학의 새로운 이해』(공저), 평론집 『달아나는 텍스트들』 등이 있다. 숭실대 베어드학부대학 교수를 거쳐 현재 국민대 교양대학 교수로 있다.

서사학과 텍스트 이론 토도로프에서 데리다까지 (개정증보판)

초판 1쇄 발행 2014년 9월 30일
초판 3쇄 발행 2023년 7월 21일
지은이 박진 **펴낸이** 박성모 **펴낸곳** 소명출판 **출판등록** 제1998-000017호
주소 서울시 서초구 사임당로14길 15 서광빌딩 2층
전화 02-585-7840 **팩스** 02-585-7848
전자우편 somyungbooks@daum.net **홈페이지** www.somyong.co.kr

값 21,000원 ⓒ박진, 2014
ISBN 979-11-85877-02-0 93800

개정증보판

서사학과 텍스트 이론

토도로프에서 데리다까지

박진

Narratology and Text Theory
From **Todorov** to **Derrida**

이 책은 구조시학으로부터 텍스트 이론에 걸친, 구조주의 이후의 서사 이론들을 조망한 책이다. 서사 이론에 입문하는 연구자들이나, 혼란스럽게 공존하는 서사 이론들을 체계적으로 정리하고자 하는 연구자들에게 도움이 되었으면 한다.

흔히 서사학narratology이라고 불리는 구조주의 서사 이론은 전통 시학에 대한 반발에서 출발했다. 구조시학은 전통 시학의 형이상학적인 주관성과 자의적인 규범성을 거부하고 자율적인 문학 과학을 표방했던 러시아 형식주의를 계승하여, 연역적이고 기술적descriptive인 보편 이론이 되고자 했다. 전통 시학과의 이 같은 차별성이 서사학의 성격을 규정하는 하나의 지표였다면, 다른 한편으로 서사학은 후기구조주의 이론들과의 구분을 통해 그 경계가 설정되어왔다. 구조주의와 후기구조주의 서사 이론을 비교하는 가장 간결한 설명은 이런 것이다. 구조주의 서사학이 언어학을 모델로 하여 서사적 요소들의 체계적인 목록을 작성하고 그것들 사이의 결합 가능성을 파악하고자 하는 반면, 후기구조주의적 텍스트 이론은 이러한 계획이 텍스트 자체의 작업에 의해 전복되는 방식을 탐구한다는 것이다.

이렇게 서사학의 타자들을 규정함으로써 서사학의 자기 동일성을 구축하는 이해의 방식은 무척 편리하고 유용하다. 이런 방식은 전통 시학에 대한 비판으로 시작되어 후기구조주의에 의해 다시 그 한계가 드러난 서사학의 역사적인 전개 과정을 이해하게 해주고, 서사학의 발생을 추동했던 에너지와 더불어 그 안에 내재했던 근본적인 문제점들을 분명하게 가시화한다. 그러나 이 같은 관점은 서사학 내부의 이질적인 지향들과 서로 다른 성격을 지닌 서사학'들'의 존재를 밝혀주지 못한다. 전반적으로 서사학은 장르와 매체와 가치의 차원 등등에서 전통 시학의 폐쇄성을 넘어서고자 하는 경향을 보여주지만, 또한 서사학은 이와 연관된 서로 다른 지향들의 교차와 결합과 배제와 충돌로 이루어진 복합체라 할 수 있다. 한편 조너선 컬러가 지적했듯이, 구조주의와 후기구조주의의 진영을 단순하게 양분하는 데에도 많은 문제점이 뒤따른다. 구조주의 서사학에는 초기부터 날카로운 자기 비판적 인식이 내재하고 있었으며, 지금은 후기구조주의적이라고 간주되는 작업들이 서사학 안에서 이미 진행되고 있었기 때문이다. 서사학을 전통 시학이나 후기구조주의와의 대립을 통해서만 바라보는 관점은 '내부'의 차이를 '사이'의 차이로 환원하는 것일 수 있다.

이 책은 서사학에 내재하는 복수적인 지향들에 주목하면서, 폭넓은 중간지대를 형성하며 펼쳐져 있는 구조주의와 후기구조주의 서사 이론의 입체적인 지형도를 그려보는 시도이다. 3부로 나뉜 본문에서는, 실제로는 서사 이론 안에 뒤엉킨 채로 혼재하는 이질적인 경향들 가운데 세 가지를 인위적으로 분리하여 따로 논의하였다. 제1부(서사학과 구조시학)에서는 모든 서사물에 공통적으로 내재하는 초언어적 보편 구조에 대한 서사학의 지향과, 그중에서도 특히 문학적 담화의 특수성에 주목하는 구조시학의 지향이 충돌하고 교섭하는 양상을 다루었다. 제2부(서사학과 문학비평)에서는 연역적이고 추상적인 체계화에 대한 서사학의 지향이 개별 텍스트의 비평에 대한 지향과 접목되는 양상을 살펴보았고, 제3부(서사학과 후기구조주의)에서는 서사학 내부에 이미 존재했던 후기구조주의적 지향이 구조주의를 넘어서는 지점까지 확장되는 양상을 검토하였다.

지형도는 위상학적이고 공시적인 성격을 띠므로, 아홉 개의 장에서 다루어지는 아홉 명의 이론가들은 엄밀하게 연대순으로 배열되는 대신에, 그들이 보여주는 두드러진 지향들의 좌표적 위치에 따라 배치되었다. 그들 간의 직접적인 영향 관계를 제시할 필요가 있을 때에만, 연대상의 선후 관계를 따로 언급하였다. 이와 관련하여 중복되는 설명이 요구될 때에는 번거롭더라도 이를 굳이 피하지 않았다. 아홉 명의 서사 이론가들은 지형도 위에 표시된 아홉 개의 지점들(혹은 지대들)이다. 또는 그들의 자리가 배치됨으로써 하나의 지형도가 만들어진다. 그들의 이론은 서사 이론의 이질적인 지향과 충동들 사이의 역동적인 관계를 과시적으로 보여주고, 그러한 관계의 장 속에서 자신의 이론이 차지하는 위치에 대한 자의식을 드러내기도 한다. 바로 그런 측면들 때문에 유독 이들 아홉 명의 서사 이론가들이 지형도 위의 명시적인 지점들로 선택되었다. 이들보다 결코 덜 중요하지 않은 이론가들을 포함하여 다른 수많은 서사 이론가들의 자리는 이미 표시된 지점들과의 관계에 근거하여 찾을 수 있을 것이다. 아직 정해지지 않은 그들의 자리가 지형도의 비어 있는 공간들을 채우게 될 것이다.

물론 이 책이 제안하는 관점은 서사 이론의 지형을 파악하는 유일한 방법은 아니다. 서사 이론 내부의 또 다른 지향들에 주목한다면 지형도는 다시 그려질 수도 있다. 지형도를 그리는 일은 의미를 생성하는 작업이다. 들뢰즈식으로 말한다면, 의미는 그 자체로는 의미를 지니지 않는 개별적인 대상들을 배치하고 그것들 사이의 관계의 장을 구성함으로써 발생한다. 이 지형도는 새로운 의미의 생성을 위하여 언제라도 지워질 준비가 되어 있으며, 새로 그려진 다른 지형도들과 포개어짐으로써 의미를 두텁게 하고 복수화 하게 되기를 기다리고 있다.

토도로프, 채트먼, 리몬케넌, 미케 발, 바르트 등을 다룬 장들은 개별 논문으로 발표했던 글을 수정한 것들이며, 매 장들은 순서대로 쓰이지는 않았다. 이 책을 쓰는 동안 여러 이론가들 각각이 내게 깊은 영향을 주었고, 문학과 서사와 텍스트에 대한 나의 관점도 그에 따라 변화해 온 것을 느낄 수 있다. 토도로프와 리몬케넌에서 주네트, 바르트, 데리다에 이르기까지, 이 지형도는 내 관심사가 펼쳐져 있고 움직여온 흔적들이기도 하다. 더 섬세하거나 더 폭넓은 지도 한 장이 새로이 발밑에 그려질 때까지, 이 소략한 지도를 들고 다시 길을 떠나려고 한다.

무슨 공부를 하고 어떤 글을 쓰든지 항상 믿고 격려해 주신 송하춘 지도교수님께 어떤 말로 감사를 드려야 할지 말문이 막힌다. 훌륭한 이론가의 모델을 보여주신 김인환 선생님과 학부 때부터 관심을 갖고 지켜봐 주신 최동호 선생님께도 감사드린다. 이남호 선생님은 처음 서사 이론에 관심을 갖도록 이끌어 주셨고, 동국대학교 한용환 선생님은 서사학회를 통해 더 많은 문제의식을 갖고 공부할 수 있게 도와 주셨다. 오탁번 선생님과 서종택 선생님이 베풀어 주신 따뜻한 애정에도 마음 깊이 감사드린다. 선생님들께 받은 과분한 사랑과 기대에 언젠가는 꼭 보답할 수 있었으면 좋겠다.

초판을 출간한 지 9년여 만에 『서사학과 텍스트 이론』 개정증보판을 낸다. 프랑스 중심의 서사학과 후기구조주의 이론이 유행처럼 학계의 관심을 끌던 2000년대를 지나며, 그 성과와 한계에 대한 인식도 깊어지고 있다. 지금은 문학에서 서사로, 서사에서 스토리텔링으로 이어지는 관심의 이동을 함께 돌아볼 수 있는 시점이기도 하다. 이에 대한 현재의 관점과 문제의식을 이 책에 담을 수 있게 된 것을 기쁘게 생각한다.

개정증보판에는 두 편의 보론이 추가돼 있다. '보론 1(서술의 유형학에서 발화 행위의 프락시스praxis로)'은 구조주의 서사 이론이 후기구조주의 담론들과 맺고 있는 복잡한 관계와 다층적 맥락을 다룬 이 책 제3부의 연장선상에 있다. 주네트와 리몬케넌의 서술narration 이론이 바흐친, 들뢰즈, 크리스테바, 리쾨르 등의 이론과 부딪히고 연결되는 지점들을 한 눈에 조망할 수 있을 것이다. 이 글에서는 특히 서술 이론에서 발화 행위 이론으로, 담화의 유형학에서 실천의 윤리학으로 몸을 바꾸어간 서사학의 자기 갱신 / 자기 극복 과정에 주목한다. 서사학의 체계에 균열을 일으키는 '일인칭' 인물-서술자의 모호성과 자유간접화법의 혼종성에 대한 집요한 탐구가 어떻게 발화자의 복수성과 발화 행위의 윤리적 실천이라는 또 다른 층위의 담론들로 이행하는지를 구체적으로 살필 수 있다.

‘보론 2(소설과 영화의 서술자와 초점화 문제)’는 매체간 이동이 이전 어느 때보다 활발해진 멀티 콘텐츠와 스토리텔링 시대에 대한 자의식에서 출발한 글이다. 일차적으로 이 글은 언어와 영상이라는 매체적 차이에도 불구하고 소설과 영화에 내재하는 서사물로서의 공통 구조를 밝히려는 채트먼의 시도(이 책 제1부 2장)와 맥을 같이 한다. 그러나 여기서 더욱 중요한 것은 바로 그 매체적 차이와 특수성을 서사학의 개념과 논리로써 명확히 기술하고자 하는 것이다. 최근 수많은 ‘일인칭’ 소설들(소설에서 상당한 비중을 차지하며 언어 서사물의 특수한 서술 상황을 보여주는)이 영화화되어 스토리 바깥에 있는 중립적인 서술자의 영상(영상 서술 일반의 매체적 특성이기도 한)으로 번역되는 과정에서 상당한 의미상의 변환을 겪는 경우가 빈번히 발생하고 있다. 이는 주로, ‘일인칭’ 서술자의 발화에 개입하는 아이러니나 인물로서의 한계 등을 영상 매체의 서술 층위에 곧바로 옮겨놓기가 쉽지 않은 데서 비롯된다. 그런데 언어 서사물의 서술 층위에 내재한 섬세하고 이질적인 발화 가능성은 영상 매체에서는 초점화(특히 시각화) 층위의 풍부하고 다채로운 리듬으로 변용될 수 있다. 이에 대한 예민한 감각과 깊이 있는 이해가 동반되지 않는다면, 우리 시대는 온갖 매체들을 통해 대량 살포되는 무수한 이야기들에도 불구하고 서사적 빈곤과 상투성을 벗어나기 힘들 것이다.

오늘날 현실을 그저 재현하기보다 현실에 적극적으로 영향을 미치는 문학적 발화의 혁명성과 수행적 가능성을 극대화하기 위해서도, 그리고 멀티 콘텐츠와 스토리텔링 시대의 문화정치적 실천을 더 활발히 모색하기 위해서도, 여전히 우리에게는 서사 이론이 필요하다. 이 시대의 서사 이론은 스스로를 체계의 구축자인 동시에 파괴자로 만들고,

균열들의 체계이자 체계의 균열들로 존재하기를 두려워하지 않음으로써, 그 역할을 담당할 수 있고 그렇게 해야만 한다. 한동안 절판 상태로 두고 손대지 못했던 이 책의 개정증보판을 내기로 결정한 이유가 여기에 있다. 재출간의 기회를 주신 소명출판의 박성모 사장님과, 복잡한 원고를 꼼꼼히 매만져준 편집부 여러분께 감사드린다. 학부와 대학원 수업에서, 서사학 관련 세미나에서, 지난 몇 년간 제본 상태로 이 책을 읽으셨던 분들께 고맙고도 죄송한 마음이 든다. 다양한 전공에서 각기 다른 관심사로 서사이론을 공부하는 학생과 연구자들에게 새로 나온 이 책이 도움이 되었으면 하는 바람이다.

2014년 여름, 박진

차례

제1부
서사학과 구조시학

구조시학을 서사학 내부의 한 경향으로 이해하기 전에, 먼저 러시아 형식주의 시학과 서사학의 관계에 대해 잠시 생각해보자. 러시아 형식주의가 구조주의 서사학에 미친 영향은 잘 알려져 있다. 러시아 형식주의는 '체계'나 '구조' 등과 같은 구조주의의 개념들을 선취하고 있었으며, 시학이라는 말에 "사실들의 과학적 연구"[1]라는 새로운 의미를 새겨 넣었다. 그러나 이 같은 친연성에도 불구하고 서사학을 러시아 형식주의적 개념의 시학과 구별하게 하는 것은 우선 연구 대상의 포괄성이다. 러시아 형식주의는 시적 언어를 담화의 한 유형, 즉 의도된 미적 효과를 거두기 위하여 철저히 조직된 담화로 보고, 의사소통을 목적으로 하는 일상 언어와 시적 언어의 차별성을 밝히는 데 주력했다. 이와 달리 서사학은 문학적 담화를 넘어서는 다양한 서사 현상들을 대상으로 서사적 의미에 있어서의 공통점과 상이점을 연구한다. 서사학은 특

1   Boris M. Eikhenbaum, 「'형식적 방법'의 이론」, T. Todorov 편, 김치수 역, 『러시아 형식주의 : 문학의 이론』, 이화여대 출판부, 1981, 31면.

히 서로 다른 형태와 매체로 이루어진 서사물들에 공통적으로 내재하는 보편 구조에 주목한다.

　　장르상의 차이점에 대한 분석 너머에는 서사란 '본질적으로' 무엇인가를 결정하는 결정 인자가 있다. 문학비평가들은 그들 자신이 날마다 영화나 음악, 그림, 조각, 무용, 음악 등을 통해 이야기들을 소비하고 있으면서도 언어 매체만을 유일한 것으로 생각하는 경향이 있다. 이러한 예술 형태들에는 어떤 공통된 기반이 있음이 분명하다. 그렇지 않다면 우리는 「잠자는 숲속의 미녀」가 영화나 발레, 마임 등으로 변형되는 양상을 설명할 수가 없게 된다.[2]

　채트먼은 언어 매체에 대한 배타적 편향을 거부하면서 문학 텍스트의 구조가 영화 등과 같은 다른 기호 체계로도 얼마든지 변형될 수 있음을 지적하는데, 이 같은 인식은 기호학의 영향으로 촉발된 것이다. 초기 구조주의 학파인 프라하 언어학자들은 러시아 형식주의 시대 이후에 발전한 기호학의 성과를 수용하여 문학을 언어의 층위로 환원되지 않는 초언어적 체계로 이해했다. 그들은 '시란 미적 기능을 가진 언어'라고 하는 러시아 형식주의의 구호를 수정했고, 문학성의 소재지를 문학의 실재 재료인 언어적 사실들과 그것을 다루는 방식에서 찾는 협소한 시각을 거부했다.[3]

2　　Seymour Chatman, *Story and Discourse : Narrative Structure in Fiction and Film*, Ithaca and London : Cornell University Press, 1978, p.9.
3　　Victor Erlich, 박거용 역, 『러시아 형식주의 : 역사와 이론』, 문학과지성사, 1983, 203~205, 208면.

구조주의자들에게 있어서 언어학적 도구들을 사용하는 것은 더 이상 매체와 관련하여 연구 영역을 제한하는 일이 아니라 역동적으로 통합된 전체로서의 체계를 파악하는 일반적인 방법론을 의미하게 되었다. 서사학이라는 새로운 학문의 발생은 시학의 체계가 이처럼 한층 폭넓은 개념 체계 속에 자리 잡게 된 상황과 관련을 맺고 있다.

서사학이 지닌 장르적·매체적 차원의 개방성은 단순히 연구 대상과 적용 범위라는 차원에서의 시학의 확장만을 뜻하는 것은 아니다. 거기에는 문학의 고유한 특성과 미적인 가치에 대한 관심을 유보하고 문학을 무수한 서사 양식들 가운데 하나로 바라보는 관점의 전환이 동반된다.

세상에는 무수히 많은 서사물들이 있다. 무엇보다도 서사는 놀랄 만큼 다양한 장르들로 이루어져 있는데, 그것들 각각은 마치 어떤 재료라도 인간의 스토리를 담아내기에 적합하다는 듯이 다양한 매체와 형식들로 구성되어 있다. 분절 언어(음성언어와 문자언어), 영상(정지된 그림과 동영상), 몸짓, 그리고 이 모든 매체들이 혼합된 일련의 연쇄 등이 가능하다. 서사는 신화, 전설, 우화, 소설류, 서사시, 역사, 비극, 드라마, 코미디, 마임, 회화(카르파치오와 성우르술라 연작화를 생각해보라), 스테인드글라스로 된 창, 영화, 만화, 뉴스, 그리고 일상의 대화 속에 들어 있다. (…중략…) 좋은 문학과 나쁜 문학이라는 구분과는 상관없이, 서사는 초국가적이고 초역사적이고 초문화적으로 존재한다. 그것은 인생 그 자체와 마찬가지로, 그저 거기에 있을 뿐이다.[4]

4   Roland Barthes, "Introduction to the Structural Analysis of Narratives", *A Barthes Reader*, ed. Susan Sontag, New York : Hill and Wang, 1982, pp. 251~252.

오늘날 서사학의 성명서와도 같이 기억되는 초기 바르트의 이 같은 언급은 문학성이나 미적인 특성과는 무관하게 세상에 존재하는 온갖 서사물을 동일한 지평에서 다루려는 서사학의 가치중립성을 단적으로 대변해준다. 이와 유사하게 프랭스는 서사학의 관점에서는 "위대한 서사물도 아름다운 서사물도 심오한 서사물도 하찮은 서사물도 존재하지 않는다. 그저 서사물이 있을 뿐이다"[5] 하고 단언하기도 했다. 서사학의 이러한 성격은 시적 언어의 미적 기능과 가치에 대한 러시아 형식주의의 각별한 옹호와는 극명한 대조를 이룬다. 전통 시학의 규범성이나 주관성과 대비되어 기술적·가치중립적이라 평가되는 러시아 형식주의 시학은 서사학과 비교해서는 또 다른 의미에서 근본적으로 가치지향적인 경향을 내재한다고도 말할 수 있을 것이다. 이런 관점에서라면 시학은 오히려 서사학의 타자이다.

서사물 일반에 대한 서사학의 가치중립적 태도는 문학의 특권적 지위가 상실된 오늘날의 상황을 반영하는 것이기도 하다. 매체 환경의 급격한 변화와 문자문화 전반의 주변화周邊化 경향과 더불어 문학은 서사의 중심을 점유했던 자신의 자리를 다양한 여타 서사 양식들에게 내주게 되었다. 서사의 일반적인 제유로서 단연 독보적인 지위를 차지하고 있던 문학은 더 이상 그 같은 대표성을 지닐 수 없게 된 것이다. 이런 상황은 근대의 에너지가 소진하면서 "세계와 자아에 대한 인간의 경험을 기록한 성스러운 신화"이자 "문화가 어느 무엇보다도 소중이 간직해온 인류의 재산"[6]이라 여겨져왔던 근대적 의미의 문학이 탈신

---

5   Gerald Prince, *Narratology : The Form and Function of Narrative*, Berlin·New York· Amsterdam : Mouton, 1982, p.81.

비화되는 과정과도 맞물려 있다. 시학에서 서사학으로의 논점의 이동은 근대적인 문자문화중심주의와 근대문학중심주의의 해체라는 시대적 상황과 분리될 수 없는 문제인 것이다.

한편 구조시학을 서사학 안의 한 경향으로 바라볼 때, 시학은 서사학의 체계 안에서 특히 문학적 담화의 특수성에 주목하는 경향을 지칭하는 말로 사용된다. 이런 경향은 모든 서사물의 서사적인 공통 구조에 대한 지향과 더불어 서사학 안의 이질적인 지향들을 형성한다. 러시아 형식주의 시대에는 문학성을 규명하는 일이 자신들의 연구 대상을 명확하게 정의하고 문학 연구의 체계화와 과학화를 이루기 위한 기본적인 조건으로서 중요했다. 그러나 서사학 안에서 문학의 특수성을 강조하는 것은 서사물 일반의 서사적인 공통점에도 불구하고 관심의 영역을 다시금 문학이라는 서사물로 제한하는 일을 의미한다. 여기에는, 의심의 여지 없이 문학 자체가 연구의 대상으로 주어져 있었던 상황과는 달리, 의식적인 선택과 가치판단이 개입한다. 구조시학은 이를 정당화하고 자신의 독자적인 존재 근거를 증명하는 일이 요구되는 상황에 놓여 있는 것이다.

문학에 관한 독자적인 과학의 존재를 정당화하기에는 문학을 연구 대상으로 인정한다는 사실만으로는 충분하지 않은 것으로 보인다. 그러기 위해서는 문학이 알 만한 가치가 있다는 것을 증명해야 할 뿐만 아니라(필요조건) 또한 그것이 절대적으로 다른 대상들과 다른 것임을 증명해야 할 것이다(충분조건).[7]

---

6   Alvin Kernan, 최인자 역, 『문학의 죽음』, 문학동네, 1999, 11면.
7   T. Todorov, *Poétique : Qu'est-ce que le structuralisme?*, Paris : Seuil, 1973, p. 106. 다음 장에서

이 같은 필요성에 대한 인식과 대응의 방식은 토도로프, 주네트, 리몬케넌 등과 같이 시학을 표방하는 서사학자들에게서 조금씩 다른 양상을 띠고 나타난다. 이들 가운데 문학적 담화의 특수성에 대한 관심이 개별 텍스트의 특수성과 비평에 대한 지향으로 이어지는 주네트와 리몬케넌의 이론은 이 책의 제2부에서 살펴보기로 하고, 제1부에서는 우선 토도로프의 서사 이론을 통해 구조시학의 좌표적 위치를 가늠해 보기로 한다. 토도로프의 구조시학을 채트먼이나 프랭스의 서사 이론과 함께 논의하는 것은 무척 흥미롭다. 매체적 차원에서 현저히 개방적이면서도 특히 서사물의 문학성이나 미학성에 대해 가치중립적인 태도를 보여주는 프랭스의 서사 이론은 문학성을 중시하는 토도로프의 서사 이론과 함께 지형도의 의미 있는 지점으로 떠오른다.

참조·인용되는 토도로프의 저서들은 처음 소개될 때에만 각주로 표시하고, 그 이후에는 본문의 괄호 안에 연도와 페이지 수로 표기하기로 한다.

1장 토도로프

구조시학의 성과와 한계

    토도로프Tzvetan Todorov로부터 이야기를 시작하는 것은 편리하고 자연스럽다. 토도로프는 잡지 『시학Poétique』의 편집자로서 1960년대의 시학 부흥을 선도한 핵심 인물이다. 그는 또한 1969년에 출간된 저서 『데카메론의 문법Grammaire du Décaméron』에서 '서사학narratologie'이라는 용어를 맨 처음 사용한 이론가이기도 하다. 그의 이론은 시학을 표방하는 구조주의 서사학의 관점과 방법을 대표하는 것으로서, 오늘날과 같은 서사 이론의 급속한 성장에 초석이 되었다고 할 수 있다.

    서사시학poetics of narrative이라 불릴 만한 토도로프의 서사 이론은 시학의 이념 아래 세워진 서사학의 체계화라고 정의될 수 있을 것이다. 토도로프의 서사시학은 서사성과 문학성이라는 다소 이질적인 두 가지 목표를 동시에 추구하는 경향이 있으며, 구조시학의 이중적 충동을 자체 안에 내재하고 있는 것처럼 보인다. 실제로 토도로프의 이론은 이로 인한 균열을 내포하고 있을 뿐 아니라 그 균열에 대한 자의식적 성찰을 담고 있어 더욱 관심을 끈다.

1. 토도로프의 기본 관점

토도로프는 구조시학의 목적이 서사물의 문학성littérarité, 곧 "문학적 현상의 특수성을 이루는 추상적인 특성들"(1973, p.20)을 밝히는 데 있음을 명시했다. 토도로프의 모든 이론적 작업은 이 같은 시학의 이념 아래 수행되는데, 그의 관점에서 보면 서사학은 오히려 시학이라는 더 큰 기획의 중심에 자리한다고도 말할 수 있다.

토도로프가 서사작품들을 시학의 주된 대상으로 삼는 것은 서사문학이 문학적 체계의 특수성을 최대한 발현하고 있다는 판단에 근거한다.(pp.32~33) 문학적 담화는 참이라거나 거짓이라거나 하는 규정으로부터 자유로우며, '진리의 시험'을 받지 않는 언어이다. 이 점은 문학의 허구로서의 지위를 대변해주는데, 문학의 이런 특징을 가장 두드러지게 드러내는 것이 서사문학 장르이다. 문학은 또한 언어라는 이미 존재하는 상징 체계를 재료로 사용하는 2차적 상징 체계이다. 토도로프는 1차적 상징 체계와 구별되는 문학의 특수성 역시 서사문학에서 가장 분명하게 나타난다고 본다. 서정적 텍스트가 문장들 간의 직접적인 조직으로 이루어진다면, 서사문학 텍스트에서는 언어에 의해 표현된 인물과 행동들이 텍스트의 구체적인 문장들로부터 상대적으로 독립된 또 하나의 형상을 환기하기 때문이다.

그렇다면 토도로프가 정의한 구조시학의 개념을 구체적으로 검토해보기로 하자. 토도로프에 의하면 시학은 개개의 텍스트가 어떤 추상적 구조의 발현이라고 보는 문학 연구 태도로서, 개별 텍스트를 그 자체로 충분한 앎의 대상으로 보는 '해석'이나 '비평'의 접근 방식과는 근본적으로 구별된다.(pp.15~18) 시학은 해석이나 비평과는 달리 작품의 의미를 규정하려 하지 않고 각각의 작품이 태어날 수 있게 한 일반 법칙을 알아내고자 한다. 시학의 궁극적인 목적은 문학적 담화의 특수한 구조와 기능을 설명하고 문학의 여러 가능태들의 목록을 제시하는 보편이론의 수립이다. 시학이 문학에 대한 추상적이고 과학적인 연구 방식이라고 말할 수 있는 이유가 여기에 있다. 구조시학은 해석과 비평 쪽에 편중되어 있던 문학 연구의 불균형을 해소하고, 문학 일반의 연역적이고 체계적인 이론을 세우려는 새로운 시도라는 점에서 일단 그 의의를 찾을 수 있다.

한편 시학은 과학적 방법론을 차용하되, 문학작품의 일반 법칙을 문학 자체 안에서 발견하고자 한다. 그런 면에서 시학은 심리학적·사회학적·인류학적 문학 연구 태도 등과도 구별된다. 시학은 문학에 대해 추상적일 뿐 아니라 '내재적인' 접근을 지향하는 것이다. 시학이 준거로 삼는 문학 내적 법칙이란 바로 언어학의 원리들이다. 토도로프는 "문학이란 언어의 어떤 성질을 적용하고 확장한 것이며 그 외의 다른 어떤 것도 아니다"라는 발레리의 말을 인용하면서, 언어는 문학의 재료일 뿐 아니라 모형이기도 하다고 설명한다.[1] 개방 형태와 폐쇄 형태라는 서사의 두 가지 커다란 유형이 대등절과 종속절이라는 구문론의 기본적인 두 형태를 그대로 투영하고 있는 것이 그 한 예라 하겠다. 또한 스토리histoire와 담화discours라는 서사물의 두 층위는 언어 행위의 일

---

[1]   T. Todorov, *La Poétique de la prose*, Paris : Seuil, 1971, pp.32~35.

반적인 두 가지 차원에 상응하는 것으로 이해될 수 있다.(1971, pp.37~39) 즉 스토리가 말하는 이의 개입 없이 일정한 순간에 발생한 현상들을 제시하는 수준의 발화라면, 담화는 말하는 이가 어떤 식으로든 듣는 이에게 영향을 줄 의도를 지닌 발화 행위라 할 수 있다.

이처럼 구조시학은 과학적인 분류와 체계화를 위하여 언어학의 범주들을 문학 연구에 폭넓게 수용했다. 그렇지만 토도로프 자신도 언급했듯이,[2] 언어의 카테고리가 반드시 문학의 카테고리라고는 말할 수 없다. 문학에서 더욱 중요한 것은 오히려 일반 언어 체계와의 근본적인 차별성일 것이다. "문학이란 바로 비문학적인 언어가 말하지 않는 것, 말할 수 없는 것을 말하고자 해서 존재하는 것"(1975, p.22)이기 때문이다. 그런데도 언어학적 카테고리의 도움으로 문학의 특수성을 설명하고자 하는 것은 모순이 아닐 수 없다. 게다가 문학작품은 본질적으로 일반화와 추상화에 저항하며, 문학작품 안에는 이론화할 수 없는 요소가 있다. 그것은 바로 문학성과 직결된다. 그렇다면 문학의 과학을 표방하는 시학의 방법론 안에서 어떻게 문학의 고유한 특성을 구명할 것인가? 여기에 구조시학의 딜레마가 있다.

토도로프의 시학은 이와 같은 모순들 위에, 더 정확히 말하자면 그 모순들에 대한 냉정한 인식 위에 세워져 있다. 그는 "우리가 사용하는 카테고리들은 언제나 우리를 문학 바깥으로 끌어내는 경향이 있"으며 "문학에 관한 언어적 정식은 언제나 문학의 본성을 왜곡하게 된다"(p.22, 156)는 사실을 인정했다. 이러한 회의적 인식은 자신의 방법론의 한계

---

2   T. Todorov, *The Fantastic : A Structural Approach to a Literary Genre*, New York : Cornell
     Univ. Press, 1975, p.156.

를 반성하는 자의식적 성찰인 동시에, 그 한계에 대한 변명이 되기도 한다. 문학은 언어를 전복시키는 언어이며, 언어적이면서 동시에 초언어적인 것으로서, 본래 하나의 역설이다.(1971, p.196, 252) 그런데 문학 연구가 취할 수 있는 길은 문학을 언어에 힘입어 일반화하고 개념화하는 도리밖에 없다. 그러므로 구조시학에 내재하는 모순은 사실상 모든 문학 연구가 직면한 공통의 문제이기도 하다는 것이다.

토도로프에 의하면 시학은 기술적記述的인 과학이 다 그러하듯이 진리 그 자체가 아니라 진리의 근사치에 도달하려 하며, 그 불완전함이야말로 역설적으로 존재의 보증이 된다.(1975, p.23) 만약에 문학적 구조의 특수성이 정확하고 완벽하게 기술될 수 있다면, 그 순간부터 시학은 존재 의의를 잃고 소멸할 것이기 때문이다. 토도로프의 이 같은 관점은 시학이 넘어설 수 없는 근본적 한계 안에서 제한적으로나마 일정한 의의를 지닐 수 있음을 말해준다. 이런 태도는 그의 이론이 더욱 과학적인 체계와 방법을 지향할 수 있게 하는 추진력이 되기도 한다. 그러나 그의 말대로 문학 자체가 본래 역설임을 전제로 한다고 해도 문학성을 말로 할 수 없는 것, 일반화와 이론화에 저항하는 것으로 생각하는 한, 과학적·구조주의적·서사학적 방법을 통해 유독 문학의 고유한 특성을 구명하고자 하는 데에는 간과할 수 없는 난제들이 내포되어 있다고 하지 않을 수 없다.

결국 토도로프는 구조시학의 방법이 문학의 특수성보다는 오히려 서사 일반의 보편 원리를 밝히는 데 더욱 적합하다는 생각에 도달한다. 그런 맥락에서 그는 서사 구조에 대한 통사론적 분석은 "문학적 서사물이 아니라 서사물을 다루는 것"(1971, p.226)이라고 말하기도 했다. 토도로프는 결국 구조시학의 독자성에 대한 회의를 표명하면서, 시학을 과도적transitoire인 학문으로 규정한다.

문학은 그것과 대응되는 다른 행위들과 공통적인 특성들을 가지고 있다. 우선 문학 텍스트의 문장이 벌써 다른 모든 종류의 발화들과 대부분의 특징들을 공유한다. 심지어는 문학 텍스트의 문장에서 특수한 것으로 생각되는 특징들조차도 말장난, 놀이할 때 부르는 어린이들의 노래, 은어적인 말투 등에서도 발견된다. 덜 분명해 보이기는 하지만 문학 텍스트의 문장은 그림이나 몸짓으로 된 재현과도 통한다. (…중략…) 어쨌든 오늘날 시학에서 결정화結晶化한 연구의 방식을 오직 문학을 위해서만 남겨두어야 할 아무런 이유는 없다. 우리는 문학 텍스트만이 아니라 '모든' 텍스트를, 언어적인 산물만이 아니라 '모든' 상징 표현들을 '그 자체로서' 알아야만 하는 것이다.

그러므로 시학은 특별히 '과도적'인 역할을 하도록 요청받고 있다. 시학은 모든 담화의 '계시자révélateur'로 사용될 것이다. 왜냐하면 가장 불투명한 종류의 담화들을 시에서 마주치게 되기 때문이다. 그러나 이 같은 발견이 이루어진 다음, 담화의 과학이 시작된 다음, 시학의 고유한 역할은 얼마 안 되는 부분으로 축소될 것이다. 그것은 어떠한 시기에 어떤 텍스트들을 '문학'으로 간주하게 한 이유들의 탐구이다. (1973, pp.107∼109)

전통적인 의미의 문학성에 대한 깊은 존중에도 불구하고 토도로프는 서사적 담화의 차원에서는 문학이 다른 종류의 텍스트들이나 다른 상징 체계들과 차별화되지 않는다고 생각했고, 따라서 그가 볼 때 시학은 문학만의 과학으로 남아야 할 어떠한 필연성도 갖지 않았다. 그는 시학이 독자적인 학문으로서가 아니라 모든 담화의 과학인 서사학의 확립에 기여하는 일종의 모델로서의 의의를 지닌다고 생각했다. 토도로프의 이 같은 관점은, 훌륭한 문학작품이 지닌 특별한 가치가 그 자체로 문학 연구의 의의를 보증했던 시대와는 달리 문학이 서사의 한 양식으로 상대화된 상황에서, 시학의 존재 근거와 의의를 찾으려는 한 문학이론가의 자의식적 고민을 암시해준다. 한편으로 토도로프의 구조시학은 그가 스스로 예견했듯이 실제로 모든 종류의 서사물과 언어적 텍스트들을 연구하는 데 있어 '계시자'와도 같은 역할을 하였다. 가장 불투명한 담화인 문학적 담화를 대상으로 가장 명료하고 체계적인 이론의 수립을 시도했던 토도로프의 시학은 이후의 논의에 수많은 과제와 시사점들을 제공했던 것으로 보인다.

2. 구조시학의 이론적 체계

토도로프 이론의 가장 큰 특징은 논리적 정합성과 체계의 엄밀함에 있다. 토도로프는 일관된 언어학적 관점으로 시학의 이론적 체계를 구상했다. 우선 그는 문학 텍스트에서 관찰되는 여러 요소들의 복합적 관계를 의미론적 국면l'aspect sémantique, 통사적 국면l'aspect syntaxique, 언표적 국면l'aspect verbal의 세 층위로 나눈다. (pp. 29~33) 의미론적 국면은 문학 텍스트의 시니피앙과 시니피에 사이의 관계로서, 의미나 상징의 문제와 관련된다. 반면에 통사적 국면은 문학 텍스트의 시니피앙들 사이의 관계, 곧 텍스트의 각 부분들간의 외형적·구성적 관계를 지칭한다. 의미론적 국면이 계열 관계에 해당된다면 통사적 국면은 결합 관계에 해당되고, 전자가 텍스트에 직접 나타나 있지 않은 비현전非現前 관계라면 후자는 텍스트에 나타나 있는 요소들로 이루어진 현전現前 관계라 할 수 있다. 한편 언표적 국면은 2차적 상징 체계로서의 문학의 특수성과 관련된 것으로, 일련의 문장들이 상상적인 허구의 세계로 이행하는 데 관여하는 또 다른 차원의 문제들을 포함한다. 언표적 국면은 특히 서사문학 텍스트에서 발견되는 정보의 특성들을 다루는데, 이를테면 인물과 사건 등 환기되는 사실들이 텍스트 안에 어떤 방식으로 기입되어 있는가 하는 문제가 여기에 해당된다. 이제 이들 각각의 국면을 차례로 검토하면서 구조시학의 논리적 체계를 정리하고, 토도로프의 기본 관점이 그 안에 반영된 양상을 구체적으로 살펴보기로 한다.

1) 의미론적 국면

의미론적 국면은 그간 시학의 영역 중에서 가장 논의가 미흡했던 부분이라 할 수 있다. 시학적 관점에서 의미론이란 개별 작품들의 의미가 아니라 의미가 생성되는 일반 조건에 대한 탐구인데, 이에 대해 시학은 아직까지 별다른 성과를 내놓지 못하고 있는 실정이다. 토도로프는 이 점을 언급하면서, 가능한 몇 가지 방향을 제시한다. 우선 그는 현대 언어학의 분류에 따라 두 가지 유형의 의미론적 질문을 구분한다.

문학 텍스트는 '어떻게' 의미하는가 하는 질문(형태 의미론)과 '무엇을' 의미하는가 하는 질문(실체 의미론)이 그것이다. (p.35)

첫 번째 질문과 관련하여 토도로프는 엄밀하고 기본적인 의미 작용 이외에도 파생적 의미나 은유화의 문제에 유의하고,[3] 문장 단위 이상의 진술까지 범위를 확장하여 상징 구조를 파악하는 관점이 시학에서는 특히 유효하다고 지적한다. 이런 관점은 언어학에서는 상대적으로 주변적인 것이지만, 토도로프는 이를 통해 문학 텍스트의 의미 생성 방식에 관한 논의가 진전될 수 있을 것으로 본다. 그는 또한 은유·제유·환유·반어·과장·완서법 등 고전 수사학의 항목들과, 내포·배제·교차 등 현대 수사학의 개념들을 문장 이상의 담화에 적용함으로써, 문학의 형태 의미론적 국면들을 설명할 수 있는 가능성에 대해 언급한다.

문학 텍스트의 의미에 관한 두 번째의 질문은 문학 텍스트가 어느 정도로 세계(지시 대상)를 묘사하고 있는가 하는 문제, 곧 리얼리티의 문제와 통한다. 그런데 앞서 언급한 대로 문학은 진리 관계를 규정할 수 없는 허구이므로, 토도로프는 이 문제가 리얼리티의 환상이라는 '핍진성vraisemblance'의 차원에서 논의되어야 한다고 말한다. 핍진성이 있다는 것, '진실처럼 보이'고 '그럴 듯하다'는 것은 설득의 기술, 즉 수사학적 차원의 문제이다. 토도로프에 의하면 핍진성에 대해 연구한다는 것은 담화가 그 지시 대상과의 상응 관계에 의해서가 아니라 담화 자체의 법에 의해 지배된다는 사실을 보여주는 것과도 같다. (1971, p.93)

---

3   T. Todorov, *Théories du symbole*, Paris : Seuil, 1977, pp.88~113.

따라서 토도로프는 핍진성을 현실과의 관계에서 찾지 않는다. 오히려 그는 핍진성이란 대부분의 사람들이 리얼리티라고 믿는 것, 달리 말하면 '공통 의견'이라는 또 다른 상식적 담화와 관련된다고 본다. 그런데 한 텍스트가 공통 의견과 일치할 때에만 핍진성이 있다고 보는 관점은 문학 텍스트의 역사적인 변화나 공시적인 다양성을 인정하지 않고, 공통 의견을 유일한 규범으로 여기는 태도와 다르지 않다. 리얼리티에 관한 배타적 기준을 고수하였던 19세기의 자연주의 이론이 바로 여기에 해당될 것이다. 이에 토도로프는 핍진성을 공통 의견과의 관계보다는 '장르적 규범'과의 관계로 파악하고자 한다. 희극은 비극과는 다른 희극의 핍진성을 지니며, 로망스는 리얼리즘 소설과는 다른 로망스의 핍진성을 갖는다는 것이다. 이렇게 보면 각 장르의 숫자만큼 많은 종류의 서로 다른 핍진성이 존재하게 된다.[4] 공통 의견이 모든 장르를 자신에게 예속시키는 '단 하나의 장르'라면, 장르의 핍진성은 장르들 사이의 차이와 다양성과 공존성을 수용하는 태도이다. 이처럼 장르마다 다르게 나타나는 핍진성의 종류들을 체계적으로 유형화하는 것은 시학의 중요한 과제 중 하나일 것이다.[5]

---

[4] 이와 관련하여 토도로프는 장르적 핍진성이 일상적인 의미에서의 반핍진성에 의존할 수도 있음을 언급한다. 예를 들어 범인처럼 보이는 명백한 용의자가 결백한 것으로 판명되고, 절대로 범인이 아닌 것처럼 보이는 사람이 유죄로 밝혀지는 것이 탐정소설의 장르적 핍진성이라는 것이다(1971, pp.96~98).

[5] 물론 시학에서 장르론의 중요성은 의미론적 국면에만 한정되지 않는다. 시학의 대상은 문학 일반이며 문학의 모든 카테고리를 포함하는데, 장르란 그러한 카테고리의 여러 가지 조합들에 의해 형성되는 일종의 구조이다. 장르는 문학의 부분집합으로서, 개별 작품을 문학이라는 전체와 연결시키는 매개자의 역할을 한다. 그러므로 토도로프의 서사시학이 탐정소설론과 환상소설론 등 장르론에 각별한 관심을 보이는 것은 당연하다 하겠다(1975, pp.7~8, 141~142).

문학 텍스트의 의미론적 국면에 관한 위의 두 가지 접근 방식에 더하여, 토도로프는 일반 문학 주제론이라는 세 번째 영역을 가정한다.(1973, pp.38~39) 이는 문학의 수많은 주제들을 구조적으로 파악된 하나의 전체로서 제시할 수 있는 가능성에 대한 관심에서 출발한다. 그동안 자연의 순환이나 인간 정신 현상의 구조 등에 기초하여 문학작품의 주제를 일반화하려는 시도가 있었지만,[6] 토도로프는 이 이론의 가설을 언어나 문학 안에 세워볼 것을 제안한다. 그 한 시도로서 토도로프는 환상문학의 주제를 '나'의 테마군과 '너'의 테마군으로 나누기도 했다.[7] 그러나 그는 아직까지 일반 문학 주제론의 존재 근거가 마련되지는 않았다고 말한다.

이처럼 의미론적 국면에 관한 토도로프의 논의가 전반적으로 가설의 성격에 머무르는 것은 미개척 분야의 가능한 여러 방향들을 타진해본 것으로 이해될 수 있지만, 한편으로는 구조시학의 방법으로 문학의 의미와 테마를 다루는 작업이 순조롭지 않음을 반증하는 것이기도 하다.

---

6   관련 저서는 다음과 같다. N. Frye, *Anatomy of Criticism*, Princeton University Press, 1957; R. Girald, *Mensonge romantique et vérité romanesque*, Paris : Grasset, 1961; A. J. Greimas, *Sémantique structurale*, Paris : Larousse, 1966.

7   토도로프에 의하면 '나'와 '너'라는 인칭대명사는 발화 행위의 두 참가자로서, 발화의 상황은 문학과 언어 자체에서 본원적 중요성을 지닌다. 환상문학에서 '나'의 테마군은 주체와 객체 사이의 경계 소실 현상과 이에 수반되는 지각-의식 시스템의 문제로 요약되는데, 변신의 테마·인격의 복수화 테마·범결정론이라는 특수한 인과성의 테마 등이 여기에 포함된다. '너'의 테마군은 성욕 또는 리비도와 관련된 주제들로서 리비도의 변형으로서의 악마의 테마·잔혹성과 폭력의 테마·죽음과 사후의 생·시체·흡혈 행위 등이 이와 관련된다. '나'의 테마가 본질적으로 수동적이고 정적이라면 '너'의 테마는 주위 세계와의 강력한 상호작용에 근거한다(1975, pp.106~156).

2) 통사적 국면

통사적 국면은 의미론적 국면과는 달리 시학의 중심 영역이라고 말할 수 있다. 통사적 국면에서는 모든 텍스트가 여러 개의 최소 단위들로 분해될 수 있다는 전제하에, 그 단위 요소들 간의 관계를 유형화함으로써 텍스트의 구조를 밝히게 된다.

토도로프는 문학 텍스트를 논리적·시간적 순서로 조직된 유형과 공간적 순서에 따라 조직된 유형으로 크게 나눈다.(1973, pp.68~77) 논리적·시간적 순서로 짜인 텍스트들에서 토도로프가 더욱 중시한 것은 논리적 관계, 그 중에서도 인과적 관계이다. 서사문학 텍스트에서 인과 관계와 시간적 선후 관계는 밀접히 연관되어 있지만, 이야기 자체의 속성 때문에 인과 관계가 더 강하고 분명하게 인지된다는 것이다. 그는 인과성과 시간성이 분리된 텍스트들을 예외적 사례로 간주하면서, 서사문학에서 인과 관계의 지배적인 역할을 강조한다.

토도로프는 논리적·시간적 순서로 이루어진 텍스트의 유형을 다시 두 가지로 분류하는데, 그 하나는 텍스트의 단위 요소들이 직접적인 인과 관계를 맺고 있는 경우(신화적 이야기)이고, 다른 하나는 어떤 일반적 개념의 중개를 통해서만 텍스트의 부분들이 논리적으로 연결되는 경우(이념적 이야기)이다. 신화적 이야기는 전통적·전형적 이야기들로서, 프로프를 비롯한 구조적 이론가들의 관심을 가장 먼저 끌었던 유형의 이야기들이다. 토도로프 역시 이어지는 논의에서 신화적 이야기를 집중적으로 다루게 된다. 한편 이념적 이야기는 그것을 이루는 단위 요소들이 직접적인 인과 관계로 연결되어 있지는 않지만, 추상적으로는 모두 동일한 사상이나 이념을 구현함으로써 하나로 통합되는 이야기들을 지칭한다. 예를 들어 박상우의 「사탄의 마을에 내리는 비」에서 여러 인물들의 행동과 각각의 장면들은 상식적 인과의 논리에 지배되기보다는 퇴폐와 고독과 소외와 구원의 불가능성이라는 중심 테마를 축으로 하여 하나로 연결된다. 또 최수철의 「시선고視線考」에는 인간의 눈빛에 얽힌 갖가지 에피소드와 상념들이 자유로운 연상의 흐름에 따라 이어져 있는데, 그것들은 모두 인간의 시선이 타인을 상처입히는 '칼'이 될 수 있다는 하나의 사유로 수렴된다.

다음으로 공간적 순서로 이루어진 텍스트의 유형이란 텍스트의 부분들간의 관계가 대칭·점층·대조·반복 등과 같은 공간적 배치에 의존하는 경우를 말한다. 이 같은 유형은 시에서 더욱 우세하지만, 토도로프는 서사문학 작품 역시 공간적 순서에 따라 구성될 수 있다고 지적한다. 일례로 임철우의 「붉은 방」은 고문하는 자의 서술과 고문 당하는 자의 서술이 장마다 교대로 배치되어, 교차와 대조의 리듬을 형성하는 소설이다. 한편 칼비노의 『존재하지 않는 기사』는 완벽한 질서와 이성과 추상성의 세계를 상징하는 아질울포와, 경험과 구체성과 욕망의 혼돈스러움을 추구하는 람발도 사이의 대칭적·대위적 관계를 토대로 하여 설계되어 있다. 이 외에도 보르헤스의 「미로 정원」이나 「바벨의 도서관」과 같이 소설작품 전체가 그 자체로 하나의 기하학적 공간을 묘사하고 형상화하는 작품들도 생각해볼 수 있다.

이와 같은 유형화와 분류의 작업은 여러 텍스트들의 구조적 특징을 기술하고 그 차이와 공통점을 밝히는 데 유용하다. 그런데 특히 문학작품의 경우에 이러한 방식의 연구는 다만 어떤 경향이 더욱 지배적이고 중심적인가 하는 차원에서만 의미를 지니게 된다. 실제 개별 작품들에서 이들 순서는 언제나 중첩되고 뒤섞인 상태로만 존재하기 때문이다. 토도로프 자신도 문학 텍스트의 구조에 관해서 말하려고 할 때 직면하는 어려움이 바로 여기에 있음을 시인했다.(p.77) 이런 이유 때문에 토도로프의 서사 이론은 시학의 기획 아래 출발했지만 통사론적 국면에서는 문학작품과 문학성에 집중하기보다는 오히려 이야기 자체의 구조와 원리에 치중하게 된다. 서사문법과 관련된 이후의 본격적인 논의가 대체로 신화적 이야기들만을 대상으로 하여 이루어지는 것도 우연은 아니다. 이는 구조적·통사론적 접근 방식이 전통적이고 전형적인 서사물들을 연구하는 데 더욱 적합했기 때문에 생긴 자연스러운 결과라고 하겠다.

토도로프는 서사물의 통사적 조직을 구체적으로 기술하기 위해 먼저 서사의 단위를 세 가지 층위로 나눈다.(pp.77~81) 서사 명제proposition narrative와 시퀀스séquence와 텍스트texte가 그것이다. 서사 명제란 서사의 최소 단위인데, 러시아 형식주의자들의 용어인 '모티프motif'를 논리학적 명제들로 환언한 것이라 할 수 있다. 예를 들어 '용이 왕의 딸을 탈취한다'라는 한 개의 모티프는 'X는 소녀이다', 'Y는 왕이다', 'Y는 X의 아버지이다', 'Z는 용이다', 'Z가 X를 탈취한다'라는 다섯 개의 서사 명제로 다시 기술될 수 있다. 서사 명제는 행위자actants(X·Y·Z)와 서술어prédicats(소녀이다, 왕이다, 탈취한다 등)로 구성된다. 행위자는 관념적인 고유명사로서,[8] 주어와 목적어 등 문법에서 격格의 형태로 표현되는 통사

---

8   문법적으로 볼 때 고유명사와 대명사가 명명의 기능을 하는 반면, 보통명사는 동사·형용사·부사 등과 같이 주로 서술하는 기능을 한다. 따라서 행위자가 보통명사인 경우에

적 기능을 담당한다. 서술어는 정적인 상태를 묘사하는 경우에는 형용사의 기능을 하고('소녀이다', '왕이다' 등), 상태의 변화를 설명하는 경우에는 동사의 기능을 한다('탈취한다'). 이처럼 토도로프는 서사물의 기본 단위들이 품사라는 문법적 범주와 놀랄 만큼 유사한 성격을 지닌다는 데 주목한다.

시퀀스는 서사 명제들이 결합되어 이루어지는 상위의 단위인데, 하나의 '순환'을 형성하면서 직관적으로 완결된 전체라는 인상을 준다. 토도로프에 의하면 하나의 완전한 시퀀스, 곧 최소한의 플롯[9]은 안정된 상태에서 또 다른 안정된 상태로의 이동으로 구성된다.(1971, p.121) 최초의 안정된 상태(서사명제 1)에 어떤 힘이 가해져(서사명제 2) 불안정한 상태가 초래되고(서사명제 3), 다시 반대 방향에서 가해진 또 하나의 힘에 의해(서사명제 4) 두 번째의 안정된 상태가 이루어진다(서사명제 5)는 것이다. 따라서 하나의 시퀀스는 최소한 형용사(서사명제 1, 3, 5)와 동사(서사명제 2, 4)의 성격을 띠는 서사 명제 다섯 개를 필요로 한다.

토도로프는 『데카메론』에 실려 있는 페로넬라의 이야기를 예로 들어 설명한다. 페로넬라는 석공인 남편이 집에 없을 때 정부를 불러들인다. 어느날 남편이 일찍 돌아온다. 페로넬라는 정부를 통 속에 숨기고, 남편에게 누가 이 통을 사가려고 통 안에 들어가 지금 검사를 하고

는 보통명사에서 명명적 측면과 묘사적 측면을 가려내야 한다. 예를 들어 '왕은 여행을 떠난다'라는 문장은 'X는 왕이다'와 'X는 여행을 떠난다'라는 두 가지 명제로 분리될 수 있다.

9   토도로프에게 있어서 플롯intrigue이란 일종의 이상적인 개념이다. 그는 이야기와 플롯을 구별하면서, 플롯은 '이야기의 소금'이긴 하지만 모든 이야기가 플롯을 갖는 것은 아니라고 설명한다. 그가 실제로 관심을 갖는 것은 완전한 이야기, 곧 플롯을 지닌 이야기이다(1971, p.127).

있다고 거짓말을 한다. 남편은 통을 팔 수 있다는 생각에 기뻐서 통을 닦기 위해 통 안으로 들어간다. 페로넬라는 통 속을 굽어보는 듯이 머리와 팔을 들이밀어 통의 입구를 막은 채로 정부와 사랑을 나눈다. 이 이야기에서 페로넬라와 남편과 정부는 각각 행위자들인데, 이 중 '남편'과 '정부'라는 보통명사는 또한 하나의 상태를 지시하는 형용사의 기능을 한다. 그것은 최초의 안정된 상태를 말해주는데, 즉 페로넬라는 석공의 아내이므로 다른 남자와 사랑을 할 수 없다는 것이다[1]. 페로넬라가 정부를 맞아들인 것은 이 규범을 '위반'하는 행위이다[2]. 이로 인해 가족의 질서가 혼란에 빠지는 불안정 상태가 발생하는데[3], 페로넬라는 자신이 규범을 어기지 않은 것처럼 '가장'함으로써[4] 처벌을 모면한다. 그 결과 또 다른 안정된 상태가 찾아온다. 그것은 자신의 애욕을 따르는 행위가 자연스러운 일이라는 새로운 규범의 암묵적인 승인이라 할 수 있다[5].

한편 독자가 실제로 접하는 것은 시퀀스들의 조합으로 이루어진 텍스트이다. 시퀀스가 결합되는 방식은 크게 삽입enchâssement과 연결enchaînment로 나뉜다. 삽입의 방식은 주主 시퀀스 안에 또 다른 시퀀스가 종속절의 형태로 포함되어 있는 경우를 말한다. 세헤라자드의 이야기 안에 다른 인물의 이야기들이 차례로 끼어들어가 있는 『아라비안 나이트』가 그 좋은 예일 것이다. 연결의 방식은 시퀀스들이 대등절의 형태로 나란히 이어져 있는 경우로서, 『겐지 이야기源氏物語』에서 겐지가 여러 여인들과 나누는 온갖 사랑 이야기들은 바로 이런 방식으로 결합되어 있다.

이렇게 토도로프의 서사문법은 품사를 비롯한 구문론의 원리에 따라 논리적으로 체계화되어 있다. 이외에도 토도로프는 서사 명제에서의 서술어의 '변형transformations'을 고찰하기 위해 동사의 부정법否定法, statut (긍정형·부정형)과 상相, aspect(기동상·지속상·완료상 등)과 법法, mode(직설법·가정법 등)이라는 문법적 범주를 도입한다.(1971, pp.225~234; 1973, pp.85~87) 변형의 개념은 프로프의 이론과는 대조적으로 서사 명제의 수많은 서술어들을 통합하고 분류하는 일을 가능하게 한다.[10] 예를 들어 '금지하다'와 '위반하다'는 한 서술어의 '긍정/부정'에 따른 변형들이며, '정보를 탐색하다'와 '정보를 획득하다'는 동사의 상相 가운데 '지속상/완료상'과 관련되는 변형들로 이해할 수 있다.

  법法에 관해서는 좀 더 자세히 알아보기로 하자. 서사 명제에서 법은 우선 직설법l'indicatif과 그 외의 법으로 구분할 수 있다. 직설법이 실제로 행해진 행위를 뜻한다면, 그 외의 법에서 행위는 잠재적이고 가상적인 것으로 남는다. 직설법 이외의 법으로는 의지법la volonté과 가정법l'hypothése을 생각해 볼 수 있는데, 토도로프는 의지법을 의무법l'obligatif과 기원법l'optatif으로, 가정법을 조건법le conditionnel과 예언법le prédictif으로 나눈다. 각각의 예를 살펴보자. 「개미와 베짱이」 이야기에서 여름동안 열심히 일해 겨울에 먹을 양식을 준비해야 한다는 일반적 규범은 의무법의 서사 명제에 해당되며, 「오즈의 마법사」에서 집으로 돌아가고 싶다거나 용기·지혜·마음 등을 갖고 싶다고 하는 여러 주인공들의 소망은 기원법 명제로 기술된다. 또 「세 개의 깃털」에는 형제들 중에서 가장 좋은 양탄자를 구해와야만 왕위를 물려받을 수 있다는 조건법 명제

---

10 프로프는 이와 같은 관계들을 고려하지 않고 임의적으로 서른한 개의 서술어(기능)를 선택하여 나열했는데, 이에 관해서는 레비스트로스 등 여러 프로프 연구자들이 이미 문제점을 지적한 바 있다.

가 들어 있고, 「잠자는 숲 속의 미녀」에는 공주가 열다섯 살이 되면 물레 가락에 찔려 죽게 될 것이라는 늙은 요정의 저주가 예언법의 형태로 포함되어 있다.

이와 같은 서술어의 변형은 서사 명제를 기술하는 방식에만 국한되는 문제가 아니라, 서사 명제들 사이의 변형의 관계를 파악하는 데도 유용할 수 있다. 앞에서 완전한 시퀀스는 상태의 변화를 수반한다고 지적한 바 있는데, 변형의 이론은 그 변화의 원리와 양상을 구조적으로 이해하는 데 큰 도움을 준다. 「개미와 베짱이」에서 여름에 개미를 비웃으며 신나게 놀던 베짱이가 겨울에 양식이 없어 개미에게 도움을 청하게 된다는 상태의 변화는 주어진 의무를 수행하지 않은 데 따른 처벌의 결과이며(의무의 변형), 「오즈의 마법사」에서 여러 주인공들이 겪게 되는 존재의 통합과 성숙은 그들이 품었던 소망과 그 소망의 실현에 바탕을 둔다(기원의 변형). 「세 개의 깃털」에서 바보 같은 막내 왕자가 다른 영리한 형제들을 제치고 왕위에 오르게 되는 것이 아버지의 시험과 그 시험의 통과라는 조건 명제의 기본 구조를 반영한다면(조건의 변형), 「잠자는 숲 속의 미녀」는 저주의 형태를 띤 예언 또는 수정된 예언과 그것의 성취에 관한 이야기인 것이다(예언의 변형). 이렇듯 서사 명제의 변형은 하나의 이야기가 어떤 종류의 플롯에 기초한 것인지를 밝혀줄 수 있다.

서사 명제의 변형을 설명하는 데 필요한 또 하나의 중요한 개념은 반응réactions이다. 반응이란, 선행하는 다른 행동을 전제로 하지 않는 1차적 행동actions과는 달리, 앞선 행동과 결부되어야만 존재할 수 있는 2차적 행동을 지칭한다. 동사의 부정법·상·법 등과 관련된 변형이 부사나 넓은 의미의 조동사와의 결합을 통한 서술어의 부가적 설명에 의한 것이라면(단순 변형),[11] 반응에 의한 변형은 서술어 자체를 하나 더 동반한다(복합 변형). (1971, pp.231~232) 예를 들어 탈취했음을 '알게 되다', 탈취한 것을 '숨기다', 탈취한 것을 '비난하다' 등은 모두 '탈취하다'라는 1차적 행동에서 파생된 반응들이다. 토도로프는 반응과 관련된 변형의 유형들을 다음과 같이 분류했다. (1971, pp.234~237)

① 외양appearance의 변형 : 서술어+'가장하다', '-인 체하다' 등의 서술어

② 지식connaissance의 변형 : 서술어+'알다', '배우다', '모르다' 등의 서술어

③ 진술description의 변형 : 서술어+'말하다', '설명하다', '보고하다' 등의 서술어

④ 추측supposition의 변형 : 서술어+'예측하다', '기대하다' 등의 서술어

⑤ 주관화subjectivation의 변형 : 서술어+'생각하다', '믿다' 등의 서술어

⑥ 태도attitude의 변형 : 서술어+'즐기다', '혐오하다', '경멸하다' 등의 서술어

이에 따르면 탈취했음을 '알게 되다'는 '탈취하다'에 대한 지식의 변형이며, 탈취한 것을 '숨기다'는 외양의 부정적 변형이다. 또 탈취한 것을 '비난하다'에서는 진술의 변형과 태도의 변형이 결합되어 나타난다고 할 수 있다.

서사 명제의 변형에 관한 토도로프의 이론은 플롯의 유형학을 위한

---

11 한국어 문법에서는 보조용언이나 용언의 활용이 대체로 이와 유사한 기능을 담당한다.

근거를 마련해준다. 토도로프는 헨리 제임스 소설의 주요 테마가 '절대적이고 본질적이지만 부재하는 원인에 대한 탐색'임을 언급하면서, 이들 작품의 기본 플롯은 무지로부터 앎으로의 이행 과정이라는 '지식의 변형'에 기초한다고 지적했다.(pp.151~185, 237) 그는 또 중세의 서사물인 『성배聖杯를 찾아서』의 플롯이 모든 사건들이 미리 예언된 대로 진행된다는 '예언의 변형'으로 이루어져 있음을 보여주기도 했다.(pp.132~150; 1973, p.90) 다른 한편 토도로프의 변형 이론은 서사의 본질에 관한 통찰을 제공한다. 토도로프가 적절하게 지적한 바와 같이(1971, pp.239~240), 연속적 사실들의 단순한 관계는 이야기를 구성하지 못한다. 사실들은 조직되어야 하고, 그러기 위해서는 공통된 요소를 가져야 한다. 그러나 모든 요소들이 공통적이라면 더 이상 이야기가 될 수 없을 것이다. 변형이란 차이점과 유사점들의 종합적인 관계를 뜻한다. 변형의 이론은 결국 담화가 순수한 정보에 머무르지 않고 하나의 의미를 형성함으로써 이야기가 되게 하는 원리를 보여준다고 하겠다.

　지금까지 살펴 본 것처럼 통사적 국면에 관한 토도로프의 논의는 전반적으로 서사물의 구조와 유형과 본질적 특성들을 구명하기 위한 이론이라고 말할 수 있다. 토도로프의 시학이 구조주의 서사학의 발전에 기여한 측면은 무엇보다도 우선 여기에서 찾을 수 있다. 그러나 토도로프 자신은 서사물에 대한 통사론적 분석이 문학성을 밝히는 시학의 작업과는 다소 거리가 있다고 생각했으며, 때때로 이로 인한 고민의 흔적들을 드러낸다. 그는 문학적인 텍스트의 경우에는 서사 명제와 시퀀스와 텍스트라는 세 층위가 자율적으로 독립되어 존재하지 않으므로, 자신의 분석은 '문학적인 서사물'이 아니라 '서사물'에 적용되는 것이라고 말하기도 했다.(p.226) 문학성과 서사성 사이에서, 문학의 특수성과 과학적 방법론 사이에서 끊임없이 진동했던 갈등의 궤적들은 토도로프의 이론에 균열을 일으키는 요소였던 동시에, 또한 그의 이론을 지탱하는 강한 긴장과 에스프리의 원천이기도 했던 것으로 보인다.

3) 언표적 국면

언표적 국면은 앞서 설명한 대로 특히 서사문학 텍스트에서 언어적 진술로부터 상상적 허구로 이행하게 하는 정보의 특성들에 관한 것이다. 따라서 이 부분의 논의는 서사성 자체를 다루는 통사적 국면에 비해 문학적 서사의 특수성과 좀 더 밀접하게 관련되어 있다. 토도로프는 여기서도 기본적으로 언어학의 범주들을 활용하지만, 그것들은 좀 더 유연하고 융통성 있게 적용된다. 언표적 국면의 네 가지 측면을 지칭하는 화법mode・시제temps・비전vision・태voix 등의 개념은 언어학의 영역을 벗어나기도 하고(비전의 경우), 현저하게 비유적인 의미로 사용되기도 한다. 이는 언표적 국면이 언어 자체의 체계와는 구별되는 2차적 상징 체계로서의 문학의 특수성에 주목한다는 사실과도 무관할 수 없다.

언표적 국면 가운데 화법은 환기되는 사실이 어느 정도로 '정확하게' 또는 '직접적으로' 텍스트에 기록되어 있는가 하는 문제와 관련된다. 허구적 텍스트는 언어의 도움으로, 언어(대화 등)나 비언어적 행위로 이루어져 있는 세계를 환기한다. 토도로프는 주네트의 견해에 따라, 언어적 전달에서의 삽입의 직접성의 정도를 직접화법・간접화법・설명적 진술로 구분한다. 직접화법은 인물의 담화가 아무런 변화를 겪지 않고 그대로 삽입되어 전달되는 경우이고, 간접화법은 발언된 담화의 내용이 담겨 있기는 하지만 문법적으로 서술자의 언어에 통합되어 있는 경우이다. 직접화법과 간접화법의 중간형태로는 자유간접화법이 있는데, 자유간접화법에서는 간접화법의 문법적인 형태가 유지되면서 본래 발화의 뉘앙스들이 고스란히 남아있게 된다. 이때 '말하다'와 같은 보고동사가 생략되는 것이 특징이다.[12] 한편 설명적 진술은 언어 행위를 비언어적 행위와 유사한 방식으로 전달하기 때문에, 변형의 정도가 가장 심하다고 할 수 있다.[13] 물론 비언어적 행위를 언어로 전달하는 경우에는 직접성이 더욱 감소할 수밖에 없다. 그러므로 지시 대상을 환기하는 데 있어 진술의 직접성과 정확성은 직접화법의 경우에 최대가 되고 비언어적 사실들의 경우에 최소가 되며, 그 사이에 여러 중간 단계들이 존재한다고 결론을 내릴 수 있다.(1973, p.52)

시제 또는 시간에 관한 토도로프의 논의는 전체적으로 주네트의 이론에 바탕을 두고 있으므로, 주네트의 이론을 정리하는 장에서 이야기하기로 한다. 스토리상의 연대기적 순서와 담화에서 서술되는 순서의 관계order, 스토리에서 행동이 지속되는 기간과 그것에 대한 진술을 읽기 위해 요구되는 시간과의 관계durée, 스토리상의 발생 횟수와 서술되

---

12 간단한 예를 살펴보자.
  ① 직접화법 : 그는 "난 정말이지 그 애를 미치도록 사랑해"라고 말했다.
  ② 간접화법 : 그는 자신이 그녀를 진심으로 간절히 사랑하고 있다고 말했다.
  ③ 자유간접화법 : 그는 정말이지 그녀를 미치도록 사랑했다.
13 다시 위의 예들과 비교해보자.
  ④ 설명적 진술 : 그는 그녀에 대한 자신의 진실하고 간절한 사랑을 나에게 털어놓았다.

는 횟수 사이의 관계fréquency 등이 여기에서 다루어진다.

　다음으로 비전은 허구적 세계의 사실들이 어떤 시각 혹은 관점에 따라 제시되는가 하는 문제이다. 초기에 토도로프는 비전의 유형을 서술자와 인물이 지닌 정보의 양에 따라 ①서술자>인물, ②서술자=인물, ③서술자<인물의 세 가지로 나누었다.[14] ①은 서술자가 인물이 알고 있는 것 이상을 이야기해주는 경우로서, 흔히 전지적 서술이라고 불리는 유형이다. ②는 서술자가 인물이 알고 있는 정보만을 전달하는 경우로서, 삼인칭 제한적 시점으로도 알려져 있다. ③은 서술자가 인물이 가진 정보보다 적게 말하는 경우, 즉 카메라의 렌즈처럼 외부에서 관찰하는 형태의 비전을 가리킨다. 그러나 위의 세 유형은 엄밀하게 경계를 지을 수 있는 것이 아니라 어디까지나 정도의 차이를 뜻할 뿐이므로, 후에 토도로프는 이 같은 유형화를 포기하고[15] 비전들 사이의 구별을 가능하게 하는 여러 가지 구조적 범주들을 설명하는 데에 관심을 기울인다. (1973, pp.57~63)

　비전의 구조적 특성과 관련된 첫 번째 범주는 환기되는 사실들에 대해 독자가 얻게 되는 정보의 '주관성 / 객관성'이다. 하나의 비전은 지각 대상에 관한 정보를 제공할 뿐 아니라 지각하는 사람에 대한 정보도 제공하는데, 전자를 객관적 정보라고 한다면 후자는 주관적 정보라고 할 수 있다. 이는 달리 말하면 독자의 구성 작업의 '방향'을 뜻하는

14　T. Todorov, *Littérature et signification*, Paris : Larousse, 1967, pp.79~82.
15　푸이용의 용어를 따라 각각을 ①'뒤에서 나오는par derrière' 비전, ②'더불어avec'의 비전, ③ '밖으로부터de dehors'의 비전이라 칭했던 것 대신에, 후에는 양 극단을 '안으로부터du dedans'의 비전(내부적 비전)과 '밖으로부터de dehors'의 비전(외부적 비전)으로 바꾸어 부르기도 한다.

것이기도 하다. 예를 들어 "방문자는 경상도 지방 억양이 남아 있는 말투를 쓰고 무늬가 맞지 않는 천박한 인상을 주는 양복을 입고 있었다. 머리는 삐죽거리게 깎았고 땅콩기름이라도 바른 듯이 입술이 번들거렸다. 나이는 김시무보다 열 살 정도는 많아 보였다. 키는 보통이었지만 등이 구부정해서 왜소하고 작아 보였다. 처음 보는 사람이었지만 그는 김시무에게 친근하게 굴었다. 그러나 김시무는 그의 옷차림이 별로 마음에 들지 않았기 때문에 불쾌한 것을 참고 있었다"(배수아, 「징계위원회」)라는 부분에는 객관적 정보와 주관적 정보가 모두 들어 있다. 독자는 방문자의 초라하고 촌스러운 겉모습 등에 대한 객관적 정보와 함께, 그를 바라보는 김시무의 조소 어린 시선을 통해 김시무 자신에 대한 정보도 얻게 되는 것이다. 방문자를 멸시하는 김시무의 태도는 그가 고상하고 세련된 취향을 지닌 사람임을 말해주는 동시에 선입관을 가진 교만한 성격임을 암시하고 있다.

비전의 두 번째 범주는 독자가 얻는 정보의 양, 또는 시각이 미치는 '범위'와 통찰의 '깊이'이다. 인물 바깥에서 보는 외부적 비전이 표면적인 시각에 머무른다면, 인물 안에서 보는 내부적 비전은 내면 심리까지 묘사할 수 있다. 앞의 인용문에서 방문자는 외부적 비전에 의해 표면적으로만 관찰되는 반면, 김시무의 경우에는 방문자로 인해 생긴 불쾌한 기분과 그것을 내색하지 않으려는 심리가 내부적 비전에 의해 포착된다. 한편 내부적 비전 가운데서도 무의식의 영역까지 꿰뚫어보는 비전은 인물의 심리에 대한 더욱 깊은 통찰을 가능하게 한다. 예를 들어 "지영은, 인정하고 싶지 않았지만, 두려웠던 것이다"(송경아, 「가까운 곳」)에서는 인물의 의식이 미처 자각하지 못하는 무의식적 심리까지 파고

들어가는 비전을 발견할 수 있다.

세 번째로는 비전의 '단일성 / 복수성', 그리고 '일관성 / 가변성'을 고려할 수 있다. 한 작품에서 내부적 비전은 단 한 명의 인물에게만 적용될 수도 있고, 여러 명의 인물에게 적용될 수도 있다. 황순원의 소설들 가운데서 각각의 예를 살펴보자. 황순원의 『인간 접목人間接木』에는 종호라는 한 인물만이 내부적으로 묘사되어 있지만, 『일월日月』에는 인철과 다혜와 나미와 인주 등 여러 인물들이 번갈아가며 내부적으로 그려져 있다. 토도로프는 모든 인물이 내부적으로 묘사되면 전지적 서술이 된다고 말한다. 또한 단일한 내부적 비전이라도 작품 전체를 통해 일관되게 유지될 수도 있고, 어느 부분에서만 일시적으로 나타날 수도 있다. 『인간 접목』의 내부적 비전이 작품 전반에 걸쳐 지속되는 반면 「독 짓는 늙은이」에서 송영감을 묘사하는 내부적 비전은 결말부에 이르면 독가마 안으로 기어들어가 앉아 있는 그의 겉모습을 관찰하면서 속마음을 추측하는 외부적 비전으로 대체된다.

이 밖에도 토도로프는 텍스트에 기입된 정보들이 참인지 여부(진실성 / 허위성)와 특정 정보가 생략되거나 숨겨져 있는지 여부(현전성 / 부재성) 등을 문제 삼는다. 김영하의 「사진관 살인사건」에는 사진관 여자 경희와 정명식의 관계에 대한 여러 가지 거짓 정보들이 들어 있다. 이를테면 '경희, 사랑해'라는 글자를 찍은 사진이 자기 아들의 것이라는 정명식의 말은 명백한 거짓 진술인데, 그것이 허위적 정보임은 소설의 결말에 와서야 밝혀진다. 또 천운영의 「바늘」에서 '엄마가 정말 스님을 죽였는가?' 하는 의문에 대한 해답은 끝까지 명시적으로 주어지지 않는다. 다만 하나같이 끝이 잘려나간 엄마의 바늘들을 통해, 독자는 그녀가 날마다 그 바늘 끝을 하나씩 스님의 녹즙에 넣어 아무런 외상도 없이 서서히 그를 살해했을 가능성을 생각하게 된다.

　이처럼 토도로프가 서사물의 비전을 유형화하는 대신 비전들의 다양한 성격을 다원적 관점에서 기술하는 데 주력하게 된 것은 문학적인 서사 텍스트를 더 잘 분석하기 위한 필연적 선택이었던 것으로 보인다.

　언표적 국면의 마지막 영역은 서술의 태態에 관한 것이다. 토도로프는 서사문학 텍스트에서 서술자narrateur와 관련된 문제를 태라는 항목 아래 다룬다. 그는 서술자란 언표적 국면에서 이미 다루어진 요소들을 구성하는 동인으로서, 서술자가 없는 이야기란 존재하지 않는다고 말한다. 그렇지만 서술자가 텍스트 안에 드러나 있는 정도는 매우 다양하다. 이를테면 서술자가 텍스트 안에 직접 등장하는 경우와 그렇지 않은 경우가 있을 수 있다. 담화의 층위에서 발화의 주체인 서술자는 언제나 일인칭인 '나'인데,[16] 대체로는 텍스트 상에 드러나지 않은 채로 내재되어 있다. 이와 달리 서술자 '나'가 텍스트에 직접 등장하는 경우에는, '나'는 인물이 아니라 책을 쓰는 저자로서의 성격을 갖는다. 밀란 쿤데라의 『참을 수 없는 존재의 가벼움』에서 "이미 여러 해 전부터 나는 토마스를 생각해왔다"와 같이, 서술자 '나'가 이 소설의 구상 과정에 대해 직접 언급하는 것이 그 좋은 예이다.

　토도로프는 이 점과 관련하여 특히 인물인 서술자가 자신을 '나'라고 지칭하는 텍스트의 특수성에 주목한다. 토도로프에 의하면, 허구의 제약을 받고 간접화되어 있는 서사문학 작품들에서 행위의 주체인 인물

16　이런 이유 때문에 주네트와 채트먼 등 여러 서사 이론가들은 일인칭 서술과 삼인칭 서술이라는 관례적 이분법에 이의를 제기한다.

은 언제나 삼인칭인 '그'에 해당된다. (1971, pp.39~41) '나'라고 말하는 등장 인물은 담화상의 발화의 주체인 '나'와는 구별되며, 스토리 상의 행위의 주체인 '그'(대상화된 '나')와도 구별된다. 자신에 관해 말하는 '나'는 더 이상 발화 내용 속의 '나'일 수 없기 때문이다. 인물인 서술자 '나'는 발화의 주체인 '나'와 행위의 주체인 '그' 사이에 끼어든 존재로서, '나'와 '그'를 하나로 결합시킨다기보다는 오히려 그 양자 사이에서 자신의 존재를 모호하게 감춘다. 이런 이유 때문에 토도로프는 인물인 서술자 '나'가 등장하는 서사 텍스트에서는 서술자의 존재를 파악하기가 더욱 어렵다고 말한다. 토도로프의 이런 통찰은 서사 이론의 몇몇 항목들이 서술자가 인물인 경우에는 때때로 적용되기 애매한 이유를 말해주는 것으로도 이해될 수 있다.[17]

언표적 국면에 관한 토도로프의 이론은 주네트 등의 다른 서사 이론들과 활발한 영향을 주고받으며, 언어 서사물의 주요 특성들을 설명하는 데 기여했다. 이후에 문학성을 중시하는 서사 이론가들은 토도로프의 이론 가운데 주로 언표적 국면의 논의를 수용하였다. 그들은 또한, 토도로프 자신도 언표적 국면에 관해 논의할 때 상대적으로 그러했듯이, 도식적인 유형화에 몰두하기보다는 서사문학 텍스트의 다양하고 복합적인 양상들을 파악할 수 있는 보다 개방적인 이론을 지향하게 된다.

지금까지 살펴 본 바와 같이 토도로프의 서사 이론은 과학적 방법론과 체계의 엄밀함 면에서 구조주의 서사학의 한 정점을 보여준다. 특히

---

17 일례로 토도로프의 '비전'이나 주네트의 '초점화' 논의는 엄밀히 말해 서술자가 인물이 아닌 경우를 설명하기에 훨씬 더 적합한 이론이다.

통사적 국면에 관한 그의 논의들은 서사물의 조직과 구조와 유형을 기술하는 논리적 개념들을 마련해주었다. 반면에 토도로프의 이론은 엄밀한 언어학적 · 과학적 방법론이 문학적 서사만의 고유한 특성이나 의미의 측면을 밝히는 데는 상대적으로 덜 적합하다는 사실을 역설적으로 확인시켜준다. 플롯 유형론과 서사문법으로 대표되는 이러한 방법론은 서사물의 종류와 구조 등에 관해 가치중립적으로 말해줄 뿐, 의미론적 · 미학적 가치를 설명할 수는 없는 것이다. 이에 대한 토도로프의 회의적 인식은 구조주의의 체계에 대한 비판적 성찰을 내재하고 있다.

한편 서사성의 기술과 문학성의 구명이라는 서사시학의 이중적 충동은 서로 다른 경향을 지닌 서사 이론들의 발전을 자극하였다. 토도로프의 이론은 한편으로는 문학과 비문학의 경계와는 무관하게 모든 서사물에 공통적으로 내재하는 특성들을 언어학적 방법으로 고찰하는 이론들로 이어졌으며, 다른 한편으로는 문학적 서사의 기법적 · 미학적 측면과 텍스트의 복합성 등을 밝히기 위한 또 다른 이론들과 연결되었다.[18] 토도로프의 서사시학에 내재했던 양면적인 지향이 이후의 서사 이론들에서는 분리되어 나타난다고도 말할 수 있다.

---

18 프랑스나 툴란 등의 이론이 전자에 해당된다면, 주네트와 리몬케넌 등의 이론은 후자에 속한다.

2장 채트먼

영상 서사로 확장된 시학

　토도로프가 문학의 고유한 특성과 서사물의 보편적 원리 사이에서 서사시학의 영역을 추구하고자 했다면, 채트먼Seymour Chatman은 문학의 언어적 특수성을 넘어 영화와 소설에 공통되는 서사 이론의 확립을 추구했다. 채트먼의 서사 이론은 서사학의 직접적인 연원이 된 러시아 형식주의 시학의 미학적 관점을 계승하면서 그 대상을 영상 서사물로 확장시킨 서사 이론의 또 다른 지점을 대표한다. 다른 한편 그의 이론은 퍼시 러보크, E. M. 포스터, 헨리 제임스, 웨인 부스 등으로 이어지는 소설 기술 방법론의 전통을 프랑스의 구조주의 서사학과 결합하려는 시도의 산물이다. 채트먼의 서사 이론을 통해, 기법 중심의 영미 소설 이론과 러시아 형식주의의 미학적 가치지향성이 구조주의 서사학의 장르적 · 매체적 개방성과 융합된 양상을 살펴보기로 하자.

1. 채트먼의 기본 관점

채트먼의 서사 이론은 러시아 형식주의와 구조주의가 표방하는 시학의 관점 아래 세워져 있다. 이에 따라 채트먼은 개별 서사물에 대한 평가나 기술이 아니라 서사물을 구성하는 여러 범주들의 추상적인 조직망을 세우고자 했다.[1] 그는 형식주의와 구조주의의 기존 논의를 수용하여 서사물을 스토리story와 담화discourse의 결합으로 이루어진 구조로 정의하고,[2] 각각의 구성 요소들과 그 본질적 특성에 관한 연역적이고 체계적인 이론을 구상했다.

한편 채트먼은 기존의 문학 이론이 지닌 언어 매체에 대한 배타적 편향을 거부하고, 매체적 차이 너머에 존재하는 공통 구조에 주목한다. 흔히 문학성을 중시하는 서사 이론가들이 매체들 간의 상호 전환은 서사물의 내용적 층위에서만 이루어진다고 보는 것과 달리,[3] 채트먼은 스토리를 전달하는 서사적 담화의 구조 역시 매체의 실제적인 표현들과는 관계 없이 공유될 수 있다고 본다. (1978, pp.22~24) 그가 영화와

---

[1] Seymour Chatman, *Story and Discourse : Narrative Structure in Fiction and Film*, Ithaca and London : Cornell University Press, 1978, p.18. 이 장에서 채트먼의 저서에 대한 참조와 인용은 처음 소개될 때에만 각주로 표시하고, 그 후로는 본문의 괄호 안에 연도와 페이지 수로 표시하기로 한다.

[2] 이는 러시아 형식주의자들의 용어로는 파불라fabula와 수제sjuzet의 구분에 해당된다. 채트먼은 또한 기호학의 구분법에 따라 표현expression과 내용content을 나누고 각각을 다시 실체substance와 형식form으로 양분하는데, 이에 따르면 스토리는 서사적 내용의 형식에 해당되고 담화는 서사적 표현의 형식에 해당된다(1978, pp.19~27).

[3] Shlomith Rimmon-Kenan, *Narrative Fiction : Contemporary Poetics*, London and New York : Methuen, 1983, pp.6~8.

소설에 모두 적용되는 서술자·시점·묘사·논증 등의 개념을 정립하는 데 주력한 것도 이를 증명하기 위해서였다.

채트먼이 궁극적으로 밝히고자 하는 것은 문학과 영화를 포괄하는 서사적 "예술의 일반적 개념"(p.17) 또는 서사물의 '예술성'이라고 말할 수 있다. 채트먼의 서사 이론은 서사물의 미적 특성에 각별한 관심을 나타내며, 서사를 '미적 대상aesthetic object'으로 규정한다.(p.26) 이 점은 그가 민담이나 설화 등 전통적이고 단순한 형태의 서사물들에 비해 "현대적인 예술 서사물modern art narrative"(p.113)에 주의를 집중하고, 연구의 대상을 '소설'과 '영화'라는 상대적으로 미학적 완성도가 높은 장르로 제한한 것에서도 잘 드러난다.

채트먼의 서사 이론이 지닌 미학적 편향성은 그의 이론이 기법 중심의 영미 계열 소설 이론을 계승한 것과도 관련된다. '내포 작가'와 '신뢰할 수 없는 서술'과 '수사학rhetoric' 등 채트먼의 주요 개념들이 시사하듯이, 그의 이론은 특히 웨인 부스의 직접적인 영향 아래에 있다. 보여주기와 말하기라는 전통적인 이분법을 지우고 서술 전략의 다양한 방식들을 새로운 각도에서 유형화한 웨인 부스의 이론은 실제로 구조주의적 담화 이론과 연결될 수 있는 가능성을 지닌다. 그런데 웨인 부스의 이론은 채트먼에 의해 수용되면서 본래의 미학적 관점이 오히려 더욱 강화된 경향이 있다. 이 점은 그들이 정의한 수사학이라는 용어의 개념을 비교해보면 분명하게 드러난다. 웨인 부스는 『소설의 수사학』(1961)에서 예술작품을 순수한 자율적 전체로 이해하는 대신 '작가-작품-청중'이 관여하는 의도된 전달 행위와 추론의 과정으로 이해하기를 제안했고, 그런 의미에서 자신의 이론이 '시학'과는 대비되는 '수사학'이라고 생각했다.[4] 이에 대해 채트먼은 부스가 말한 '소설'의 '수사학'이란 "픽션의 효과를 최대한으로 높이는 데 목표를 두는" 수사학, 독자가 "작품의 '형식'을 받아들이도록 설득하는" 수사학, 그러므로 "미적 목적을 지향하는 수사학"이라고 해석한다.[5] 이 같은 '미적 수사학'의 이념은 웨인 부스의 것이라기보다는 채트먼 자신의 것으로서, 그의 이론이 지닌 강한 미학적 편향성을 단적으로 대변해준다.

이처럼 채트먼의 서사 이론은 문학과 예술이 지녔던 기존의 가치가 심각하게 의문시되는 시대적 분위기 속에서도 러시아 형식주의와 영미 계열의 소설 기법론 등 문학 이론의 전통을 계승하면서 미학적·가치지향적 관점을 고수하고 있다. 다른 한편 그의 이론은 영화가 대중적 친화력과 영향력 면에서 이미 소설을 압도하며 주도적인 서사 장르로 부상한 오늘날의 상황에서 변화된 시대의 요청을 적극적으로 수용하는 열린 시각을 보여준다. 채트먼의 서사 이론이 지닌 심미적 차원의 가치지향성과 매체적 측면의 개방성은 다양한 관점에서 전통 시학의 폐쇄성을 넘어서려는 서사학의 전반적 경향들 가운데서 그의 이론이 차지하는 독특한 위치를 대변해준다.

이제 채트먼의 서사구조론을 중심으로 그의 서사 이론을 구체적으로 검토하면서, 그 안에 내재하는 근본적 지향을 확인해보기로 하자.

---

4   Wayne C. Booth, "The Rhetoric of Fiction and the Poetics of Fictions", ed. Mark Spilka, *Towards a Poetics of Fiction*, Bloomington and London : Indiana Univ. Press, 1977, pp.85~86; "The Rhetoric in Fiction and Fiction as Rhetoric : Twenty-One Years Later", *The Rhetoric of Fiction*, 2nd ed., Chicago and London : The University of Chicago Press, 1983, pp.401~457.

5   Seymour Chatman, *Coming to Terms : The Rhetoric of Narrative in Fiction and Film*, Ithaca, New York : Cornell University Press, 1990, p.203.

2. 서사구조론

1) 스토리의 구조

채트먼은 스토리의 구성 성분을 우선 '사건들events'과 '존재자들existents'
로 크게 나눈다. 사건들이 전적으로 시간의 사슬 안에 속해 있다면, 존
재자들은 상대적으로 시간 논리에 엄격하게 묶여 있지 않다. 사건들과
존재자들이라는 구분은 과정process과 정태stasis, 또는 동사(Do / Happen)
와 형용사(Is)의 구분에 상응하는 것이기도 하다. (1978, pp.31~32)

스토리에 관한 채트먼의 이론은 현대적 서사물의 새로운 미적 특성
을 밝히는 데 집중되어 있다. 이 점은 '사건들'이 전반적으로 플롯의 차
원에서 논의되는 것과도 관련을 맺고 있다. 채트먼에 의하면 플롯이란
'담화된 스토리story-as-discoursed'이다. (p.43) 서사의 미적 대상이 "담화에 의
해 분절된 이야기"라고 한다면(p.27), 플롯이란 스토리의 사건들이 담화
에 의해 미적으로 전환된 상태를 뜻한다고 볼 수 있다. 채트먼이 서사
의 내용이나 재료로서의 이야기 자체보다 그 미적 변형인 플롯에 각별
히 유의한 것은 서사물을 바라보는 그의 미학적 관점을 반영하는 것에
다름 아니다.[6] 채트먼은 또한 플롯에 관한 일반적 견해와는 달리 인과

---

6 이는 "스토리가 낯설게 되고 창조적으로 뒤틀리게 만드는" 문학작품만의 고유한 미학적
   방식을 설명하기 위하여 파불라fabula와 수제sjuzet를 구분한 러시아 형식주의자들의 관
   점과도 흡사하다. Terence Hawkes, *Structuralism and Semiotics*, London : Methuen, 1977,
   pp.65~69.

성을 플롯의 지배적 요소로 파악하지 않는다. 플롯에서 인과성이란 "극도로 분산된 사건들을 연관지으려는 우리의 강력한 성향"(p.47)에 의해 채워 넣어지는 경우가 많다는 것이다. 이런 관점은 현대적 서사물의 특수성에 대한 그의 깊은 관심을 증명한다. 현대적 서사물은, 원인과 결과의 연쇄로 이루어진 고전적 서사물과 달리 완고한 인과성을 거부하는 경향이 있다. 그는 우연성contingency이나 불확실성uncertainty 등을 폭넓게 수용하는 유연한 플롯 개념을 제시함으로써 현대적 서사물의 조직 원리를 구조적으로 설명하고자 한다.

같은 맥락에서 채트먼은 '해결의 플롯plot of resolution'과 '누설의 플롯plot of revelation'을 구별한다.(p.48) '무슨 일이 일어날 것인가?'라는 질문에 답하는 전통적 서사를 해결의 플롯이라고 한다면, 문제가 해결된다기 보다는 문제의 상태가 드러나는 현대적 서사는 누설의 플롯이라 부를 수 있다. 해결의 플롯이 강력한 시간적 질서의 구속을 받는 반면, 누설의 플롯에서는 사건들이 최소화되고 인물의 성격이나 상태를 묘사하는 정태적 경향이 두드러진다. 『겨우 존재하는 인간』을 비롯한 정영문의 여러 소설들은 누설의 플롯을 보여주는 좋은 예이다. 그의 소설에서 외부적 시간의 흐름이나 사건의 진행 등은 인물의 권태롭고 무기력한 심리 상태와 자의식적이고 부조리한 사유의 형태를 드러내기 위한 부차적인 요소들에 불과하다.

사건들 간의 위계 관계에 대한 채트먼의 논의 역시 현대적 서사물과 고전적 서사물의 차이를 드러내는 데 초점이 맞춰져 있다. 그는 플롯의 논리에 기여하는 주요 사건들을 중핵kernel이라 부르고, 그 외의 사건들을 위성satellite이라 명명한다.(pp.53~56) 중핵은 플롯 내의 중요한 문제들을 야기하는 서사적 순간들 혹은 분기점들로서, 중핵이 생략되면 서사적 논리가 파괴된다. 반면에 위성은 플롯의 논리를 해치지 않고서도 생략될 수 있으며, 주로 미적인 차원에서 중핵들을 정교하게 하거나 풍부하게 해준다. 채트먼에 의하면 고전적 서사물은 여러 가능성들 가운데서 단 하나만을 선택하게 하는 중핵들의 사슬을 지니는 데 비해, 현대적 서사물 가운데에는 모든 선택을 동등하게 취급하는 유형의 이야기들이 있다. 그는 반이야기antistories라고도 불리는 이 같은 종류의 현대적 서사를 전통적 서사의 관습에 대한 의도적인 거부로 이해한다.

일례로 존 파울즈의 『프랑스 중위의 여자』는 두 개의 전혀 다른 결말을 지닌 소설이다. 주인공 찰스는 자신을 버리고 사라져버린 사라를 수소문 끝에 찾아낸 뒤 그녀의 거처를 방문한다. 사라를 다시 만난 찰스는 원망과 저주의 말을 던지고 돌아선다. 첫 번째 결말에서 찰스는 방을 나서지 못하게 만류하는 사라의 제의를 받아들인다. 그 결과 그는 사라가 낳은 자신의 아이를 만나게 되고, 극적으로 서로의 변함없는 사랑을 확인한다. 반면에 두 번째 결말에서 찰스는 사라를 뿌리치고 그대로 그 곳을 떠나며, 끝내 오해를 풀지 못한 채 그들의 관계는 끝이 난다. 이 소설에서 일직선 형태로 된 중핵의 연쇄는 결말에 이르러 두 갈래로 분기하는 양상을 띤다. 이로써 "신비로운 법칙과 신비로운 선택으로 이루어진 인생"(『프랑스 중위의 여자』)의 아이러니가 인상적으로 부각된다. 이외에도 이탈로 칼비노의 「밤의 운전자」는 현시점에서 주인공이 할 수 있는 모든 선택과 그 선택이 초래할 수 있는 모든 가능성들의 무한한 그물망을 그려 보이려 한 소설로서, 역시 중핵의 성격과 연결 방식 면에서 현대적 서사의 독특한 양상을 단적으로 예시한다.

채트먼 서사 이론의 특징은 '플롯-시간'에 관한 논의에서도 잘 드러나는데, 특히 시간의 지속duration에 관한 그의 이론은 주목할 만하다. 채트먼은 스토리 상의 지속 시간과 담화상의 지속 시간 사이의 관계를 다음과 같이 다섯 가지로 나누어 고찰한다. (pp.68~78) ①요약summary : 담화-시간이 스토리-시간보다 짧다. 즉 스토리의 사건 자체보다 담화가 간략하다. ②생략ellipsis : 담화-시간이 0zero이다. 스토리 상에서는 시간이 계속 흘러가지만, 담화는 정지한다. ③장면scene : 담화-시간이 스토리-시간과 동일하다. ④연장stretch : 담화-시간이 스토리-시간보다 길다.[7] ⑤휴지pause : 스토리-시간이 0zero이다. 담화는 계속되지만, 스토리-시간은 정지한다.

이들 각각의 항목을 설명하면서 채트먼은 영화적인 기법과 모더니즘 소설의 미적 특수성을 이론화하는 데 주력한다. 먼저 '요약'의 경우 영화적 관습은 주로 배경음악을 동반한 '몽타주 연쇄' 기법에 의존하는데, 이때 짤막한 장면들이 빠르게 연속적으로 이어짐으로써 긴 시간의 흐름이 축약적으로 전달된다. 채트먼에 의하면 이런 기법은 현대적 소설에서도 효과적으로 활용될 수 있다. 일례로 나보코프의 『롤리타』를 살펴보자.

　　돌리를 치과에 데리고 간다. 그녀를 바라보며 웃는 예쁜 간호사. 마을에서 돌리와 함께 저녁을 먹을 때 H. 험버트는 유럽 스타일의 식사 매너로 스

7　참고로, 시간 논의에 있어 가장 정교한 이론을 세운 것으로 평가되는 주네트는 연장을 제외하고 다른 네 가지 가능성만을 인정했다. 이는 그가 연장에 해당하는 실제적인 예를 발견하지 못했기 때문인데, 채트먼은 그렇다고 하더라도 이 항목이 이론적 가능성의 목록에서 빠져서는 안 된다고 주장한다. 채트먼은 또한 영화의 느린 동작slow-motion 등과 같은 연장의 구체적인 방식들을 염두에 두고 있다.

테이크를 먹는다. 둘이 함께 음악회를 즐긴다. 고요한 표정을 한 두 명의 프랑스인이 대리석과도 같이 나란히 앉아 있고 H. 험버트의 음악적인 어린 딸은 아버지의 오른쪽에, 그리고 W교수의 음악적인 어린 아들은 H. H씨의 왼쪽에 앉아 있다. ─아버지는 신 안에서 위생적인 저녁을 보내고 있는 것이다. 차고를 열면, 자동차를 빨아들일 것 같은 불빛이 비치다가 곧 꺼진다. 밝은 빛깔의 파자마를 입고 돌리의 침실 창문의 차양을 잡아 내려준다. 일요일 아침에는 목욕탕에서 자못 엄숙하게, 아직은 보지 못한, 겨울 동안 하얘진 어린 연인의 몸무게를 체중계에 달아본다.

인용된 부분에서, 특정한 기간 동안 지속되었던 험버트의 일상생활 모습은 영화의 짧은 장면들처럼 영상으로 환기되어 빠르게 스쳐간다. '생략'은 영화에서는 일반적으로 장면 전환cut과 동일시되는데, 화면이 한쪽부터 지워지면서 다른 화면이 나타나는 기법wipe이나, 화면이 조리개 모양으로 닫히거나 펼쳐지면서 장면이 전환되는 기법Iris 등으로 표현되는 경우가 많다. 특별히 언급될 만한 사건이 없는 스토리 상의 일정 시간이 담화상에서 공백으로 처리되는 방식의 생략은 전통적 소설에서도 익숙한 방식이다. 그러나 채트먼은 생략을 특히 현대적 서사물의 특징과 관련지어 설명한다.(p.71) 예를 들어 프루스트의 『잃어버린 시간을 찾아서』나 버지니아 울프의 『댈러웨이 부인』 등에서 장면의 세부적 묘사는 비대해진 반면, 그것들 사이에 존재하는 스토리-시간은 별다른 표지나 연결고리 없이 건너뛰곤 하는 것을 볼 수 있다. 이처럼 특별히 광범위하고 비약적인 종류의 생략은 의식의 흐름 계열을 비롯한 모더니즘 소설에서 흔히 발견된다. 이로 인해 이들 소설은 고전적 소설이 지닌 '장면과 요약의 리듬'에서 벗어나, 분리된 일련의 장면들로 이루어진 '장면들만의 리듬'을 지니게 된다. 채트먼은 현대적 소설의 이런 경향을 명백히 영화적인 것으로 규정한다.(pp.75~78) '장면'이란 극의 원칙을 서사에 통합시킨 것으로서, 스토리-시간과 담화-시간의 일치는 영화의 상식적인 관계이기 때문이다.(1990, p.50)

한편 시간의 '연장'은 느린 동작slow-motion이라는 기법을 가진 영화에서 훨씬 분명하게 나타난다. 채트먼은 이에 해당되는 수단을 갖지 않는 문학적 서사물에서는 연장을 규정하기가 애매하다는 점을 인정한다. 그러나 채트먼은 "생각하는 것보다 그 생각을 말하는 것이 더 오래 걸리며 그것을 쓰는 데는 더 많은 시간이 걸리"므로, "언어적 담화는 인물의 정신 속에서 일어난 일, 특히 급작스런 직관이나 느낌들을 전달하고자 할 때는 항상 느리다"(p.73)고 말한다. 이렇게 보면 스토리 상의 짧은 시간 동안 인물의 사유가 길게 펼쳐지는 부분들을 플롯-시간의 연장으로 이해할 수 있는데, 연장의 이 같은 개념은 의식의 흐름류의 소설이 지닌 두드러진 특징을 서사학적으로 설명할 수 있는 방법을 제공한다.

시간 연장의 흥미로운 예는 성석제의 「내 생애 마지막 4.5초」에서도 찾아볼 수 있다. 이 소설에서는 교통사고로 자동차가 추락하기까지의 4.5초라는 물리적 시간 동안 인물의 전 생애를 반추하는 장황한 담화가 이어진다. "바퀴가 들린 지 0.5초 후", "느낌에서 아는 데까지 최소한 0.2초 이상이 소요되었다", "그는 다시 일념 하나만큼의 시간을 쓴다" 등과 같은 표현들은 스토리-시간과 담화-시간 사이의 극단적인 불일치와 그로 인한 불균형을 의도적으로 부각시키고 있다.

다음으로 '휴지'의 대표적인 예는 묘사 부분이다. 묘사가 수행되는 담화-시간 동안 스토리의 진행은 정지하기 때문에, 서사물에서 묘사는 부차적인 요소로 평가되어왔다. 논자에 따라 묘사는 서사적 작품의 동질성과 결합력을 해치는 위험한 수단으로 받아들여지기도 했다.(1990, pp.23~24) 그러나 채트먼은 많은 서사물에서 묘사적 성분을 내포한 부분들은 명시적인 서사적 부분들보다 미학적으로 더욱 중요하다고 말하면서(p.34), 개별 텍스트에서의 효과를 고려하지 않고 묘사의 가치를 전반적으로 폄하하는 것은 부당하다는 점을 강조한다. 서사 텍스트에서의 묘사의 의의에 주목하는 이러한 견해는 채트먼의 미학적 관점을 다시금 드러내주는 것으로 이해된다.

초기에 채트먼은 영화에서 카메라가 돌아간다고 느껴지는 한 스토리-시간은 계속 흐르며, 순수한 묘사의 효과는 정지 장면에서만 발생한다고 보았다.(1978, pp.74~75) 그러나 후에 그는 명시적 묘사와 암시적 묘사를 구분하면서, 영화에서 암시적 묘사를 가능하게 하는 여러 기법들에 관해 논의한다.(1990, pp.38~54) 예를 들어 카메라가 대상을 전체적으로 혹은 부분적으로, 특별히 오랫동안 촬영하거나long shot 가까이서 촬영하는 경우close shot에 묘사적인 보여주기의 효과를 낳을 수 있다. 채트먼은 또한 오손 웰스의 〈시민 케인Citizen Kane〉과 안토니오니의 〈여행자The Passenger〉 등을 통해, 상식적으로 예상되는 '편집의 리듬'을 벗어난 묘사적 장면들의 예를 설명한다. 이로써 채트먼은 영화에서의 묘사란 "서사적 관습의 균열을 통해 스토리-시간의 영역에서 나와 (…중략…) 사물이 더욱 순수하게 빛나는 장소로 가는 책략"(p.55)임을 증명하고자 한다.

채트먼의 플롯-시간에 관한 논의는 이처럼 영화의 예술적 기법과 소설에서의 영화적 기법을 분석하는 데 유용하며, 의식의 흐름류의 모더니즘 소설들을 설명하기에 적합한 이론이다. 이와 관련하여 특히 서술의 전통적 리듬을 변화시키는 다양한 미학적 방식들에 관한 그의 통찰은 주목할 만하다. 플롯-시간에 관한 채트먼의 논의는 그의 서사 이론이 현대적 예술 서사물을 위해 마련된 것임을 분명히 확인시켜준다고 하겠다.

한편 '존재자들'에 관한 논의에서 채트먼은 인물을 행위와 기능에 종속시키는 구조주의의 접근법에 이의를 제기한다. 이는 그가 어떤 단일한 국면이나 패턴으로도 환원되지 않는 현대적 인물들의 복잡하고 모순적인 측면에 유의하기 때문이다. 그는 "한 인물을 지켜보는 것은 현대적 예술 서사물의 압도적인 즐거움"이며, 인물을 플롯의 기능으로 축소시키는 태도는 "미적인 경험을 빈곤하게 만드는 것"이라고 주장한다.(1978, p.113, 117) 이렇듯 채트먼이 구조주의의 관점을 지니고 있으면서도 환원적인 유형화를 거부하는 것은 역시 그가 현대적이고 미학적인 서사물에 각별히 주목한 결과라 할 수 있다.

이러한 관점에서 채트먼은 인물을 '특성들의 패러다임a paradigm of traits'으로 규정하고, 인물의 특성이란 "인물의 개인적 기질에 대한 특유의 지시로부터 나온 서사적 형용사"라고 정의한다.(pp.125~126) 그것들은 텍스트의 깊숙한 구조에 내재하므로, 독자는 이를 유추하여 재구성해야 한다. 예를 들어 헬렌 킴의 『엄마의 집』에서 준희는 수해로 고아가 되어 자신의 집에 오게 된 병수에게 연민을 품고 언니와는 달리 다정하게 대하는데, 이런 모습은 그녀의 따뜻하고 인정 어린 특성을 암시한다. 준희는 병수가 가게에서 물건을 훔치다가 발각되자 그 물건을 주인에게 돌려주는 대신 물건값을 갚기 위해 남몰래 자기 힘으로 돈을 모은다. 준희의 이 같은 태도는 그녀의 특성 중 자존심이 강하고 독립적인 면을 보여준다. 또한 준희는, 병수를 양자로 삼고 싶어하면서도 권위적인 할머니와 아버지의 뜻을 거역하지 못하는 엄마의 마음을 헤아리고 안타까워하는데, 이는 조숙하고 속 깊은 준희의 특성을 예시하는 부분이다. 한편 가족들을 속여 병수를 다른 집에 양자로 보낸 할머니에게 정면으로 맞서서 비난을 퍼붓는 준희의 행동은 그녀가 부당함을 참지 못하는 대담한 소녀임을 말해준다. 이 소설에서 준희는 그 모든 특성들의 총합으로 이루어진, 고유명사로서의 정체성을 지닌 인물이다. 채트먼에 의하면 인물의 특성들은 상대적으로 안정적이고 지속적인 자질이기에, 시간의 사슬 안에 있는 것이 아니라 그 전체나 일부분과 공존한다. 그러므로 플롯을 구성하는 사건들의 사슬이 수평적이고 통합적이라면, 특성들의 집합은 이와 교차되는 수직적·계열적 조합에 비유될 수 있다.[8]

채트먼은 또한 인물을 '열린 구성물open construct'로 파악할 것을 주장한다. 현대의 예술적인 서사물에서 몇몇 인물들은 끝까지 신비롭고 미확정적인 존재로 남아 있다. 이들은 포스터의 용어로는 입체적 인물round character에 해당하는데, 그들의 다양한 특성들은 서로 배치되거나 적대적일 수도 있다. 그들은 변화할 수 있으며, 그래서 독자를 놀라게 하기도 한다. 평면적 인물flat character은 뚜렷한 방향성을 지니므로 보다

---

8   채트먼이 인물의 특성이 변화할 수 있는 가능성에 관해 언급하긴 했지만, 인물을 '사건들'에 대응하는 '존재자들'로 분류하고 특성들의 수직적·계열적 조합으로 보는 그의 인물론은 인물을 지나치게 정적으로 파악했다는 비판을 받기도 한다. 이에 관해서는 Shlomith Rimmon-Kenan(1983), p.37.

쉽게 기억된다는 장점을 갖지만, 채트먼은 입체적 인물이 지닌 수수께 끼와도 같은 측면에 더 큰 관심을 표현한다. 입체적 인물은 특성들이 온전한 총합을 이루지 못함에도 불구하고 강력한 친밀감을 느끼게 하며, 더 깊은 통찰을 필요로 하는 고갈되지 않는 미적 대상이기 때문이다. (pp.131~133)

그는 현대적 서사물의 또 다른 특징을 설명하기 위해 '인물다움의 정도'에 관해서도 언급한다. (pp.138~141) 현대의 서사물에는 개성이나 특성을 추출할 수 없게끔 의도된 인물들도 있다. 플롯 안에서 결정적인 역할을 담당하지만 실제로는 부재하는 인물이 여기에 해당되는데, 『어느 망명작가의 참인생』(나보코프)의 세바스찬 나이트나 『고도를 기다리며』(베케트)의 고도가 그 좋은 예라 하겠다. 한편 이들과 마찬가지로 부재하지만, 이들과는 달리 플롯에 대해 별다른 중요성을 지니지 않는 인물들도 있다. 박태원의 「소설가 구보씨의 일일」에서 구보의 회상 속에서만 얼핏 스쳐가는 '벗의 누이'나 '팔뚝 시계를 갈망하던 한 소녀' 등이 여기에 해당될 것이다. 이 소설에서 진정한 의미의 인물은 구보 한 사람뿐이며, 그들 부재하는 인물은 모두 구보의 '정신의 풍경'의 일부분에 불과하다. 채트먼은 이런 인물들의 경우에는 거리의 행인들과 마찬가지로 인물이라기보다는 오히려 배경에 속한다고 말한다.

채트먼은 서사물에서 배경을 비롯한 존재자들은 사건이나 플롯에 비해 결코 덜 중요한 요소가 아니라는 점을 강조하며 논의를 마무리한다. 이상의 검토를 통해 스토리에 관한 채트먼의 이론은 일관되게 전통적·고전적 서사물과 구별되는 현대적 서사물의 구조적 특징과 기법적·미학적 측면에 주목하고 있음을 확인하게 된다.

2) 서사적 담화의 구조

담화는 서사적 진술들의 집합인데, 진술statement이란 영화의 영상이나 무언극의 동작이나 소설의 문장들과 같은 구체적인 '표현의 실체'로부터 추상된 심층 서사적 요소이다. 채트먼은 모든 서사물에 공통되는 서사적 진술의 전달 과정(서사적 의사소통의 구조)을 다음과 같이 정식화했다.(p.151)

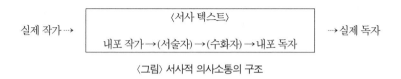

〈그림〉 서사적 의사소통의 구조

실제 작가와 실제 독자는 서사 텍스트 바깥에 위치한다. 실제 작가는 서사 텍스트 안에서는 내포 작가에 의해 대리된다. 내포 작가란 서사물 안의 모든 것들을 고안하고 준비하는 원리이자, 내포 독자에 의해 재구된 서사물의 규범이다. 내포 작가는 또한 서술자와도 구별되는데, 채트먼에 의하면 내포 작가는 서술자와 달리 목소리와 같은 의사소통의 수단을 가지고 있지 않다.(p.148) 내포 작가에 대응되는 개념은 내포 독자로서, 내포 작가와 흡사하게 텍스트 안에 내포된 일종의 구성물이라 할 수 있다. 한편 수화자는 서술자가 이야기하는 상대자를 가리키는데, 서술자와 마찬가지로 인물화된 개인으로부터 '아무도 아닌 자no one'에 이르기까지 다양하게 나타난다. 채트먼은 모든 서사물이 내포 작가와 내포 독자를 포함하는 반면, 서술자와 수화자는 생략될 수도 있다고 말한다.(p.150) 이 때 서사물 안에서의 의사소통은 내포 작가와 내포 독자 사이에서만 이루어지게 되며, 서사적 진술은 서술자에 의해 중개되지 않고 내포 독자에게 직접 제시된다. 플라톤의 개념으로 하면 중개된 서술은 디에게시스_diegesis에 해당되고, 서술자가 부재하는 비서술된 담화는 미메시스_mimesis에 해당된다.

그런데 리몬케넌이 적절히 지적한 대로[9] 내포 작가에게 의사소통의 수단이 없다면 그가 소통 과정에서 송신자의 역할을 담당한다는 것은 용어상의 모순이다. 그런 이유로 리몬케넌은 내포 작가를 철저히 비인 칭화된 내포적 규범으로 보아야 하며, 따라서 서사적 소통 과정에서 제외시켜야 한다고 주장한다. 내포 독자 역시 내포 작가와 마찬가지로 서사물을 분석하는 데 있어 매우 중요하고 유용한 개념임에 틀림없지만,[10] 의사소통의 참여자에서는 제외된다. 대신에 그는 서술자와 수화자를 의사소통 상황의 필수적인 요인으로 볼 것을 제안한다. 후에 채트먼은 이러한 비판을 일부 수용하여 모든 허구적 서사물에는 반드시 서술자가 존재한다는 입장으로 자신의 견해를 수정하기도 했다.(1990, pp.85~86, 218) 그러나 그는 여전히 내포 작가와 내포 독자를 서사적 의사소통 모델 안에 포함시킬 것을 주장한다.

채트먼의 모델이 지녔던 모순점은 우선 그가 서술자의 개념을 협소하게 규정한 데서 비롯된 것으로 보인다. 그는 토도로프를 비롯한 프

---

9 Shlomith Rimmon-Kenan(1983), p.85~89.
10 특히 '신뢰할 수 없는 서술'의 경우 서술자와 갈등을 일으키는 내포 작가의 규범을 밝혀 내는 작업은 의미론적으로 매우 중요하다. 또한 인물화된 수화자의 태도와 내포 독자의 예상되는 반응 사이에 이와 유사한 불일치가 게재하는 경우에는 내포 독자를 수화자와 구별할 필요성이 커질 것이다.

랑스 구조주의자들이 사용한 언어학적 용어인 서술의 태態 : voix, voice를 문자 그대로 '목소리'로 받아들이고, 가청적可聽的인 목소리를 지닌 전달자의 경우에만 서술자로 보고자 했다.[11] 따라서 서사물이 이미 기록된 일기·편지 등을 그대로 제시하는 형식을 지니거나 인물들 간의 순수한 대화의 기록으로 이루어진 경우에는 서술자가 부재한다고 보았던 것이다.[12] 이에 비해 리몬케넌은 서술자를 '서사적 필요에 부응하는 행위를 한 행위자'로 폭넓게 정의하는데, 이런 관점에서는 기록물을 복사하거나 대화를 받아 적어 전달한 상위의 책임자 역시 서술자로 보아도 무리가 없다. 이렇게 보면 서사적 의사소통 과정에 굳이 내포 작가를 포함시킬 이유도 없어지게 된다.

채트먼이 서술자 없는 서사물은 있을 수 없음을 인정했음에도 불구하고 의사소통 모델에서 내포 작가를 제외시키지 않은 것은 그가 내포 작가의 개념을 축소시키기를 거부했기 때문이다. 채트먼의 견해에 따르면 내포 작가는 내포 독자에 의해 구성된 존재일 뿐 아니라 서사 텍스트 전체의 의미론적·미적 구조의 근원이다.[13] 서술자가 '발화자utterer'

---

11 이로 인해 영화의 서술자를 규정하는 문제가 모순에 빠지기도 하는데, 이 문제를 해결하기 위해 채트먼은 후에 서술자를 광의의 서술자제시자, presenter와 협의의 서술자서술자, narrator로 나누기도 했다. 이에 따르면 광의의 서술자는 영상이나 그림으로 서술하는 자를 비롯하여 목소리가 드러나지 않는 서술자shower와 음성으로 서술하는 인간화된 서술자teller로 나뉘게 된다(1990, pp.112~113). 이는 자신이 부딪힌 개념상의 모순을 해결하려는 시도로 이해되지만, 역시 근본적인 모순을 내재한 채 불필요한 용어를 만들어 혼란을 가중시켰다는 비판의 여지를 안고 있다.

12 수정된 모델에서는 이 같은 서사물이 최소한도로 서술된, 가장 소극적인 서술자의 숨어 있는 서술에 속할 것이다.

13 사실상 내포 작가의 개념에 관한 그의 여러 가지 설명들은 서로 충돌하고 모순을 일으킨다. 심지어 그는 "텍스트 그 자체가 내포 작가이다"라고 말하기도 하여, 내포 작가의 개념에 대한 혼란을 초래한다(1990, p.81).

라면, 내포 작가는 서술자를 선임하고 그의 발화를 창안하는 '창작자in-ventor'인 것이다.(1990, p.84, 87) 결국 채트먼의 내포 작가 개념은 서사물을 의도론적·전기적 관점의 실제 작가와 분리시키면서도, 서사 텍스트가 단지 독자와의 관계 속에서 구성되는 것이 아니라 그에 앞선 어떤 '행위자'에 의해 '기획'된 산물임을 강조하기 위해 필요한 개념이라고 말할 수 있다.(pp.74~77) 이처럼 채트먼이 논란의 여지가 많은 내포 작가의 개념을 지속적으로 강조하고 강력하게 옹호하는 것은 문학과 예술의 변화된 연구 환경 속에서 그가 전통적인 작가나 창조자의 개념을 고수했기 때문이라 할 수 있다. 서사물의 미적 가치를 내포 작가의 기법적 성취의 결과로 돌리는 이런 관점은 그의 미학적 가치지향성을 여실히 대변해준다.

채트먼의 담화 이론에서 또 한 가지 특징적인 부분은 시점에 관한 논의이다. 그는 서술자가 인물이 아닌 한, 지각적 시점을 지닐 수 없다고 주장한다.(1978, p.154) 서술자는 결코 스토리 세계 속에 있지 않으며, 따라서 그 속의 어떤 것도 '볼' 수 없다는 것이다. 채트먼은 인물의 시점은 항상 스토리 세계의 내부에 있지만 서술자의 관점은 스토리와 담화의 경계 바깥에 존재하므로, 그 두 가지가 본질적으로 다른 것이라고 규정한다. 그는 또한 서술자는 언제나 자신의 관점 또는 개념적 시점으로 스토리를 서술하며, 특정 인물의 의식에 밀착된 서술자라 할지라도 그의 지각적 시점을 공유하는 것은 아니라고 설명한다. 이런 이유 때문에 그는 인물의 시점filter과 서술자의 관점slant을 각기 다른 용어로써 명확히 구분해야 한다고 주장하기도 했다.(1990, pp.142~149)

채트먼의 이런 주장은 '목소리'의 경우와 유사하게 그가 시점을 문자 그대로 눈으로 '보는' 행위와 직접 연결시킨 것과 관련된다. 주네트를 비롯한 최근의 이론에서 시점 대신 초점이라는 용어를 사용한 것은 시점의 문자적 의미가 지닌 시각적인 인상을 피하고 감정적·도덕적·이념적 태도까지 포괄하기 위해서였다. 초점화 이론은 이처럼 폭넓은 은유적 의미의 시점(초점)과 서술자의 언어 자체를 구분하는데 기초한다.[14] 반면에 채트먼은 시점이 지닌 다양한 함의들이 지나치게 은유적이라는 데 불만을 표현하면서, 이 같은 은유적 의미의 시점으로부터 인물의 실제적인 지각적 시점을 구분하고자 한다. 이러한 사고는 영상서사에 대한 그의 각별한 관심에서 비롯된 것으로 보인다. 초점화 이론에서 강조하듯이 소설에서 중요한 구분이 말하는 자와 보는 자 사이에 있다면, 영화에서는 이에 상응하는 구분이 촬영을 하는 카메라의 시선과 영화 속 인물의 시선 사이에 존재한다. 채트먼은 기존의 시점과 초점화 이론이 영화에 적용되기에는 다소 부적절하다는 판단하에, 영화에서 얻은 발상을 소설에까지 확장하여 보다 보편적인 시점 이론을 세우고자 했던 것이다.

사실상 채트먼의 시점 이론은 소설보다는 영화에 적합한 것으로서, 소설에까지 무리하게 적용될 경우 이미 정착된 개념과 용어에 불필요한 혼란을 초래할 수 있다. 물론 매체적 차이에도 불구하고 영화와 소설에 모두 적용되는 시점 이론을 모색한 그의 시도 자체는 의미있는 것이라 할 수 있다. 그러나 그의 시점 이론이 지닌 한계는 매체의 특수성을 넘어서는 보편적인 담화 이론의 정립이 지난한 과제임을 역설적

---

14 Gérard Genette, *Figures III*, Paris : Seuil, 1972, pp. 203~206.

으로 증명하는 것이기도 하다.

　채트먼의 담화 이론에서 보다 주목해야 할 것은 그가 서술자의 종류를 유형화하는 대신에 서술의 중개성의 정도를 폭넓은 하나의 스펙트럼으로 파악했다는 점이다.(1978, p.196) 그는 서술자의 존재가 감지되는 정도에 따라, 숨어있는 서술자에 의해 최소한도로 서술된 텍스트로부터 서술자가 자의식적으로 자신의 모습을 드러내는 텍스트에 이르는 다양한 중간적 단계들을 펼쳐 보였다. 앞서 언급한 바 있는 '복사된 텍스트'는 서술자의 중개가 최소화된 경우에 해당된다. 이제하의 「사라紗羅의 문」이 이미 쓰인 일기의 순수한 복사나 인쇄 행위만을 전제로 한다면, 사르트르의 『구토』에는 로캉탱의 일기가 발견된 상황과 원고의 상태 등이 언급된 짧은 머리말을 통해 '편집인'으로서의 서술자의 존재가 암시되어 있다.

　이와 유사하게 인물의 대화나 독백으로만 이루어진 텍스트는 구술된 담화를 기록하는 누군가의 행위를 전제로 한다. 일례로 최인훈의 「총독의 소리」와 「주석의 소리」는 대중을 향한 특정 인물의 공개적인 연설 형식으로 되어 있는데, 이 소설에서 서술자는 확성기를 타고 울려 퍼지는 음성을 채록하여 제시한 자로 볼 수 있다. 한편 홍성원의 「프로방스의 이발사」는 독백과 대화의 중간 형태를 띤 소설이다. 담화의 표면에 드러나지 않는 어떤 손님을 상대로 이발사가 늘어놓는 길고 긴 이야기들은 사실상 독백에 가깝지만, "네? 로렌지방에서 오셨다구요?", "선생님 혹시 대학에 나가시지 않습니까? 역시 그렇군요" 등의 표현에는 대화 상대자의 응답이 생략된 채 함축되어 있다. 이 소설 역시 그들의 대화를 엿들으면서 그중에서 유독 이발사의 말만을 받아적은 서술자의 존재를 내포하고 있다.

이보다 중개성이 좀 더 커진 경우로는 헤밍웨이의 「살인자들」에서와 같이 인물의 가시적인 행위를 중립적으로 보고하는 유형의 텍스트를 꼽을 수 있다. 여기서 서술자는 인물들의 움직임을 숨어서 지켜보면서 그들의 비언어적 행위를 언어로 번역하는 역할을 담당한다. 그러나 이때 독자는 관례적으로 인물의 행위가 눈앞에서 펼쳐지고 있다는 미메시스의 환영을 받아들인다. 인물의 사고 또한 내적 독백의 형식을 통해 미메시스적으로 제시될 수 있다. "남자는 실내화를 자신의 신발장 깊숙한 곳에 숨긴다. **이것 참, 또 지각이군**. 남자는 입술을 오므리고 한숨을 내쉰다. 뜻밖에도 경쾌한 휘파람이 흘러나온다. **어? 내가 휘파람을?** 남자는 경쾌하게 계단을 뛰어내려가 버스 정류장까지 내달린다"(하성란, 「곰팡이꽃」, 강조─인용자)에서 굵은 글씨로 된 문장은 앞뒤 문장에서는 서술자에 의해 '그'라고 지칭된 인물의 생각이 서술자의 개입없이 직접 드러난 내적 독백 부분이다. 생각이 드러난다는 사실 자체가 이미 중개성을 시사하지만, 인물의 말투가 그대로 반영된 내적 독백은 현재 진행 중인 그의 사고를 도청하고 있다는 인상을 준다.[15]

이에 비해 인물의 말이나 생각을 간접적인 형태로 표현한 담화에서는 서술자의 존재가 좀 더 잘 감지된다. "일어서서 엄마를 붙잡고 싶었지만, 여자애는 아무것도 못하고 반듯하게 누워서 눈물만 흘렸다. 꼭

---

15 참고로 채트먼은 흔히 동의어로 취급되는 내적 독백과 의식의 흐름을 구분한다. 내적 독백이 현재 시제 동사와 일인칭 대명사 등 통사적 특징에 의해 정의된다면, 의식의 흐름은 자유 연상의 원리에 따라 의미론적 요소들을 배열하는 원리를 지칭한다는 것이다. 내적 독백과 의식의 흐름은 종종 결합되어 나타나지만, 의식의 흐름은 대화를 질서화하는 원리로도 사용될 수 있다(1978, p.189).

차갑고 깊숙한 무덤 속에 누워있는 것만 같았다. 다른 아이들은 무어라고 말하면서 떠나는 엄마를 붙잡을까? 엄마들이 떠날 때 아이의 인생에는 무슨 일이 일어나는 걸까? 술 취하고 난폭한 아버지들, 끝나지 않을 가난, 음식 냄새도 없는 어둡고 텅 빈 저녁들, 무엇인가를 집어던지게 되는 삶의 균열, ……"(전경린, 「밤의 나선형 계단」)에서는 서술자가 어린아이의 생각을 자신의 언어로 해석하여 전달하는 양상을 볼 수 있다. '아이의 인생에는 무슨 일이 일어날까?', '난폭한 아버지들', '삶의 균열' 등의 언어는 분명히 어린아이의 것이 아니라 성인인 서술자의 것이다. 이렇게 인물의 말이나 생각에 변형을 가하는 서술자는 그 변형의 정도만큼 독자에게 더 잘 지각된다.

만일에 서술자가 인물이 말하지 않았거나 생각하지 않은 것에 대해서도 설명한다면, 서술자의 존재는 더욱 가시화될 것이다. "실제로 책을 고르는 동안 그는 하마터면 '책을 내동댕이친 사람'이 될 뻔했다"(이순원, 「익명, 혹은 그런 이름의 사회학을 위한 여섯 개의 단상」)라든지 "안현은 흐릿한 눈빛으로 땟국이 낀 봉두난발을 흔들며 눈앞의 허공만 보고 있었다. 기억은 쪼개지고 포개지고 곱해지고 사라지고 굳어지고 흐려지고 맑아졌다"(이인화, 「시인의 별」)와 같은 표현에는 인물보다 우위에 있는 서술자의 지식과 권위가 드러나 있다. 첫 번째 예문에서 서술자는 인물이 무의식중에 저지를 뻔했던 행동에 대해 언급하고 있으며, 두 번째 예문에서는 제정신이 아닌 인물의 멍한 머릿속에서 기억이 어지럽게 뒤섞이는 모습까지 설명하고 있다. 이처럼 흔히 전지적 서술이라 불리는 방식은 일반적으로 담화의 중개성을 높인다고 할 수 있다.

이와 관련하여 채트먼은 전지적 서술과 서술자의 제한적 이동을 구별한다. 토도로프는 특정 인물이 내적으로 묘사되는 서술 방식이 확장되어 모든 인물이 내적으로 묘사되면 전지적 서술이 된다고 보았지만, 채트먼은 한 인물의 정신으로부터 다른 인물에게로 제한적으로 이동하는 서술 방식은 지속적인 전지적 접근과는 확연히 구분된다고 주장한다.(pp.215~219) 전지적 서술이 플롯의 유기적 진행을 위해 필요한 것이라면, 제한적 이동 방식은 외적 사건의 진행을 돕지 않으며 오히려 이를 지연시키면서 갑작스럽게 다른 인물의 정신으로 전환되기 때문이다. 이때는 서로 다른 여러 인물들이 플롯에 기분 좋게 짜맞추어지는 것이 아니라 인물들 각자가 너무도 다른 정신적 우주를 지니고 있음을 보여주게 되며, 그 이질적인 생각들 자체가 플롯이 된다. 서술자의 제한적 이동에 관한 채트먼의 논의에는 의식의 흐름 소설을 비롯한 현대적 서사물의 성격에 관한 그의 섬세한 통찰이 반영되어 있다.

그럼 다시, 드러난 서술의 여러 방식들에 관해 살펴보기로 하자. 인물의 내면에 관한 서술자의 설명 이외에도 시간이나 사건의 요약적 설명, 배경이나 인물의 직접적 묘사 등은 이를 수행하는 서술자의 존재를 겉으로 드러나게 한다. 스토리에 관한 주석적인 설명 또한 드러난 서술자의 명백한 표지이다. 서정인의 「나주댁」의 서두 부분은 "애국을 전문으로 하는 사람들은 서울에만 몰려 있는 것이 아니라, 종종 벼랑에 핀 꽃처럼 대단한 벽지에서도 산견되는 수가 있다. 그들은 희소가치로 인해서 더욱 빛이 찬연하고 기세가 대단하다. 아무도 그들의 우국충정을 폄할 수 없다"로 시작되는 서술자의 긴 주석으로 이루어져 있다. 이런 주석은 허구적 세계에 속한 교장이라는 한 인물의 성격을 설명하기 위한 것이면서, 우리가 속한 실제 세계에 대한 서술자의 일반화된 판단을 내재한다. 한편 담화 자체에 대한 서술자의 주석적 설명을 포함하는 소설들도 있다. 일례로 이인성의 『한없이 낮은 숨결』은 소설집의 상당 부분이 담화에 대한 주석으로 되어 있다. "이 소설을 쓰는 나는, 이 소설을 통해, 이 소설을 읽는 당신과, 당신 자신을 가지고 노는 놀이를 한판 벌였으면 합니다"와 같은 부분에서 작가를 대변하는 이 소설의 서술자는 자신의 글쓰기가 궁극적으로 의도하는 바에 대해 직접 독자에게 발언하고 있다. 이는 서술하는 행위에 대한 서술자의 자의식을 노골적으로 부각시킨 것으로서, 드러난 서술의 극단적인 형태를 보여준다고 할 수 있다.

영화는 매체적 특성상 미메시스적인 성격을 지니기 때문에, 서술의 중개성이 드러나지 않는 것이 보통이다. 영화에서 드러난 서술은 화면 밖의 목소리에 의한 해설로 첨가되는 경우가 많다. 그런데 보이스오버 voice-over 방식의 명시적 해설은 대체로 미학적으로 결함이 있거나 시대에 뒤떨어진 것으로 받아들여진다. 이런 이유 때문에 채트먼은 보이스오버에 의존하지 않고도 서술자의 주석에 상응하는 것을 전달하는 현대 영화의 독특한 기법들에 관심을 나타낸다.(pp.247~248) 예를 들어 안토니오니의 〈일식Eclipse〉의 마지막 시퀀스에서 황량한 도시의 풍경을 보여주는 일련의 장면들은 삶의 의미를 찾고 진실한 인간관계를 맺으려는 여주인공의 노력이 부질없는 것이라는 서술자의 논평을 시각적 이미지의 연쇄로써 보여준다. 또한 영화로 각색된 〈프랑스 중위의 여자〉에서 원작에는 없었던 마이크와 안나의 현대적 사랑 이야기는 빅토리아 시대의 찰스와 사라의 사랑에 관한 주석적 논평으로 이해될 수 있다. (1990, pp.173~175) 이외에도 영화 〈시카고Chicago〉에서는 무대 위의 노래와 춤으로 이루어진 장면들이 서술자의 주석적 논평을 대신한다. 이런 장면들은, 언론의 주목을 끌고 피의자를 대중의 스타로 만들어 재판에서 승리하는 과정이 밤무대의 '쇼'와 다를 바 없다는 주석의 내용을 영상으로 시각화하여 전달하는 것이다.

채트먼은 영화에서 담화에 관한 주석이 이루어지는 방식에 관해서도 언급한다. (1978, pp.251~253) 이에 따르면, 영화의 자의식적 서술은 카메라맨을 찍는다든지 필름을 거꾸로 돌린다든지 하는 장치를 통해 영화적 환상성을 고의로 전복하고 관객으로 하여금 촬영하는 행위 자체에 주의를 돌리게 하는 방식으로 수행될 수 있다. 가스파 노에 감독의 〈돌이킬 수 없는Irreversible〉은 스토리의 결말로부터 일련의 시퀀스들이 거꾸로 진행되는 과정을 보여주는데, 이런 방식은 영화의 제목과 연결되어 현실의 흘러간 시간은 돌이킬 수 없으나 영화의 필름은 얼마든지 되감을 수 있다는 사실을 환기시킨다. 이 점은 특히 테이프를 감듯이 빙글빙글 돌아가는 화면의 영상을 통해 더욱 강하게 암시된다. 또 미카엘 하네케의 〈퍼니 게임Funny Games〉에서는 영화 속 인물이 관객을 향해 직접 말을 하거나 윙크를 하기도 하고, 불리한 상황에 처하자 갑자기 리모컨을 들어 필름을 되감아버림으로써 이전으로 상황을 되돌리기도 한다. 이런 장면들은 관객에게 당신이 지금 목격하고 있는 것은 스크린 위에 영사된 허구적 광경일 뿐이라고 폭로하면서, 영화를 만들고 보는 자 사이의 '게임'을 이끌어간다. 참고로, 곤사토시의 애니메이션 〈천년여우〉는 한 여배우의 일생을 다큐멘터리로 제작하는 과정을 보여주는데, 여배우의 기억과 환상적인 내면세계 속으로 카메라를 들고 뛰어다니는 카메라맨의 모습이 무척 흥미롭다. 〈천년여우〉는 영화적인 방식의 자의식적 서술이 스토리와 병행하는 형식으로 이루어진 애니메이션으로서, 영화를 찍는다는 것 또는 현실을 허구화한다는 것 등에 대한 메타적인 관심을 두드러지게 보여준다.

이상과 같이 채트먼의 담화 이론은 몇 가지 심각한 모순점에도 불구하고 서사적 담화의 특성을 이해하는 새로운 시각을 열어준다. 특히 숨어 있는 서술과 드러난 서술의 다양한 양상들에 관한 그의 통찰은 주목할 만하다. 이런 관점은 서술자가 극도로 숨어 있는 서사물과 자의식으로 노출된 서사물 등 서사의 상식적 관례를 깨뜨리는 현대적이고 실험적인 작품들을 설명하는 데 유용할 수 있다. 스토리의 이론에서 그가 소설의 영화적 기법에 관한 설득력 있는 논의를 보여주었다면, 그의 담화 이론은 반대로 영화가 문학적이고 메타적인 요소들을 수용하는 다양한 방식들을 암시하고 있다는 점에서 흥미롭기도 하다.

현대적인 예술 서사물에 집중하여 영화와 소설로 연구 대상을 한정한 채트먼의 서사 이론은 시학적 관점의 확장이라 할 수 있지만, 서사학의 또 다른 경향과 비교해볼 때는 다소 제한적인 성격을 띤다. 특히 채트먼 이론의 강한 미학적 편향성은, 서사물의 미적 특성과는 무관하게 모든 서사물의 서사적 의미에 있어서의 공통점과 차이점을 가치중립적으로 다루는 서사학의 또 다른 경향으로부터 그의 이론을 구별하게 하는 뚜렷한 근거가 된다. 채트먼의 서사 이론이 예증하듯이, 개별적인 서사 이론은 기술적인 도구일 뿐 아니라 이념이 될 수도 있다. 다양한 지향들의 교섭과 충돌로 이루어진 서사 이론의 지형은 문학과 서사를 바라보는 우리의 관점을 비추어보아야 할 거울이기도 하다.

3장 프랑스
시학적 지향을 넘어선 서사학

토도로프의 구조시학에서 서사성 못지않게 중요한 것이 '문학성'이 었다면, 채트먼에게서는 그 대신에 '예술성'의 개념이 중요하게 떠오른 다. 채트먼의 서사 이론은 시학에 내재했던 매체적 편향성을 넘어섰지 만, 미학적 가치지향성만은 여전히 고수하고 있었다. 반면에 서사물의 미학적 가치에 대한 관심마저 탈피하고 '서사성narrativity' 자체를 탐구하 는 구조주의 서사학의 또 다른 경향은 프랑스의 서사 이론에서 찾아 볼 수 있다. 프랑스의 서사 이론에서는 다른 매체의 서사물에 대한 이 론적 관심이 채트먼에게서만큼 두드러지지는 않지만, 서사물의 문학 성이나 예술성에 대한 지향이 완전히 사라진 것을 발견하게 된다. 프 랑스의 서사 이론은 구조시학에서 출발한 구조주의 서사학이 문학 이 론을 타자화하면서 서사 일반의 가치중립적인 이론으로 자신의 정체 를 확립해온 상황을 분명하게 예시한다. 프랑스의 서사학은 오늘날 '소설' 이론을 대치하며 급부상한 '서사' 이론의 한 근본적인 성격을 대 변해준다고 하겠다.

1. 프랭스의 기본 관점

프랭스는 서사학을 "모든 서사물의 서사물로서의 공통점과 상이점을 연구"하는 학문으로 정의한다.[1] 그에 의하면 서사학의 관심사는 "개별적인 소설과 이야기의 의미나 미적 가치가 아니라 서사물과 다른 의미화 체계를 구분할 수 있게 하는 특성들 및 그 특성들의 양태"(p.5)이다. 프랭스의 이 같은 정의는 그가 연역적인 이론으로서의 서사학의 목표를 '비평'의 목표와 뚜렷하게 구분하고 있음을 명시하고, 또한 문학적·미학적 가치 기준들로부터 자유로운 상태에서 모든 서사물을 가치중립적으로 다루고자 하는 그의 입장을 대변해준다. 이런 관점은 "서사학의 영역은 위대한 서사물이나 문학적 서사물이나 재미있는 서사물만이 아니라 모든 서사물에 걸쳐 있다"(p.5)고 하는 언급을 통해서도 다시 한번 강조된다.

한편 프랭스는 서사학의 대상을 규정함에 있어 매체적 특수성의 제약을 넘어서고자 한다. 그의 논의가 대체로 기술 서사물written narrative을 중심으로 이루어지고 있기는 하지만, 그는 이것이 단지 논의의 편의를 위한 것이며 자신의 이론은 "표현 매체와 상관없이 모든 서사물에 적용될 수 있다"(p.5)고 말한다. 서사의 초언어적 보편 구조에 주목하는 이런 관점은 문학성과 텍스트성을 강조하는 서사 이론가들이 연구의 대상을 언

---

1   Gerald Prince, *Narratology : The Form and Function of Narrative*, Berlin·New York·Amsterdam : Mouton, 1982, pp.4~5. 이 장에서 이 책의 참조와 인용은 본문의 괄호 안에 페이지 수로만 표시하기로 한다.

어 서사물로 한정하거나 매체의 언어적 성질에 배타적 지위를 부여하는 것과는 대조를 이룬다.[2] 프랑스의 서사학이 지닌 이 같은 지향은 문학중심주의를 거부하는 그의 기본 입장을 반영하는 것이기도 하다.

이 점은 그가 서사물에서 서술 대상narrated을 서술 행위narrating보다 더욱 근본적인 요소로 파악하는 것과도 관련이 있다. 프랑스는 서사물의 층위를 서술 대상과 서술 행위로 나누는데, 이는 '무엇을'(스토리)과 '어떻게'(담화)라는 구조주의 서사학의 일반적인 구분법에 상응한다. 프랑스에 의하면, 서술 행위의 차원이 특히 중시되는 것은 기술 서사물의 특징이다.(p.7) 그렇지만 서사물 일반에 관해서 이야기하자면 서술 행위는 서술 대상에 비해 부차적이다.

현대의 허구 서사물이 가지고 있는 가장 눈에 띄는 특징 가운데 하나는 (서술 대상을 희생하면서) 서술 행위의 차원에 중점을 두는 것이라 생각된다. 그러나 다시 한번 말하지만, 서사물 일반에 있어서 그런 것들을 언급한다는 것은 중요한 일이 아니다. 서술 내용인 사건을 다루지 않고서는 서사물이 존재할 수 없다. 그러나 서술 행위에 대한 논급을 빼놓고서는 얼마든지 서사물이 존재할 수 있다.(p.35)

이런 언급은 현대의 문학적인 서사물에 대한 프랑스의 대타의식을 잘 보여준다. 러시아 형식주의 이후로 문학의 특수한 본질은 '무엇을

---

2   Shlomith Rimmon-Kenan, *Narrative Fiction : Contemporary Poetics*, London and New York : Methuen, 1983, p.2; Mieke Bal, *Narratology : Introduction to the Theory of Narrative*, Toronto · Buffalo · London : University of Toronto Press, 1985, p.5.

말하는가'의 차원이 아니라 '어떻게 말하는가'에 있는 것으로 받아들여
져왔다. 더욱이 모더니즘 이후의 현대 소설에서는 스토리가 의도적으
로 해체되고 와해되면서 서술 행위의 차원이 점점 더 큰 비중을 차지
하고 있다. 물론 이 같은 현상은 소설이 시대에 적합한 표현 방식을 찾
아 스스로를 변화시킨 결과일 것이다. 오늘날 개인의 소멸과 객관세계
의 붕괴와 리얼리티의 상실에 직면하여 소설은 "서술이 아직도 적법한
것인가 또는 서사적 묘사 수단이 세계의 파악에 적합한 것인가 하는
물음을 제기하면서 끊임없이 스스로의 의도를 반성"하지 않을 수 없게
되었다.[3] 현대 소설의 이 같은 경향에 주목하는 서사 이론가들은 서사
물에서 스토리의 차원보다 서술하는 행위의 차원을 중요시하고, 서술
행위가 서사의 내용을 생성하는 근본적이고 역동적인 힘임을 강조한
다.[4] 이에 비해 프랭스는 누보로망을 비롯하여 스토리가 부재하는 현
대 소설들을 비서사 또는 '의사 서사물pseudo-narrative'로 규정하고(p.65), 서
사물의 본질적 특성에서 멀어진 예외적인 현상으로 본다. 이는 그가
수많은 서사물들 가운데 하나인 소설을 유독 서사의 중심에 두기를 거
절하는 한편, 스토리의 완결성이나 시간적·인과적 논리와 같은 서사
의 고전적인 원칙들을 강하게 고수하고 있기 때문이다.(pp.150~154)

프랭스의 서사학이 지닌 기법적·미학적 차원의 가치중립성은 위
계적인 문학중심주의와 신비화된 미학의 이데올로기를 해체하는 동
시대적 의의를 지닐 수 있다. 그러나 다른 한편 그의 이론은 현대적 서

3　Jurgen Schramke, 원당희·박병화 역, 『현대소설의 이론』, 문예출판사, 1995, 231면.
4　Shlomith Rimmon-Kenan(1983), pp.6~7; Gérard Genette, *Figures Ⅲ*, Paris : Seuil, 1972, pp.71~72.

사물 전반의 변화된 경향을 수용하는 데 있어 적극적이지 못하다는 평가를 받을 수 있다. 스토리를 전달하는 새롭고 다양한 방식들은 문학뿐 아니라 영화와 애니메이션 등 현대적인 대중 서사물들에서 스토리 자체보다 더욱 중요한 경우가 많다. 또한 현대적 서사물들은 일반적으로 완결된 플롯이나 엄격한 스토리의 논리를 초월하는 열린 구조를 특징으로 한다.[5] 프랭스의 서사 이론은 이런 광범위한 서사 현상들을 비본질적인 것으로 이해함으로써, 결국 전통 서사물에 관한 정적인 이론으로 스스로를 제한하는 경향이 있다.

이런 경향은 독서에 관한 그의 논의에서도 잘 드러난다. 그는 '서사물의 독서'라는 장을 따로 설정하여, 독자가 "서사 텍스트에 관한 문제를 제기하고 텍스트를 기초로 하여 텍스트가 제공하는 데이터를 서서히 처리하는"(p.103) 과정을 상세히 검토한다. 최근 일반화된 이런 경향은 흔히 후기구조주의적인 경향과 곧바로 연관되는 것으로 이해되기도 하지만, 실제로는 구조주의와 기호학에 의해 촉발된 것이다. 의미의 생산에 대한 책임이 구조와 관습에 있다고 보는 관점은 독서의 과정과 그것을 가능하게 하는 조건들에 주의를 기울이게 했던 것이다.[6] 독서에 관한 프랭스의 논의는 바르트의 『S / Z』(1970)를 포함하여 후기구조주의적인 경향을 띤 서사 이론들을 수용하고 있지만, 그것들은 프랭스의 이론에서는 다소 그 성격이 달라진다. 바르트가 제안했던 다섯

---

5   Seymour Chatman, *Story and Discourse : Narrative Structure in Fiction and Film*, Ithaca and London : Cornell University Press, 1978, pp.45~48.

6   Jonathan Culler, *On Deconstruction : Theory and Criticism after Structuralism*, Ithaca, New York : Cornell University Press, 1982, p.32.

개의 코드code들은 독서의 과정을 가능하게 하는 전제들일 뿐 아니라 복수적인 네트워크를 이루며 의미를 분산시키는 놀이의 전제들이기도 한데,[7] 프랭스의 독서 이론은 코드들에 근거하여 텍스트를 의미화하고 조직화하는 데 중점을 둔다.(pp.105~108) 프랭스는 코드들에 관한 텍스트 내적인 주석에 해당하는 부분들을 메타서사 기호meta-narrative signs라고 부른다.[8] 이에 관해 설명할 때에도 그는 메타서사 기호의 다양하고 이질적인 기능들 가운데 특히 독자를 대신하여 텍스트를 체계화하고 해석해주는 측면을 강조한다.(pp.125~128) 같은 맥락에서 그는 유관성relevance이 높은 질문, 즉 중심 의미를 끌어내는 데 유용한 질문을 선택하는 능력의 필요성을 중시하기도 한다.(pp.104~105) 이런 관점은 구조주의와 후기구조주의의 폭넓은 스펙트럼 가운데 상대적으로 구조주의 쪽으로 치우친 프랭스 서사학의 위치를 이해하게 해준다.

프랭스 서사학의 기본 관점은 연구 대상의 포괄성, 미학적 측면의 가치중립성, 서사물의 스토리 층위와 의미에 대한 강조 등으로 요약될 수 있다. 프랭스의 서사 이론은 문학적 담화의 특수성에 대한 규명이라는 구조시학의 목표로부터 벗어나 서사 일반의 근본 원리에 관심을 두는 서사학의 두드러진 한 경향을 대표한다. 근대적인 문학중심주의로부터의 탈피라는 측면에서 새로움을 지닌 그의 이론은 의미의 닫힌

---

7   Roland Barthes, *S / Z*, Paris : Seuil, 1970, pp.16~23.
8   메타서사 기호는 서사물의 코드에 관해 명시적으로 언급하는 대목들로서, '이것은 알 수 없는 일이었다'(해석학적 코드의 메타서사 기호), '그녀가 달고 있는 붉은 리본은 그녀가 공산주의자임을 의미했다'(문화적 코드의 메타서사 기호) 등과 같은 언급들이 그 예가 될 수 있다. 메타서사 기호는 올바른 해석의 방향을 일러주는 기능과 함께 독자를 의도적으로 오도하고 혼란시키는 기능을 할 수 있다.

체계와 스토리의 논리에 대한 강조라는 또 다른 측면에서는 서사를 이해하는 근대적 관점에 머물러 있다.

2. 서사문법

프랑스 서사 이론의 특징을 구체적으로 보여주는 부분이 바로 서사문법에 관한 논의이다. 서사문법은 서사물의 원리와 특징을 설명하는 형식 모델로서, 서사물을 명시적으로 기술하고 그 기능을 이해하게 해주는 정교한 기계를 만들어낸다고 하는 프랑스 서사학의 1차적인 과제를 구체화한 것이다.(p.5) 서사문법은 서사물의 본성에 관한 인간의 보편적인 직관에 근거하여 서사물을 이루는 근본 규칙들을 기술하는 일종의 공식이라 할 수 있다. 프랑스는 서사물의 매체적 실질이나 구체적인 표현, 또는 서사물의 제재나 테마 등으로는 서사물을 올바르게 정의할 수 없다고 말하면서(p.82), 서사물을 형성하는 특정한 구조를 서사문법을 통해 밝히고자 한다.

프랑스에 의하면, 핵서사물kernel narrative; N 또는 최소의 스토리[9]는 n개

---

9   프랑스가 말하는 '핵서사물'은 스토리를 이루는 최소한의 요소이다. 그런데 프랑스는 모든 스토리는 서사물이지만 모든 서사물이 스토리는 아니라고 말한다(p.170, 각주 8 참조). 즉 핵서사물은 스토리의 최소 요건이지만, 서사물의 최소 요건은 아니라는 뜻이다. 그러므로 핵서사물의 자질을 갖추지 않은 서사물도 있을 수 있는데, 이런 서사물은 핵서사물이나 스토리에 비해 서사성이 낮다.

의 사건을 포함하고(n≥2) 상황이나 상태의 수정modification을 하나만 포함하는 모든 서사물의 집합이다. (p.83)

① 혹부리 영감의 얼굴에는 커다란 혹이 달려 있었다. 그러다가 그는 도깨비를 만났다. 그 결과로 그의 얼굴에 있던 혹이 없어지게 되었다.

② 혹부리 영감의 얼굴에는 커다란 혹이 달려 있었다. 그러다가 그는 도깨비를 만났다. 그 결과로 그의 얼굴에 있던 혹이 없어지게 되었다. 그러다가 그는 다시 도깨비를 만났다. 그 결과로 그는 얼굴에 다시 혹이 생겼다.

③ 혹부리 영감은 노래를 잘 불렀고 도깨비들은 노래를 잘 부르지 못했다.

①은 핵서사물이다. '영감의 얼굴에 커다란 혹이 달려 있었다'라는 하나의 상태가 도깨비를 만난 사건을 통해 수정되었기 때문이다. 그러나 ②와 ③은 핵서사물이 아니다. ②는 상태의 수정을 두 개 포함하며, ③은 상태의 수정을 포함하지 않기 때문이다. 핵서사물 ①은 접속어군cluster of conjunctive features; CCL에 의해 결합된 세 개의 서사 분절narrative section; Nsec로 구성되어 있다.[10] 따라서 ①의 구조는 일단 다음과 같이 기술될 수 있다.

$$N \rightarrow Nsec + CCL + Nsec + CCL + Nsec$$

①의 경우 '그러다가'(CCL)는 시간의 선후 관계를 나타내는 접속어conjunctive feature of time; CFt이고, '그 결과로'(CCL)는 시간의 선후 관계와 더불어

---

10 핵서사물의 구조를 기술하는 규칙들에 관해서는 pp.84~88 참조.

인과성을 지시하는 접속어conjunctive feature of consequence; CFc이다. 한편 각각의 서사 분절(Nsec)은 한 개의 서사 사건narrative event; Ne과 n개의 사건으로 구성된다. 예를 들면 ①의 두 번째 서사 분절은 '영감은 도깨비를 만났다'라는 서사 사건과 함께 '영감은 나무를 하다가 길을 잃었다', '그는 숲 속의 폐가에서 밤을 지새게 되었다', '그는 무서운 마음을 달래려고 노래를 불렀다' 등과 같은 여타의 사건들을 포함할 수 있다. 서사사건은 상태적 서사 사건stative narrative event; Ne stat과 행동적 서사 사건active narrative event; Ne act으로 나뉜다. 상태적 서사 사건은 수정되어야 할 상태적 서사 사건In Ne stat과 수정된 상태적 서사 사건In Ne statmod으로 구분되고, 행동적 서사 사건은 수정되어야 할 상태적 서사 사건을 수정한다. ①에서 '영감의 얼굴에 커다란 혹이 달려 있었다'는 수정되어야 할 상태적 서사 사건In Ne stat이고, '얼굴에 있던 혹이 없어지게 되었다'는 수정된 상태의 서사 사건In Ne statmod이며, '영감은 도깨비를 만났다'는 처음의 상태를 수정하는 행동적 서사 사건Ne act이다. 이에 따라 ①의 구조는 다음과 같이 재기술된다.

In Ne stat＋CFt＋Ne act＋CFt＋CFc＋In Ne Statmod

이 도식은 핵서사물 ①의 구조를 한눈에 파악할 수 있게 해준다. ①은 세 개의 서사 사건으로 구성되어 있는데, 첫 번째 사건은 상태적이며 시간적으로 두 번째 사건에 선행한다. 두 번째 사건은 행동적이며 세 번째 사건에 선행하고 그 원인이 된다. 그리고 세 번째 사건은 상태적이며 첫 번째 사건이 수정된 결과이다.

프랭스는 또한 하나 이상의 수정을 이야기하는 비핵서사물의 구조를 설명하기 위해 복합 변형generalized transformations의 규칙을 도입한다.(pp.88~92) 복합 변형은 하나의 핵서사물에 또 하나의 핵서사물을 연접하거나 삽입하거나 교차시킴으로써 이루어진다.

④ 마음씨 착한 혹부리 영감이 살고 있었다. 그러다가 그는 도깨비를 만났다. 그 결과로 그는 얼굴에 달려 있던 혹이 없어지게 되었다. 그 후에 못된 혹부리 영감도 얼굴에 달린 혹을 떼고 싶어했다. 그래서 그는 도깨비를 찾아갔다. 그 결과로 그는 얼굴에 혹이 하나 더 생겼다.

서사물 ④는 두 개의 핵서사물을 연접한 결과이다. ④를 이루는 핵서사물을 각각 ⓐ와 ⓑ라 칭하고 ⓐ와 ⓑ의 구조를 'X-Nsec-Y'로 간략하게 표시한다면,[11] ④의 구조는 다음과 같이 도식화된다.

구조 : ⓐ X-Nsec-Y

　　　ⓑ X-Nsec-Y

변형 : (1-2-3 ; 4-5-6) → 1-2-3-CCL-4-5-6

1~3은 ⓐ의 요소를, 4~6은 ⓑ의 요소를 가리킨다. 이 복합 변형 규칙은 두 개의 핵서사물을 접속어군에 의해 연결하여 더 큰 서사물을

11　X와 Y는 어떤 요소들의 집합을 나타내는 기호로서, 규칙이 작용하기 위해 특정 요소(이 경우에는 Nsec)만이 구체적으로 밝혀져야 하는 경우에 나머지 요소들을 한데 묶어 간략히 표시하는 기능을 한다.

만들어내는 연접conjoining의 원리를 설명해준다.

⑤ 마음씨 착한 혹부리 영감은 얼굴에 커다란 혹이 달려 있었다. 그리고 못된 혹부리 영감도 얼굴에 커다란 혹이 달려 있었다. 그러다가 못된 혹부리 영감은 도깨비를 만났다. 그 결과로 그는 얼굴에 혹이 하나 더 생겼다. 그 후에 착한 혹부리 영감도 도깨비를 만났다. 그 결과로 그는 혹이 없어지게 되었다.

⑤는 핵서사물 ⓐ에 ⓑ가 삽입되어 이루어진 서사물이다. ⑤의 구조는 다음과 같이 도식화된다.

구조 : ⓐ X-Nsec-Y

　　　 ⓑ X-Nsec-Y

변형 : (1-2-3 ; 4-5-6) → 1-CFn-4-5-6-2-3

CFn은 ⑤의 '그리고'와 같이, 시간의 선후 관계나 결과를 지시하지 않는 모든 접속어를 뜻한다. 이처럼 두 개의 핵서사물은 CFt와 CFc를 제외한 모든 접속어를 매개로 하여 삽입의 관계로 연결될 수 있다.

⑥ 마음씨 착한 혹부리 영감은 얼굴에 커다란 혹이 달려 있었고, 못된 혹부리 영감도 얼굴에 커다란 혹이 달려 있었다. 그러다가 착한 혹부리 영감은 도깨비를 만났고, 못된 혹부리 영감도 도깨비를 만났다. 그 결과로 착한 혹부리 영감은 혹이 없어지게 되었고, 못된 혹부리 영감은 얼굴에 혹이 하나 더 생겼다.

⑥의 경우, ⓐ의 서사 분절들은 ⓑ의 서사 분절들과 교차하며 나타난다. ⑥의 구조는 다음과 같은 복합 변형 규칙을 통해 설명이 가능하다.

구조 : ⓐ Nsec＋CCL＋Nsec＋CCL＋Nsec

ⓑ Nsec＋CCL＋Nsec＋CCL＋Nsec

변형 : (1－2－3－4－5 ; 6－7－8－9－10)

→1－CFn－6－2－3－CFn－8－4－5－CFn－10

(2 = 7 ; 4 = 9일 때)

위의 도식이 보여주는 바와 같이 두 개의 핵서사물에서 서사 분절들은 시간이나 결과를 지시하지 않는 접속어에 의해 교대로 연결될 수 있다. 이 같은 교차alternation의 복합 변형에서 ⓐ와 ⓑ에 공통되는 CCL(2와 7 : '그러다가', 4와 9 : '그 결과로')들은 스토리 상에 중복되어 나타나지 않는다(7과 9는 생략). 이상과 같은 복합 변형의 규칙들을 결합하거나 반복하여 적용하면 더욱 복잡한 서사물들의 구조도 어느 정도까지는 설명이 가능하다.

프랭스의 서사문법은, 무엇은 서사물이 되고 무엇은 서사물이 못되는가, 어떤 자질들의 어떠한 결합 패턴이 서사물을 형성하는가, 서사물은 어떻게 요약되거나 확대될 수 있는가 등에 관한 기본 원리들을 명시적으로 밝혀줌으로써, 서사의 본질에 관한 통찰을 제공한다. 서사문법은 또한 여러 서사물을 그 구조적 차이와 유사성에 따라 비교하고 분류할 수 있게 해주고, 현존하는 서사물뿐 아니라 서사물의 무수한 가능태들을 체계적으로 설명할 수 있는 추상적 모델을 제시한다. 이에 더

하여 프랑스의 서사문법은 접속어군의 종류와 숫자를 통해 서사 분절의 결합력을 비교할 수 있게 해주고,[12] 서사 사건과 비서사 사건의 구분을 통해 사건 유관성event relevance의 등급을 설명할 수 있게 도와준다.[13]

나아가 프랑스는 서술 대상뿐 아니라 서술 행위의 차원까지도 서사문법을 통해 설명하고자 한다. 이를 위해 필요한 규칙이 단일 변형singulary transformation인데(pp.97~100), 복합 변형이 두 개의 (핵)서사물을 결합하는 데 관여하는 반면 단일 변형은 연속된 사건의 열string of events; Str ev이나 삽화의 열string of episodes; Str ep에 작용한다.

단일 변형 규칙 1(ST1)은 서술 대상 순서와 서술 행위 순서의 차이를 설명해준다.

ST1 : 구조 : X−Str ep−CFt−Str ep−Y

변형 : 1−2−3−4−5 → 1−4−4 이전에−2−5

⑦ 흥부는 둥지에서 떨어진 제비의 다리를 고쳐주었다. 그 후에 제비는 흥부에게 박씨를 물어다 주었다.

⑧ 제비는 흥부에게 박씨를 물어다 주었다. 그 전에 흥부는 둥지에서 떨어진 제비의 다리를 고쳐주었었다.

---

12 CFt와 CFc에 의해 연결된 서사 분절은 CFn으로 연결된 서사 분절보다 결합력이 강하다. 또한 다른 조건이 동일하다면 n개의 접속어군을 가진 분절은 n-1의 접속어군을 가진 분절보다 결합력이 강하다.
13 수정될 상태이거나 수정된 상태이거나 수정하는 행동인 서사 사건은 비서사 사건보다 유관성이 크다.

변형 규칙 1을 적용하면 ⑦이 ⑧로 변형되는 과정을 기술할 수 있다. 변형 규칙 1은 또한 서술 행위의 층위에서 시간 순서가 뒤바뀌는 단일 변형의 경우에 시간을 나타내는 접속어 CFt가 어떻게 변형되는지를('그 후에' → '그 전에') 도식으로 분명하게 보여준다.

프랑스는 또한 사후 서사·사전 서사·동시 서사의 차이를 표시하는 단일 변형의 모델(변형 규칙 2·3·4)을 제안한다.

> ST2 : 구조 : X-Str ev-Y
>
>   변형 : 1−2−3→1−2−사후−3
>
> ST3 : 구조 : X-Str ev-Y
>
>   변형 : 1−2−3→1−2−사전−3
>
> ST4 : 구조 : X-Str ev-Y
>
>   변형 : 1−2−3→1−2−동시−3

⑨ 흥부는 제비가 물어다 준 박씨를 심었다. 그랬더니 지붕 위에 커다란 박이 주렁주렁 열렸다.

⑩ 흥부는 제비가 물어다 준 박씨를 심을 것이다. 그러면 지붕 위에 커다란 박이 주렁주렁 열릴 것이다.

⑪ 흥부는 제비가 물어다 준 박씨를 심는다. 그러자 지붕 위에 커다란 박이 주렁주렁 열린다.

이렇게 사후$_{POST}$·사전$_{ANT}$·동시$_{SIM}$라는 상황$_{constant}$을 도입하면, 서술 행위가 ⑨와 같이 사건들의 발생 이후에 이루어질 수도 있고, ⑩과 같이 사건들보다 선행할 수도 있으며, ⑪과 같이 동시적으로 이루어질 수도 있음을 확인하게 된다.

이 외에도 프랭스는 반복과 생략에 관한 단일 변형 규칙(변형 규칙 5 · 6)을 마련했다.

ST5 : 구조 : X-Str ev-Y

　　변형 : 1-2-3 → 1-2-3-반복 2

⑫ 흥부는 착했다. 그래서 흥부는 둥지에서 떨어진 제비의 다리를 고쳐주었다. 그 후에 제비는 흥부에게 박씨를 물어다 주었다. 흥부가 둥지에서 떨어진 제비의 다리를 고쳐주었기 때문이었다.

ST6 : 구조 : X-CCL-Ne stat-Y

　　변형 : 1-2-3-4 → 1-2₀-3₀-4

　　(2와 3을 열로부터 다시 찾을 수 있을 때)

⑬ 흥부는 가난했다. 그러다가 지붕 위에 열린 박에서 금은보화가 쏟아져 나왔다. 그 후에 흥부는 불쌍한 놀부에게 재산을 나누어주었다.

변형 규칙 5는 ⑫와 같이 동일한 사건이 반복적으로 언급되는 경우에 발생하는 서술 대상과 서술 행위의 구조적 차이를 설명해준다. 변형 규칙 6은 ⑬에서와 같이 '그 결과로 흥부는 부자가 되었다'라는 상태적 서사 사건이 서술 행위의 층위에서 생략될 수 있음을 보여준다. 변형 규칙 6에서 아래에 표기된 0이라는 기호는 이 기호가 붙는 요소들이 서사물에서 명시적으로 진술되지 않음을 뜻한다. 괄호 안에 제시된 조건은, 소거된 요소들이 서사물의 나머지 부분들을 고려함으로써 복원될 수 있을 때에만 이러한 변형이 가능하다는 것을 알려준다.

이처럼 프랭스는 서술 행위의 차원에서 일어나는 다양한 변형들을 체계적으로 보여주는 서사문법의 규칙들을 고안하였다. 시점이나 서술자의 문제와 같은 서술 행위의 또 다른 측면들이 서사문법에서 제외되어 있기는 하지만,[14] 프랭스의 이론은 스토리의 차원을 중심으로 하는 서사문법의 영역을 담화로까지 확장시켰다. 프랭스가 지적한 대로 서사문법은 서사물과 관련된 적절한 질문들을 던지고 그에 답할 수 있게 하는 발견의 수단이 될 수 있다. 이를테면 민담의 구조와 소설의 구조는 어떻게 유사하고 상이한가, 특정한 매체는 어떤 특정한 방식의 변형을 선호하거나 기피하는가, 특정한 사회는 서사 구조와 서술 행위의 측면에서 어떤 종류의 이야기를 좋아하는가, 이론상으로 가능한 어떤 구조와 형식들이 왜 실제로는 희귀한가, 어린이의 서사 능력 발달은 어떤 단계들을 거쳐서 이루어지는가 등과 같은 질문들이 서사문법을 통해 제기되고 대답될 수 있다. 이런 이유 때문에 프랭스는 서사문법이 서사물에 대한 이해뿐 아니라 인간에 대한 우리의 이해를 심화시켜줄 수 있다고 말한다. (p.102)

반면에 서사문법은 서사물의 주제나 미적인 힘 등을 설명하는 도구는 될 수 없다. 프랭스는 서사물의 이 같은 차원들은 서사문법으로 "설

---

14 이런 측면을 도식화하여 설명하는 서사학적 규칙들은 미케 발의 이론에서 찾아볼 수 있다. Mieke Bal(1985), pp.110~114, 124~126.

명하지 않아도 되는" 것들이라고 말하면서, "문법에 있어서는 위대한 서사물도, 아름다운 서사물도, 심오한 서사물도, 재미없는 서사물도 없는 법이다. 그저 서사물이 있을 뿐이다"(p.81)라고 단언한다. 이런 표명은 문학 이론의 가치 지향성을 의도적으로 탈피한 프랭스 서사학의 위치를 다시 한 번 확인시켜 준다.

3. 서사성

프랭스에게 있어서 '서사물'은 '스토리'보다 포괄적인 개념이다. 프랭스는 시간 t에 사건 하나가 일어나고 t 이후의 시간 t1에 이와 모순되지 않는 또 하나의 사건이 일어난다면, 이러한 사건들의 표현은 무엇이나 서사물이 될 수 있다고 말한다.(p.145) 그러나 서사물마다 그것이 지닌 서사성의 정도에는 차이가 있다. 프랭스는 어떤 서사물이 다른 서사물보다 더 서사적이라고 느끼는 우리의 직관을 서사성이라는 개념을 통해 이론적으로 설명하고자 한다. 그에 의하면 서사성이 높은 서사물은 그렇지 않은 서사물에 비해 "더 나은 이야기를 한다".(p.145) 미적이고 문학적인 가치 기준을 배제한 프랭스의 서사 이론에서 서사성은 서사물의 서사적인 질을 판단할 수 있게 하는 매우 중요한 개념이라 할 수 있다. 이 장에서는 프랭스의 논의에 근거하여(pp.146~161) 서사물에서 서사성의 정도를 좌우하는 여러 가지 요인들을 검토해보기로 한다.

그는 우선, 서술 대상의 기호[15]가 서술 행위의 기호[16]보다 더 많은 서사물은 이와 반대인 서사물보다 서사성이 높다고 지적한다.

① 존은 불행했다. 그러다가 그는 메리를 만났고 그 결과로 그는 행복해졌다.

② 나는 내 친구가 들려준 이야기 하나를 기록하기 위하여 지금 책상 앞에 앉아 있다. 방 안은 덥고 주위는 소란스럽다. 나는 내가 과연 이 이야기를 잘 쓸 수 있을지 자신이 없지만 하여튼 쓰기 시작하지 않을 수 없다. 존 ― 나는 이 이름을 좋아한다!― 은 불행했었는데 그 후에 그는 메리를 만났고 그 결과로 행복해졌다.

서술 대상의 기호만으로 이루어진 ①은 동일한 사건들이 장황한 서술 행위의 기호들로 둘러싸인 ②에 비해 서사성이 높다. 서사성의 정도를 결정하는 이 첫 번째 기준은, 서사물이란 사건의 서술에 관한 언급이 아니라 사건 자체에 관한 이야기라고 하는 프랭스의 기본 관점을 대변해준다.

다음으로 프랭스는 서사성과 관련하여 스토리의 지속 시간을 고려한다. 주로 서술 대상에 관해서만 언급하는 서사물 가운데서도, 동시적으로 느껴지는 상황보다는 시간 연속이 긴 사건들을 제시하는 대목이 더욱 서사적이다.

---

15 서술 대상의 기호signs of narrated는 이야기되는 사건이나 상황을 나타내는데, 인물이 행동하는 시간이나 공간과 연관된 기호들이 여기에 포함된다.
16 서술 행위의 기호signs of narrating는 능동적인 서술 행위와 그 연원 및 목적 등을 나타내는데, 주로 서술자나 서술자의 서술 행위를 환기시킨다.

③ 옛날 어느 숲 속 마을에 얼굴이 예쁜 여자아이가 살고 있었다. 그 아이는 비단으로 만든 빨간 망토를 항상 입고 다녔다. 그래서 사람들은 그 아이를 빨간 망토라고 불렀다.

④ 사냥꾼은 가위로 늑대의 배를 갈랐다. 그랬더니 그 속에서 할머니와 빨간 망토가 기어나왔다. 사냥꾼은 빨간 망토에게 돌멩이들을 주워오라고 말했다. 빨간 망토가 치마 가득 돌멩이를 담아왔더니, 사냥꾼은 그 돌멩이들을 늑대의 뱃속에다 집어넣었다. 그 다음에 할머니는 늑대의 배를 바늘로 꿰매어버렸다. 그 결과로 늑대는 배가 아파서 죽고 말았다.

시간의 순차성과 연속성이 분명한 ④는 그렇지 않은 ③보다 서사성이 높다. 본질적으로 서사물이란 서로 다른 시간에 발생한 사건들을 이야기하는 것이기 때문이다.

서사물은 갈등을 그릴 때에도 서사성이 높아진다. 시간을 통하여 대립을 해결하는 중재를 표현하는 것은 서사물의 주된 특징이다. 그런 면에서 갈등의 요소를 훨씬 더 많이 포함하는 ⑤는 ⑥보다 더욱 서사적이다.

⑤ 심청은 아버지의 눈을 뜨게 하기 위해 공양미 3백 석을 마련해야 했다. 그래서 심청은 뱃사람들에게 팔려가 인당수에 몸을 던지기로 결심하였다.

⑥ 심청은 아버지의 눈을 뜨게 하기 위해 공양미 3백 석을 마련해야 했다. 이 사실을 안 이웃 마을의 정경부인은 심청에게 공양미 3백 석을 마련해주었다.

프랑스는 서사성을 좌우하는 또 다른 요소로서 특수성과 개별성을 언급한다. 그는 "서사물은 추상에서 힘을 잃고 구체성에서 힘을 얻는다"(p.149)고 말한다. 따라서 '모든 인간은 죽는다'와 같은 추상적이고 일반적인 진술보다는 '나폴레옹은 1821년에 죽었다'와 같은 진술이 서사물로서의 성격을 더 많이 갖게 된다.

한편 사건의 발생이 가능성이나 개연성으로서가 아니라 어떤 한 세계 내에서 사실로 주어질 때, 서사물의 서사성은 높아진다. 프랭스에 의하면 "서사물의 품질 보증은 사실 보증"이며, 서사물은 "확실성 안에서 생명이 유지된다".(p.149)

⑦ 그는 애인에게 전화를 걸고 나서 잠자리에 들었다. 그러고는 침대에서 살해되었다.

⑧ 그는 애인에게 전화를 걸 것이다. 그리고 그 다음에는 잠자리에 들 것이다. 그 후에 그는 침대에서 살해될 것이다.

⑨ 아마도 그는 애인에게 전화를 걸었을지 모른다. 그리고 그 다음에는 잠자리에 들었을 것이다. 그 후에 그는 침대에서 살해되었을지도 모른다.

⑦은 ⑧이나 ⑨보다 서사성이 높다. 일반적으로 우리는 서사물을 이미 발생한 사건들에 관한 일련의 단언으로 이해하려 하며, 그러한 처리가 용이할수록 서사성이 높다고 느끼기 때문이다. 무지나 미결 상태가 오래 지속되면 서사적인 힘은 약화된다. 사전 서사나 동시 서사보다 사후 서사가 훨씬 더 흔한 이유도 이와 무관하지 않을 것이다.

서사성을 강화시키는 또 다른 자질은 전완성wholeness이다. 제시된 사건들이 처음과 중간과 끝이 있는 하나의 완전한 구조물을 이루는 경우에 서사물의 서사성은 높아진다.

⑩ 옛날 옛날에 장마가 들어 홍수가 나자 쥐들이 이사를 가게 되었다. 쥐들은 일렬로 줄을 지어 앞선 쥐의 꼬리를 물고 물웅덩이를 건너갔다. 꼬리에 꼬리를 물고……. 쥐들이 어찌나 많은지 그 행렬은 끝이 보이지 않고 계속되었다. 꼬리에 꼬리를 물고, 꼬리에 꼬리를 물고……. 아직도 쥐들은 그렇게 웅덩이를 건너가고 있다.

⑪ 쥐가 들끓는 한 마을에 이상한 피리 부는 사나이가 나타났다. 사나이는 피리를 불며 마을 전체를 한 바퀴 돈 다음 강으로 걸어들어갔다. 쥐떼들은 피리 소리에 이끌려 홀린 듯이 그를 따라가서는 모두 강물에 뛰어들어 빠져 죽고 말았다.

⑩과 같이 미완의 결말로 끝이 나는 서사물은 그다지 서사성이 높지 않다. 반면에 ⑪은 비록 동화 전체로 보면 절반에 해당하는 하나의 시퀀스가 끝났을 뿐이지만, 벌어졌던 사건이 제대로 마무리되었다는 완결감 때문에 훨씬 더 서사적으로 느껴진다.

원인과 결과의 설득력도 서사성을 높여주는 한 요소이다. 서사물은 변화를 제시할 뿐 아니라 그 변화를 설명하기도 한다. 가난하지만 착한 흥부가 제비 다리를 고쳐주었다가 보은의 박씨를 선물받아 부자가 되었다는 이야기는 초자연적이지만 설득력이 있는 인과적 고리들에 의해 상태의 변화를 설명한다. 핵서사물의 정의를 통해 이미 살펴본 바와 같이 서사물(스토리) 내에서 일련의 사건은 최초의 상황을 최종적 상황으로 수정하는데, 이 때 수정하는 주체와 수정되는 대상 사이의 연관성을 이해하는 데 곤란이 따른다면 그 변화에 대한 설명은 설득력이 없을 것이고 서사성은 훼손될 것이다. 우연성이 남발하는 서사가 인과적 서사에 비해 서사성이 약하고 덜 좋아보이는 이유도 여기에 있다.

서사물은 정향성orientation이 있을 때에도 서사성이 높아진다. 서사물을 읽는다는 것은 '끝'을 기다리는 것이라 할 수 있는데, 그 기다림의 질이 곧 서사물의 질이다.(p.157) 서사물 내에서 우리가 접하는 어떤 진술이 지극히 무의미한 것일지라도, 그것에 어떤 방향이 주어져 있다면 그 무의미함은 일시적이라고 느껴질 것이다. 거기에는 앞으로 나올 어떤 것에 의해 의미가 주어질 것이기 때문이다. 이러한 느낌을 강하게 유발하는 서사물일수록 서사성은 높아진다.

마지막으로 프랭스는 서사물의 요점에 관해 언급한다. 요점이 없는 이야기는 서사성이 낮다. 서사물의 요점이란 주제일 수도 있고, 문제적 요소일 수도 있으며, 이야기할 만한 가치일 수도 있다. 서사물의 요점은 수용자의 요구라고 하는 맥락에 의해서만 결정될 수 있다. 수용자는 서사물을 통해 자신에게 유관성이 있는 의미를 찾기 원하며, 이런 욕구의 충족 없이는 서사물의 요점도 있을 수 없다. 결국 프랭스가 말하는 서사성이란 서사물의 객관적 특성이라기보다는 서사물이 수용되는 맥락과 관련되는 개념이라 할 수 있다. 즉 어떤 수용자가 한 서사물에서 어떤 자질들을 발견하면 그 수용자는 그 서사물을 서사물로서 잘 만들어진 것이라고 생각할 수 있다는 것이다. 이렇게 보면 수용자들의 관심사나 수용자가 처한 상황이나 시대에 따라서, 어떤 수용자에게는 서사성이 높은 서사물이 다른 수용자에게는 그렇지 않다고 느껴질 수 있는 이유가 설명 가능해진다.

서사성에 관한 프랭스의 논의는 사건들을 연관짓고 체계화하여 의미를 산출하고자 하는 인간의 서사적 욕망을 이해하게 해준다. 서사성의 개념은 또한 서사물의 스토리를 자신의 삶이나 세계와 관련시키고, 그럼으로써 2차적으로 의미화하고 싶어하는 우리의 욕망을 반영하는 것이기도 하다. 이미 지적한 대로 프랭스의 논의가 스토리의 완결성과 인과성과 유의미성 등과 같은 서사의 전통적 특성들에 집중되어 있기는 하지만, 그것이 서사의 본질적 측면들에 관한 논리적인 설명과 통찰을 제공한다는 데는 의심의 여지가 없다.

끝으로, 프랭스가 말하는 서사성의 개념은 그 자체로 서사물의 우열을 평가하는 기준은 될 수 없다. 서사성이 높은 서사물은 단지 '서사적인 견지에서 볼 때' 잘된 서사물임을 뜻하는 것일 뿐이다. 프랭스 자신 또한 "많은 서사물들이 높이 평가되는 것은 서사물로서의 가치 때문이 아니라, 그것들이 지닌 위트나 문체나 사상적 내용이나 심리적 통찰 때문이다. 대부분의 서사물에는 서사물 이상의 것이 있는 법이다!"(pp.160~161)라고 말하기도 했다. 프랭스의 서사학은 실제로 서사물이 가진 '서사물 이상의 것'들에 대해서는 아무것도 말해주지 못한다. 문학적이고 미학적인 관점에서 그동안 서사의 가장 중요한 측면들로 여겨져왔던 그런 부분들은 프랭스에게 있어서는 관심 밖의 문제들이었다. 이러한 관점의 전환은 서사 이론의 지형 안에서 프랭스 서사학의 위치를 결정짓는 가장 두드러진 지표일 것이다.

프랭스의 서사 이론은 구조시학과 분리된 가치중립적 서사학의 근본적인 지향을 뚜렷하게 보여준다. 이러한 경향은 그동안 자명하게 받아들여져왔던 문학의 위상과 본질과 가치 등에 대한 믿음이 의문에 부쳐지고 문학의 개념이 전면적으로 새롭게 구성되고 있는 오늘날, 문학과 비문학의 경계와는 무관하게 보다 폭넓은 시각으로 서사 현상 전반을 바라보는 새로운 관점을 반영한다. 프랭스의 서사학은 인간의 대표적인 의미화 행위로서의 서사의 본질과 특성과 형식 등에 대한 포괄적이고 체계적인 이론화라는 점에서 그 의의를 찾을 수 있다. 특히 서사 문법과 서사성에 관한 논의는 그의 이론의 특징적인 면모를 잘 보여준다. 다른 한편 프랭스의 서사학은 완결성 있는 의미의 형성과 추출이라는 측면 이외의 서사의 또 다른 기능과 성격에 대한 탈근대적 관심에서는 벗어나 있으며, 이런 측면을 두드러지게 보여주는 서사물들을 분석하는 데에는 상대적으로 덜 유용할 수 있다. 이 점은 프랭스 서사학이 지닌 서사에 대한 전통적 관점을 대변하는 것이기도 하다.

제2부
서사학과 문학비평

구조시학을 대표하는 토도로프의 서사 이론으로부터 시작하여 구조시학의 바깥으로 나아가는 서사학의 두 가지 움직임을 살펴보았다. 채트먼은 매체적 차원에서, 프랭스는 가치의 차원에서, 시학의 영역을 넘어서는 서사학의 지형을 보여주었다. 이제 다시 토도로프의 자리로 돌아와보자. 토도로프의 구조시학에 내재했던 문학성에 대한 지향은 서사 텍스트의 문학적이고 언어적인 특수성에 주목하는 또 다른 이론들로 연결된다. 언어로 기술된 서사 텍스트만을 연구 대상으로 하는 리몬케넌, 주네트, 미케 발 등의 이론이 여기에 해당된다. 시학이라는 용어를 사용하는 리몬케넌과 주네트가 문학 텍스트의 특수성을 밝히는 데 치중한다면, 자신의 이론을 시학 대신에 서사학이라고 명명한 미케 발의 경우에는 문학에 대한 편향이 줄어든 반면 언어의 매체적 특수성에 대한 관심이 확대된다.

이들의 이론은 또한 체계화에 대한 관심과 더불어 개별 텍스트의 특수성에도 주의를 기울이며, 구조주의적 방법을 비평과 접목시키고자 하는 다양한 시도를 보여준다. 토도로프가 구조시학과 비평의 근본적인 차별성을 강조했던 것은 기존의 문학 이론과 구별되는 구조시학의 새로운 성격을 부각시킨 것으로서, 그는 비평이라는 용어로 전통 시학 일반을 통칭했다고 말할 수 있다. 전통 시학은 대체로 개별 텍스트들로부터 출발한 귀납적 추론의 방식을 취했으며, 문학의 가능태가 아닌 현실태에 주목했고, 궁극적으로 텍스트의 해석과 평가로 귀결되는 비평 이론으로서의 성격을 지니고 있었다. 이에 비해 연역적·추상적 보편 이론을 지향하는 구조시학은 전통 시학과의 현격한 단절을 내세웠던 것이다.

그러나 토도로프도 알고 있었듯이[1] 시학과 비평의 관계는 분명히 상보적이다. 이미 존재하는 작품들에 대한 고찰에 근거하지 않는 이론적 성찰이란 비생산적이고 무용한 것일 뿐이며, 비평은 또한 시학이 고안해놓은 체계적인 개념들을 활용할 때 효과적으로 진척될 수 있기 때문이다. 따라서 전통 시학과의 단절을 의식적으로 내세움으로써 구조시학의 자기 동일성을 획득한 이후에 시학이 다시 비평과 결합하고자 하는 것은 자연스러운 변화라고 하겠다. 이는 특히 문학 연구에서 구조주의적 방법이 환원적인 유형화와 공소한 추상화에 머물러 있다고 하는 구조시학 안팎의 비판적 인식이 확산된 결과이기도 하다. 토도로프의 이론이 이미 구조시학의 한계에 대한 반성을 담고 있었던 것처럼, 리몬케넌과 주네트 등 문학 텍스트의 특수성에 주목하는 서사 이론가들은 시학의 체계를 유연하게 하고 정적인 구조를 역동화하려는 구조

---

1   T. Todorov, *Poétique : Qu'est-ce que le structuralisme?*, Paris : Seuil, 1973, pp. 21~22.

주의의 내적인 변화를 추구하게 된다. 이들과 함께 논의될 미케 발 역시 전형적인 구조주의의 방법으로는 설명하기 어려웠던 텍스트의 이데올로기를 체계 안에 끌어들임으로써 서사학적 비평의 새로운 가능성을 보여준다.

이들은 또한 서사물의 구조를 스토리와 담화의 두 층위로 나누는 대신 세 개의 층위로 구분하는데, 이런 구분법에는 '텍스트'에 주목하는 기본 관점이 투영되어 있다. 컬러가 조심스럽게 정의한 대로 텍스트라는 말을 '언어에 의해 표명된 모든 것'으로 이해하는 관점에서도,[2] 기술 서사물로 연구 범위를 한정한 이들의 서사 이론은 모두 텍스트 이론의 성격을 지닌다고 말할 수 있다. 각각의 이론가들을 검토하면서 문학과 언어 텍스트에 대한 이들의 관점이 겹치고 나뉘는 지점들을 확인해보자.

---

2   Jonathan Culler, *On Deconstruction : Theory and Criticism after Structuralism*, Ithaca, New York : Cornell Univ. Press, 1982, p.8.

1장 리몬케넌
시학의 재정립을 위한 시도

　리몬케넌Shlomith Rimmon-Kenan은 서사 텍스트의 문학성에 관심을 집중하고 다시금 서사시학의 확립에 주력한다는 면에서 토도로프의 자리와 가장 가까울 것이다. 리몬케넌의 『허구 서사—동시대의 시학』(1983)은 서사 이론의 전반적인 동향을 압축하여 정리한 입문서인 동시에, 변화된 시대의 새로운 요구에 직면한 한 문학이론가의 반성적 자의식을 담고 있는 독자적인 이론서이다. 우리가 특별히 주목하고 있는 서사 이론의 지형에 대한 예민한 통찰을 보여준다는 점에서도 이 책은 무척 흥미롭다. 이어지는 논의에서, 그의 이론이 왜 시학의 '재정립'을 위한 시도인지가 분명해질 것이다.

1. 리몬케넌의 기본 관점

서사를 문제 삼는 리몬케넌의 기본 관점은 '허구 서사–동시대의 시학'이라는 표제에서부터 잘 드러난다. 이 표제에 의하면 우선 리몬케넌의 연구 대상은 '허구 서사narrative fiction'로 한정되어 있는데, 실제로 이 책에서 논의되는 텍스트는 전부 소설작품들이다. 그가 소설이라는 용어 대신에 허구 서사라는 용어를 사용한 것은 기존의 규범적인 소설 이론에서 탈피하여 소설 장르를 서사의 한 형태로 바라보려는 유연하고 개방적인 접근 태도를 시사해준다. 그런 의미에서 리몬케넌의 서사 이론은 '동시대적'이다. 그는 또한 자신의 작업이 시학을 지향한다는 점을 표제에서 명시하고 있다. 허구 서사의 공통된 특성은 무엇이며, 허구 서사와 다른 텍스트의 차이는 무엇인지를 체계적으로 이론화함으로써, 그는 새로운 소설 이론으로서의 동시대의 시학을 구성하고자 하는 것이다.

이 같은 태도는 그가 소설(문학)의 변화된 위상과 이를 반영하는 서사 이론의 전반적인 경향들을 의식하고 있었음을 암시한다. 이 점은 허구 서사를 정의하는 그의 방식을 통해서도 알 수 있다. 리몬케넌은 허구 서사를 "일련의 허구적 사건의 서술"로 정의하면서, '서술narration'이란 용어가 "매체의 언어적 본질"을 암시한다고 부언한다.[1] 이로써 그

---

1   Shlomith Rimmon-Kenan, *Narrative Fiction : Contemporary Poetics*, London and New York : Methuen, 1983, p.2. 이 장에서 이 책의 참조와 인용은 본문의 괄호 안에 페이지 수로만 표시하기로 한다.

는 허구 서사물을 다른 매체의 서사물들(영화 · 발레 · 무언극 등)과 구별하는 한편, 비허구적 서사물(신문기사 · 역사적 저술 등)이나 비서사적 문학 텍스트(서정시 · 설명적 산문 등)와 구별하는 경계를 설정한다. 이는 그것들 사이의 구분을 비본질적인 것으로 보는 서사 이론의 다른 경향들과의 차별성을 밝혀두기 위한 것으로,[2] 문학과 비문학 또는 픽션과 논픽션의 경계가 점차 모호해져가는 오늘날의 상황을 역설적으로 반영하는 것에 다름 아니다.

이미 살펴본 대로 서사학의 한 끝은 매체적 특수성과는 무관하게 공통적으로 존재하는 서사물의 초언어적 구조에 주목하며, 서사 이론의 다른 쪽 극단인 해체주의적 텍스트 이론은 비서사적이고 비허구적인 것으로 분류되어왔던 텍스트들로부터 서사적 요소와 허구적 요소들을 추출해낸다. 이들 이론은 각기 다른 방향에서 모두 소설(문학)의 독자적인 영역을 위협한다. 리몬케넌은 이러한 상황을 "도전"으로 받아들이면서, "문학의 차별성"과 "경험을 조직화하는 문학적 구조의 중심적 지위"를 다시 강조하고자 한다.(pp.130~132) 허구 서사와 다른 텍스트들 간의 공통점에 대한 새로운 인식을 토대로 하여, 서사시학은 오히려 그 "유사성 속에서 새로운 상이점을 발견"할 수 있다는 것이다.(p.131) 이는 토도로프가 과학적으로 기술되기 어려운 어떤 것으로 생각했고, 최근 들어 의심스럽고 모호한 것으로 여겨져온 문학성을 그가 구조시학의 방법과 체계 안에서 발견하고자 함을 의미한다. 그는 다른 서사

2 　이 같은 차이를 강조하기 위하여 리몬케넌은 시학을 서사학과 구별되는 학문으로 규정하면서, 서사학이라는 용어를 매체들 간의 상호전환이 가능한 국면을 다루는 경우에만 제한적으로 사용하기도 했다(p.133).

물이나 다른 텍스트들과 구별되는 문학의 '서사물로서의' 차별성을 설명하기 위한 시학의 체계를 구상했던 것이다.

"허구 서사의 종차differentia specifica를 무효화"(p.131)하는 연구 경향은 물론 서사 이론 내부의 문제만은 아니며, 근대적 문학 개념이 소멸하는 데에 근본 원인이 있을 것이다. 오늘날 문학이란 용어로부터 근대적인 가치지향적 함의가 탈락되면서 문학은 '글로 쓰인 모든 것'을 지칭하던 근대 이전의 개념으로 탈신비화되었다. 이런 상황에서 허구 서사의 시학을 추구하는 리몬케넌의 서사 이론은 이 시대가 직면한 문학의 위기를 반영하는 것이면서, 동시에 그에 대한 이론적 대응의 한 방식으로 이해될 수 있다.

한편 리몬케넌의 이론은 포괄적인 의미에서 텍스트 이론의 성격을 띠기도 한다. 구조시학 안에서 텍스트 이론에의 지향은 흔히 체계화에 저항하는 텍스트의 개별성을 중시하는 경향으로 나타나는데, 이런 경향은 비평에의 지향과도 하나로 통한다. 리몬케넌은 자신의 이론이 "한편으로는 모든 허구 서사 작품들을 지배하는 체계를 기술하고 다른 한편으로는 일반 체계의 특수한 현실로서 개개의 서사물"을 연구하는 "이중의 목적"을 지니고 있다고 명시한다.(p.4) 이런 언급에는 보편 이론으로서의 구조시학이 문학 텍스트의 구체적인 비평과도 접목되어야 한다는 그의 기본 입장이 반영되어 있다.

리몬케넌은 또한 서사물을 '스토리story / 텍스트text / 서술narration'이라는 세 층위로 나누어 고찰하는데, 이 같은 3원론적 서사구조론 역시 텍스트 이론과 밀접하게 연관되어 있다. 서사 구조를 3원론적으로 파악하는 관점은 바르트, 주네트, 미케 발 등에 의해서도 제안된 것으로,[3]

서사물을 서사의 내용story, fabula과 그 전달 방식discourse, sjuzet이라는 두 층위로 이해하는 전통적 견해와는 차별성을 지닌다. 일반적으로 3원론적 서사구조론은 서사적 담화discourse의 영역 안에 포함되어 다루어지던 서술narration의 차원을 따로 조명하여 부각시킴으로써, 서사화 행위의 역동적 과정에 관심을 기울이게 한다.[4] 서사물에서 서술의 층위를 강조하는 것은 또한 다른 매체로 쉽게 전환될 수 있는 초언어적 구조물에 비하여 언어적 차원의 특수성에 좀 더 유의하고, 번역이나 패러프레이즈를 통해서는 전달될 수 없는 개별 텍스트의 특수성에 주목하는 입장과도 자연스럽게 연결된다. 이런 여러 측면들 때문에 3원론적 서사구조론은 대체로 텍스트 이론과 결부되어 있다고 말할 수 있다.

리몬케넌의 서사 이론은 텍스트와 독자 간의 교호적 관계에도 주목한다. 그는 '텍스트와 텍스트 읽기'라는 장에서 텍스트를 구성하는 데 참여하는 독자의 능동적 역할에 관해 논의한다. 이 같은 경향은, 텍스트를 자족적이고 완결된 구조로 보는 대신에 독서의 과정을 통해 생성되는 역동적 행위의 산물로 이해하고 이 과정에 영향을 미치는 사회문화적·이데올로기적 맥락을 중요하게 다룰수록 후기구조주의적 색채를 띠게 된다.[5] 그런데 리몬케넌이 말하는 '독자'는 텍스트 안에 내포되

---

3 바르트는 이 세 층위를 'function / actions / narration'으로, 주네트는 'histoire / récit / narration'으로, 발은 'fabula / story / text'로 각각 지칭한다. 리몬케넌의 구분은 이 가운데 주네트의 구분에 가장 가깝다.
4 한용환, 『서사 이론과 그 쟁점들』, 문예출판사, 2002, 58~60면.
5 이는 후기구조주의적 서사 이론이 흔히 사회학·정치학·정신분석학 등 다른 학문 분야와 연계되거나 탈식민주의·신역사주의·페미니즘 등을 비롯한 여러 비판 이론들 속으로 확산되는 것과도 관련이 있다. 석경징 외, 『서술 이론과 문학비평』, 서울대 출판부, 1999, 23~26면.

어 있는 이론적 구성물, 곧 "텍스트의 환유적 인물화metonymic characterization of the text"(p.119)이다. 그는 텍스트에 의해 유발되는 해석의 과정과 자료의 통합 과정을 독자라는 인칭화된 이미지로써 설명하고 있는 것이다. 그는 또한 허구 서사물에서는 경험세계에서와는 달리 허구적인 서술자와 허구적인 청자narratee간의 '텍스트 내에서의' 소통 과정이 더욱 중요하다(pp.3~4)고 하는 관점을 고수한다. 그런 면에서 리몬케넌의 이론은 텍스트 '안'에 머물러 있다. 이런 이유들 때문에 리몬케넌의 서사 이론에서 텍스트 이론에의 지향은 결국 구조시학으로 통합된다고 말할 수 있다.

리몬케넌의 이론적 관심은 바로 그런 좁은 의미의 '텍스트'에 집중되어 있는데, 그의 3원론적 서사구조론에서도 논의의 핵심에 있는 것은 텍스트이다. 그는 "허구 서사의 세 가지 국면 가운데 독자가 직접 접할 수 있는 것은 텍스트뿐"이며, "사실상 스토리와 서술은 텍스트의 두 가지 환유"(p.4)라고 설명하기도 한다. 리몬케넌의 서사 이론에서 '스토리 / 텍스트 / 서술'이라는 서사의 세 층위는 결국 허구 서사 텍스트를 더 잘 이해하기 위한 세 가지의 시각을 보여주는 것이라 하겠다.

2. 3원론적 서사 구조의 구체적 양상

1) 스토리

리몬케넌은 스토리의 주된 구성 성분인 사건events과 인물characters에 관해 논의한다. 사건에 관한 논의는 전체적으로 심층 구조와 표면 구조라는 두 가지 항목 아래서 이루어진다. 그는 스토리를 텍스트보다 선행하는 실질적인 재료로 보는 것이 아니라 텍스트로부터 추상된 구조물로 보기 때문에, 사건들에 관한 분석은 필연적으로 서사 구조에 의존하게 된다.

심층 구조와 표면 구조라는 개념은 변형생성문법에서 연유된 것으로, 표면 구조가 관측 가능한 문장의 추상적 공식화라면 심층 구조는 표면 구조 아래 존재하는 더욱 단순하고 추상적인 형태이다. 표면 구조와 심층 구조에 관심을 갖는 서사 이론가들은 대체로 언어의 경우와 마찬가지로 서사물 역시 한정된 수의 기본 구조(심층 구조)로부터 다양한 스토리(표면 구조)가 생성될 수 있다고 믿는다. 하지만 리몬케넌은 이 과정에 주목하기보다는 오히려 그 반대의 과정, 즉 텍스트로부터 표면 구조로, 표면 구조로부터 심층 구조로의 추상화 과정을 염두에 두고 논의를 진행한다.

리몬케넌은 심층 구조의 모델로 레비스트로스의 4항 상동 관계a four-term homology[6]와 그레마스의 기호학적 사각형semiotic square[7]을 소개한다. 스토리의 표면 구조가 시간적·인과적·결합적 원리의 지배를 받는 반면,

심층 구조는 스토리로부터 추상되긴 했어도 정적이고 의미론적이고 계열적인 성격을 띤다.(pp.10~11) 심층 구조의 이론은 한 서사물의 근본을 이루는 의미의 최소 단위들과 그것들이 맺는 관계를 통해 서사물의 의미론적 소우주를 밝혀 보이는 데 기여할 수 있다.

한편 표면 구조는 텍스트를 패러프레이즈함으로써 구성되는데, 스토리-패러프레이즈는 그 자체로는 무형의 것인 스토리에 분석 가능한 형태를 부여하는 과정이라 말할 수 있다. 이 과정은 독서를 하는 동안 수행되는 독자의 자발적 행위와도 유사하다. 스토리-패러프레이즈 방법으로는 사건들을 한 단어로 명명하는 분류 표지event label를 달거나(바르트), 단문 형태의 서사 명제narrative proposition로 바꾸는(토도로프, 그레마스) 방식이 있을 수 있다. 예를 들어 텍스트에서 '그의 손가락이 방아쇠를 당겼다'라는 구절은 '총격', '사격', '살인' 등과 같은 명사 형태의 분류 표지로 명명될 수도 있고, '그가 (-을 향해) 총격을 가하다', '사격이 시작되다', '그가 (-를) 살해하다' 등의 서사 명제로 전환될 수도 있다. 어느 경우에나 패러프레이즈의 구체적인 내용은 텍스트로부터 얻어낸 다른

---

6   레비스트로스는 모든 신화의 기초가 되는 구조를 두 쌍의 대립적 신화소mytheme 간의 상응 관계로 보았다. 'A : B ; C : D'로 도식화되는 레비스트로스의 4항 상동 관계는 'B에 대한 A의 관계는 D에 대한 C의 관계와 같다'를 의미한다. 예를 들어 오이디푸스 신화는 혈연 관계의 과대평가(A)와 과소평가(B)라는 한 쌍의 대립적 신화소와, 인간의 대지기원설에 대한 부정(C)과 긍정(D)이라는 또 다른 쌍의 대립적 신화소로 이루어져 있다. 여기서 혈연 관계의 과소평가에 대한 과대평가의 관계는 대지기원설의 극복 불가능성에 대하여 그 극복을 시도하는 것과 동일한 관계에 있다는 것이다.

7   그레마스의 기호학적 사각형은 '모순contradictory'과 '대립contrary'이라는 두 가지 종류의 대립적 의미소semes로 이루어져 있다. 모순 관계가 'A : not-A'와 같이 동시에 참일 수도 없고 동시에 거짓일 수도 없는 관계라면(ex. 백 : 非백), 대립 관계는 'A : B'와 같이 모두가 참일 수는 없지만 모두가 거짓일 수는 있다(ex. 백 : 흑). 자세한 내용은 A. J. Greimas, 김성도 편역, 『의미에 관하여』, 인간사랑, 1997, 50~64면.

자료들과의 관계에 의존하게 되는데, 리몬케넌은 정보량이 극히 제한되는 분류 표지의 방식보다는 사건의 참여자를 명시할 수 있는 서사 명제로의 변형이 좀 더 유용하다고 본다.

표면 구조의 기술은 사건들이 결합하여 시퀀스를 이루고, 시퀀스들이 결합하여 스토리를 이루는 원리를 파악할 수 있게 해준다. 리몬케넌에 의하면 시간적 연속은 사건들이 결합하여 스토리를 이루는 데 필요한 최소요건이다. 그는 흔히 스토리의 중요한 자질로 언급되는 인과율을 시간적 연속에 비해 부차적인 것으로 다룬다. 시간적 연속과 인과율은 종종 결합되어 나타나는데, 일반적으로 스토리에서 그 인과성은 시간적 선후 관계로부터 유추적으로 해석되는 경우가 많기 때문이다. 말하자면, '그는 가난했다. 그 후에 그는 열심히 일했다. 그 후에 그는 부자가 되었다'는 서사적 진술은 '그는 가난했다. 그러므로 그는 열심히 일했다. 그래서 그는 부자가 되었다'로 이해되곤 하는 것이다. 이 때 '뒤에 일어난 일이므로, 그 결과다'라는 논리적 오류가 개입하기도 한다.

이와 관련하여 리몬케넌은 '플롯'이라는 용어가 사실상 매우 모호한 개념임을 지적한다. 일찍이 포스터가 스토리를 시간적 순서에 의해 배열된 사건의 서술로 정의하고 이와 대비시켜 플롯을 인과율이 중시된 사건의 서술로 규정한 이래, 스토리와 플롯은 상호 배제적인 서사 형식으로 받아들여지는 일이 종종 있었다.[8] 그러나 리몬케넌은 플롯이

---

8   이와는 달리 토마셰프스키나 슈클로프스키 등과 같이 파불라(스토리)와 수제(플롯)를 구분하는 러시아 형식주의자들은 스토리를 연대순으로 배열된 서사물의 재료로, 플롯을 스토리가 재구성되어 독자에게 제시되는 방식으로 생각하기도 한다. 그러나 텍스트의 관점에서 보면 스토리와 플롯은 모두 추상물로서 그 구분이 모호하다.

라는 용어를 스토리에 대응하는 개념이 아니라 "인과 관계를 특히 중시하는 스토리의 한 유형"(p.135)을 지칭하는 하위의 개념으로 사용한다. 이처럼 플롯 개념을 축소시키는 리몬케넌의 관점은 전통적인 소설 이론이 인과율과 사건들의 긴밀한 조직과 서사의 완결성 등 꽉 짜인 닫힌 플롯을 높이 평가했던 것과는 대조를 이루면서, 허구 서사에 접근하는 그의 융통성 있는 시각을 잘 대변해준다.

그는 또한 스토리의 시간적 연속 역시 관례적인 개념일 뿐, 실제로 연대기적·자연적 순서와 일치하는 것은 아님을 지적한다. 엄격한 연속성이란 단일한 스토리 라인이나 단일한 작중 인물만을 다루는 이야기에서나 가능하며, 작중 인물이 둘 이상이 되는 순간 사건들은 동시성을 띠게 되므로, 대부분의 스토리는 단선적이기보다는 복선적으로 진행된다는 것이다.(pp.16~17) 이처럼 리몬케넌은 스토리의 연속성 면에서도 동시성과 다선적 시간성을 구현하는 다양한 형태의 현대 소설들을 수용할 수 있는 개방적 이론을 지향한다. 이렇게 하여 그의 이론은 전통적인 소설 이론으로는 설명할 수 없거나 예외적으로 취급되던 현대의 서사물들을 체계의 중심으로 포섭하게 된다.

리몬케넌은 표면 구조의 기술 모델로서 프로프와 브레몽의 이론을 비판적으로 검토하면서 사건들에 관한 논의를 마무리한다. 사실 그는 서사 구조에 관한 기존의 이론들이 지닌 의의를 일정 정도 인정하면서도 대체로는 회의적으로 바라보는 편인데, 이는 그가 텍스트보다 시간적으로 선행하거나 의미론적으로 근원에 자리하는 서사물의 층위를 따로 설정하고 있지 않기 때문일 것이다. 리몬케넌은 또한 텍스트와 표면 구조, 표면 구조와 심층 구조 사이에는 어쩔 수 없이 양적이거나 질적인 간격gap이 개입하며, 서사 구조의 이론이 이들 사이에서 일어나는 변형의 전 과정을 설명하지 못한다는 점을 문제로 지적한다.(pp.27~28) 여기서도 기술된 텍스트 자체의 고유한 성질과 그 전환 불가능한 특수성에 핵심적인 지위를 부여하는 그의 기본 관점을 확인할 수 있다.

한편 스토리의 또 다른 성분인 인물에 대한 논의는 시학과 텍스트 이론 사이에서 균형을 잡으려는 그의 입장을 이해하게 해준다. 먼저 그는 개인을 개별화된 실체라기보다는 여러 가지 세력들과 사건들이 만나는 장소로 만듦으로써 인물이 자율적 전일체라는 생각을 거부하게 하는 극단적인 구조주의적 접근법에 의문을 제기한다. 누보로망이나 의식의 흐름류의 소설들에서 작중 인물의 개성과 안정성과 단일성의 개념이 해체되고 있는 것은 사실이지만, 그는 소설 전반에서 인물이 지닌 중심적 지위는 결코 부정될 수 없다고 생각한다. 문학작품의 총체 안에서 인물이라는 중심점이 지닌 고유한 의의는 허구 서사의 특수성을 설명하는 데 있어 빼놓을 수 없는 부분이기 때문이다. 그래서 그는 허구 서사의 조직 안에서 인물의 위치와 기능을 적절하게 기술할 수 있는 비환원적 이론의 필요성을 강조한다.

같은 맥락에서 리몬케넌은 인물을 텍스트의 언어들 속으로 용해시켜버리는 텍스트 이론의 극단적인 관점과도 거리를 유지한다. 이 같은 관점은, 작중 인물을 살아 있는 실제 인간과 동일시하는 모방 이론의 반대편 극단과 마찬가지로, 허구 서사물에 나타나는 인물의 종차differentia specifica를 설명해내지 못한다. 리몬케넌은 인간적이면서도 전체 구상물의 일부로서 존재하는 인물의 특수성을 기술하기 위하여, 인물을 스토리 층위와 텍스트 층위라는 두 가지 각기 다른 관점에서 바라볼 것을 제안한다. 텍스트에서 인물이 언어 구상물의 결절nodes이라면, 스토리에서 인물은 인간의 개념을 모델로 하여 구성된 비언어적 구조물이다.(p.33) 그는 인물의 이 같은 두 가지 존재 방식을 함께 고려함으로써, 인물에 대한 대립적인 견해를 절충하고자 한다. 그래서 리몬케넌은 이 책에서 인물에 대한 검토를 스토리 층위characters와 텍스트 층위characterization에서 두 차례 행하고 있다.

스토리 층위에서 인물을 이해하는 입장에도 두 가지 상반되는 견해가 있을 수 있다. 하나는 인물을 행위에 종속시키는 구조주의의 일반적인 접근 방식이며, 다른 하나는 인물과 행위의 위계를 역전시키고자 하는 구조주의의 새로운 견해이다. 첫 번째 경향을 대표하는 이론가는 프로프와 그레마스이다. 프로프는 인물을 그 역할과 행동 영역spheres of action에 따라 악한·영웅·증여자·조력자 등 일곱 가지로 분류하였고, 그레마스는 이를 여섯 가지로 축소하여 주체 / 객체·제공자 / 수여자·조력자 / 적대자라는 이분법적 대립항으로 이루어진 행위항 모델을 만들었다. 이와는 대조적으로 인물을 중심 개념으로 하는 허구 서사의 구조적 모델을 구성하려는 시도도 있다. "어떤 방식으로든 소설의 대상과 사건은 인물 때문에 존재하며, 그것들에 의미를 부여하고 이해 가능한 것으로 만드는 일관성과 개연성은 작중 인물과의 관계 안에서만 주어진다"(p.35)는 페라의 언급은 그 같은 관점을 잘 대변해 준다. 처음에는 인물을 행위로 축소시키는 입장을 취했던 바르트도 『S /Z』에서는 인물의 고유명사로서의 가능성을 인정하기도 했다.

이러한 두 가지 입장에 대해서도 리몬케넌은 절충주의적 태도를 보여준다. 인물과 행위의 위계 관계에 대한 위의 두 가지 관점은 공존이

가능하며, 서사물의 종류에 따라 인물이 우세한 경우(심리소설 등)와 행동이 우세한 경우(모험소설 등)가 있을 수 있다는 것이다. 그는 또한 같은 서사물이라도 독자의 관심의 방향에 따라 인물을 행위보다 우선시하거나 반대로 행위를 인물보다 더욱 중시하는 두 가지 독법이 가능하다고 말한다. 이처럼 리몬케넌은 인물에 대한 여러 극단적인 견해들을 수정하여 상호 보완적이고 융통성 있는 접근 방법을 모색하고 있다.

리몬케넌의 이론에서 스토리 층위의 인물이란 텍스트에 흩어져 있는 여러 가지 암시로부터 독자가 결합한 구성물이기 때문에, 인물이 텍스트로부터 어떻게 재구성되는가 하는 문제가 중요하게 다루어진다. 이 재구성의 과정은 바르트의 용어로는 이름 붙이기nomination인데, 리몬케넌은 채트먼의 인물론에 근거하여 이름이 붙여지는 것은 인물의 '개인적 특성'이라고 본다. 이는 그가 채트먼과 마찬가지로 여전히 인물의 심리나 개성이라는 개념을 중시하고 있음을 말해준다.

그는 인물 구성체를 수형도와 같은 형태의 계층 구조물로 파악하고, 두세 가지 세목을 하나의 상위 범주 안에 통합시키는 방식의 기본 패턴을 구상했다.(p.31) 예를 들어 황순원의 「별」에서 누이의 얼굴이 못생겼다고 생각하여 누이에게 공연히 화를 내는 주인공의 심리는 누이가 만들어준 각시인형을 땅에 묻는 행위와 결합하여 '누이에 대한 반발심'이라고 일반화될 수 있다. 여기에 누이와 죽은 어머니의 동일시를 거부하는 주인공의 심리가 결합하여 '어머니에 대한 강한 동경'이라고 일반화될 수도 있다. 이는 또한 어머니의 얼굴이 천상의 별처럼 아름다웠을 거라는 주인공의 믿음과 결합하여 '미美에 대한 강한 동경'이라는 상위의 범주 안에 통합될 수도 있다. 이때 더 이상 통합이 가능하지 않게 되면,

일단 주인공의 심리나 성격에 변화가 생긴 것으로 해석해볼 수 있다.

위와 같은 결합을 가능하게 하는 주된 원리로 그는 반복·유사성·대조·함축성을 꼽는다. 「별」에서 누이가 준 물건을 땅에 묻거나 버리는 주인공의 반복적인 행동은 누이에 대한 반발심을 암시한다. 또 어여쁜 소녀의 입맞춤을 불결하게 여기는 주인공의 심리와, 누이가 이성과 교제하고 있다는 말에 어머니를 욕되게 한다고 분노하는 심리 사이의 유사성은 그의 결벽증적인 성향과 더불어 미의 절대적 순결성에 대한 그의 지향을 대변해 준다. 한편 누이가 죽은 뒤 각시인형을 묻었던 자리를 파보는 행위는 그것을 묻었던 행위와 대조되면서 누이에 대한 반발심이 사라졌음을 보여준다. 이외에도 주인공의 여러 가지 외면적 행동들은 특정한 심리 상태를 함축하는 것으로 해석될 수 있다.

이처럼 리몬케넌은 구조시학의 기본 입장을 유지하면서도 인물론이 단순한 유형화나 기능주의적 분석에만 치우치는 것을 경계한다. 그는 텍스트 이론과 접목된 시학의 방법론 안에서 정서적 공감과 생동감을 느끼게 하는 인물의 고유한 성격을 기술하기 위해 고심한다. 이 점은 그가 소설을 서사물의 일종으로 다루면서도 서사성 자체보다는 다른 서사물과 구별되는 소설의 문학성을 기술하는 데 더욱 관심을 기울이고 있음을 시사하는 부분이기도 하다.

2)텍스트

텍스트의 층위에서는 먼저 시간의 문제가 다루어진다. 시간은 스토리의 사건 성분들이 텍스트 내에 배열된 방식, 곧 스토리와 텍스트 사이의 연대기적 관계로 정의된다. 리몬케넌은 스토리 시간과 마찬가지로 텍스트 시간 역시 관례적이고 의擬시간적인pseudo-temporal 개념임을 지적하면서 논의를 시작한다. 텍스트 시간은 텍스트라는 연속체 안에서의 언어들의 선조적인 배열을 뜻하는 것으로, 시간적이기보다는 차라리 공간적인 차원과 관련된다. 서사 텍스트가 지닌 시간성이란 사실상 독서 과정으로부터 유추되는 비유적 개념일 뿐이지만, 스토리와 텍스트의 관계를 설명하는 데 매우 유용한 개념이다.

리몬케넌에 의하면 텍스트 시간은 어쩔 수 없이 선조적이어서 '실제' 스토리 시간의 다선성과는 일치할 수가 없다. '관례적인' 스토리 시간의 단선적 연속성과 비교해보아도 대부분의 경우에 텍스트 시간은 연대기적 순서와 일치하지 않는다. 리몬케넌은 주네트의 이론을 도입하여 스토리 시간과 텍스트 시간의 불일치에 관해 논의한다. 그는 현대 소설에 두드러지게 나타나는 시간 불일치의 여러 측면들을 서사물에서의 시간의 파괴로 이해하지 않는다. 시간 그 자체는 스토리나 텍스트에 모두 필수불가결한 요소로서, 허구 서사물에서 시간을 제거하기란 불가능하다는 것이다.(p.58) 대신에 그는 현대 소설의 그러한 특징들을 시간을 다루는 '방법'의 변화라는 측면에서 바라보고 있다. 그리고 주네트와 마찬가지로 그 변화된 방법들을 체계 안에 적극적으로 수용하고자 한다. 그의 서사 이론이 '동시대의 시학'인 이유를 여기서도 확인할 수 있다.

두 번째로 그는 텍스트 내에서 인물이 재현되는 방식들에 관해 이야기한다. 독자의 입장에서 보면 이것은 텍스트 연속을 따라 배열되어 있는 성격 지표character-indicator를 추려내고 이것들로부터 인물의 특성을 추측해내는 방법이기도 하다. 리몬케넌은 성격 지표의 기본 유형을 직접 한정direct definition과 간접 제시indirect presentation로 나눈다. 장르와 작가와 작품에 따라 이 두 가지 기본 유형 중 하나가 우세하게 나타날 수 있고, 같은 작품 안에서도 그 비중이 달라질 수 있다.

　직접 한정이란 "그 집에는 삼룡이라는 벙어리 하인이 있으니 (…중략…) 진실하고 충성스러우며 부지런하고 세차다. 눈치로만 지내가는 벙어리지마는 말하고 듣는 사람보다 슬기로울 적이 있고 평생 조심성이 있어서 결코 실수한 적이 없다"(나도향, 「벙어리 삼룡이」)와 같이, 권위 있는 서술자가 인물의 두드러진 특성을 지시하는 방식을 말한다. 이 방식이 텍스트에서 우세할 경우에는 이성적이고 권위적이고 정적인 인상을 주게 된다. 직접 한정은 경제성과 명백성과 완결된 효과 때문에 전통적인 소설에서 매우 유용하게 받아들여졌다. 그러나 현대와 같이 개인주의적이고 상대주의적인 시대에는 직접 한정과 같은 일반화와 분류의 방식은 환원적이라는 인상을 줄 수 있다.(pp.60~61) 특히 독자의 능동적 역할이 강조되는 오늘날에는 직접 한정의 유용성은 흔히 결점으로 받아들여지고, 대신에 간접 제시의 방법이 널리 사용된다.

　간접 제시는 인물의 어떤 특성에 관해 단정적으로 언급하지 않고 그것을 보여주거나 예시하는 방식을 말하는데, 이때 인물의 특성은 직접 한정의 경우와는 달리 구체적인 자료들로부터 서서히 드러난다. 간접 제시의 방법 중에는 인물의 '행동'을 통해 그의 특성을 암시하는 방법이 있다. 하성란의 「옆집 여자」에서 주인공이 번번이 물건을 잃어버리는 행위(습관적 행동)나 윤대녕의 「천지간」에서 죽음의 그림자를 드리운

낯모르는 여인을 무작정 완도까지 뒤따라가는 주인공의 행위(일시적 행동)는 그 인물의 특성을 구성하는 중요한 지표가 된다. 리몬케넌은 성격 지표가 되는 인물의 행동들을 수행된 행위act of commission, 생략된 행위act of omission, 실현되지 않은 의도contemplated act 등으로 구분한다. 위에서 든 두 가지 예가 모두 수행된 행위인 반면, 카뮈의『전락』에서 주인공이 투신자살하는 여인을 구하지 않은 것은 생략된 행위에 해당된다. 한편 청혼을 하려고 굳게 결심했다가 입 밖에 내지 못한다든지, 사표를 써놓고 차마 제출하지 못하는 행위 등은 실현되지 않은 의도에 속한다. 실현되지 않은 의도는 인물의 잠재적 특성을 보여주는데, 이것이 습관적으로 나타나면 인물의 수동성이나 우유부단함이라는 특성을 예시하게 된다.

말이나 생각 등 인물의 '담화' 또한 그 내용과 형식을 통해 인물의 특성을 나타낸다. 존 파울즈의『프랑스 중위의 여자』에서 주인공 찰스는 자신이 강하게 애정을 느끼지만 신분적·도덕적·관습적으로 금지된 상대인 사라에게 다음과 같이 말한다.

내가 당신에게서 볼 수 있는 진홍빛깔(창녀를 일컫는 말이기도 함—인용자)이라고는 당신의 두 뺨뿐입니다. 날 오해하진 마십시오. 난 당신의 불행한 처지를 개탄하고 있습니다. 나의 평판을 걱정하는 당신의 세심함에는 감사드립니다만, 풀트니 부인 같은 사람의 존경 따위는 아무 상관이 없습니다. 우프러드 양, 나는 많은 인생을 보아왔습니다. 그리고 나는 완고한 신앙을 가진 사람을 경멸합니다. (…중략…) 제아무리 경건한 신앙을 가졌다해도……. 자, 이제 당신의 은신처를 떠나는 게 어떨까요? 이렇게 우리가 우연히 만난 데에는 어떤 잘못도 없습니다. 트렌터 부인은 당신을 돕고 싶어 하십니다. 당신이 지금의 처지를 바꾸고 싶어하신다면 …… 어느 누구도 남의 도움 없이 살아갈 수는 없습니다 …… 특히 남에게 동정심을 불러일으키는 사람은……. 나는 단지 트렌터 부인의 생각을 전하고 있을 뿐입니다.

찰스의 말은 그가 완고하고 원칙주의적인 사람이 아니라 인간적이고 동정심 있는 성격임을 보여주는 한편, 그 역시 자신의 연정을 인간적인 선의와 연민으로 합리화하지 않을 수 없는, 관습에 얽매인 인간임을 드러내고 있다. 그의 머뭇거리고 횡설수설하는 언어는 내적인 모순과 혼란을 반영하는 것으로 이해된다. 또한 격식을 차리는 그의 말투는 그가 속한 사회적 지위를 말해주기도 한다.

인물의 '외양'과 '환경'도 간접 제시의 방법이 될 수 있다. 높은 콧날이나 각진 턱이나 굽은 등과 같은 인물의 외적 자질은 외모와 성격 사이의 환유적 관계에 대한 일반화된 관념에 의존하여 인물의 특성을 드러낸다. 헤어스타일이나 복장과 같이 인물에 의해 어느 정도 좌우될 수 있는 요소들은 인과적 함축성에 의해서도 인물 구성을 하게 된다. 예를 들어 조경란의 「불란서 안경원」에서 1년 내내 목 윗부분까지 단추를 채우게 되어 있는 똑같은 디자인의 흰색 블라우스만을 입는 주인공의 외양은 그녀가 금욕적이고 결벽증적이며 남성으로 대표되는 외부 세상에 대해 경계심과 피해의식을 갖고 있음을 암시한다. 마찬가지로 인물의 물리적 환경 또한 인물의 특성에 대해 인접성과 인과성의 관계를 지닐 수 있다. 「불란서 안경원」의 여주인공은 12자·8자로 된 안경점의 통유리 속에서 창밖을 관찰하기만 하며 살아가는데, 그녀의 생활 공간인 그 통유리 안은 세상으로부터의 단절과 세상에의 노출과 외부 세계를 향한 내밀한 욕망 등을 동시에 암시하면서 그녀의 기질을 내포하는 환유로 작용한다. 한편 인물이 거하는 황폐한 공간에 대한 묘사는 그 인물의 황폐한 내적 상황을 나타내는 환유일 뿐 아니라 그런 특성의 결과이거나 혹은 그 원인일 수도 있다.

리몬케넌은 직접 한정과 간접 제시 이외에도, 인물의 이름이나 풍경 등과 같이 인물의 특성에 대해 인접성이나 인과성은 갖지 않지만 유추적으로 인물 구성을 강화하는 방식으로 작용하는 성격 지표들을 '유비 analogy에 의한 강화'라는 항목 아래서 따로 다루고 있다.(pp.67~70) 발음상 경음이나 격음으로 읽히는 이름이 그 인물의 강건하고 주관이 뚜렷한 면모를 부각시킨다든지(이청준의 『당신들의 천국』의 '조백헌' 원장), 낯설거나 이국적인 어감의 이름이 그 인물의 모호하고 비일상적인 측면을 강화시킨다든지(은희경의 『태연한 인생』의 '류') 하는 예를 생각해볼 수 있다. 또 김승옥의 「무진기행」에서처럼 안개가 자욱한 몽환적인 풍경은 주인공의 특성 가운데 혼돈스럽고 무기력하고 무의식적인 측면을 유추적으로 암시할 수 있다.

이상과 같이 텍스트 층위에서 바라본 리몬케넌의 인물론은 인물을 텍스트의 언어적 요소들로부터 추상된 구조물로 이해하면서도 개성적인 특성을 지닌 개인으로 다루고자 하는 그의 시각을 확인하게 해준다. 한편 직접 한정과 같은 단정적인 방식보다 간접 제시나 유비들의 암시적인 인물 제시 방식을 중시한다는 점에서 그의 이론은 텍스트의 복합적이고 다층적인 맥락과, 인물 구성에 관여하는 독자-텍스트의 상호 작용을 강조하는 이론이기도 하다.

인물화에 이어지는 논의는 초점화focalization에 관한 것이다. 스토리는, 반드시 서술자의 것은 아니지만 서술자에 의해 언표화되는 시각적인 프리즘의 중재를 통해 텍스트 속에 제시되는데, 리몬케넌은 주네트의 용어를 받아들여 이를 초점화라고 부른다. 리몬케넌은 초점화에 관한 여러 가지 개념의 혼란을 지적하면서, 자신의 논지를 다음과 같이 공식화한다. (p.73) ①원칙적으로 초점화와 서술은 서로 다른 행위이다 : 한 텍스트에서 보는 자와 말하는 자가 동일 인물인 경우도 있지만, 서술자는 다른 사람이 본 것이나 보고 있는 것을 이야기할 수도 있다. ② 흔히 삼인칭 서술이라 불리는 서사물에서 의식의 중심은 초점자인 반면, 그를 삼인칭으로 지칭하는 자는 서술자이다 : 예를 들어 조이스의 『젊은 예술가의 초상』에서 초점자(의식의 중심)는 스티븐이고 서술자는 인물 외부의 서술 행위자agent이다. ③초점화와 서술은 일인칭 회고형 서사물에서 상호 독립적이다 : 디킨스의 『위대한 유산』에서 어린 시절의 자신의 경험을 이야기하는 서술자는 성인이 된 핍이고, 초점자는 어린아이인 핍이다. ④초점화에 한하여 말하자면, 삼인칭 의식의 중심과 일인칭 회고형 서술은 아무런 차이가 없다 : 두 경우에 초점자는 모두 이야기 세계 내부의 한 인물이다. 다른 점은 말하는 자가 인물이냐 (일인칭) 아니냐(삼인칭)의 차이일 뿐이다.

위의 공식화는 리몬케넌의 초점화 이론의 논점을 잘 요약해주는 것으로 서술자와 초점자의 구분과 관련해 흔히 발생하는 혼동을 분명하게 정리하고 있다.[9] 리몬케넌은 이를 바탕으로 주네트가 제시한 초점

---

9   이 가운데 특히 ④는 다른 이론가들이 명시적으로 다루지 않은 부분으로 주목할 만하다. 이 책의 번역서인 『소설의 현대 시학』(최상규 역, 예림기획, 1999)에서는 이 부분이 "일

화의 유형을 새롭게 이론화한다. 주네트의 초점화 유형은 무초점화·내적 초점화·외적 초점화의 3분법을 기본으로 한다. 주네트에 의하면 무초점화는 서술자가 등장인물보다 많이 알고 있는 경우(서술자 〉 등장인물)로서 흔히 전지적 서술자라고 불리는 방식이다. 내적 초점화는 서술자가 등장인물이 알고 있는 것만 말하는 경우(서술자 = 등장인물)로서 삼인칭 제한적 시점이라고도 불린다. 외적 초점화는 서술자가 등장인물이 알고 있는 것보다 적게 말하는 경우(서술자 〈 등장인물)로서 카메라 렌즈처럼 외부에서 관찰하는 시선을 가리킨다.[10] 주네트의 이론은 용어가 바뀌었을 뿐 기존의 시점 이론들을 수렴하는 일반적인 분류법과 대체로 일치한다.

그런데 리몬케넌은 초점화의 개념을 보다 엄밀히 적용하여, 이 구분이 상이한 분류 기준에 근거하고 있음을 지적한다. 무초점화와 내적 초점화는 '초점자(초점화의 주체)'의 위치에 따른 구분인 반면, 외적 초점화는 '초점화의 대상'이 지각되는 방식과 관련된 구분이라는 것이다. 실제로 주네트의 내적 초점화는 초점자의 시각이 이야기 세계 내부로 제한되어 있는 경우를 말하고, 무초점화는 초점자가 그 같은 제약 없이 이야기 세계 바깥에서 자유자재로 조망하는 경우를 지칭한다. 반면에 외적 초점화는 초점화 대상을 제시함에 있어 그 외면만을 묘사하는 방식을 뜻하는 용어로서, 앞의 두 가지 유형과는 별도의 판단 기준에 의한 구분인 것이다.

인칭 의식의 중심과 일인칭 회상풍 서사물 사이에는 차이가 있다"(133면)라고 번역되어 있는데, 이는 이 번역서 전체에서 가장 문제가 되는 오역이라 할 수 있다.
10 Gérard Genette, *Figures III*, Paris, Seuil, 1972, pp. 205~206.

이에 리몬케넌은 초점화의 유형을 우선 초점자의 위치가 스토리에 대해 내적이냐 외적이냐internal / external에 따라 내적 초점화와 외적 초점화로 나눈다.[11] 내적 초점화는 초점자의 위치가 재현되는 사건의 내부에 있는 경우로서 주로 '인물-초점자'character-focalizer의 형식을 취한다. 또는 헤밍웨이의 여러 소설들의 경우처럼 초점이 특정 인물에게 묶여 있지는 않지만 진행 중인 스토리의 내부에 제한적으로 머물러 있는 경우도 여기에 포함된다. 반면에 외적 초점화에서 초점자는 이야기 세계 외부에 위치하는 서술 행위자에 가깝게 느껴지므로 '서술자-초점자'narrator-focalizer라고 불린다.

리몬케넌은 이와는 별개로 초점화 대상이 내부에서 지각되는가 아니면 외부에서 지각되는가within / without에 따라 초점화의 유형을 다시 두 가지로 구분한다.[12] 내적 초점자나 외적 초점자는 각각 대상을 내부로부터from within 지각할 수도 있고 외부로부터from without 지각할 수도 있다. 내적 초점화에서는 조이스의 『율리시스』의 블룸과 같이 초점자가 지각 대상을 겸하는 경우에 내면의 표현이 가능해지고, 그렇지 않은 경우들에서는 초점화 대상의 내면이 외부로부터 불투명하게 그려진다. 외적 초점화에서는 서술자-초점자가 초점화 대상인 인물의 내면을 꿰뚫어보는 경우도 있고, 성경의 설화들과 같이 초점화 대상의 사고나 감정을 직접 언급하지 않은 채 외적 행동만을 제시하는 경우도

---

11 이때 외적 초점화는 주네트의 무초점화에 해당되고 내적 초점화는 주네트의 내적 초점화에 해당된다.
12 초점화 대상을 새로운 분류 기준으로 부각시킨 이론가는 미케 발이다. 이에 관해서는 Mieke Bal, *Narratology : Introduction to the Theory of Narrative*, Toronto · Buffalo · London : Univ. of Toronto Press, 1985, pp.106~110.

있다. 이처럼 리몬케넌의 초점화 이론은 논리적 정합성 면에서 기존의 이론들이 지닌 한계를 극복한다. 다만 이미 보편화된 용어들과의 개념적 혼란을 피하는 문제를 비롯하여, 실제적인 활용도의 측면에서는 좀 더 검증이 필요하리라 생각된다.

리몬케넌은 또한 우스펜스키와 채트먼 등의 이론을 종합하여 초점화의 여러 국면들에 관해서도 논의한다. 초점화에는 공간과 시간의 차원을 비롯한 지각적 국면, 인식이나 감정과 관련된 심리적 국면, 텍스트의 세계관과 결부된 관념적 국면 등이 개입한다. 외적 초점자는 공간적 조감자이면서 스토리의 시간적 차원을 마음대로 넘나들 수 있는 존재인 반면, 내적 초점자는 인물의 '지금-여기'에 묶여있다. 인식론적 차원에서 볼 때 외적 초점자는 원칙적으로 모든 것을 알고 있으며 자신의 지식을 제한할 경우에는 수사적인 필요에 의해 그렇게 하는 것이지만, 내적 초점자는 자신이 재현된 세계의 '일부'이기 때문에 거기에 대해 모든 것을 알 수는 없다. 감정적 차원에서 보면 외적 초점자는 초점화 대상에 대해 객관적·중립적이고, 내적 초점자는 반대로 주관적·감정이입적이다. 텍스트의 관념 혹은 규범은 권위적인 외적 초점자의 관점에 의해 일관되게 지배받는 경우로부터, 타당성이 확증되지 않은 내적 초점자의 관점을 통해 우회적으로 드러나는 경우, 나아가 여러 내적 초점자의 서로 다른 관념들이 대등하게 공존하는 경우에 이르기까지 다양하게 나타난다. 리몬케넌은 특히 세 번째의 경우에 관심을 두는데, 이는 그것이 유발하는 다성적인 텍스트 독법을 중시하기 때문이다.

리몬케넌은 이 밖에도 지각적·심리적·관념적 국면들이 텍스트 안에서 서로 상충하는 경우들에 주목한다. 디킨스의『위대한 유산』에서 지각적 초점자가 경험을 하는 나이 어린 핍인 반면 관념적 초점자는 서술을 하는 나이 든 핍이라든지, 도스토예프스키의『카라마조프의 형제들』에서 표드르 파블로비치가 관념적인 측면에서는 공감력이 없는 인물로 그려지지만 심리적인 측면에서는 호소력 있게 내면으로부터 묘사된다든지 하는 예가 그것이다. 이런 경우들 역시 복합적이고 다성적인 효과 때문에 의미 있게 다루어지는데, 이는 허구 서사물에서 특히 문학성과 텍스트성을 소중하게 여기는 리몬케넌의 입장을 증명하는 부분이라 하겠다.

같은 맥락에서 그는 초점화의 언어적 표지에 관해 논하면서도 내적 / 외적 초점화를 구분할 수 있게 해주는 명시적 표지들 자체보다는 텍스트의 한 부분이 초점화의 어떤 유형에 속하는지를 결정하기 어렵게 만드는 애매하고 복합적인 문장들에 더욱 흥미를 나타낸다.(pp.82~85) 구조 시학을 추구하면서도 환원적인 유형화를 거부하는 그의 태도는 이처럼 자연히 텍스트성에 대한 관심으로 이어지고 있는 것이다.

3) 서술

서술의 층위에 관한 논의에서 리몬케넌은 먼저 서사적 의사소통 과정에 관한 채트먼의 모델을 수정할 필요성을 지적한다. 이미 살펴본대로 채트먼은 내포 작가를 작품 속에 구체화되어 있는 규범들의 연원으로 보고 서술자와 달리 목소리와 같은 의사소통의 수단을 가지고 있

지 않다고 말하면서도, 서술자가 부재하는 경우에 서사물 안에서의 의
사소통은 내포 작가와 내포 독자 사이에서 이루어지게 된다고 주장함
으로써 용어상의 모순에 빠진 바 있다. 이에 대해 리몬케넌은 내포 작
가를 철저히 비인칭화된 내포적 규범으로 보고 대신에 서술자를 의사
소통 상황의 필수적 요인으로 봄으로써 이 모순을 해결할 수 있는 효
과적인 대안을 제시한다.[13]

이 같은 전제하에 그는 주로 주네트의 이론을 받아들여 서술자와 서
술 행위의 여러 측면들에 관해 논의를 전개한다. 서술과 스토리의 시간
적 관계를 사후 서술 · 사전 서술 · 동시 서술로 나누고, 중층적 서술의
종속 관계를 겉이야기extradiegetic · 이야기diegetic · 하위 이야기hypodiegetic[14]
등으로 구분하여 설명한다.[15] 또한 서술자가 지각되는 정도와 수화자에
관한 이론은 주로 채트먼의 논의를 참조하여 정리한다.

이어서 리몬케넌은 대화의 재현 방식을 설명하기 위해 독립된 장을
할애한다. 소크라테스와 아리스토텔레스에 의해 정의되었던 디에게
시스와 미메시스의 개념이 19세기 말과 20세기 초에 말하기telling와 보
여주기showing라는 이름으로 다시 부각되었던 배경을 개관하면서, 그는
미메시스라는 개념 자체의 문제점을 지적한다. 주네트가 언급했듯
이[16] 언어로 된 서사문학 텍스트는 결코 그것이 전달하고자 하는 행동
을 보여주거나 모방할 수가 없다는 것이다. 왜냐하면 언어란 모방이

---

13 이 책 제1부 2장 참조.
14 주네트는 이를 metadiegeticmétadiégétique이라 부르는데, 'meta'라는 접두어에 개념상 혼란
    의 여지가 있으므로 리몬케넌은 발의 용어를 따라 hypodiegetic이라 부른다.
15 이 책의 다음 장 참조.
16 Gérard Genette(1972), pp. 202~203.

아니라 의미화signify를 하는 도구이며, 따라서 언어가 모방할 수 있는 것은 오직 언어뿐이기 때문이다. 그래서 리몬케넌은 순수한 미메시스에 가장 가까운 것은 대화의 재현이라고 본다. 그러나 이때에도 대화를 인용하는 서술자가 존재하므로 제시의 직접성은 감소된다. 결국 서사 텍스트는 대화의 재현에 있어서도 미메시스의 환상을 창조할 뿐이라는 것이 리몬케넌의 입장이다. 미메시스의 환상을 가능하게 하는 것은 디에게시스이기에, 결정적인 구별은 디에게시스와 미메시스 사이가 아니라 디에게시스의 정도나 종류들 사이에 존재한다고 그는 결론을 짓는다.

리몬케넌은 미메시스의 환상을 만들어내는 방법이라는 측면에서 대화 제시의 여러 방식들을 고찰한다. 미메시스의 환상은 기본적으로 최대한의 정보를 제공하면서 제보자의 존재를 최소화하는 방법을 통해 성취된다고 보고, 그는 순수 요약으로부터 자유직접화법[17]에 이르기까지 대화 재현의 모방적 성격이 증가하는 양상을 일곱 단계로 나누어 설명한다.[18] 이 가운데서 그가 가장 관심을 갖는 것은 자유간접화법이다. 대화 재현이라는 항목 아래서 이루어지는 그의 논의는 사실상 자유간접화법에 관한 것에 집중되어 있는데, 이는 자유간접화법이 시학 내에서 특수한 기능과 남다른 지위를 갖는다는 그의 판단에 근거한다.

리몬케넌은 자유간접화법의 기능이 텍스트마다 다 다르게 나타나

---

17 내적 독백의 전형적인 형식으로, 사고가 문장화되기 이전의 전의식적인 단계를 그대로 모방하고자 할 때 흔히 사용된다.

18 디에게시스적 요약, (덜 순수하게 디에게시스적인) 요약, 내용의 간접적인 패러프레이즈(간접화법), 미메시스적인 간접화법, 자유간접화법, 직접화법, 자유직접화법 등이 그 것이다(pp.109~110).

기 때문에 쉽사리 일반화할 수 없다는 전제하에, 그 몇 가지 대표적인 기능들을 설명한다. 우선 자유간접화법은 작중 인물인 발화자의 목소리와 그의 말을 전달하는 서술자의 목소리가 중첩된 양상을 띠기 때문에, 발화자의 복수성 또는 그로 인한 태도의 복수성을 암시하는 경우가 많다. 두 가지 목소리나 태도의 공존 가능성은 텍스트의 의미론적 농도를 더해준다. 또한 서술자의 언어 속에 작중 인물의 개인 방언idiolect을 재생할 수 있는 능력 때문에, 자유간접화법은 의식의 흐름이나 간접적인 내적 독백을 표현하는 데 유용하다. 한편 서술자의 발언에 작중 인물의 언어나 태도를 가미하게 되면, 그 인물에 대한 독자의 공감을 유발하기가 쉬워진다. 반대로 자유간접화법에서 작중 인물과 구별되는 서술자의 존재가 부각되면서 둘 사이에 도덕적·정서적 거리가 감지될 경우에는 오히려 아이러니가 발생한다. 그 흥미로운 예를 김동인의 「감자」에서 발견할 수 있다.

그는, 아직껏, 딴 사내와 관계를 한다는 것을, 생각하여 본 일도 없었다. 그것은 사람의 일이 아니오 짐승이 하는 짓으로만 알고 있었다. 혹은 그런 일을 하면 탁 죽어지는지도 모를 일로 알았다. 그러나, 이런 이상한 일이 어디 있을까. 사람인 자기도 그런 일을, 한 것을 보면, 그것은 결코 사람으로 못할 일이 아니었었다. 게다가, 일 안하고도, 돈 더 받고, 긴장된 유쾌가 있고, 빌어먹는 것보다 점잖고, (…중략…) 일본말로 하자면 삼박자 가진 좋은 일은, 이것뿐이었었다. 이것이야말로, 삶의 비결이 아닐까. 뿐만 아니라 이 일이 있은 뒤부터, 그는 한 개 사람이 된 것 같은 자신까지 얻었다.

이 부분에는 복녀의 언어와 서술자의 언어가 뒤섞여 있다. "탁 죽어 지는지도 모를 일", "이런 이상한 일이 어디 있을까" 등은 명백하게 복녀의 언어이다. 그것이 서술자의 말 속에 인용부호나 보고동사가 생략된 채로 스며들어 있는 것이다. 이런 표현들은 상식적인 도덕관념을 지닌 평범한 여인이 매음을 하지 않을 수 없게 된 사정과 그 내면적 혼란에 대해 공감을 느낄 수 있게끔 유도하는 효과가 있다. 그러나 "삼박자 가진 좋은 일은, 이것뿐"이라거나 "이것이야말로, 삶의 비결이 아닐까" 등등에 이르면 복녀의 가치관과 서술자의 가치관 사이에 아이러니한 거리가 개재한다. 이 때문에 타락해가는 복녀의 모습은 연민을 자아내기보다는 냉소적인 비판의 대상으로 묘사되는 것이다. 리몬케넌은 이처럼 감정이입과 아이러니가 공존할 수 있는 가능성을 암시하면서, 이런 경우가 자유간접화법의 가장 흥미로운 기능일 것이라고 덧붙이기도 한다.

자유간접화법에 대한 리몬케넌의 관심은 바로 그것이 실현하는 문체적 복잡성과 의미의 다중성과 텍스트의 다성적 성격에 있다. 그런 점에서 자유간접화법은 허구 서사의 문학성을 대표하는 환유일 수 있기 때문이다. 다른 한편 자유간접화법은 허구 서사의 모방적 성격, 즉 현실의 재현으로서의 성격을 축소 반영하는 것이기도 하다. 비모방적·비허구적 텍스트에서는 언어 자체가 말을 할 뿐이므로, 텍스트의 분편들이 각각 어떤 발화자에게 속하는지를 따지는 작업 자체가 아무 의미도 없는 것이다. 자유간접화법이 시학에서 특별한 지위를 갖는다는 리몬케넌의 생각도 바로 여기에서 비롯된 것이라 할 수 있다. 허구 서사 특유의 시학을 구성함에 있어 그 문학적인 특수성과 개별 텍스트의 풍부하고 복합한 조직을 존중하는 리몬케넌의 서사 이론은 자유간 접화법에 관한 논의에서 진면목을 보여준다고 말해도 좋을 것이다.

지금까지 『허구 서사—동시대의 시학』을 통해 리몬케넌의 시학이 지닌 동시대적 성격과 서사 이론 안에서 차지하는 위치를 검토하였다. 리몬케넌의 이론은 시학을 중심으로 시학과 텍스트 이론이 상보적으로 결합된 양상을 보여주며, 특히 허구 서사물의 문학작품으로서의 고유한 특성을 체계적으로 기술하고자 하는 지향을 지니고 있었다. 그의 이론은 소설작품과 다른 매체의 비언어적 서사물들, 또는 소설작품과 비허구적·비서사적 텍스트들 사이에 근본적인 차별성이 의문시되는 오늘날의 분위기 속에서 소설의 독자적 영역을 재구축하려는 시도라는 점에서 주목할 만한 것이었다. 리몬케넌의 서사 이론은 전통적인 문학의 가치와 이에 근거를 둔 문학 연구의 관점들이 점점 더 위축되어가는 상황에 대한 자의식적 반성과 이론적 대응의 방식으로도 의미가 있다. 리몬케넌의 서사 이론은 그 안에 내재하는 기본적 지향과 이를 반영하는 세부적 특성들 때문에, 무엇보다도 소설의 문학성·다성성·복합적인 텍스트성 등을 비평적으로 분석하는 데 유용하게 사용될 수 있다. 이렇듯 그의 이론은 서사학적 방법으로 소설을 연구하는 효과적인 관점과 방법을 암시해준다.

2장 주네트
시학과 비평의 합체

주네트의 서사 이론은 리몬케넌의 이론에 상당한 영향을 미쳤다. 그러나 주네트의 이론에는 리몬케넌이 받아들인 것 이상으로 텍스트 이론에의 지향이 강하게 내재되어 있다. 체계를 뒤흔드는 텍스트의 예외적이고 복합적인 양상들은 주네트의 이론에서 사실상 체계 그 자체보다도 중요하다. 이는 주네트의 서사 이론이 프루스트의 『잃어버린 시간을 찾아서』라는 극도로 다중적이고 분산된 텍스트를 집중적으로 다룬 데서 비롯된 결과이기도 하다. 주네트의 서사 이론은 또한 시학과 비평의 완전한 합체를 보여주는 보기 드문 예이다. 주네트의 『서사 담화』[1]는 『잃어버린 시간을 찾아서』에 관한 비평인 동시에 그 자체로 이론이 된다. 리몬케넌의 서사 이론에서 텍스트 이론에의 지향이 궁극적으로는 시학적 지향으로 수렴된다면, 주네트의 이론에서는 이 두 지향 사이의 팽팽한 줄다리기와 엎치락뒤치락하는 주기적인 전환을 발견할 수 있다.

1　『서사 담화Discours du récit』는 원래 『Figure Ⅲ』이라는 저서의 일부인데, 영문판으로는 이 부분을 독립시켜 따로 출간하였다.

1. 주네트의 기본 관점

토도로프는 문학이 본질적으로 하나의 역설이며 일반화에 저항한다는 이유 때문에, 문학의 과학을 표방하는 시학의 접근 방식을 스스로도 딜레마로 받아들인 바 있다. 유사한 문제의식이 주네트에게서도 발견된다. 그것을 주네트는 시학이 안고 있는 역설, 즉 "특수한 대상 외엔 아무런 대상이 없다는 것과 보편적인 것을 벗어나서는 과학이 존재할 수 없다는 두 가지 입장 사이에 어쩔 수 없이 끼여 있는 상태"[2]라고 표현한다. 주네트는 시학과 비평이 하나가 되게 하는 방식을 통해 이 딜레마를 극복하고자 한다. 그는 시학을 위해 비평적 분석을 희생시키거나 시학을 비평에 종속시키는 대신에, 시학과 비평이 수시로 서로 자리를 바꾸면서 긴밀한 관계를 맺게끔 하려고 한다. 이때 그가 선택한 방식은 보편에서 특수로 나아가는 방법이 아니라 '특수에서 보편으로' 나아가는 것이다. 즉, 그의 출발은 시학의 체계가 아니라 『잃어버린 시간을 찾아서』라는 하나의 텍스트이다. 주네트의 관점은 엄밀한 체계화를 위해 텍스트의 특수성을 사상하기보다는 텍스트의 특수성을 수용하기 위해 체계를 유연하게 변형시키려는 구조 시학의 변화된 경향을 두드러지게 예시한다.

주네트가 다루는 텍스트가 프루스트의 『잃어버린 시간을 찾아서』라는 점도 주목할 만하다. 주네트에 의하면 이 소설은 서사 일반이나 소

---

2   Gérard Genette, *Figures III*, Paris : Seuil, 1972, pp.68~69. 이 장에서 이 책의 참조와 인용은 본문의 괄호 안에 페이지 수로만 표시하기로 한다.

설적 서사나 자서전 형식의 서사 등에 대한 하나의 예로만 취급될 수가 없는 텍스트이며, 어떤 유형의 서사인지 또는 무엇의 변이형인지를 아무도 알 수 없는 서사물이다.(p.68) 오직 자기 자신만을 예증하는 이 소설의 환원 불가능한 특수성은 문학적인 텍스트의 본질이기도 할 것이다. 주네트가 이런 성격을 유독 과시적으로 드러내는 텍스트를 선택한 것은 시학의 체계를 교란하는 예외적 요소들을 체계의 주변으로 밀어내는 대신, 이를 중심으로 하는 개방적이고 역동적인 체계를 생성하려는 의도로 이해된다.

사실상 주네트의 이론은 『잃어버린 시간을 찾아서』가 없이는 존재할 수 없었다고도 말할 수 있다. 그의 이론은 특히 시간에 관한 가장 정치한 서사 이론으로 평가받는데, 이는 이 소설이 지닌 다중적 시간성을 분석하고자 하는 노력과 무관할 수 없다. 시간과 관련된 "서술의 해석학"(p.141) 역시 시간 자체를 테마로 하는 이 소설의 경우에 가장 이상적으로 실현될 수 있을 것이다. 유사유추반복, 다중 초점화, 유사 이야기 등과 같은 주네트의 특징적 용어들도 『잃어버린 시간을 찾아서』가 보여주는 관습적인 서술 방식의 이탈과 왜곡, 불일치를 설명하기 위해 고안된 것들이다. 주네트의 이론에서 개념화하고 유형화하는 꼼꼼한 작업들은 결국 이런 구분들을 혼란에 빠뜨리고 무화시켜버리는 이 소설에 의해 지워지기 위하여 존재하는 것처럼 보이기도 한다. 수많은 판본들과 미발표 유고들과 노트들 속에 흩어져 있으며 한없이 덧붙이고 늘여 쓰는 작업이 진행되다가 예정 없이 중단된 원고, 『잃어버린 시간을 찾아서』는 분명히 주네트의 이론이 적용된 단순한 실례가 아니라 그것의 모태이다.

주네트는『잃어버린 시간을 찾아서』와 같은 텍스트를 일반화하여 '프루스트식 서사'라고 불렀다. 그는 또한 서사의 기본적인 규범들을 와해시키는 이 소설이 "가장 불협화음적인 모던 소설roman moderne의 앞날을 예견"(p. 105)한다는 점을 강조하기도 했다. 이는 모더니즘 이후의 관점에서『잃어버린 시간을 찾아서』에 선구적 의미를 부여하려는 의도로 이해된다. 그러나 '프루스트식 서사'를 곧 모더니즘 서사로 받아들이는 데는 무리가 있을 것이다. 주네트의 표현대로 프루스트는 모던 소설을 주장하지도 않았고, 자신의 소설이 모더니즘적 경향과 연결될 수 있다는 사실을 의식하지도 못했다.(p. 105) 그뿐 아니라, 실험의식과 아방가르드 정신에 입각하여 소설의 관례들을 의도적으로 파기하는 모더니즘 소설의 치밀한 전략들은 프루스트식의 계획되지 않은 모순들이나 무심하고 순수한 노이즈들과는 근본적으로 성격을 달리한다. 모더니즘의 에너지마저 소진된 지금의 관점에서 보자면『잃어버린 시간을 찾아서』는 오히려 모더니즘 소설을 추월하는 텍스트라고 말할 수도 있다. 모더니즘과의 연관성 속에서『잃어버린 시간을 찾아서』에 주목했던 주네트는 이 소설로 인하여 그 자신도 모르는 사이에 모던 소설의 시학을 넘어서버린 것이 아닌가 한다.

한편 그는 서사récit가 지칭하는 폭넓은 영역 가운데 논의의 대상을 서사 담화discours du récit로 제한하고 이를 구술되거나 기록된 서사적 진술로 정의함으로써(p. 71), 자신의 연구 범위를 언어 텍스트로 한정한다. 그렇게 한 이유에 대하여 그는 "문학에서의 서사 텍스트"에 관한 자신의 개인적 관심을 밝히면서, 서사 담화의 차원만이 "문학적 서사"의 분야에 사용될 수 있는 탐색 도구이기 때문이라고 설명한다.(pp. 72~73) 이 같은 설명의 방식은 언어 매체라는 실질적인 특수성 이외에는 문학과 비문학의 경계를 설정할 어떠한 기준도 존재하지 않게 되고, 문학 연구의 고유한 의의를 증명할 객관적 근거를 찾는 일이 더 이상 가능하지 않게 된 상황을 반영하는 것처럼 보인다.

주네트에 의하면 서사는 '스토리histoire / 서사récit / 서술 행위narration'의 세 층위로 나뉜다.[3] 주네트에게 있어 서사는 곧 서사 텍스트이고, 스토리와 서술 행위는 서사 텍스트의 중계를 통해서만 존재한다.(p.74) 이러한 구분법은 리몬케넌의 것과 대체로 일치하지만, 주네트에게서는 스토리와 서술 행위가 서사 텍스트 안에 새겨진 것임이 더욱 분명히 드러난다. 리몬케넌의 체계에서 이 세 층위가 인위적·추상적으로나마 분리되어 논의된다면, 주네트의 이론에서는 텍스트를 중심으로 하는 세 층위의 분리 불가능한 관계 양상만이 다루어지는 것이 특징이다.

주네트는 그 관련 양상을 크게 시간temps, 화법mode, 태voix로 나눈다. 이는 언표적 국면에 관한 토도로프의 논의로부터 직접 영향을 받은 것인데,[4] 토도로프가 이외에도 비전vision이라는 항목을 따로 둔 데 비해 주네트는 비전(시점, 초점)의 문제를 화법 안에서 함께 이야기한다. 시간은 서사 텍스트와 스토리의 시간적 관계를, 화법은 서사 텍스트가 재현되는 양식과 정도를, 태는 서술 행위가 서사 텍스트 속에 암시되는 방식들을 지칭한다. 주네트에 의하면 시간과 화법은 스토리와 서사 텍스트를 연결하는 차원, 태는 서술 행위를 서사 텍스트나 스토리와 연

---

3 영어의 'narrative'에 해당하는 'récit'는 주네트의 이론에서는 서사 담화discours du récit 또는 서사 텍스트를 뜻하며, 불어 'narration'은 영어의 동명사 'narrating'에 가깝다.
4 이 책 제1부 1장 참조.

결하는 차원의 문제이다. 특히 시간은 순서 · 지속 · 빈도의 세 항목으로 나뉘어 상세히 논의된다. 이미 토도로프에게서도 그러했지만 주네트의 이론에서 문법적인 용어들은 더욱 현저하게 비유적인 의미로 사용되므로, 엄격한 언어학의 개념과는 상당히 차이가 난다는 점을 미리 언급해두어야겠다.

2. 세 층위(스토리 / 서사 텍스트 / 서술 행위)의 관련 양상

1) 시간 — 순서, 지속, 빈도

주네트는 서술되는 사건의 시간과 그것을 서술하는 텍스트의 시간이라는 서사 시간의 이중성을 주로 '문학적' 차원의 '미학적' 작업이라는 관점에서 다룬다.(p.77) 먼저 그는 사건들이 스토리 상에서 배열되는 순서ordre와 텍스트에서 배열되는 순서 사이의 불일치anachronies에 관해 논의하는데, 그는 이런 불일치 현상이 서사시와 리얼리즘 소설을 비롯한 문학적 서사의 전통이라고 말한다.(p.79)

시간의 불일치는 매우 포괄적인 용어이지만, 시간 순서와 관련해서는 일단 사전 제시prolepses와 사후 제시analepses라는 개념을 통해 설명될 수 있다. 사전 제시는 나중에 일어날 사건을 미리 서술하는 것이고, 사후 제시는 스토리에서 먼저 일어난 사건을 나중에 서술하는 것이다.

만일 사전 제시나 사후 제시가 주인공의 생각을 서술하는 과정에서 일어난다면, 그것은 주관적인 동시에 외부 시간에 대하여 종속적인 성격을 띨 것이다. 주네트는 이러한 구분을 전제로 하여 『잃어버린 시간을 찾아서』의 시간 구조를 분석한다. 이 소설을 시간적 단위에 따라 나누어보면 다음과 같다.

A : 불면증에 시달리는 주인공이 대부분의 밤을 회상으로 보내는 시기 – 시점時點 5

B : 주관적 사후 제시. 콩브레에서의 어린 시절에 대한 기억. '잠자리의 드라마' – 시점 2

C : 불면의 시기로 잠시 되돌아옴 – 시점 5

D : 주관적 사후 제시. 불면증의 기간 중 어느 특정한 시점(시점 5보다 좁은 범위)에 있었던 '마들렌에 관한 일화'의 회상. 이 일화를 계기로 잠자리의 드라마와 극장에서의 일을 제외한 어린 시절의 기억들 전체를 회상하게 됨 – 시점 5'

E : 주관적 사후 제시. 마들렌에 의해 촉발된 콩브레에서의 어린 시절 전체에 대한 기억(시점 2보다 훨씬 넓은 기간) – 시점 2'

F : 불면증의 시기. 새로운 회상을 위한 도약대 – 시점 5

G : 주관적 사후 제시. 주인공이 태어나기 이전의 시기. '스왕의 사랑' – 시점 1

H : 불면증의 시기 – 시점 5

I : 주관적 사후 제시. 발베크에 있던 주인공의 방에 대한 기억 – 시점 4

J : 주관적 사후 제시. 불면증의 시기로 되돌아간다는 명시적 표지 없이

I와 바로 연결됨. 발베크에 머물기 몇 년 전 파리에서 꾸었던 여행하는 꿈. 이 역시 회상된 내용이지만 불면증의 시기와는 무관하게 여기서 부터는 시간의 흐름에 따라 계속 서술이 진행됨(소설의 마지막까지 이 단위가 확장됨)—시점 3

이와 같은 이 소설의 시간 구조는 다음의 도식으로 표현될 수 있다.

A5[B2]C5[D5'(E2')]F5[G1]H5[I4][J3 ······

괄호 []와 ( )는 주관적 사후 제시가 앞선 시간에 종속됨을 표시한다. 이 도식은 『잃어버린 시간을 찾아서』가 지배적인 시점 5(불면증의 시기) 와 그 변형인 5'(마들렌의 시점)를 출발점으로 하여 무한히 오고 가는 율동을 지니고 있음을 보여준다. 전체 서사를 통제하는 시점 5-5'는 무의식적 기억에 의해 매개된 주체의 시간으로, 서사가 콩브레와 스왕의 사랑과 발베크로 옮겨가기 위해서는 이 시점으로 되돌아오는 것이 필요하다. 그러다가 J3에 이르면 1차 서사(시점 5-5')의 통제가 늦추어지고 회상의 범위가 나머지 서사 전체를 통합한다. 5—2—5—5'—2'—5—1 —5—4—3 ······ 으로 이어지는 지그재그의 움직임은 앞으로 이어질 멈추지 않는 움직임, 곧 우리를 파리에서 콩브레로 동시에르에서 발베크로 베네치아에서 탕송빌로 끌고 다니는 이 소설의 서술 패턴을 구축한다. (pp.87~88) 이러한 분석이 보여주는 것처럼 주네트의 이론에서 '사전 제시 / 사후 제시' '주관적 사후 제시 / 객관적 사후 제시' 등을 유형화하는 일 못지않게 중요한 것은 『잃어버린 시간을 찾아서』라는 텍스트의 고유한 리듬을 포착하는 일이다. 이 같은 독특한 움직임을 지니지 않는 텍스트라면, 시간 구조에 관한 미시적 분석은 때로는 무용하게 느껴질지도 모른다.

다음으로 주네트는 스토리의 현재인 1차 서사와 여기에 삽입된 2차 서사 사이의 시간적 거리와 간격에 따라 내적 사후 제시와 외적 사후 제시를 구분한다. 나중에 제시되는 스토리의 전체 기간이 1차 서사의 기간 밖에 있으면 외적 사후 제시이고, 1차 서사의 기간 안에 있으면 내적 사후 제시이다. '스왕의 사랑' 부분과 같이 1차 서사가 시작되기 전에 일어난 일을 전달하는 외적 사후 제시는 1차 서사를 결코 방해하지 않는다. 그러나 내적 사후 제시는 1차 서사의 시간 안에 포함되기 때문에 1차 서사를 반복하거나 그것과 충돌할 수 있다.

내적 사후 제시는 다시 보충적인 것과 반복적인 것으로 나뉜다. 보충하는 내적 사후 제시는 서술에서 빠져 있던 틈새를 채우는 방식이다. 일례로 마르셀이 1914년에 파리에 머물렀던 일은 1916년에 다시 파리에 머무는 동안에 이야기되는데, 이로써 파리의 병원에서 보냈던 몇 년간에 대한 서술의 공백을 메워준다. 이와 달리 반복하는 내적 사후 제시에서 서사는 명백하게 이미 걸어온 길을 되밟게 된다. 프루스트식 서사에서 이런 반복적 유형은 시간이 흐른 뒤에 과거의 한 사건에다 새로운 의미를 부여하는 기능을 한다. 예를 들면 발베크에서 할머니는 아름다운 모자를 쓴 자신의 모습을 사진으로 찍어달라고 '쓸데없는 고집'을 부린다. 그런데 할머니는 실은 자신이 죽어가고 있음을 알고 있었기에 손자에게 추한 모습의 기억을 남기고 싶지 않아서 그랬던 것이다. 또한 탕송빌의 언덕길에서 질베르트는 마르셀에게 '이상한 제스처'를 보여준다. 마르셀은 그 당시에는 아무것도 이해하지 못했지만, 다시 돌이켜보았을 때 그 제스처는 그들 관계의 명백한 진전을 의미하는 것이었다. 알고 보면 그녀는 마르셀을 루셍빌의 첨탑 폐허로 데려가서 둘만의 은밀한 시간을 보내고 싶어 했던 것이다. 이렇듯 "'순진한' 서사와 그것에 대한 회고적인 '검증' 사이의 미묘한 대화"(p.100)는 『잃어버린 시간을 찾아서』에서 "의미를 순환하게" 하고 "진리를 단련시키는" 주된 방법이 된다.(p.98)

주네트는 또한 내적 사후 제시와 외적 사후 제시가 혼합된 유형에 관해 언급한다. 외적 사후 제시 가운데 1차 서사의 기간과 연결되지 않고 시간적 간격을 두는 경우를 부분적 사후 제시라 하고, 1차 서사와 아무런 틈새 없이 연결되는 경우를 완결된 사후 제시라 한다면, 혼합된 유형이란 외적 사후 제시이면서도 완결된 회상보다 더 긴 기간에 걸쳐 있어서 내적 사후 제시와 결합되는 경우라고 하겠다. 『잃어버린 시간을 찾아서』에서 서술이 회상의 성격을 망각하고, 1차 서사와 만나는 지점에 전혀 주의를 기울이지 않고서 자기를 무한대로 연장하는 방식이 바로 여기에 해당된다. 이미 살펴보았듯이 이 소설은 기억의 원천과 서사의 모태가 '불면증'임에도 불구하고 불면증의 시간을 스쳐 지나가면서도 아무런 관심을 보이지 않고 마지막 문장까지 회상을 계속한다(13). 이런 상황에 이르면 사후 제시와 사전 제시의 구분조차 모호해진다. 불면증 이후까지 이어지는 사후 제시는 사실상 사전 제시의 성격을 띨 것이기 때문이다.

이제까지 사후 제시를 중심으로 살펴보았으니, 이번에는 사전 제시에 관해 좀 더 이야기해보자. 회고적인 인물-서술자는 회상되는 사건들의 시점에서 보면 미래인 시점을 미리 암시할 수 있는 권위가 있다. 『잃어버린 시간을 찾아서』는 이를 최대로 활용하여 이례적으로 사전 제시를 많이 사용한다. 사후 제시와 마찬가지로 사전 제시 또한 내적인 것과 외적인 것으로 구분된다. 내적 사전 제시는 1차 서사가 마감된 시점과 간격 없이 이어지며, 외적 사전 제시는 도치된 에필로그와도 유사하게 1차 서사의 마지막 시점보다 나중에 일어날 일을 이야기한다. 노인성 치매의 징후를 보이는 오데트의 마지막 모습은 1차 서사의 맨 끝 장면인 게르망트의 아침보다 3년이나 지난 후의 일이므로, 이에 대한 언급은 외적 사전 제시가 된다.

내적 사전 제시는 다시, 나중에 생길 공백을 미리 채우는 보완적 사전 제시와 앞으로 다가올 서사 단위를 되풀이하는 반복적 사전 제시로 나뉜다. 보완하는 내적 사전 제시의 예로는 어린 시절의 콩브레에서 학창 시절의 마르셀에 대해 짤막하게 언급하는 부분을 들 수 있다. 반복하는 내적 사전 제시는 제자리에서 완전히 이야기될 사건을 독자에게 미리 알리는 기능을 하는데(미리 알림), 다음 예문은 그 좋은 예이다.

봉탕 부부가 그들의 질녀인 알베르틴느와 함께 참석한 그 공식적 만찬에 내가 아버지를 모시고 가지 않았기 때문에 집에서는 법석이 있었다. 알베르틴느는 아직 어린 아이에 불과한 소녀였다. 이런 식으로 우리 인생의 다른 시기들은 서로 겹치게 된다. 우리는 사랑하지만 언젠가는 아무런 의미가 없어질 사람 때문에, 오늘은 아무런 중요성이 없지만 아마도 그녀를 오늘 만나는 것에 동의하고 좀 더 일찍 그녀와 사랑에 빠진다면 현재의 고통을 끝장낼 수도 있었을 그런 사람을 하찮게 여겨 만나지 않는다.

이 부분은 마르셀이 지금 사랑하고 있는 질베르트가 나중에는 그에게 "아무런 의미가 없어질" 것이며, 지금은 마르셀에게 "아무런 중요성이 없"는 "어린 아이에 불과"한 알베르틴느가 후에 그가 가장 사랑하는 여인이 될 것임을 미리 알리고 있다. 이 예문은 또한 만찬에 참석하지 않았다는 그날의 사소한 사건이 궁극적으로 그의 인생에서 어떤 중대한 실수가 되는지를 설명해준다. 이처럼 『잃어버린 시간을 찾아서』에서는 시간의 실타래를 한꺼번에 움켜쥐고 모든 순간을 동시적으로 이해하려는 노력이 지속적으로 이어진다. 이렇게 회고적으로 종합하는 특징 때문에 이 소설은 엉킨 기억들의 그물망이 된다.

더욱 흥미로운 예는 회상되는 예상, 즉 사후 제시 속에서 이루어지는 사전 제시이다. "그녀를 보고 싶다는 욕망이 없다. 이제 더 이상 그녀를 보고 싶어하지 않는다는 사실조차 그녀에게 드러내고픈 마음이 없다. 사랑에 빠져 있을 때는 날마다 더 이상 그녀를 사랑하지 않게 되면 그 사실을 그녀 앞에서 뽐내리라고 스스로에게 맹세했었는데"에서는 과거에 이루어졌던 예상이 회상의 시간 안에서 제시된다. 이 예문에서와 같이 『잃어버린 시간을 찾아서』에서 과거를 통해 예견된 현재와 사실로서의 현재 사이의 아이러니한 대조는 잘못된 사전 제시에 대한 회고적 거부로 나타난다. 한편 예상되는 회고, 즉 미래에 의해서 되돌이켜지는 또 다른 방식의 뒤집힌 서술도 있다. 마르셀은 레오니 고모의 소파를 팔 때, '오직 한참 후'에라야 이 소파가 '오래전'에 신비한 사촌과 함께 사용했던 것임을 기억하게 되리라는 사실을 안다. 사촌과의 기억에 대한 사후 제시는 미래의 시점에 대한 사전 제시를 통해서 가능해지는 것이다. 이 소설은 이런 식으로 시간 불일치의 교묘한 이

중 구조를 지닌다.

시간 불일치의 이중 구조는 또 다른 효과로도 이어지는데, "첫 번째의 시간 불일치가 두 번째의 시간 불일치와 텍스트에 배열된 순서 사이의 관계를 전도"(p.118)시키는 경우가 그것이다. '우리가 이미 보았듯이 그 일은 나중에 일어날 것이다', '우리가 나중에 보게 되겠지만 그 일은 이미 일어났다' 등과 같이, 서술자의 미리 알림이 독자에게는 이미 읽은 내용에 대한 회고가 되고 마르셀의 회상이 독자에게는 앞으로 읽을 내용에 대한 예고가 되는 것이 그런 예이다. 이쯤 되면 사전 제시 속의 사후 제시인지, 사후 제시 속의 사전 제시인지를 결정할 도리가 없게 된다. 이 같은 특징들 때문에 주네트는 『잃어버린 시간을 찾아서』가 '무시간성l'achronie'으로 나아간다고 보았다. 실제로 이 소설은 엄밀히 말해 시간의 분석이 불가능할 정도로 출구 없이 뒤엉킨 텍스트로서(p.115), 시간 불일치에 관한 주네트의 이론 체계 자체를 허물어뜨린다. 그럼에도 불구하고 시간 순서에 관한 주네트의 정교한 구분과 개념화는 이를 무화시켜버리는 이 소설의 특성을 더 잘 설명하기 위해서 반드시 필요했던 것처럼 보인다.

순서에 이어지는 항목은 시간의 지속durée으로, 서술 속도 혹은 리듬과 관련된다. 주네트는 『잃어버린 시간을 찾아서』의 리듬을 이해하기 위해 다음과 같이 서사 분절을 나누고 연대기적 가설을 세웠다.

콩브레 : 약 10년간(1883년~1892년) ─ 140페이지에 해당

스왕의 사랑 : 약 2년간(1877년~1878년) ─ 150페이지

질베르트 : 약 2년간(1892년~1895년 봄, 약 2년의 기간을 건너뜀) ─ 200페이지

발베크 1 : 3~4개월(1897년 여름)―225페이지

게르망트 : 2년 반(1897년 가을~1899년 여름)―525페이지

　　　이 중에서 80페이지는 두세 시간 정도 지속된 빌르파리지의 리
　　　셉션, 110페이지는 게르망트 공작 부인의 정찬, 65페이지는 대
　　　공 댁의 저녁. 그러므로 약 열 시간 정도의 사교적인 모임들에
　　　할애된 페이지 수가 나머지 모든 사건들의 경우보다도 훨씬 많다.

발베크 2 : 약 6개월간(1900년 여름)―270페이지

　　　이 중 80페이지는 라스펠리에르에서의 저녁.

알베르틴느 : 약 18개월간(1900년 가을~1902년 초)―440페이지

　　　이 중 215페이지는 불과 이틀 동안에 일어난 일을 다루고, 95
　　　페이지는 베르뒤렝의 저녁 음악회를 다룸.

베네치아 : 몇 주간(1902년 봄, 기간이 분명하지 않으나 적어도 몇 주간을
　　　건너뜀)―35페이지

탕송빌 : 며칠간(1903년?, 약 20년을 건너뜀)―30페이지

전쟁 : 몇 주간(1914년과 1916년, 몇 년을 건너뜀)―100페이지

　　　이 중 주요 부분은 단 하루 저녁의 사건.

게르망트의 아침 : 약 두세 시간의 일(1925년경)―150페이지

　이 도식은 『잃어버린 시간을 찾아서』에 나타나는 "서술의 내적인 진
화"(p.127), 곧 서술이 점차 느리게 진행되어 짧은 시간 동안 벌어지는 일
이 점점 더 긴 장면으로 표현되는 양상을 잘 보여준다. 또한 이를 보상
하듯 건너뜀도 점차 많아져서 서술의 비연속성이 증가하는 것을 알 수
있다. 이는 전쟁으로 인해 출판이 지연되면서 프루스트가 텍스트를 계

속 첨가해 나갔기 때문인데, 이런 서술의 불균형은 최근에 가까울수록 기억이 더욱 선택적이 되고 엄청나게 확대되어가는 현상과도 맞아떨어진다.

세부적으로 보면 이 소설은 세 시간 동안에 일어난 일을 150페이지에 걸쳐 서술하거나 12년 동안의 일을 단 세 줄로 표현하는 등 서술 속도가 무한대에 가까운 다양성을 지니고 있다.(p.128) 주네트는 이를 더 면밀히 검토하려면 서술 속도의 관례적인 전통들과 비교해보아야 한다고 말한다. 주네트는 전통적인 서술의 속도를 다음과 같이 정리하였다.

정지 : NT(서술시간) = n, ST(스토리 시간) = 0, 따라서 NT∞>ST

장면 : NT = ST

요약 : NT<ST

생략 : NT = 0, ST = n, 따라서 NT<∞ST

(∞>는 무한대로 커짐을, ∞<은 무한대로 작아짐을 뜻한다)[5]

서술 속도의 관례적인 리듬은 요약과 장면의 교체이다. 그러나 프루스트식 서사에서 요약은 거의 찾아보기 어렵다. 그 대신에 생략, 또는 건너뜀이 흔히 발견된다. 프루스트는 묘사적인 정지[6]도 사용하지 않

---

[5] 채트먼이 제안한 도식과 비교해볼 것. 채트먼은 주네트의 도식에서 요약에 대응하는 NT)ST가 없는 것은 부적절하다고 말하면서 이 네 가지 관례에 '연장'을 추가로 포함시켰다(이 책 제1부 2장 참조). 그러나 주네트는 대부분의 긴 장면, 즉 감속이 이루어지는 듯한 느리고 비대해진 장면들은 실은 묘사적 멈춤이나 삽입 등에 의해 방해를 받은 것일 뿐 속도 자체가 느려지는 것은 아니라고 말한다. 따라서 그는 NT)ST가 분명히 실현 가능성이 있긴 하지만 문학적 전통에서 실제로 구현된 형태는 아니라고 말한다.

[6] 주네트는 모든 묘사나 모든 정지와 구별하여 '묘사적인 정지'라는 표현을 사용한다. 정

는데, 프루스트식 묘사는 대상에 대한 명상적 묘사가 아니라 그 대상을 명상하는 인물의 인지적 행위에 대한 서술로 나타난다. 예를 들어 엘스티르의 바다 그림에 관한 부분은 그 그림 자체에 대한 묘사가 아니라 그것이 다시 만들어내는 착시와 그것이 불러일으켰다가 조각내어버리는 헛된 인상들에 관한 서술로 가득 차 있다. '~처럼 보인다', '~로 생각된다', '~라는 인상을 준다'와 같은 서술어가 이어지면서 묘사는 행동을 결코 중단시키지 않으며 스토리를 지속 시간으로 꽉 채운다.

주네트는 프루스트식 서사 전체가 장면으로 이루어져 있다고 말한다(생략이란 실제 텍스트 상에는 존재하지 않는 부분이므로). (pp. 141~142) 그런데 이들 장면은 극적인 성격을 띠는 대신에 반복되는 상황의 전형이거나 설명으로서의 기능을 한다. 가장 길고 전형적인 다섯 개의 장면들(빌르파리지의 아침, 게르망트의 저녁, 대공 부인의 저녁, 라스펠리에르에서의 저녁, 게르망트의 아침 등)은 주인공이 새로운 장소나 새로운 분위기로 들어가는 표지이자 도입부로서 중요하다. 이것들은 이와 유사한 장면들, 또는 이것들로 인해 열리게 되는 다른 장면들을 상징적으로 대표한다. 프루스트식 장면은 온갖 종류의 빗나가는 얘기·회상·예상·부연 설명·화자에 의한 교훈적인 간섭 등으로 가득 차서 부글거린다.(p.143) 이로써 이들 장면은 오직 극적인 서술에만 집중하던 전통적인 장면의 템포나, 심지어는 다른 어떤 서술의 템포와도 전혀 다른 성격을 띠게 된다.

지 안에는 묘사적인 정지뿐 아니라 침입적 논평도 포함된다(논평은 서술 상황과 관련된 부분에서 다루어진다). 또한 묘사는 묘사적인 장면의 경우와 같이 스토리의 시간적이고 공간적인 구성 요소로서의 말하기일 수도 있다. 묘사적인 정지는 스토리에는 없는데 텍스트에서는 길게 나타나는 묘사 부분으로, 주네트는 시간의 정지에 관해 설명하면서 주로 묘사적 정지를 염두에 두고 있다(pp.128~129).

장면 묘사인 동시에 이탈인 프루스트식 서사는 시간의 지속과 리듬에 관한 이론적 체계 또한 뒤흔들어놓고 있는 것이다.

다음은 서술의 빈도fréquence에 관한 논의이다. 빈도 역시 관례적으로 도식화될 수 있다.

> **일회적 서술** : nN / nS(스토리에서 n번 일어난 일이 서사 텍스트에서 n번 서술된다. n≥1)
>
> **반복적 서술** : nN / 1S(스토리에서 한 번 일어난 일이 서사 텍스트에서 n번 서술된다. n>1)
>
> **유추반복 서술** : 1N / nS(스토리에서 n번 일어난 일이 서사 텍스트에서 한 번 서술된다. n>1)

이 가운데 주네트는 특히 유추반복 서술에 관심을 갖는다. 유추반복 서술은 보통 '~하곤 했다'와 같은 형태로 나타나며, 불어에서는 반과 거시제로 표현된다. 전통적인 소설에서 유추반복 서술은 주로 일회적 서술에 종속되어 기능적으로 사용된다. 그러나 『잃어버린 시간을 찾아서』에서는 매우 풍부하고 정교한 방식의 유추반복 서술들을 찾아볼 수 있다. 이 소설에서 '콩브레', '스왕의 사랑', '질베르트' 부분은 본질적으로 유추반복 서술이라 할 만하다. 콩브레 부분에서만 보더라도 스왕의 방문·몽주뱅에서의 신성 모독·장밋빛 여인과의 만남·교회에서의 공작 부인의 출현·마르텡빌의 첨탑을 보기 위한 여행 등은 한 번 일어난 사건에 관한 일회적 서술로서 극적인 성격을 지니지만, 나머지의 텍스트는 모두 날마다 혹은 토요일이나 일요일마다 규칙적이고 의

례적으로 있었던 일들에 대한 유추반복 서술이다. 대략 분량을 따져본다면 유추반복 서술이 86페이지, 일회적 서술이 52페이지 정도라고 한다.

『잃어버린 시간을 찾아서』에서 유추반복 서술은 종종 일회적인 장면들 속에서도 발견되는데, 주네트는 이러한 경우를 외적(일반화된) 유추반복과 내적(종합하는) 유추반복으로 나눈다. 외적 유추반복 서술은 그것이 삽입된 장면의 시간적 흐름보다 훨씬 긴 기간을 거느린다. 게르망트의 아침 식사 도중 마르셀은 공작과 오데트 사이의 사랑을 떠올리는데, "그는 언제나 그녀의 집에 있었다. (…중략…) 그는 매일 낮과 밤을 포쉬빌 부인과 보냈다"와 같은 부분은 게르망트의 아침보다 훨씬 긴 기간에 걸친 그들의 관계를 설명하므로 외적 유추반복 서술이다. 이와는 달리 내적 유추반복 서술은 유추반복의 형식으로 장면 자체의 기간을 다룬다. 샤를과 쥐피앙의 만남을 이야기하는 장면에서 샤를이 눈을 '수시로' 치켜뜨고 '매 분마다' 쥐피앙에게 똑같은 질문을 하는 듯이 뚫어져라 쳐다보았다는 내용은 바로 그 만남의 날에 있었던 반복적인 일들을 종합적으로 서술하는 내적 유추반복이다.

물론 여기서도 더욱 흥미로운 예는 이 두 가지 유추반복이 뒤섞여서 더 이상 구별이 불가능한 지점에 이르는 경우일 것이다. 예를 들면 게르망트의 저녁 장면에는 '사촌'이라는 단어를 수없이 사용한 그날의 대화에 대한 내적 유추반복 서술과 더불어, 아무나 다 '오리앙의 사촌'이라고 말하는 게르망트 씨의 습관과 사촌이라는 말을 또 다른 맥락에서 사용하는 대사 부인에 대한 보다 일반화된 외적 유추반복 서술이 혼재한다. 더 나아가 대사 부인의 성품과 평판에 대한 설명이 장황하게 이어지다가 서술이 다시 게르망트와 대사 부인 사이의 대화로 돌아오게 되면, 그 대화가 실제로 그날의 식사 도중에 있었던 것인지가 불분명해진다. 이렇듯 유추반복에 감염되어 있는 이 일회적 장면은 게르망트 댁의 최초의 정찬과 이날을 계기로 하여 이어지는 일련의 정찬들 사이의 경계를 지워버린다.

이런 모호함은 주네트가 유사유추반복^{pseudo-itératif}이라고 부르는 서술 방식에 의해 더욱 가속화된다. 콩브레에서 매주 일요일마다 나누는 레오니 고모와 프랑수아즈 사이의 상당히 긴 대화는 반과거시제로 유추반복 형식을 취하는데, 장면 묘사가 어찌나 정확하고 생생한지 아무도 이것이 변함없이 되풀이된 장면이라고는 믿을 수 없다. 이외에도 스왕과 오데트의 대화, 발베크에서 빌르파리지 부인과 함께한 날의 대화, 오리앙의 재담 등은 시제 사용을 제외하고는 일회적 장면의 성격을 띤다. 이런 경우 유추반복으로 전환되는 일회적 장면은 '이와 비슷한 일이 반복되곤 했는데, 이 일은 그 중 하나이다'라는 정도로 이해될 수 있을 것이다.

그러나 프루스트식의 유사유추반복에는 이런 식으로 설명하기가 곤란한 경우들도 얼마든지 있다. 프루스트식 서사에서는 반과거시제로 된 유추반복 장면 사이에 일회적인 단순과거시제가 끼어들기도 하고, '수요일마다 그녀를 첫눈에 사로잡았다' 등과 같이 도저히 반복될 수 없는 성격의 것이 유추반복적으로 서술되기도 한다. "뚜렷한 실수"로 보이는 이런 부분들은 이 글의 초고가 일회적 서술로 쓰였다는 흔적인 동시에 작가 자신이 시제상의 구분을 잊을 정도로 강렬하게 그 장면에 몰입했다는 증거이기도 하다.(p.153)

이런 혼란은 프루스트식 서사가 유추반복에 흠뻑 빠져버린 데서 비롯된 결과인데, 주네트는 이를 프루스트식 심리의 지배적 특징과 관련시킨다. 프루스트식 인물(스왕과 마르셀이 대표적인 예이다)은 장소의 개별성에 대해 민감한 것과는 대조적으로 순간순간의 개별성에는 거의 무감각하며, 그들에게 있어 각각의 순간들은 너무 닮아 있는 나머지 서로 뒤섞인 채로 존재하는 경향이 있다. 이런 성향은 무의식적인 기억을 경험하는 바로 그 조건이 된다. 삶의 연속성을 감지하지 못하는 프루스트식 인물의 내적인 결함은 스토리를 인과적으로 연결된 일련의 사건들이 아니라 서로 끊임없이 대체될 수 있는 상태들의 연속으로 만든다.(P.169) 주네트는『잃어버린 시간을 찾아서』의 이런 본질적 성격에서 유추반복 서술의 의미를 발견한다.

사실상 프루스트식 서사에서 유추반복과 일회적 장면은 도저히 구분할 수 없을 정도로 뒤엉켜 있다. 어떤 장면에서는 반과거와 단순과거 시제가 동사형을 가늠하지 못할 지경으로 뒤죽박죽 얽혀 있어서, 개작상의 실수라기보다는 오히려 "누덕누덕 기워 만든"(P.174) 흔적을 드러낸다. 또 어떤 장면들은 아무런 예고도 없이 습관적인 것에서 일회적인 사건으로 넘어가는가 하면, 분명히 일회적 서술이었다가도 끝에 가서는 유추반복으로 되돌아간다. 마치 한 사건이 습관적인 '동시에' 일회적인 사건이 된다는 듯이. 프루스트의 서술 방식은 주네트의 표현대로, 시간을 종적인 흐름으로부터 해방시켜 "제 스스로 움직이도록"(p.178) 하는 방식, 혹은 "시간과의 강렬한 게임"(p.182)이라고 부를 만하다. 과연『잃어버린 시간을 찾아서』는 온갖 종류의 시간 불일치와 시간의 복합적 양상을 연구하는 데 있어 특혜 받은 영역이라 할 수 있겠다.

2) 법 — 거리와 관점

이 장에서는 서사가 재현되는 여러 단계들에 관해 언급된다. 달리 말하면 이는 스토리에 관한 정보가 얼마나 자세히, 혹은 얼마나 직접적으로 독자에게 제시되는가 하는 문제이다. 주네트는 정보를 조절하는 두 가지 형식으로 서술과 서술 대상 사이의 '거리distance'와 서술의 '관점perspective'을 든다.

주네트는 거리와 관련하여, 간접화와 압축이라는 디에게시스(순수 서사)의 뚜렷한 두 가지 양상을 무대로부터 빌려온 미메시스적 재현과 대조시킨다. 디에게시스적 서술은 미메시스적 재현보다 더욱 매개되어 있으며 서술 대상과 거리를 유지하게 된다. 그런데 언어적 실제인 서사는 사실상 스토리를 '보여주거나' 모방할 수는 없다. 서사가 할 수 있는 일이란 스토리를 최대한 자세하고 생생하게 전달하여 미메시스의 환상을 심어주는 것뿐이다.(p.185) 이 점은 특히, 언어적 사실을 재현하는 '언어들의 서사' 보다도 비언어적 사실을 서술하는 '사건들의 서사'에서 더욱 두드러진다.

주네트는 사건들의 서사에서 미메시스적 환상은 정보량이 최대이고 정보자의 존재는 최소인 경우에 만들어진다고 보고, '보여주는 척' 하는 것은 '침묵하는 척'하기라고 정의한다.(p.187) 반면에 디에게시스는 정보가 최소이고 정보자가 감지되는 정도는 최대인 상황에서 나온다. 미메시스와 디에게시스의 이 같은 대조는 '정보량+정보자 = C', 즉 정보의 양과 정보자의 존재는 반비례한다는 공식을 통해 표현된다.

그런데 『잃어버린 시간을 찾아서』는 이 규범적 도식과는 완전히 다른 세계에 존재한다. 이미 살펴본 대로 프루스트식 서사는 거의가 일회적이거나 유추반복적인 장면으로 이루어져 있어서, 정보가 가장 풍성한 모방적 서술 형식이다. 그런데도 서술자의 존재는 늘 드러나 있는데, 이 소설의 서술자는 분석자이고 주석가이자 문장가이며 서술의 원천이자 보증인으로서 어디에서나 그 존재가 강력하다. 주네트는 이를 가리켜, 보여주기와 말하기의 극단이 공존하며 최대로 매개되어 있으면서 동시에 최고의 직접성을 지니는, "이항 대립의 단호한 위반"(pp. 188~189)이라 표현한다.

한편 언어들의 서사는 직접성과 모방의 정도에 따라 극적인 형태로 보고된 발화, 간접문체로 전달된 발화, 서술된 발화의 세 단계로 나뉜다.[7] 프루스트의 문체는 이 가운데 보고된 발화에 속하는데, 등장인물의 말씨와 언어적 특징들을 그대로 살려냄으로써 강렬한 모방의 효과를 창출하는 것이다. 오데트의 영국식 어법, 바쟁의 꼴사나움, 블로흐의 고등학생 같은 유사 호머주의, 사니에트의 고어투, 오리앙의 재담과 지방색주의, 주인공의 어머니와 할머니의 세비네 어투 등은 텍스트에서 지속적으로 반복되면서 그 인물의 개인적인 속성이 된다. 이는 인물의 성격화와 개별화를 추진하고 미메시스의 효과를 최고에 이르게 하는 서술 방식인데, 주네트는 여기서도 보여주기와 말하기의 단순한 이분법을 초월하는 프루스트식 서사의 독특한 지점에 관해 언급하기를 잊지 않았다. 그는 리얼리즘이 극단에 이르면 순수하게 리얼하지 않은 지점에 도달한다고 지적하면서, 프루스트의 인물들은 그들이 사

---

7 이는 토도로프의 용어로는 각각 직접화법, 간접화법, 설명적 진술에 해당한다. 이에 관한 자세한 내용은 이 책의 제1부 1장을 참조할 것.

용하는 언어의 과장된 응집력 때문에 페이지가 넘어갈수록 점점 더 모호하고 파악되지 않는 인물이 되어간다고 말한다.(pp.202~203) 모방 언어가 극도로 강조되면서 프루스트의 인물들은 자신들의 언어와 합쳐지고 결국 그 언어 속에서 소멸하고 만다. 그들은 인물을 구성하는 텍스트의 언어들 속으로 되돌아가 버리는 것이다.

다음은 서술하는 관점에 대해 생각해보자. 관점의 문제는 토도로프가 비전이라 부르는 것으로, 흔히 시점視點, point of view이라는 용어로 잘 알려져 있다. 주네트는 기존의 시점 이론이 '누가 보는가'(법, mode)와 '누가 말하는가'(태, voix)라는 문제에 대한 혼란을 드러낸다는 전제하에, 서술 행위 자체와는 구별되는 관점의 문제만을 따로 분리시켜 이야기한다. 그는 또한 시점이라는 용어가 지나치게 시각적인 측면만을 강조한다는 이유 때문에 초점화focalizations라는 용어를 사용한다. 주네트가 제안한 이 용어는 최근 시점을 대신하여 폭넓게 사용되고 있다.

주네트의 초점화 이론은 리몬케넌의 서사 이론을 살펴보면서 이미 검토한 바 있지만, 여기서 다시 한번 정리해보자. 주네트는 초점화의 유형을 무초점화non-focalizé, 내적 초점화focalization interne, 외적 초점화focalization externe로 구분한다. 무초점화는 서술자가 등장인물이 알고 있는 것 보다 더 많이 말하는 경우로 흔히 전지적 시점이라고 불리는 방식이다. 내적 초점화는 서술자가 등장인물이 알고 있는 것만 말하는 경우로 삼인칭 제한적 시점이라고도 불린다. 외적 초점화는 서술자가 등장인물이 알고 있는 것보다 적게 말하는 경우로 카메라의 렌즈처럼 외부에서 관찰하는 시선을 지칭한다. 내적 초점화의 경우 초점은 한 사람에게 고정되어 있을 수도 있고, 스토리의 진행 과정에서 한 인물로부터 다른 인물로 이동할 수도 있으며(가변적 초점화), 같은 사건을 각기 다르게 바라보는 여러 인물들에게 복수적으로 주어질 수도 있다(복수적 초점화).

주네트는 초점화에 관해 설명할 때에도 일관성 있는 문맥에서 벗어나는 변조altération의 양상에 각별히 유의한다. 초점화의 변조는 문맥을 지배하는 규약의 일시적인 배반으로 볼 수 있는데, 정보 덜 주기paralipse와 정보 더 주기paralepse라는 두 가지 경우로 나타난다. 정보 덜 주기는 흔히 내적 초점화의 규약에서 초점화된 인물의 중요한 행동이나 생각을 제한하는 방식으로 나타난다. 탐정소설에서 주인공인 탐정이 초점자임에도 불구하고 마지막에 가서 사건의 전말이 밝혀지기까지 그가 발견한 것 가운데 일부를 감추어두는 서술 방식이 그 한 예일 것이다. 반대로 정보 더 주기의 일반적인 방식은 외적 초점화로 진행되는 서술 과정에서 인물의 의식 속으로 잠시 들어가거나, 내적 초점화에서 초점자가 아닌 다른 인물의 생각을 서술하는 경우이다.

『잃어버린 시간을 찾아서』는 전반적으로 주인공 마르셀의 순진하고 제한된 시야를 통해서 사건을 보는 내적 초점화 방식으로 이루어져 있다. 그러나 이 소설은 수많은 변조의 양상을 포함하고 있는데, 그 대표적인 예가 사전 제시를 통한 '미리 알림'의 경우이다. 이런저런 장면이 훗날 '나'의 생애에 결정적인 영향을 미칠 것이라고 서술자가 말할 때, 그 관점은 분명히 나이 든 서술자의 것이다. 그러나 이러한 서술자가 '전지적'이라고는 말할 수 없다. 세월이 흐른 후에 서술하는 '나' 역시 한 인물로서의 경험적인 제약에 묶여 있기 때문이다. 회고적 서술자의 정보는 주인공이 아는 것과 소설가의 전지성 '사이'에 존재하며, 따라서 서술자가 인물인 경우에는 무초점화 방식의 서술은 논리적으로 불가능하다.

그런데 이 소설에서 정보 더 주기를 통한 초점화의 변조는 회고적 서술자의 관점이 개입하는 데 머무르지 않는다. 서술자 '나'는 주인공 '나'가 참석한 모임에서 다른 인물이 하는 생각을 독자에게 보고하기도 하고, 심지어 죽음의 침상에서 베르고트가 무슨 생각을 하는지를 서술하기도 한다. 이런 정보들은 아무리 세월이 흐른 뒤라도 인물인 서술자에게 결코 전달될 수가 없으며, '전지적' 소설가에게 귀속될 수밖에 없는 것들이다. 인물인 서술자가 '나'와 다른 인물들을 동일한 차원으로 다루는 이런 부분들에서 프루스트는 자서전적 서술이라는 허구 서사의 관례와 여기에 수반되는 초점화의 관례들을 명백히 무시하거나 잊고 있다.

주인공 '나'의 의식에서부터 서술자 '나'의 의식으로 마음대로 넘나들 뿐 아니라 다양한 다른 인물들의 의식 속에 번갈아 거주하기도 하는 이 소설의 초점화 방식을 주네트는 다중 양식polymodalité이라고 부른다. 사실상 이론적으로 양립할 수 없는 초점화의 동시 발생은 서사적 재현의 논리를 통째로 뒤흔든다.(p.224) 우리가 이미 알고 있듯이, 고의적으로 조직을 와해시키는 이 같은 방식은 초점화만이 아니라 이 소설의 서술 전체를 특징짓는다. 이는 또한 주네트 서사 이론 전체의 특징을 시사하는 것이기도 하다.

3) 태 — 서술 수준과 인칭

태에 관한 주네트의 이론에서는 먼저 서술 수준niveaux narratifs에 관한 논의를 살펴보자. 서술 수준은, 액자소설 형식으로부터 다양한 종류의 삽입 서사에 이르기까지, 하나의 서사물 안에 '서술하는 입장'이 서로 다른 이야기가 포함된 텍스트들에서 분명하게 드러난다. 주네트에 의하면 서술 수준이 달라지는 것은 "서술하기 그 자체에 의해 재현된 일종의 문턱"(p.238)을 지닌다는 뜻이다. 이러한 텍스트의 전형적인 예는 작가를 대리하여 독자를 향해 이야기하는 서술자가 나오고 이어서 그의 서술 속에 등장하는 한 인물이 다시 서술자의 자리를 물려받아 이야기를 이끌어가는 형식의 서사물이라 할 수 있다. 주네트는 첫 번째 수준의 서술을 겉이야기extradiégétique라 하고, 인물에 의한 두 번째 수준의 서술을 이야기diégétique 또는 속이야기intradiégétique라고 부른다. 이때 속이야기 안의 인물이 세 번째 층위의 서술자가 되어 또 다른 이야기를 서술하게 되면, 그가 하는 이야기는 두 겹 속이야기métadiégétique가 된다.[8]

속이야기에는 인물이 하는 '말'뿐 아니라 인물에 의한 회상이나 꿈과 같은 내적 서술도 포함된다. 속이야기는 또한 기술된 텍스트의 형식을 취할 수 있다. 작품 속의 작품이나 삽입된 편지나 일기 등이 그런 예이다. 사르트르의 『구토』에서 로캉탱의 일기가 발견된 상황과 원고의 상태 등을 언급하는 편집인의 짧은 머리말이 겉이야기라면, 로캉탱의 일

---

8   여기서 'méta'라는 접두어는 2차(속이야기) 단계로의 이행을 뜻하는데, 미케 발과 리몬 케넌은 이 접두어가 초월이나 상위 단계를 암시할 수 있으므로 부적절하다고 지적한다. 이들이 제안한 또 다른 용어는 'hypodiegetic'이다. 이 책 제2부 1장 참조.

기는 속이야기에 해당된다. 주네트에 의하면 겉이야기는 통째로 생략되어 있을 수도 있다. 주인공의 내적 독백으로만 기술된 서사 텍스트에서 그 인물이 우리가 읽는 텍스트를 자신의 내적 독백으로 썼다고는 볼 수 없으므로, 이런 경우에는 작가를 대리하는 서술자의 허구적 존재가 지워져 있다고 말할 수 있다. 이러한 주네트의 설명을 근거로 하면 결국 겉이야기란 모든 서사 텍스트에 내재하는 허구적 작가와 독자 사이의 의사소통 상황과 관련되는 것으로 이해될 수 있다. 지워져 있거나 드러나 있거나 간에, 허구적 작가의 서술하는 입장을 대변하는 서술 수준이 바로 겉이야기인 것이다.

어떤 서사 텍스트에서는 겉이야기와 속이야기 사이의 경계가 순간적으로 무너지기도 한다(경계 무너지기métalepses). 겉이야기의 서술자나 독자가 속이야기 안으로 침범하거나, 속이야기의 인물이 두 겹 속이야기의 세계를 침범하거나, 또는 그 반대의 상황이 벌어지는 경우가 여기에 해당된다. 쿤데라의 소설 『불멸』에서 작가인 '나'가 자신이 쓰는 소설 속의 인물과 우연히 마주치거나, '나'의 친구 아베나리우스 교수가 소설 속 인물과 사랑에 빠지는 상황 등은 경계 무너지기의 단적인 예라 하겠다. 또 "우리들의 주인공이 마침 저렇듯 졸고 있는 사이에 이 사람이 대체 어떤 사람인가를 좀 더 알아보기로 하자"(최인훈, 『소설가 구보씨의 일일』)에서와 같이 스토리와 서술하는 행위가 같은 시간대로 겹치게 하는 방식들도 그 대표적인 예이다. 이런 두 번째 유형의 경계 무너지기는 『잃어버린 시간을 찾아서』에서도 흔히 발견되는데, "기차가 멈추고 짐꾼이 '동시에르', '그라트바스트', '멘느빌'이라고 소리칠 때, 지금 나는 호반도시나 군인이 주둔하는 도시가 불러일으키는 독특한 기억을 적어두는 것에만 신경을 쓰자"와 같은 부분들이 여기에 포함된다.

서술 수준과 관련하여 주네트가 『잃어버린 시간을 찾아서』에서 특히 주목하는 것은 좀 더 점진적이고 온건해서 잘 드러나지 않는 형태의 경계 무너지기, 즉 근원을 따져보면 두 겹 속이야기(또는 속이야기)임에도 불구하고 속이야기(또는 겉이야기)인 척하고 말하는 방식이다. 하위의 서술 수준이 상위의 수준으로 한 차원 올라오는 이러한 방식을 주네트는 '유사 이야기pseudo-diégétique'라고 부른다. 서술의 다른 수준을 유사 이야기로 통합하는 방식은 이 소설의 개작 과정을 살펴보면 더욱 분명해진다.

이 소설의 초판본이라 할 수 있는 『장 상퇴유』는 서로 다른 세 개의 서술 수준을 포함하고 있다.(pp.238~241) 겉이야기의 서술자는 친구와 함께 해안에서 휴가를 보내는 젊은이다. 이들은 C라는 작가와 친분을 맺게 되는데, 그 작가는 낮 동안 조금씩 써가는 소설을 밤마다 두 젊은이에게 이야기해준다. 두 번째 서술자인 C의 이야기는 이 소설의 속이야기를 이룬다. 몇 년이 흘러 C가 죽고 난 뒤 그 소설의 사본을 손에 넣게 된 서술자는 그것을 출판하기로 마음먹는데, 그 소설이 『장 상퇴유』이다. 장의 자서전 형식으로 된 이 삽입 텍스트는 두 겹 속이야기로, 세 번째의 서술자는 주인공인 장이다. 이 세 명의 서술자는 모두 훗날의 주인공 마르셀의 모습을 담고 있다.

전통적인 삽입 서사 형식으로 이루어진 『장 상퇴유』와 『잃어버린 시간을 찾아서』를 비교해보면, 서술 수준의 단절된 층들을 전반적으로 제거하는 이 소설의 독특한 서술 방식이 확연히 드러난다. 우선 『잃어버린 시간을 찾아서』에서는 원고로 발견된 소설이 사라진다. 그 대신, 서술자 겸 주인공이 공공연하게 자기 서술을 문학작품이라고 말하면서 독자와 직접 접촉하는 허구적 저자의 역할을 담당한다. 또한 이 소설에서 마르셀은 다른 인물에게서 들은 이야기들을 자신의 말인 듯이 서술한다. 스왕이 결혼하는 과정, 베르고트의 죽음, 스왕이 죽은 뒤의 질베르트의 행실 등등 그가 없었던 장소에서 일어난 일들에 관한 정보는 모두 누군가 다른 인물들을 통해 전해들었음이 분명하지만, 그는 이 모든 이야기를 자신의 서술 안에 통합해들이는 것이다. 더 나아가 이 소설은 회상을 통해 이야기가 전개되는 속이야기 구조를 기본으로 하면서도, 원래 2차적 수준이었던 회상 속의 서술이 1차적 수준의 서술과 만나 별다른 이음새도 없이 하나로 합쳐진다. 이런 특징들 때문에 주네트는 『잃어버린 시간을 찾아서』가 '거대한 유사 이야기'로 이루어진 텍스트라고 말한다.(p.249) 이 거대한 유사 이야기 앞에서 서술 수준을 체계화하려는 시도는 사실상 전면적인 혼란에 빠지고 만다.

서술 수준에 이어지는 논의는 인칭에 관한 것이다. 주네트는 일인칭 서술과 삼인칭 서술이라는 관례적인 이분법에 이의를 제기하면서, 서술자가 일인칭으로 자신을 지칭하는 경우라도 그가 스토리 상의 인물인 경우와 그렇지 않은 경우가 있음을 지적한다. 작가에게 있어서 정작 중요한 것은 문법적인 인칭을 선택하는 문제가 아니라, 스토리 안의 인물이 이야기하느냐 아니면 스토리 바깥의 서술자가 이야기하느냐 하는 두 가지 서술 입장 사이의 선택이라는 것이다.(p.252) 주네트는 이 두 유형을 각각 동종 이야기homodiégétique와 이종 이야기hétérodégétique라고 부른다. 또한 동종 이야기 가운데 특히 강력한 자기 서술의 유형, 즉 서술자가 자기 서술의 주인공인 경우를 그는 따로 자동 이야기auto-

^{diégétique}라고 명명한다.

주네트에 의하면 서술자의 위치는 서술자와 스토리 사이의 관계(동종 이야기 / 이종 이야기)와 서술 수준(겉이야기 / 속이야기)에 의해 다음과 같이 유형화된다.

① **겉이야기이며 이종 이야기** :『오디세이아』의 호메로스와 같이 본인이 스토리에 나타지 않는 제일 겉구조의 서술자

② **겉이야기이며 동종 이야기** :『잃어버린 시간을 찾아서』의 마르셀과 같이 자기 자신의 이야기를 하는 제일 겉구조의 서술자

③ **속이야기이며 이종 이야기** :『아라비안 나이트』의 세헤라자데와 같이 본인이 참여하지 않는 스토리를 이야기하는 속구조의 서술자

④ **속이야기이며 동종 이야기** :『오디세이아』 9~12권에 나오는 율리시스와 같이, 자신의 이야기를 하는 속구조의 서술자

이를 근거로 하여 주네트는『잃어버린 시간을 찾아서』의 개작 과정에서 발생한 변화를 좀 더 상세히 분석한다. 『장 상퇴유』에서『잃어버린 시간을 찾아서』로의 이행은 두 겹 속이야기에서 유사 이야기로의 전환과 더불어 이종 이야기에서 자동 이야기로의 전환을 동반한다. 이 과정은『장 상퇴유』를 전체적으로 엮은 것으로 보이는 첫 번째 서술자(겉이야기이며 동종 이야기, 자동 이야기는 아님), 두 번째 서술자인 소설가 C(속이야기이며 이종 이야기), 자서전의 주인공인 세 번째 서술자 장(속이야기이며 동종 이야기, 자동 이야기이기도 함), 이 세 가지의 분리된 서술 입장을 하나로 통합하는 과정이기도 하다. 즉 이들의 서로 다른 서술 입장은 저자이자 서

술자이며 주인공인 마르셀, 단 한 사람의 서술로 압축되는 것이다.

주네트는 이런 현상이 소설적 허구를 벗어던짐으로써 자신을 드러내려는 작가의 욕망을 반영하는 것이라기보다는, "스토리를 뒷받침하고 정당화시키고자 계속 논평하면서 자기 이야기와 함께 가려고 하는 서술자의 진지한 갈망"(p.257)에서 비롯된 것으로 본다. 주인공의 경험을 '삼인칭'으로 서술하면서 그것을 끊임없이 서술자의 이름으로 논평하는 일이란 참으로 번거로운 일임에 틀림없기 때문이다. "논평이 스토리를, 에세이가 소설을, 담화 그 자체가 서사를 침범"하는 이 소설의 특징을 주네트는 '모던 문학'의 도입과 관련짓는다.(p.265) 그러나 프루스트의 시대뿐 아니라 주네트의 시대마저 돌아볼 수 있는 지금의 관점에서, 바로 그런 특징은 오히려 '모던 문학' 이후를 예견하는 징후로 읽힌다.

한편 서술자의 권위적 논평이 압도적임에도 불구하고 이 소설은 독자를 결코 수동적인 소비자의 자리에 남겨두지 않는다. 서술에 있어서의 극단적인 교조주의가 독자로 하여금 극도의 참여를 요구한다는 면에서도 이 소설은 역설적이다. 『잃어버린 시간을 찾아서』에 내재하는 이 모든 역설들은 "'문학적인' 마인드"(p.269)로 과학적인 이론의 체계를 세우려는 주네트의 서사 이론을 낳은 근원적 에너지일 것이다.

주네트의 서사 이론은 개별 텍스트에 대한 치밀한 비평적 분석이 곧 정교한 시학의 체계를 형성하는 이상적인 모델을 보여준다. 그러나 이 같은 이중적 효과는 프루스트식 서사의 경우에 최대로 발생하는 것으로 보인다. 주네트의 서사 이론을 성격이 다른 텍스트들에 적용했을 때에도 이와 유사한 정도의 비평적 효용성을 기대하기는 어려울 듯하다. 대상 텍스트를 좀 더 보편화시켜놓고 생각할 때, 주네트의 서사 이론은 비평으로서보다는 시학으로서의 의의를 더 분명히 보여준다. 그의 서사 이론을 관습적인 텍스트에 적용할 경우, 무의미한 미시적 분석이나 도식적인 유형화에 머무를 수 있다는 점도 기억해야 하겠다.

토도로프에게 있어서 문학성에 대한 강조가 구조주의적 방법으로 문학 텍스트를 다루는 데 대한 반성적 성찰을 동반한다면, 리몬케넌과 주네트에게 있어서는 동일한 문제의식이 구조주의의 체계를 개방하고 역동화하는 동력으로 작용한다. 토도로프가 서사학과 시학 사이에서 균열을 경험하면서 엄밀한 과학적 방법론이 문학 자체보다는 서사물들을 다루기에 더욱 적합하다는 견해에 도달한 데 비해, 이들은 문학 텍스트를 기술하는 데 더욱 적합하게끔 구조시학의 체계 자체를 변화시키는 방법을 선택했다고 할 수 있다. 특히 이론적 체계를 전복시키고 해체하는 프루스트식 서사를 중심으로 구축된 주네트의 서사 이론은 지금의 관점에서 돌아볼 때 후기구조주의적이거나 탈근대적이라고 평가될 만한 지향을 강하게 내재하고 있었던 것으로 보인다.

3장 미케 발

서사학적 비평과 텍스트의 이데올로기

    미케 발의 서사 이론은 주네트의 이론과는 또 다른 방향에서 구조주의의 체계를 역동화한다. 주네트가 체계를 교란하는 텍스트의 예외적이고 모순적인 측면들을 논의의 중심으로 끌어들임으로써 그렇게 한다면, 미케 발은 텍스트를 생성하는 과정의 역동성을 강조함으로써 그렇게 한다. 이 점은 그의 3원론적 서사구조론이 지닌 특징적인 면모를 통해 잘 드러난다.

    미케 발은 시학이라는 용어 대신 서사학이라는 용어를 사용하는데, 이는 '문학적' 텍스트의 특수성에 집착하지 않는 그의 기본 입장을 대변해준다. 그 대신에 미케 발이 관심을 기울이는 것은 텍스트의 '언어적' 특수성이다. 그는 특히 언어 텍스트를 구성하는 이데올로기의 측면에 주목하는데, 이 점이 그의 이론에 후기구조주의적 색채를 더하게 한다. 미케 발의 서사 이론은 또한 서사학의 개념들을 비평의 도구로 활용하는 방법에 대한 적극적인 모색을 담고 있다. 그가 제안하는 방법들은 주로 텍스트의 은폐된 이데올로기와 서사화 과정의 이데올로기적 조작의 양상을 비평적으로 분석하는 데 유용하게 활용될 수 있다.

1. 미케 발의 기본 관점

미케 발의 서사 이론은 전통적인 문학 이론과 구조주의 서사학과 후기구조주의적 텍스트 이론의 이질적인 관점들이 혼재하는 양상을 띤다. 이로 인해 그의 이론은 다소 모순적이고 혼란스러운 인상을 주는 것이 사실인데, 먼저 이런 측면을 차근차근 검토해보자.

미케 발의 서사 이론은 기본적으로 구조주의의 관점 아래 세워져 있다. 그가 사용하는 서사학이라는 용어부터가 구조주의적 색채를 강하게 띠고 있는데, 그에 의하면 서사학이란 서사 텍스트에 관한 일반적 진술들을 체계화한 학문이다.[1] 이와 더불어 그는 서사학이 개별 텍스트를 기술하기 위한 도구가 되어야 하며, 텍스트의 기술은 궁극적으로 텍스트의 의미를 해석하는 데 기초가 되어야 함을 강조한다.(pp.9~10) 이런 언급은 미케 발의 서사학이 지닌 비평에의 지향을 대변해준다. 특히 서사학적 방법으로 텍스트의 미학적이고 기법적인 측면뿐 아니라 의미를 분석하고자 하는 것은 미케 발의 서사 이론이 지닌 두드러

---

[1] Mieke Bal, *Narratology : Introduction to the Theory of Narrative*, Toronto・Buffalo・London : University of Toronto Press, 1985, p.ix, pp.3~4. 이후 이 장에서 이 책의 참조와 인용은 본문의 괄호 안에 페이지 수로만 표시하기로 한다.

진 특징이다. 이는 구조주의 서사학의 목표를 해석이나 비평의 목표와 뚜렷이 구분한 토도로프의 관점이나, 서사학적 방법으로 서사물의 의미나 미적 특성을 설명하려는 의도를 다소 부적절한 것으로 보는 프랭스의 견해와는 확연히 구별된다.[2]

미케 발은 또한 서사학의 대상을 서사 '텍스트'로 규정하고 텍스트를 '언어 기호로 구성된' 한정적이고 구조화된 전체라고 정의함으로써, 다른 매체의 서사물들을 서사학의 연구 범위에서 제외시킨다.(p.5) 이런 관점은 서사학이라는 용어를 사용하는 구조주의 이론가들이 흔히 매체적 특수성을 넘어서는 서사의 초언어적 구조물에 주목하는 것과는 대조를 이룬다. 서사 텍스트의 언어적 특수성에 유의하는 것은 대체로 서사학보다는 텍스트 이론의 경향이라 할 수 있다. 미케 발과 유사하게 연구의 대상을 언어 서사물로 제한한 리몬케넌은 매체들 간의 상호 전환이 가능한 국면을 다루는 서사 이론들만을 서사학이라고 지칭함으로써, 자신의 이론과의 차별성을 강조하기도 했다.[3] 미케 발에게서 이에 대한 자의식이 두드러져 보이지는 않지만, 그의 서사 이론은 서사학과 텍스트 이론의 지향이 혼합된 중간적이고 과도적인 성격을 보여준다고 하겠다.

리몬케넌의 경우에 언어 매체의 특수성에 대한 관심은 텍스트의 문학성에 대한 관심과 결부되어 있었다. 반면에 미케 발의 이론에서 언

---

2   T. Todorov, *Poétique : Qu'est-ce que le structuralisme?*, Paris : Seuil, 1973, p.20; G Prince, *Narratology : The Form and Function of Narrative*, Berlin · New York · Amsterdam : Mouton, 1982, p.59, 81.
3   이 책 제2부 1장 참조.

어 매체에의 편향은 언어의 이념적 성격에 대한 그의 관심을 반영한다. 그는 "언어는 비전과 세계관을 표현한다"(p.120)는 전제하에 초점화와 서술을 통한 이데올로기적 조작의 가능성에 유의하고, 서사물의 비서사적 논평 부분을 다룰 때에도 그것이 서사 텍스트의 이데올로기를 구성하는 데 큰 역할을 한다는 점을 강조한다.(p.116, 129) 서사화 행위에 의해 이루어지는 이데올로기적 각인 과정에 주목하는 이러한 관점은 그의 서사 이론이 텍스트 이론과 만나는 또 다른 지점을 암시하는 것이기도 하다.

한편 텍스트의 이데올로기에 대한 미케 발의 남다른 관심은 리얼리즘적 서사에 대한 그의 편향과도 연관되어 있다. 채트먼이나 주네트 등과 같이 서사물의 기법적 효과나 미학성에 주목하는 서사 이론가들이 실험적이고 모더니즘적인 경향의 서사에 관심을 기울이는 데 비해, 미케 발은 리얼리즘 서사를 논의의 중심에 둔다. 이 점은 그가 환상적이고 부조리하고 실험적인 서사 텍스트를 예외적인 것으로 보고, 이들 서사가 현실의 논리를 부정하거나 왜곡하는 것으로 이해하는 데서 잘 드러난다.(pp.12~13) 그는 또 누보로망을 리얼리즘의 재현적 전통 안에서 설명하고, 의식의 흐름에서와 같은 주관적 회상을 '비사실적' 시간 변조나 '위장된' 시간 변조라 부르면서 객관적 회상에 비해 부차적인 것으로 취급하기도 한다.(pp.56~57, 130) 리얼리티reality 개념을 중시하고 현실의 구조와 서사물의 구조 사이의 상동 관계를 주장하는 그의 이론은, 허구 서사물에서 리얼리티보다는 핍진성verisimilitude에 주목하고 허구 세계의 상대적인 독립성을 강조하는 다른 서사 이론들과는 상당한 차이를 보여준다.⁴ 이런 면에서라면 미케 발의 서사 이론은 리얼리즘

중심의 전통적인 소설 이론에 근접해 있다고도 말할 수 있다.

미케 발 이론의 이 같은 성격은 그가 서사 텍스트의 범주에서 서정시와 희곡 텍스트를 제외한 것에서도 찾아볼 수 있다. 그는 시적 특성이나 희곡적 특성을 현저하게 드러내는 텍스트들에서는 서사적 특성은 단지 부차적인 것일 뿐이므로, 그것들을 서사 텍스트로 간주하지 않겠다고 말한다.(pp.8~9) 서사 텍스트의 범위를 설정하는 그의 배제적 관점은 서정lyric · 서사epic · 극dramatic이라는 문학의 전통적인 3분법에 토대를 두고 있다. 이런 구분은 자아와 세계의 상이한 관계, 또는 디에게시스적 제시와 미메시스적 재현의 구별에 근거한다.[5] 이 같은 기준들은 서사narrative를 인간의 모든 의미화 행위의 기본 원리로 보고 서술narration을 미메시스의 환영을 만들어내는 디에게시스의 다양하고 폭넓은 스펙트럼으로 파악하는 서사 이론의 일반적 전제들과 충돌할 수 있다. 이처럼 모순적인 관점들이 자의식 없이 혼재하고 그것들 사이에 내적인 긴장이 부재한다는 사실은 그의 이론을 비판적으로 보게 하는 근거가 된다.

그럼에도 불구하고 미케 발의 서사 이론은 매우 독특한 방식으로, 서사화 행위의 역동적 과정을 가시적으로 드러낸다는 면에서 주목할 만하다. 이 점은 그의 3원론적 서사구조론이 지닌 독자적 면모를 통해 확인할 수 있다. 미케 발은 서사 텍스트의 구조를 파불라fabula, 스토리

---

4   T. Todorov, *La Poétique de la prose*, Paris : Seuil, 1971, pp.32~35; Shlomith Rimmon-Kenan, *Narrative Fiction : Contemporary Poetics*, London and New York : Methuen, 1983, pp.3~4.
5   서정이나 극과 구별되는 서사epic의 본질은 자아와 세계의 거리(슈타이거), 객관성(헤겔) 또는 주관과 객관의 종합(히르트), 제시와 재현의 결합(헤르나디) 등으로 정의된다. Paul Hernadi, 김준오 역, 『장르론』, 삼신문화사, 1983, 41, 104~107, 190~191면.

story, 텍스트text의 세 층위로 구분한다. 그에 의하면 파불라(성분들elements)는 논리적·연대기적으로 연결된, 행위자에 의해 야기되거나 경험되는 사건의 연속이다. 스토리(양상aspects)는 특정한 방법으로 제시된 파불라, 즉 순차ordering와 초점화focalization 등에 의해 조작된 파불라이다. 텍스트(단어들words)는 언어 기호를 통해 구체화된 스토리로서, 특정한 판본의 서사 텍스트를 같은 스토리의 다른 판본들과 구별시켜주는 단어와 문장들의 층위가 이와 관련된다.

'파불라 / 스토리 / 텍스트'라는 미케 발의 구분법은 '스토리 / 서사텍스트 / 서술하기'(주네트), '스토리 / 텍스트 / 서술'(리몬케넌) 등과 같은 3원론적 서사 구조의 일반적 구분법에 상응하는 것으로 이해되는 것이 보통이다. 그런데 미케 발의 용어인 '파불라'는 러시아 형식주의의 용어와는 다르며, '스토리'와 '텍스트'는 주네트나 리몬케넌 등의 용어와 다르다. 러시아 형식주의에서 '수제'(플롯 혹은 텍스트)와 구별되는 개념인 '파불라'는 흔히 서사물의 내용이자 재료로서의 스토리와 동일시되는데, 미케 발은 파불라와 스토리를 각기 다른 층위로 구분한다. 미케 발의 이론에서 사건들의 결합 원리와 수행자적 구조 등을 다루는 파불라 층위는 다른 3원론적 서사구조론(특히 리몬케넌의 이론)에서는 스토리 층위에 해당되고, 시간 변조와 인물론과 초점화 이론을 다루는 스토리 층위는 여타 이론들의 텍스트 층위에 그대로 대응된다. 마찬가지로 그가 텍스트 층위에서 언급하는 서술자와 화법과 비서사적 논평 등은 대개 서술의 층위 안에 포함되는 항목들이다. 이렇게 보면 '스토리'나 '텍스트'라는 동일한 용어로 서사 구조의 전혀 다른 층위를 지칭하는 미케 발의 용법은 기존의 정착된 개념에 불필요한 혼란을 초래하는 것으로 평가될 수 있다.

그런데 용어상의 혼란이라는 문제점보다 더욱 중요한 것은 다른 3 원론적 서사구조론과 구별되는 미케 발의 삼분법이 지닌 특수한 측면 인데, 이 점은 흔히 간과되고 있다. 주네트와 리몬케넌에게서 위의 세 층위는 '서사 텍스트의' 상이한 국면을 지칭한다. 이들은 서사 텍스트 안에 새겨진 서로 다른 측면들을 임의적·추상적으로 나누어 세 개의 층위로 명명했던 것이다. 반면에 미케 발에게서 위의 세 층위는 '서사 화 과정'의 '순차적인 단계들'이다. 서사물의 재료이자 구성 요소들인 파불라는 특정한 배치와 질서화 과정을 거쳐 스토리가 되고, 스토리는 구체적인 단어와 문장들로 변환됨으로써 텍스트가 된다.(pp.7~8) 이런 관점은 스토리를 텍스트보다 선행하는 실질적인 재료가 아니라 독자 에 의해 텍스트로부터 추상된 구조물로 본다든지, 서술하기를 통해서 야 비로소 스토리가 생성되는 것으로 파악하는 위의 두 이론가들의 관 점과는 정면으로 배치된다.

주네트와 리몬케넌의 3원론적 서사구조론이 스토리를 생성하는 서 술하기의 중요성과 텍스트를 구성하는 여러 요소들 간의 복합적 관계 에 대한 관심을 반영한다면, 미케 발의 3원론은 서사의 재료들을 어떻 게 구성하고 언어화하여 서사 텍스트를 만들어내는가 하는 문제와 관 련된다. 이는 일견 작가를 텍스트의 의미론적·미학적 근원으로 보는 전통적인 문학 이론의 관점과도 흡사해 보인다. 한편 서사화 행위의 주체로서 작가–서술자의 지위를 강조하는 그의 시각은 서사의 이데올 로기적·정치적·윤리적 측면에 다시금 주목하는 후기구조주의의 한 경향과도 연결될 수 있다.

또한 그의 이론은 서사화 행위의 연속적 단계들에 주의를 환기함으로써, 서사물을 정태적 구조로 파악하는 대신에 그것을 생성하는 과정의 역동성을 강조한다. 그의 이런 관점은 서사화 과정에 관여하는 이념적이고 미적인 조작의 단계들을 설명하기에 적합하며, 바로 이런 측면 때문에 미케 발의 서사 이론은 서사학적 비평의 또 다른 방향을 제시해준다. 그는 특히 서사학적 비평이 텍스트의 이데올로기를 효과적으로 드러낼 뿐 아니라, 그것을 바라보는 분석자의 이데올로기를 반영할 수 있다고 말한다.(p.87) 이런 언급은 서사학적 방법으로 텍스트의 이데올로기에 적극적으로 개입하고 이를 변형함으로써 의미의 생산에 참여하고자 하는 서사학적 비평의 입장을 잘 대변해준다.

2. 서사학적 비평의 구체적 방법

1) 인물론

구조주의 서사학의 방법으로 텍스트의 해석과 비평에 접근하고자 하는 미케 발의 지향은 스토리 단계에서 인물론을 통해 구체화된다. 미케 발은 일반적이고 추상적인 행위자나 수행자를 보다 구체적인 인물과 구별한다. 우선 행위자나 수행자는 반드시 인간일 필요가 없지만, 인물은 그들 가운데 인간의 특성을 갖춘 존재들이다. 그는 또한 행위자나 수행자가 '구조적' 지위를 갖는 반면, 인물은 복합적인 '의미론적' 단위라고 설명한다.(pp.79~80) 파불라 단계에서 행위자가 수행자적 '기능'에 의해 한정되었다면, 스토리 단계에서 그들은 성격화되고 개별화됨으로써 인물로 발전한다고 말할 수 있다.

미케 발에 의하면 비평가는 특정한 서사 텍스트에 적합한 '의미론적 축semantic axes'을 설정함으로써 인물의 구체적인 특성들을 기술할 수 있다.(pp.86~89) 미케 발은 이 과정을 '윤곽 채우기filling in the outline'라고 부르는데, 이는 언어의 변별적 자질을 밝히는 구조주의 언어학의 방법과 일치한다. 의미론적 축은 '빈-부', '보수적-진보적', '강인함-나약함' 등과 같이 반대되는 의미를 가진 한 쌍의 특성들로 이루어진다. 적절한 의미론적 축을 선택했다면, 비평가는 각각의 인물들이 그중에서 어떤 특성을 부여받았는지를 판단해야 한다. 이런 과정을 통해 비평가는 유사한 특성들을 지닌 인물들을 분류할 수 있으며, 소설의 여러 인물들을 체계화할 수 있다.

이순원의 「그 여름의 꽃게」를 예로 들어 인물의 윤곽 채우기에 관한 미케 발의 이론을 자세히 검토해보자.

지주인 할아버지는 "지독한 노랭이"로서, 피난민이 밀어닥치자 그들을 '야차'라고 몰아붙이며 방 한 칸 내주지 않고 야박하게 군다. 치안대장인 아버지는 마을에 들어온 피난민들의 일손으로 너른 논밭과 과수원을 돈 한 푼 들이지 않고 관리한다. 이들 두 인물은 '부유함'과 '인색함'이라는 특성으로 특정지어질 수 있다. 다리를 절고 생각이 모자라는 삼촌과 아직 어린 '나'는 '부유함'이라는 특성을 그들과 공유하지만, '인색함'이라는 자질은 지니지 않는다. 한편 소작인인 마을 사람들

〈표〉「그 여름의 꽃게」의 인물 분석(윤곽 채우기)

인물의 역할 / 인물의 특성	부유함	인색함	영악함
나(학생)	+	∅	−
할아버지(지주)	+	+	−
아버지(치안대장)	+	+	−
삼촌('머저리')	+	∅	−
마을 사람들(소작인)	−	∅	∅
미주(피난민)	−	∅	+

이나, 피난민 무리에 섞여 그 마을에 찾아온 미주는 '부유함'의 반대쪽 자질인 '궁핍함'이라는 특성을 지니고 있다. 여기까지 살펴보면 이 소설은 기본적으로 '빈-부'의 대립에 기초하고 있지만, 이러한 대립이 '(관대함)-인색함'이라는 의미론적 축에 그대로 대응되지 않는 것으로 보아, 상투적인 선악의 구도와 곧바로 연결되지 않음을 알 수 있다. 또한 '인색함'의 반대편 자질인 '관대함'이 소설 속에 전혀 나타나지 않는 것은 '(관대함)-인색함'이 소설의 의미와 대립 구도를 형성하는 주된 의미론적 축은 아님을 말해준다.

「그 여름의 꽃게」에서 '영악함-어리숙함'이라는 또 다른 의미론적 축은 이 소설의 대립 구도에 큰 영향을 미친다. '영악함'을 지닌 미주는 자신의 궁핍한 처지를 극복하기 위해 부유한 '나'의 집안 사람들을 지능적으로 이용하는데, 그들은 모두 순진하게 미주를 믿었다가 그녀에게 속아넘어가 낭패를 본다. 특히 미주를 신부감으로 굳게 믿었다가 배반을 당한 삼촌은 깊은 마음의 상처를 입게 된다. 한편 '영악함-어리숙함'의 축에서 의미론적 자질을 부여받지 못한 마을 사람들은 상대적으로 주변적인 인물이 된다. 이 점은 '지주-소작인' 간의 계급적 대립이 이 소설에서 그리 중요한 의미를 띠지 않음을 확인시켜준다. 미주의 '영악함'은 '빈-부'라는 힘의 구도를 뒤엎고 미주를 최후의 강자로 만들어주는 결정적 자질로서, 이 소설의 의미를 해석하는 열쇠가 된다.

이 같은 분석을 거쳐 비평가는 궁핍한 약자의 승리를 이야기하는 이소설의 이데올로기를 긍정적으로 평가할 수도 있고, 반대로 '빈-부'라는 사회경제적인 대립 구도를 교묘하게 전도시키는 이데올로기적 조작을 날카롭게 비판할 수도 있다. 이처럼 인물을 의미론적 단위로 분석하는 미케 발의 방법에는 분석자 자신의 이데올로기가 개입되기 마련인데, 분석자의 이데올로기는 의미론적 축을 선택하는 단계에서부터 강하게 작용한다. '영악함-어리숙함'이라는 의미론적 축이 비교적 가치중립적인데 비해, '교활함-순진함'이나 '위선적임-솔직함' 등과 같은 의미론적 축에는 도덕적인 가치판단이 내재한다. 이런 의미론적 축을 선택한 비평가는 미주의 특성을 부정적인 것으로 평가함으로써, 희생자인 '나'의 집안 사람들의 입장에서 스토리를 해석하게 한다. 반대로 '영악함' 대신에 '생활력'이나 '생명력' 등과 같은 긍정적인 어휘를 선택한 비평가라면, 미주라는 인물의 의미와 소설의 의미를 전혀 다른 방향으로 해석하게 될 것이다. 이외에도 비평가는 자신의 의도에 따라 '남-녀', '미-추' 등의 의미론적 축을 추가로 설정하여 기존의 대립 구도와 결합할 수 있으며, 이를 통해 또 다른 의미나 텍스트의 이데올로기에 대한 새로운 통찰을 이끌어낼 수도 있다. 이런 이유들 때문에 의미론적 축에 의한 인물 분석 방법은 미케 발이 언급한 대로 "강력한 비평의 도구"(p.86)가 될 수 있다.

한편 미케 발의 인물론은 인물들 간의 대립 구도가 선명하지 않거나 인물의 특성이 분명하게 드러나지 않는 텍스트들을 분석하는 데는 효과적으로 활용되기 어렵다. 모더니즘적이고 내성적인 경향의 소설들에서 여러 인물들의 특성을 규정하는 적절한 의미론적 축을 발견하기란 쉽지 않은 일이다. 더욱이 무질의 소설 제목인 '특성 없는 남자'라는 표현이 역설적으로 이 시대 인물들의 지배적인 특성을 대변하고 있는 오늘날, 미케 발의 분석방법은 무용하거나 부적절할 수도 있다. 미케 발의 인물론은 이데올로기적 · 도덕적 대립 구도가 명확하고 인물의 독자성과 개성이 중시되는 리얼리즘적 근대 소설에 훨씬 더 적합하다. 미케 발의 인물론은 리얼리즘과 근대 서사에 대한 그의 편향을 확인시켜주는 단적인 예라 하겠다.

2) 초점화 이론

미케 발은 초점화를 다룰 때도 서로 다른 입장을 지닌 여러 인물들의 갈등과 대립 관계를 중요시하고 이데올로기적 조작으로서의 기능에 주목한다. 그는 초점화의 주체를 인물에 묶인 초점자character-bound focalizor : CF와 파불라 외부의 익명의 초점자external focalizor : EF로 구분한다. CF는 편견과 제한을 가지고 있으며, 자신의 입장을 반영하는 주관적인 시각에서 사건을 본다. 파불라가 일관되게 한 명의 CF를 통해 제시되는 스토리는 갈등 관계에서 그를 다른 인물보다 유리한 위치에 서게 한다. 특히 그가 지각적인 대상(p)만을 보는 것이 아니라 환상이나 사상이나 감정 등과 같은 비지각적 대상(np)까지 보는 초점자(CF-np)라면 더욱 그러할 것이다. 그는 다른 인물들에 비해 독자에게 자신의 생각을 전달하고 이해받기가 훨씬 수월하기 때문이다. 미케 발은 이러한 차이가 "인물들간에 형성되는 권력 구조를 통찰하는 데"에 크게 기여함을 강조한다.(p.109)

초점화에 의한 인물들 간의 이 같은 불균형 양상은 흔히 '일인칭 소설'이라 불리는 소설들에서 가장 분명하게 드러난다. 「그 여름의 꽃게」에서 '나'라는 배타적인 초점자는 이 소설의 스토리가 '나'의 집안 사람들의 관점에서 읽히도록 만들어져 있음을 명시적으로 드러내며, 따라서 독자는 '나'의 집안 사람들이 미주에 비해 초점화에 있어 힘의 우위를 지니고 있음을 쉽게 간파할 수 있다. 반면에 여러 인물들의 서로 다른 관점을 보여주는 유형의 소설들에서 독자는 초점화의 불균형을 명확하게 파악하기 어려운데, 이 때문에 이러한 소설들은 '일인칭 소설'보다 더욱 교묘하게 조작되는 스토리라고 말할 수 있다.(p.110)[6]

일례로 정찬의 『광야』는 외적 초점자 EF와 내적 초점자 CF가 수시로 교체되고, CF가 한 인물에서 다른 인물로 끊임없이 이동하는 방식으로 이루어져 있다. 광주 민주화 항쟁이라는 극단적인 갈등과 이념적 충돌을 소재로 한 이 소설은 민청학련 세대 운동가 박태민, 신부 도예섭, 계엄군 하사 강선우, 외신기자 머턴, 주한 미국 대사 글라이스턴, 한미연합사령관 위컴, 보안사령관 전두환 등등 상이한 관점을 지닌 여러 인물들을 초점화의 주체로 내세운다. 이는 서로 다른 관점의 인물

---

6 이 책의 한국어 번역본인 『서사란 무엇인가』(한용환·강덕화 역, 문예출판사, 1999)에서 이 부분은 "따라서 일인칭 소설은 여러 인물들에 대한 견해를 밝힘으로써 교묘하게 조작되는 소설이다"(199면)라고 되어 있는데, 이는 명백한 오역이다.

들이 동일한 사건을 어떻게 다르게 바라보는지를 보여줌으로써 어느 한쪽의 입장으로 치우침 없이 공정하고 객관적으로 '사실'을 증언하고자 하는 의도를 암시한다.[7] 외신기자인 머턴의 초점이 이 소설의 처음과 끝을 감싸는 방식 또한 이 소설이 시종일관 중립적이고 냉정한 시선으로 사건을 묘사하고 있다는 인상을 심어준다.

그러나 이 소설의 CF들이 모두 동등한 비중을 지니는 것은 아니다. 항쟁의 중심 인물인 박태민은 가장 빈번하게 초점화되는 주체로서, EF의 관점을 상당 부분 대변해 준다. 모든 CF가 그러하듯이 EF 역시 결코 완전히 객관적일 수는 없는 자신의 관점을 지니고 있다. EF의 경우에 편견이나 주관성은 부재하는 것이 아니라 불명확한 것이다.(p. 106) 『광야』의 EF는 초점을 시기적절하게 박태민에게 양도함으로써, 자신의 관점을 표면에 드러내지 않으면서 독자에게 효과적으로 전달한다.

시위 현장 주위에는 꽤 많은 시민들이 있었다. 그들은 시내에 처음 투입된 얼룩무늬 군인들을 호기심 어린 눈으로 지켜보고 있었다. 선무 방송의 목소리가 하도 위압적이라 다소 불안하기는 했지만 대부분은 구경만 할 뿐인데 괜찮겠지, 하는 마음이었다. 그로부터 1분도 채 못 돼 스피커에서 명령이 떨어졌다.

"거리에 있는 사람은 전원 체포하라."

명령과 동시에 군인들은 용수철처럼 앞으로 튀어나왔다. 박태민은 군중

---

[7] 이런 의도는 '1980년 5월 18일 오후 네시', '5월 19일 새벽', '오전 열시' 등의 소제목들로 분절된 구성과, 시간의 흐름에 따라 사건의 추이를 보도하는 르포 형식의 전개 방식에서도 잘 나타난다.

속에서 재빨리 벗어나 눈여겨 보아둔 빌딩 안으로 들어갔다. 거리를 조망하는 데 아주 적합한 곳이었다.

　군인들은 시위대와 구경꾼을 가리지 않았다. 젊은 남자면 무조건 공격했다. 진압봉에 머리를 맞아 쓰러지면 서너 명이 달려들어 피투성이로 만든 후 군 트럭에 짐짝처럼 실었다. 군인들은 그들뿐이 아니었다. 어디서 대기하고 있었는지 열한 대의 군 트럭이 횡단보도 근처로 잇달아 들어와 수많은 얼룩무늬들을 풀었다. 거리는 순식간에 아비규환으로 변했다. 어떤 말도 몸짓도 소용없었다. 피가 튀고 비명이 난무했다. 두세 명이 한 조가 된 공수대원들은 목표물을 끝까지 추적했다. 집 안으로 도망가도 소용없었다.

　공수대원에게 쫓긴 한 학생이 북동 우체국 옆 골목의 마지막 집으로 뛰어 들어갔다. 혼자 집을 지키고 있던 할머니가 학생을 안방 장롱 속에 숨겼다. 곧이어 들이닥친 공수대원이 방금 들어온 학생 어디 있느냐고 물었다. 할머니가 모른다고 하자 거짓말을 한다면서 진압봉으로 머리를 때려 실신시킨 후 집안을 뒤지기 시작했다.

　학생 한 명이 금남로 한미제과 앞 양복점 안으로 숨어들었다. (…중략…)
　학생 두 명이 쫓기다가 골목 안으로 들어갔다. 다급해진 그들은 대문을 밀치고 가정집으로 뛰어들었다.

　첫 번째 문단의 초점자는 EF이다. EF-np로 도식화될 수 있는 이 부분에서 익명의 외적 초점자는 시위 진압이 시작되기 직전의 거리 풍경과 이를 구경하는 시민들의 마음 상태를 내려다보고 있다. 두 번째 문단에서 EF는 박태민이 빌딩 안으로 숨어드는 장면을 지켜본다. "거리를 조망하는 데 아주 적합한 곳이었다"라는 문장은 빌딩의 위치에 대한 EF의 해석을 담고 있는데, 이렇게 초점자가 관찰보다 해석에 치중하는 경우를 미케 발은 '해석적 초점화'라고 부른다. 이 문장 이후부터 EF는 초점을 CF인 박태민에게 넘겨준다. 박태민의 위치가 거리를 '조망'하기에 적합하다는 표현은 이후의 광경들이 박태민의 시선에 비친 것임을 암시하는 표지라 할 수 있다.

박태민의 초점으로 이루어진 세 번째 문단은 미케 발의 용어로 하면 '삽입된 초점화'이다. 박태민의 초점은 모든 것을 둘러싼 EF의 관점 안에서 주어진 것으로서, 이 부분은 1차 초점자(F1)가 EF이고 2차 초점자(F2)가 CF인 초점화의 두 단계를 포함한다. 이를 도식화하면 EF1-[CF2(박태민)-p]이다. 초점자의 위치에 선 박태민은 "순식간에 아비규환으로 변"해버린 거리를 바라본다. 박태민의 시선은 공수대원의 잔인하고 폭력적인 시위 진압 광경을 낱낱이 목도하며, "어떤 말도 몸짓도 소용없었다"와 같이 자신이 본 것을 해석하기도 한다. 네 번째 문단부터는 다시 EF를 초점자로 보는 것이 타당할 것이다. 이 집 저 집의 내부에서 벌어지는 대화와 상세한 광경들까지 박태민의 초점에 포착되었다고 보기는 어렵기 때문이다. 그러나 초점 이동의 별다른 표지 없이 연결된 부분들은 EF의 시선을 박태민의 것으로 느끼게 하고, 독자로 하여금 공수대원의 만행을 목격하는 박태민의 관점에 동화되어 이 장면들을 바라보게 한다.

박태민에 비하면 한미연합사령관 위컴이나 보안사령관 전두환 등은 파불라의 극히 일부만을 초점화한다. 상대적으로 초점화의 비중이 높은 강선우 하사와 도예섭 신부는 외면적인 신분과는 별개로 점차 항쟁 세력에 공감하게 되는 인물들로서, 결말부에 이르면 이들은 도청

진압 작전이 시작되기 직전에 죽음을 각오하고 자발적으로 도청에 들어가 무장 항쟁 세력에 합류하게 된다. 또한 외신 기자 머턴은 취재 과정에서 박태민과 도예섭에게 개인적으로 큰 관심과 강한 애착을 갖게 되는 인물이다. 이렇듯 이 소설은 실제로는 최후까지 도청을 사수한 항쟁파들의 관점을 중심으로 하면서도, 초점화의 분배를 통해 그들에 대한 지지를 표나게 내세우지 않고 소설의 초반부터 객관성과 공정성의 인상을 부각시킨다. 시위 진압 장면이 공수대원인 강선우의 초점으로 그려질 때, 초점자가 박태민의 경우와는 또 다르게, 사실을 공정하게 전달한다는 느낌은 강화된다.

> 그의 예감이 맞았었다. 이 도시에 발을 딛지 말았어야 했다. 새벽의 역 광장에서 어둠에 잠긴 도시를 처음 보았을 때 길을 잘못 들어 엉뚱한 곳으로 온 듯한 느낌은 정확했다. 어딘가에 있을 올바른 길을 찾아 떠났어야 했다. 하지만 그것은 불가능한 일이었다. 그는 홀로 움직일 수가 없었다. 그의 몸은 명령의 사슬에 묶여 있었다. (…중략…)
>
> 시위대가 로켓포까지 갖고 있다는 사실이 놀라웠다. 더욱 놀라운 것은 정확한 사격술이었다. 선두의 장갑차와 넉 대의 트럭이 완파당했다. 정규 부대의 사격술도 그만큼 정확하기가 쉽지 않다. 로켓포의 사격이 멎자 총탄이 비오듯 쏟아졌다. 수류탄도 날아들었다. 엄청난 화력이었다. 하지만 시위대는 보이지 않았다. 무장 헬기 지원을 요청하는 지휘관의 목소리는 절규에 가까웠다. 당황한 병사들은 무차별 난사를 하고 있었다. 인근 마을이 아비규환으로 변했다. 도로 밑 저수지에서 목욕하던 아이와 마을 어귀에서 놀던 아이가 즉사했고, 여섯 명의 마을 주민이 총상을 입었다. 가축

들은 떼죽음을 당했다. 가택 수색에 들어간 공수대원들은 젊은 남자들을 무조건 끌어낸 후 세 명을 즉결처분했다. 시위대와 무관한 청년들이었다. 복수심에 사로잡힌 그들은 총소리에 놀라 하수관 속으로 숨어들어간 아낙네까지 살해했다.

첫 문단은 CF(강선우)-np로 이루어져 있다. 강선우는 자신이 "명령의 사슬"에 묶여 있어 "올바른 길을 찾아 떠"나지 못했음을 깨닫는다. 다음 문단의 전반부는 역시 강선우의 초점으로 시위대로부터 공격을 당하는 공수대원들의 모습을 바라보고 해석하는 부분이다. 여기서는 공수대원들의 당황한 모습과 절박한 상황이 그들의 입장에서 전달된다. 이는 이후의 "무차별 난사"와 "복수심에 사로잡힌" 그들의 잔인한 행동들을 어느 정도 합리화해주는 부분이기도 하다. "도로 밑 저수지에서" 이후의 문장들은 강선우의 초점으로 볼 수도 있고 EF의 초점으로 볼 수도 있으며(모호한 초점화 : EF1 / CF2), 강선우와 EF의 초점이 뒤섞여 있는 것으로 이해할 수도 있다(이중 초점화 : EF1+EF2). (pp. 113~114) 특히 급박한 상황에서 강선우에게 죽은 자의 수를 헤아리고 앞뒤 정황을 파악할 만한 여유가 없었을 것으로 판단하면, 외부에서 조망하는 EF의 초점이 어느 정도 개입되었다고 보아야 할 것이다. 그러나 독자는 연속되는 이 부분을 대체로 강선우의 초점으로 읽게 되며, 시위대와 무관한 청년들을 무조건 끌어내어 사살하고 하수관 속으로 숨어들어간 아낙네까지 살해하는 광경이 같은 공수대원인 강선우의 눈에 포착된 것으로 받아들인다. 이러한 초점화의 조작은 공수대원들의 행동이 그들 자신의 입장에서 본다 해도 지나치고 광기 어린 것이었음을 냉정하게 증언하는 기능을 한다.

　EF가 초점을 외신 기자 머턴에게 위임할 때, EF의 관점을 불편부당한 것으로 받아들이게 하는 효과는 극대화된다.

　　언론이 진정 무서운 것은 진실을 밝히는 힘을 가지고 있기 때문이 아니라 진실을 훼손시키는 힘을 갖고 있기 때문임을 머턴은 아프게 깨달았다. 하지만 진실의 뿌리까지 훼손시킬 수는 없었다. 박태민의 예언은 정확했다. 한국의 젊은 혼들은 어둠의 하늘을 가르는 불꽃을 보고 있었다. 해방 광주가 진실의 성소聖所임을 알리는 그 불꽃들은 젊은 혼들을 격동시켰다. 격동된 혼의 전사들은 전두환 정권과 치열한 전쟁을 벌였다. 피의 정권, 진실의 무덤 위에 세운 부도덕한 정권과의 타협은 불가능했다. 전사들의 무기는 강렬한 도덕적 분노와 '살아남은 자의 슬픔'이었다.

　이 부분은 EF와 동일시되는 서술자의 비서사적 논평을 포함하는데, 초점화는 CF(머턴)-np로 이루어져 있다. 서술자는 "해방 광주가 진실의 성소聖所"이며 전두환 정권은 "피의 정권, 진실의 무덤 위에 세운 부도덕한 정권"이라는 견해를 상대적으로 외부적이고 중립적인 인물인 머턴의 관점을 빌려 제시한다. 머턴의 초점은, 광주 항쟁의 전모를 단계적으로 보고하고 이를 둘러싼 역사적·정치사회적 문맥을 이성적으로 분석하기 위하여 의도적으로 자제하고 숨겨왔던 서술자의 "도덕적 분노"와 "슬픔"을 우회적으로 드러내준다. 이 같은 초점화의 위임을 통해 서술자의 도덕적·감정적 태도는 간접화되고, 대신에 진실의 자명함에 대한 확신은 더욱 강화된다.

이어지는 예문은 광주 학살의 근본 원인을 해석하는 서술자의 관점을 대변하는데, 이 역시 머턴을 초점자로 하는 부분 속에 스며들어 있다.

남한의 반공 이데올로그들의 가장 큰 착각은 반공 이데올로기 체제의 고수가 자유 민주주의의 고수라고 생각하는 것이었다. 체제 유지를 위해 반공 이데올로기가 자유 민주주의를 앞설 수밖에 없었던 시대가 있었다. 이 불행한 시대가 만들어 낸 것이 좌파 사상에 대한 본능적 적의였다. 그들에게 좌파 사상은 자유 민주주의를 훼손시키고 북한을 이롭게 하는 사회악일 뿐이었다. 한국전쟁이 만들어 낸 이 원시적 도그마를 냉전 체제 해체 이후에도 견지하려고 한다면, 어떤 논리도 그들을 극단주의자의 모습에서 벗어나게 하지 못할 것이다. 자유 민주주의의 진정한 적은 극단주의다. 극단주의의 모습이 적나라하게 드러난 것이 광주 학살이었다. 80년대 변혁 운동이 사상의 불모지에서 풍요한 수확을 거둘 수 있었던 것은 광주 학살에 대한 깊은 응시에서부터 출발했기 때문이었다.

폭죽 터지는 소리가 들렸다. 형형색색의 불꽃이 어두운 하늘을 수놓고 있었다. 9년 전 5월 광주의 작은 여관 창가에서 보았던 조명탄의 불꽃이 떠올랐다. 도청을 환히 밝히고 있던 그것은 생명을 살해하기 위한 죽음의 불꽃이었다.

광주 학살의 근원을 반공 이데올로기의 도그마에서 찾는 서술자의 논평은 기자 머턴의 관점과 결합되면서 더 큰 설득력과 객관성을 얻게 된다. 월남전에서의 민간인 학살에 대한 기사를 쓴 바 있고 현재 베를린 장벽의 붕괴를 취재하고 있는 그는 한국의 특수한 상황을 보다 폭넓은 관점에서 냉정하게 조망할 만한 인물이기 때문이다. 이어지는 두 번째 문단의 서두 부분은 명백하게 CF(머턴)-p로 이루어져 있어서, 선행하는 해석과 논평에 머턴의 초점이 반영되어 있음을 다시 환기시켜 준다. 서술자는 머턴의 초점을 활용하여 자신의 생각을 권위적으로 강요하지 않으면서 독자에게 충분히 전달하고 있다. 이렇듯 이 소설에서 초점화의 위임과 분배 등을 통해 마련된 중립적 보고와 객관적 분석의 인상은 독자로 하여금 서술자의 주관적인 논평들을 가감 없는 진실의 해명으로 이해하게 한다.

정찬의 『광야』는 초점화가 스토리에 대한 독자의 이미지를 만들고 독자의 반응을 유도하는 중요한 기법이며, "날카롭고도 미묘한 조작의 수단"(p.102, 116)임을 잘 보여준다. 위의 분석을 통해 알 수 있듯이 미케 발의 초점화 이론은 유형화를 위한 도구일 뿐 아니라 비평과 해석의 효과적인 도구로 활용될 수 있다. 특히 EF를 서사적 의도에 따라 CF에게 초점을 위임하는 상위의 심급으로 이해하는 그의 초점화 단계 이론은 초점화의 기법적·이데올로기적 조작을 설명하기에 매우 유용한 관점이라 하겠다.

3) 서술자 이론

『광야』의 분석을 통해 이미 암시된 것처럼, 초점화 양상은 서술자의 구체적인 언어와 분리시켜 설명할 수 없다. 미케 발 역시 서술자 항목은 초점화의 개념과 밀접한 관련을 맺고 있으며 서술은 항상 초점화를 내포하고 있다고 언급하면서(p.120), 서술자 문제를 초점화와 연결하여 논의한다. 그는 '보는 것'이 '서술하기'의 대상을 구성한다는 전제하에, 서술자와 초점자와 행위자의 복합적인 관계를 밝히고 이들 세 주체가 서로 겹치거나 겹치지 않는 순간들을 간파하는 일의 필요성을 강조한다.(p.121) 이처럼 '서술 상황'의 다양한 양상들에 주목하는 그의 관점은 초점화나 서술자 이론이 도식적인 유형화로 흐르지 않게 해준다.

서술 상황에 대한 미케 발의 이론을 구체적으로 살펴보기 위해, 편의상 『광야』에서 인용한 한 부분 ①과 이의 다양한 변형들을 검토해보자.

① 다가오고 있는 이의 얼굴이 또렷해지고 있었다. 뼈마디가 드러난 얼굴은 길쭉했고, 턱은 강팔랐다. 움푹 들어간 한쪽 뺨에서는 피가 흘러내리고 있었다. 군복 여기저기에도 거무스레한 피가 보였다. 그는 이제 바짝 다가와 있었다. 하지만 박태민은 움직일 수가 없었다.

② 다가오고 있는 이의 얼굴이 또렷해지고 있었다. 뼈마디가 드러난 얼굴은 길쭉했고, 턱은 강팔랐다. 움푹 들어간 한쪽 뺨에서는 피가 흘러내리고 있었다. 군복 여기저기에도 거무스레한 피가 보였다. 그는 이제 바짝 다가와 있었다. 하지만 나는 움직일 수가 없었다.

③ 내가 박태민이라고 불렀던 남자에게 한 사람의 군인이 다가오고 있었다. 박태민은 다가오는 이의 얼굴을 바라보았다. 뼈마디가 드러난 얼굴은 길쭉했고, 턱은 강팔랐다. 움푹 들어간 한쪽 뺨에서는 피가 흘러내리고 있었다. 군복 여기저기에도 거무스레한 피가 보였다. 그는 이제 바짝 다가와 있었다. 박태민은 어서 피해야만 했지만, 온 몸에 힘이 빠진 상태였기 때문에 전혀 움직일 수가 없었다.

④ 한 사람의 군인이 우리 쪽으로 다가오고 있었다. 다가오는 이의 얼굴이 또렷해지고 있었다. 뼈마디가 드러난 얼굴은 길쭉했고, 턱은 강팔랐다. 움푹 들어간 한쪽 뺨에서는 피가 흘러내리고 있었다. 군복 여기저기에도 거무스레한 피가 보였다. 나는 황급히 건물 안으로 뛰어들어가 몸을 피했다. 밖을 내다보니 그는 이제 박태민에게 바짝 다가와 있었다. 나는 박태민이 어서 피하기를 바랐지만, 그는 전혀 움직이지 않았다.

①의 서술자는 파불라에 모습을 나타내지 않는 외적 서술자external narrator : EN이다. 문법적으로 보면 서술자는 항상 일인칭인 '나'인데 (p.121), ①에서 서술하는 '나' EN은 텍스트 안에 자신의 존재를 명시하지 않는다(EN-np). 이는 허구 서사의 일반적인 관례이기도 하므로, ①은 '(나는 서술한다 : (나는 창안한다 : (박태민은 초점화한다))) 한 사람의 군인이 다가왔다'로 이해될 수 있다. 이를 공식화하면 EN(np)[CF(박태민) – 군인(p)]이 된다.

②는 파불라 내부의 인물인 '나'(박태민)가 서술하는 경우인데, 이런 서술자를 미케 발은 인물에 묶인 서술자character-bound narrator : CN라고 부른다. ②는 '(나는 서술한다 : (나는 자서전적으로 서술한다)) 한 사람의 군인이 다가왔다'로 정리될 수 있다. 여기서는 행위자인 군인, 초점자인 '나', 그리고 서술자인 '나'에 의한 서술 행위 등이 서술 상황을 형성한다. 이를 공식화하면 CN(박태민)[CF(박태민) – 군인(p)]이 된다.

③에서는 외적 서술자 EN이 '나'라고 스스로를 거명한다(EN-p). 서술자 EN은 전체 상황을 내려다보는 EF이기도 한데, 두 번째 문장 이후부터 EF의 초점은 박태민에게로 이동한다. "박태민은 (…중략…) 바라보

았다"는 초점 이동의 명시적 표지이다. 삽입된 초점화를 보여주는 이 부분은 EN(p)[EF1(CF2(박태민))−군인(p)]으로 요약된다. 마지막 문장에서는 또한 초점자의 상황을 설명하려는 서술자의 의도를 발견할 수 있다. 따라서 ③은 '(나는 서술한다 : (나는 설명하고자 하는 의도를 가지고 창안한다)) 한 사람의 군인이 다가왔다'로 이해된다.

④에서 서술자 '나'는 인물인 행위자이다. 하지만 '나'는 박태민에 비해 부수적인 인물로 판단되므로, 행위자로서의 기능보다는 증인으로서의 성격이 두드러진다. 이 부분은 '(나는 서술한다 : (나는 증인으로서 보고한다)) 한 사람의 군인이 다가왔다'가 된다. '나'는 또한 다가오는 군인의 모습을 바라보는 초점자이기도 하다. 박태민은 초점자의 자리에서 물러나 행위의 주체로 모습을 감춘다. 이를 도식화하면 CN('나')[CF('나')−군인(p)]이다.

①과 ③에서 서술자는 파불라 밖에 있고, ②와 ④에서 서술자는 파불라 안에 있다. ①에서 초점자는 인물이고, ③에서는 삽입된 초점화를 볼 수 있다. ③에서는 또한 외적인 서술 행위 주체가 스토리에 침입하는 현상이 나타난다. ②와 ④에서는 서술자와 초점자가 동일한데, ②에서 그는 행위자로서의 독자성을 지니는 반면 ④에서 그는 증인으로서의 독자성을 갖는다. 서사적인 '나'는 ①에서처럼 독립적으로 이야기할 수도 있고, ② · ③ · ④에서처럼 초점화할 수도 있으며, ②와 ④에서처럼 행동할 수도 있다.

서로 다른 서술 상황들에 관한 이 같은 분석은 "자신에 대해서 이야기하는 서사적인 '나'와 다른 사람에 대해서 말하는 서사적인 '나'를 근본적으로 구분하는 것은 너무 허술하다"(p.126)는 미케 발의 견해를 뒷받침해준다. 결국 미케 발은 '나'-서사물과 '그'-서사물을 나누는 전통은 용어상의 문제를 접어두고라도 매우 부적절한 것이라는 결론을 이끌어낸다. 이와 유사한 견해는 채트먼과 주네트 등에게서도 발견되지만, 미케 발은 서술 상황의 다양한 양상들을 통해 이를 구체적으로 증명해 보였다. 미케 발의 서술자 이론은 또한 체계와 유형화가 아닌 '차이들'의 기술에 주력하는 그의 관점을 대변하는 것이기도 하다.

한편 미케 발은 초점화의 경우와 마찬가지로 서술에서도 서술자의 단계에 관해 논의한다. 설명을 위해 ①~④의 예문들을 다시 변형해 보았다.

⑤ 다가오고 있는 이의 얼굴이 또렷해지고 있었다. 뼈마디가 드러난 얼굴은 길쭉했고, 턱은 강팔랐다. 움푹 들어간 한쪽 뺨에서는 피가 흘러내리고 있었다. 군복 여기저기에도 거무스레한 피가 보였다. 아니, 저건, 군인이잖아! 하지만 박태민은 움직일 수가 없었다.

⑥ 다가오고 있는 이의 얼굴이 또렷해지고 있었다. 뼈마디가 드러난 얼굴은 길쭉했고, 턱은 강팔랐다. 움푹 들어간 한쪽 뺨에서는 피가 흘러내리고 있었다. 군복 여기저기에도 거무스레한 피가 보였다. 아니, 저건, 군인이잖아! 하지만 나는 움직일 수가 없었다.

⑦ 내가 박태민이라고 불렀던 남자에게 한 사람의 군인이 다가오고 있었다. 박태민은 다가오는 이의 얼굴을 바라보았다. 뼈마디가 드러난 얼굴은 길쭉했고, 턱은 강팔랐다. 움푹 들어간 한쪽 뺨에서는 피가 흘러내리고 있었다. 군복 여기저기에도 거무스레한 피가 보였다. 아니, 저건, 군인이잖아! 그는 어서 피해야만 했지만, 온 몸에 힘이 빠진 상태였기 때문에 전혀 움직일 수가 없었다.

⑧ 한 사람의 군인이 우리 쪽으로 다가오고 있었다. 다가오는 이의 얼굴이 또렷해지고 있었다. 뼈마디가 드러난 얼굴은 길쭉했고, 턱은 강팔랐다. 움푹 들어간 한쪽 뺨에서는 피가 흘러내리고 있었다. 군복 여기저기에도 거무스레한 피가 보였다. 아니, 저건, 군인이잖아! 나는 황급히 건물 안으로 뛰어들어가 몸을 피했다. 나는 박태민이 어서 피하기를 바랐지만, 그는 전혀 움직이지 않았다.

⑤에서 "아니, 저건, 군인이잖아!"라는 감정적인 문장은 박태민의 생각이 인용부호가 생략된 채 삽입된 부분이다. 미케 발에 따르면 이는 EN이 일시적으로 초점자인 박태민에게 서술자의 자리를 넘겨준 것이다. 이럴 경우 EN(np)은 첫 번째 단계의 서술자(EN1)이고 박태민은 두 번째 단계의 서술자(CN2)가 된다. 이를 도식화하면 EN1(CN2)이다.

⑥에서 위의 감정적인 문장은 CN1이 CN2에게 단어들을 위임하여 이루어진 삽입 문장이다. CN1과 CN2는 물론 모두 박태민이다. 그러나 동일한 인물은 아니다. CN1은 과거에 일어났던 사건들을 '지금' 서술하는 자인 반면, CN2는 '그때' 당시의 발화자이다.(p.135) 그래서 이 부분은 CN1(CN2)로 나타낼 수 있다.

⑦에서 위의 문장은 두 가지 가능성으로 읽힐 수 있다. ⑤와 유사하게 EN1(p)이 CN2(박태민)에게 서술하게끔 시킨 것일 수도 있고, EN(p)의 언어일 수도 있다. 후자의 경우를 가정해보자. 이때 서술의 첫 번째 단계는 계속 유지되며, 서술자는 박태민의 편에 서 있음을 알 수 있다. 한편 감탄사와 문장부호 등을 통해 강조된 이 문장의 감정적 기능은 서술자 자신의 감정을 강하게 드러내는데, 서술자의 이러한 자기 지시

self-reference로 인해 서술 상황은 순간적으로 변화한다. 다른 사람에 관해 말하던 '나'는 자기 자신에 대해 말하는 '나'로 변모한 것이다. 또한 파불라로부터 독립되어 있던 외적 서술자는 이때 파불라와 직접적인 접촉을 하게 되고, 마치 파불라 안에 존재하는 듯한 가상적 행위자가 된다. 이런 경우 서술의 단계는 서로 얽히기 시작하는데, 미케 발은 이러한 서술 단계의 혼합을 '텍스트의 간섭'이라고 부른다.(pp. 137~138)

끝으로 ⑧에서는 감정적인 문장을 증인인 CN이 서술 단계의 이동 없이 자신의 언어로 말하는 경우를 볼 수 있다. 여기서 서술자 '나'는 ⑦에서와는 달리 본래 파불라 내부의 행위자이므로, 텍스트의 간섭은 일어나지 않는다.

미케 발의 서술 단계 이론은 서술 상황을 보다 세분화하여 그 다양한 차이들을 살펴보고, 화법의 문제를 서술 상황과 관련지어 이해하는 데 도움을 준다. 미케 발은 또한 서술 단계의 이동을 통해 인물의 말뿐 아니라 생각까지 재현하는 위의 방식들이 "인물들 간의 힘의 균형을 파악하는 데 요긴하다"(pp. 136~137)고 언급한다. 특정 인물의 생각만이 독자에게 변형 없이 그대로 전달될 때, 그리고 다른 인물들은 독자들이 이미 이해하고 있는 그의 생각을 전혀 알 수 없을 때, 그들은 독자의 평가에서 불리한 위치에 서게 될 가능성이 높기 때문이다. 그러나 미케 발의 이러한 견해는 텍스트 언어의 복합성을 다소 단순화시킨 감이 없지 않다. 특정 인물의 생각을 지속적으로 그의 언어로 재현하는 서술 방식이 때로는 그가 지닌 자기 모순과 이중성을 폭로하는 아이러니를 발생시키기도 하기 때문이다. 초점화 이론에서도 발견되는 이런 문제는 인물들을 이데올로기와 세력 관계라는 제한된 관점 안에서 바라보는 미케 발 서사 이론의 한계를 보여주는 것이라고 말할 수 있다.

　이상과 같이 미케 발의 서사 이론은 전통적인 문학 이론과 구조주의 서사학과 텍스트 이론의 지향이 혼재하는 양상을 보여준다. 체계화에 대한 그의 지향은 비평과 해석, 그리고 텍스트의 구성에 개입하는 이데올로기적 맥락의 기술이라는 또 다른 지향과 공존하고 있다. 또한 미케 발의 서사 이론에서는 전반적으로 여타 서사 이론들과는 달리 리얼리즘적 근대 서사에 대한 편향을 발견할 수 있다. 이질적인 관점들 사이의 혼란이나 용어의 특수한 사용 등과 같은 문제점들에도 불구하고, 그의 이론은 서사학의 방법을 이념적인 비평의 도구로 활용한다는 면에서 의의를 지닌다. 인물의 특성이나 이데올로기적 대립 구도가 명확하지 않은 모더니즘 텍스트에 적용하기에는 다소 무리가 있는 것이 사실이지만, 미케 발의 서사 이론은 서사학적 비평의 한 가능성을 열어놓은 의미 있는 시도였다고 할 수 있다.

　구조 시학이나 서사학이 비평과 접목되는 현상은 문학 텍스트 각각의 특성을 더 정확히, 더 구체적으로 말해줄 수 있는 생산적 이론의 모색이라는 차원에서 중요하다. 미케 발의 이론이 주로 소설 텍스트를 중심으로 하여 서술되고 서사학의 문학비평으로서의 생산성을 겨냥하는 것은 사실이지만, 그의 이론은 또한 신문 기사나 역사 텍스트 등과 같이 일반적으로 비허구적인 것으로 분류되는 서사 텍스트들의 은폐된 이데올로기를 폭로하는 데에도 적극적으로 활용될 수 있다. 그의 초점화 이론은 그 대표적인 예가 될 것이다. 미케 발의 서사 이론에 잠재된 이데올로기적 비평의 또 다른 가능성이 바로 여기에 있다.

제3부
서사학과 후기구조주의

개별 텍스트의 특수성에 관심을 기울이고 서사학과 비평의 접목을 지향하는 움직임들 속에는 이미 보는 이의 관점에 따라 후기구조주의적이라고 불릴 수 있는 특징들이 나타나고 있다. 서사 이론의 지형도에서 그런 지향들이 더욱 분명해지고 강력하게 작용하는 지점들에 이르면, 그것들은 구조주의 서사학을 추월하는 양상을 띠게 된다. 그럼에도 구조주의와 후기구조주의 서사 이론의 관계를 단순히 대립적인 것으로 파악할 수 없다는 주장은 여전히 유효하다. 구조주의와 후기구조주의는 모두 텍스트 안과 밖의 경계, 기하학적 체계와 이분법에 기초한 구조, 언어적 모델과 의미화의 관습 등을 '지속'시키거나 '와해'시키는 여러 요소들에 주목하며, 이 중 어느 쪽에 더욱 치중하느냐 하는 '정도'의 차이에 따라 나뉘는 것이기 때문이다.

　구조주의는 사고의 초점을 주체에서 담화로 옮겨놓았고 담화의 장場에서 작동하는 관습의 구조와 체계를 탐구한다. 이 과정에서 구조주의자들은 규범과 관습을 전경화하고 패러디하고 위반함으로써 의미가 생산되는 양상에도 주목하게 된다.[1] 이와 유사하게 후기구조주의적 텍스트 이론은 다양한 종류의 텍스트들 속에서 재등장하는 담화의 구조적 결정 인자를 연구하며, 텍스트 안에서 규범들이 해체되는 양상들 속에서 일종의 규칙성을 발견한다.[2] 구조주의와 후기구조주의는 같은 문제를 다른 방식으로 혹은 상이한 방향에서 다루고 있다고 말할 수 있는 것이다.

우리는 바르트, 화이트, 데리다의 이론들을 함께 논의하게 된다. 바르트는 텍스트의 이해를 가능하게 하는 관습들을 탐구함과 동시에, 역설적으로 또한 그 같은 관습들의 얽힘과 꼬임들을 극한까지 밀고 나감으로써 최종적인 의미화를 포기하고 텍스트의 복수성을 즐기는 놀이를 제안한다. 화이트는 역사 서술의 유형과 추상적 모델을 발견하는 데 대한 강한 욕망을 보여주는 한편, 역사 서술의 이데올로기를 텍스트 구성의 핵심 요소로 파악하면서 텍스트를 역사적 현실로 완전히 개방한다. 데리다는 모든 논리와 체계를 전복하는 텍스트의 비합리성을 드러냄으로써 담화의 과학이 불가능함을 선언하면서도, 또한 의도하지 않은 언어의 연쇄에 의해 발생하는 의미 작용의 또 다른 '체계'에 관해 언급한다.[3] 이들의 이론을 통해 우리는 구조주의와 후기구조주의가 더욱 격렬하게 교섭하고 충돌하는 서사 이론의 한 지형을 그려보게 될 것이다.

---

1   Jonathan Culler, *On Deconstruction : Theory and Criticism after Structuralism*, Ithaca, New York : Cornell University Press, 1982, p.222.
2   Ibid., p.221.
3   Jacques Derrida, *La Dissémination*, Paris : Seuil, 1972, p.108.

이들의 이론에서는 또한 문학과 비문학의 경계가 무화되고 텍스트라는 거대한 용광로만이 존재하는 양상을 발견할 수 있다. 바르트에게서는 모든 '현재적' 의미의 텍스트들이 문학을 대치하고, 화이트와 데리다에게서는 역사 텍스트와 철학 텍스트가 허구적이고 문학적인 서사물 안으로 쏟아져 들어간다. 이런 현상을 두고 리몬케넌이 문학의 독자성에 대한 도전이라 규정했던 것을 기억할 것이다.[4] 그러나 이는 문학에 대한 위협이 아니라 오히려 역사와 문학, 철학과 문학의 구분을 지배했던 진실과 허구, 진지함과 진지하지 않음 등의 위계적 이분법을 전도시킴으로써 역사나 철학을 "원문학archi-literature"[5]의 일종으로 바라보게 하는 관점의 전환이라 할 수 있다. 해체주의적 관점에 의해 사라져버리고 탈근대적 시대 인식에 의해 죽은 것은 '문학'이 아니라 '근대적 개념의' 문학인 것이다.

---

4   이 책 제2부 1장 참조.
5   Jonathan Culler(1982), p.147.

1장 바르트
복수적 텍스트를 생산하는 놀이

바르트Roland Barthes의 『S / Z』는 흔히 구조주의에서 후기구조주의로 이행하는 전환점에 있는 저서로 평가된다.[1] 이 책은 독서의 과정에 개입하는 관습들codes을 체계화하고 그것들의 네트워크가 만들어내는 체계들을 기술한다는 점에서 구조주의적이다. 한편 이 책에서 바르트는 읽기의 단위나 의미가 서사 구조 내에 각인된 항수가 아니라 독자의 독서 행위에서 비롯되는 것으로 봄으로써, 텍스트를 독서에 의해 생산되는 것으로 이해하는 관점의 전환을 보여준다는 점에서 후기구조주의적이다. 또한 이 책은 상식이나 고정관념이라는 이름의 문화적인 이데올로기가 텍스트를 짜는 성분으로 작용한다는 사실을 새롭게 부각시켰다. 바르트의 『S / Z』는 구조주의와 후기구조주의 서사 이론의 분기점에 위치한다기보다는 그 두 지향들이 공존하면서 길항하는 넓은 중간지대의 성격을 과시적으로 드러낸다고 표현하는 편이 더 나을 것이다.

---

1   석경징 외, 『서술 이론과 문학비평』, 서울대 출판부, 1999, 23면.

이 책은 또한 시학적 지향의 서사 이론이 문학에서 텍스트로 논의의 방향을 전환하는 변화의 양상을 명백하게 보여준다. 전통 시학과 구조 시학이 모두 '문학이란 무엇인가?'라는 초월적 질문 위에 세워져 있었다면, 이 책은 지금까지 '문학이란 무엇이었는가?'[2]라는 역사화된 질문에서 출발한다. 이를 통해 바르트는 근대적 가치관에 의해 신비화된 문학의 본질을 다시 묻고 기존의 문학 개념 안에 새겨진 은폐된 신화를 폭로한다. 바르트에 이르러 그러한 권위적인 문학은 과거의 것으로 선언되고, 그 대신에 독자가 언제든지 다시 쓸 수 있는 놀이로서의 텍스트가 중요하게 떠오른다.

1. 기본 관점과 주요 개념들

『S/Z』의 영문판 서문에서 리처드 하워드Richard Howard는 다섯 개의 '악명 높은' 코드들the five notorious codes이라는 표현을 사용한다.[3] 이는 텍스트의 각 부분에서 무슨무슨 코드들이 발견되는지를 찾는 데 그치는 바르트 이론의 적용 방식과 이로 인해 발생하는 무성한 오해들을 꼬집

2　이는 *What Was Literature?*(1982)라는 레슬리 피들러Leslie Fiedler의 책 제목에서 따온 것으로, 문학의 본질에 접근하는 변화된 관점을 단적으로 대변하는 시사적인 표현이라 할 수 있다. 이에 관해서는 Alvin Kernan, 최인자 역, 『문학의 죽음』, 문학동네, 1999, 10면 참조.
3　Roland Barthes, *S/Z*, trans, Richard Miller, New York : Hill and Wang, 1974, p.ix.

은 것이다. 국내에서도 사정은 다르지 않아서 바르트가 이 책에서 제
안한 다섯 개의 코드들[4]에 대한 단편적인 언급들이 행해지고 있을 뿐,
바르트 서사 이론의 근본 지향이나 구체적 양상에 대한 이해는 부족한
상황이다. 이 장에서는 우선 바르트 이론의 기본 관점과 주요 개념들
에 대해 이야기하기 위해 다섯 개의 코드들에 대한 구체적인 설명은
뒤로 미루도록 하겠다.

바르트의 『S / Z』는 하나의 구조, 혹은 모델로부터 모든 서사를 이끌
어내고자 하는 구조주의적 관점에 대한 비판으로 시작된다. 이런 관점
은 텍스트의 '차이différence'를 사상하기 때문이다. 그런데 그가 말하는
차이는 텍스트의 개별성은 아니다. 그것은 오히려 텍스트들과 언어들
과 체계들의 무한성infinité에 연결된 차이로서, 각각의 텍스트는 이 차이
의 귀환이다.[5] 바르트는 차이의 무한한 패러다임을 통해 개별 텍스트
를 놀이jeu로 되돌릴 것을 제안한다.

이를 위해 바르트는 정전화된 문학 텍스트들의 권위와 이를 지탱해
온 관습적인 독서 방식을 깨뜨리고자 한다. 고전으로 불리는 문학 텍
스트들은 의미의 닫힌 체계와 단일한 구조 등에 의해 화석화되어, 오
늘날 독자가 다시 쓸 수 없는 과거의 텍스트로 남아 있다. 바르트는 우
리가 문학이라고 부르는 이러한 텍스트들을 통틀어 '읽는 텍스트le texte
lisible'(p.10)라고 명명한다. 읽는 텍스트의 독자는 놀이의 즐거움 대신에

---

4 해석학적 코드les codes herméneutiques : HER, 의미소les sèmes : SEM, 상징의 코드les champs
   symboliques : SYM, 행위의 코드les codes des actions : ACT, 문화적 코드les codes culturels 혹은 참조
   의 코드les codes de références : REF가 그것이다.
5 Roland Barthes, *S / Z*, Paris : Seuil, 1970, p.9. 이 장에서 이 책의 참조와 인용은 본문의 괄
   호 안에 페이지 수로만 표시하기로 한다.

수동성과 진지함에 빠져든다. 바르트는 그러한 독서가 순수한 놀이가 아닌 언어의 노동이며, 독서를 통해 의미를 발견하는 일은 주체적 행위가 아니라 이미 쓰인 것들의 거대한 체계를 견디는 일임을 폭로한다.

읽는 텍스트와 대비되는 개념은 '쓰는 텍스트le texte scriptible'(p.11)이다. 쓰는 텍스트는 그것을 다시 쓰는 독자에 의해 무한한 차이의 영역 안에서 끝없이 분산한다. 쓰는 텍스트는 언어들의 무한성을 감소시키는 어떤 단일한 체계에 의해서도 형태지어지지 않으며, 그래서 영원한 현재성을 지닌다. 바르트가 말하는 쓰는 텍스트란 구체적인 개별 텍스트라기보다는 놀이를 통해 얻어지는 관념적이고 이상적인 텍스트일 것이다.

바르트의 『S/Z』는 문학 혹은 읽는 텍스트들을 쓰는 텍스트로 변화시키고 문학 텍스트의 독서를 놀이로 되돌리는 전환에 대한 모색이다. 그러한 전환은 읽는 텍스트들에서 복수성pluralité을 최대한 승인하는 읽기 방식을 통해 시도된다. '다시 읽기la relecture'[6]라고도 불리는 이러한 방식은 텍스트의 문장들을 수많은 읽기의 단위들lexies로 쪼개어 거기에 이름을 붙였다가 지우고 다시 이름 붙이기nomination를 되풀이하는 과정을 통해 이루어진다. 이를 통해 지배적인 시니피에는 임의의 조각들로 잘라지고, 텍스트는 시니피에에뿐 아니라 시니피앙까지 실어 나르는 무수한 조각들의 거대한 더미가 된다. 이름을 붙이는 것은 의미를 찾는 일에 다름 아니지만, 그 이름들은 다른 이름들 앞에서 이내 잊히고

---

6 다시 읽기는 텍스트를 이미 읽었던 것으로 간주하고 읽는 방식이기도 하다(pp. 22~23). 이렇게 하면 텍스트의 요소들을 시간 순서나 순차적 배열로부터 해방시키고, 최초의 독서를 구속하는 논리적인 해석에의 욕망으로부터도 자유로울 수 있다. 그런 의미에서도 다시 읽기는 놀이에 가깝다.

지워진다. 이름들의 목록을 성급하게 닫음으로써 의미를 고정시키는 것을 거부하는 이런 읽기 방식은 최종적 의미로서의 텍스트의 진실이 아니라 텍스트의 복수성을 확정한다. 이렇게 하여 권위적 텍스트는 끊임없이 부서지고, 읽는 텍스트는 복수적 텍스트le texte pluriel로 다시 태어난다.(p.23)

복수적 텍스트란 쓰는 텍스트와 마찬가지로 일종의 관념으로서의 추상적인 텍스트이며, 새로운 방식의 읽기를 통해 생산되는 동시대적 문학 텍스트라 할 수 있다. 개별 텍스트마다 거기에 내재하는 복수성의 정도에는 차이가 날 수 있다. 복수성이 압도적인 텍스트에는 상호작용하는 많은 네트워크들이 있으며, 그것들 간에는 아무런 위계가 없다. 그것은 시니피에들의 구조가 아니라 시니피앙의 은하계이며, 의미의 체계들이 그것을 점유할 때에도 언어의 무한성에 토대를 둔 그 체계들은 결코 숫자가 제한되지 않는다. 이보다는 덜 복수적인, 또는 '불완전하게' 복수적인 텍스트들에서는 위의 특성들이 다소 제한적으로 나타난다. 바르트는 이처럼 개별 텍스트에서 복수성의 정도를 평가하는 작업을 해석l'interprétation이라고 부른다.(pp.11~12)

바르트에 의하면 다시 읽기는 텍스트를 조립하거나 구조화하기를 포기하고 텍스트의 평면을 언어의 다면체로 장식하는 일이다.(pp.20~21) 그것은 코드들이 서로서로 횡단하는 텍스트의 입체적 공간을 그려내는 일이기도 하다. 코드란 그 기원이 잊혀진, 읽는 텍스트 안의 이미 쓰인 모든 것들을 지칭한다. 개별적인 코드들은 각기 사슬처럼 연결되어 하나의 체계를 이루고, 이들이 서로 얽혀서 만들어진 네트워크가 텍스트를 이룬다. 코드들은 전全 텍스트를 횡단하면서 텍스트를 이미 쓰인 거대한 책le Libre의 안내서로 만든다. (p.28) 각각의 코드는 이미 쓰인 책을 참조하는 여러 관점들, 또는 텍스트를 짜는 여러 목소리들 중 하나이다. 다시 읽기는 여러 개의 코드들이 중첩된 지점들에서 이질적인 목소리들이 한꺼번에 울리도록 텍스트를 연주하는 방식이다. 이를 통해 읽기는 쓰기의 능동적 보충물이 되고, 단순한 소비가 아니라 복수적 텍스트를 얻기 위한 놀이가 될 수 있다.

이처럼 바르트의 서사 이론에서 중요한 것은 다섯 개의 코드들 각각이 아니라 그것들의 복합적인 짜임이다. 복수적 텍스트에는 1차적이고 지배적인 목소리가 따로 없으며, 코드들은 한 언어에 대한 다른 언어의 지배력을 폐기하면서 끝없이 순환할 뿐이다. 바르트는 코드들의 이러한 네트워크를 땋아 늘인 머리, 또는 여러 가닥의 실로 짠 레이스에 비유한다. 텍스트의 여러 목소리들을 의미의 통일체로 환원하는 단성적 읽기는 텍스트의 짜임을 가위로 싹둑 잘라버리는 행위와 다르지 않다. (p.166) 이렇게 바르트는 문학 수업을 통해 습득되고 우리에게 익숙해진 기존의 독서 방식이 텍스트의 복수성을 거세하고 문학 텍스트를 화석화하여 과거의 것으로 만드는 끔찍한 관습이었음을 지적한다. 그는 또한 문학적 고전과 현재적 텍스트, 읽는 텍스트와 쓰는 텍스트, 복수적 텍스트와 그렇지 않은 텍스트 등의 구분은 텍스트 내적인 특성에 의해 확고부동하게 결정되어 있는 것이 아니라 상당 부분 읽기의 방식과 태도에 따라 유동적으로 변화할 수 있음을 암시한다.

바르트에 의하면 모든 개별 텍스트는 코드들의 열린 네트워크로 들어가는 무수한 입구들entrées(p.19)이다. 바르트의 『S / Z』는 「사라진느Sarrasine」라는 입구를 통해, 이론의 한 실례가 아니라 차이들의 네트워크라는 이론

그 자체를 보여준다. 이제 우리는 〈신세기 에반게리온〉[7](이후 〈에반게리온〉)
이라는 또 다른 텍스트를 통해 그렇게 할 것이다. 이 장에서 유독 이 텍
스트를 선택한 데는 몇 가지 이유가 있다. 먼저 〈에반게리온〉은 바르
트가 선택했던 텍스트인 발자크의 「사라진느」와 흡사하게 다섯 개의
코드들의 무수한 중첩과 복잡한 얽힘 등을 보여주기에 적합하다.[8] 이
서사물은 각 코드들의 존재를 두드러지게 현시할 뿐 아니라, 그 코드
들이 끝까지 어느 하나를 중심으로 통합됨 없이 대등하고도 이질적인
목소리들을 유지한다. 〈에반게리온〉이 바르트의 이론을 적용하기에
적합한 텍스트라는 사실은 또한 흥미롭게도 오늘날의 대중 서사물들
과 문학의 고전으로 분류되는 텍스트들이 지닌 공통점을 누설한다. 이
로 인해 바르트가 『S / Z』에서 이미 의문에 부친 바 있는 문학적 고전
의 경계와 그 자의성에 대하여 다시 생각해보는 계기가 마련된다.

한편 〈에반게리온〉에 대한 분석은 바르트의 서사 이론을 영상 서사
물에 적용할 가능성에 대한 모색이기도 하다. '텍스트'는 대개 언어로
기술된 것을 가리키는 말로 사용되지만, 텍스트의 개념을 확장시켜 폭
넓게 적용하면 다른 매체로 된 텍스트들을 생각해볼 수 있다. 바르트

---

7 〈신세기 에반게리온〉은 일본 가이낙스GAINAX사에서 TV 시리즈용으로 제작하여 1995년
10월 4일부터 1996년 3월 27일까지 방영한 애니메이션으로, 전 26화로 구성되어 있다. 극
장판인 〈디 엔드 오브 에반게리온〉은 24화를 분기점으로 하여 새로운 방향으로 스토리
가 전개되는 25화와 26화 부분으로, 결말의 또 다른 가능성을 보여준다. TV 시리즈와 극
장판은 서로를 보완하면서 함께 전체 이야기를 만들어가므로, 〈신세기 에반게리온〉은
이 두 이야기를 모두 포함하는, 두 개의 결말로 된 텍스트라고 보아야 할 것이다.
8 바르트는 모든 문학 텍스트가 유사한 양상들을 보여줄 수 있다고 생각하였으나, 그렇다
고 해도 개별 텍스트들 가운데 그러한 일반적 성격을 보다 분명하고 두드러지게 예시하
는 텍스트가 있기 마련이다. 반면에 한두 개의 코드가 집중적으로 나타나는, 상대적으
로 단성적인 경향의 문학 텍스트들도 얼마든지 있다.

는 「사라진느」를 다룰 때 문자로 기술된 상태에서만 변별이 가능한 불어의 여성형 표기나 알파벳 'Z'의 시각적 효과를 언급하는 등, 언어 텍스트만의 특성을 염두에 두고 있었던 것이 사실이다. 하지만 읽는 텍스트, 쓰는 텍스트, 복수적 텍스트의 개념 등은 다른 매체의 서사물에도 얼마든지 적용될 수 있다. 특히 이런 개념들은 최근 활발히 생산되고 있는 다중적이고 복합적인 영상 서사물이 이전의 서사물들과 구별되는 특징을 설명하는 데 적합하다고 판단된다. 〈에반게리온〉에서 복수적인 요소들을 증명하고 이질적인 목소리들의 동시적 울림을 듣는 다시 읽기 놀이는 신비화된 문학성의 낡은 이데올로기를 대신하여 동시대적으로 가치 있는 텍스트들을 새로이 평가하는 또 다른 시각을 제시할 수 있을 것으로 본다.

2. 복수적 텍스트, 〈에반게리온〉

〈에반게리온〉은 TV 시리즈만으로도 전체 방영시간이 10여 시간에 달하는 시리즈물이므로, 이 장에서는 부득이하게 제1화만을 집중적으로 검토할 것이다. 제1화를 통해 코드들의 복수성과 그 짜임을 살펴본 뒤, 텍스트의 나머지 부분들에서는 각 코드의 사슬을 따라가며 의미의 개별적인 체계들이 상호 교섭하는 양상을 검토하기로 한다. 읽기의 단위들lexies을 나누는 방식은 본래 임의적인 것이어서 필요에 따라 텍스

트를 얼마든지 작은 분편들로 쪼갤 수 있으나, 여기서는 논의의 편의
상 단위들을 극도로 세분화하는 일은 피하려고 한다. 또한 〈에반게리
온〉은 영상 서사물이기 때문에, 각 단위들 안에서 인물들의 대화나 자
막 등의 언어적 요소와 더불어 도상 기호로 된 시각적 정보들을 함께
고려하게 될 것이다. 이 작업 역시 필요에 따라 훨씬 더 세밀하게 행해
질 수도 있음을 언급해두어야겠다.

1) 제1화 다시 읽기

(1) "신세기 에반게리온"

이 서사물의 제목은 첫 번째의 읽기 단위이다. 먼저 '신세기'라는 말
은 새로 열린 미래의 한 시대를 뜻한다. 이러한 시니피에의 단위들은
의미소les sémes : SEM라는 코드를 이룬다. 의미소들은 인물이나 장소나
대상 등과 결합하여 하나의 주제적 그룹을 형성한다. 텍스트에서 의미
소들은 먼지나 티끌처럼 분산되어 있는 의미의 불안정한 깜박임과도
같다(SEM. 새로움, 미래).

'신세기'는 또한 스토리상의 연대기로도 중요하다. 2000년은 '세컨드
임팩트'라는 지구의 대혼돈이 일어난 해로서 새로운 세기란 세컨드 임
팩트 이후의 21세기를 지칭하는데, 이는 이전 세기와는 완전히 구별되
는 새로운 시대이다. 텍스트 안에서 연대기적 모순이 발생하지 않도록
각 부분들이 서로를 지지하게끔 통제되는 것은 읽는 텍스트의 한 기본
적인 특징이다. 바르트에 의하면 텍스트의 연대기적 지표들은 텍스트

외부 세계의 일반적인 지식을 참조하는 문화적 코드 혹은 참조의 코드 les codes de références : REF안에 포함된다(REF. 연대기 : 21세기).

한편 읽기 단위 (1)은 '에반게리온이란 무엇인가?' 하는 질문을 불러 일으킨다. 바르트는 이러한 질문의 단위를 해석학적 코드les codes hermé-nutiques : HER라고 부른다. 해석학적 코드는 질문을 던지고 다양한 방법 으로 대답을 지연시켜 수수께끼를 구성하는 서사의 움직임과 관련된 다. 해석학적 단위들은 서사물의 서스펜스를 유지하고 결국은 이를 해 소시키는 다양한 종류의 성분들(pp.215~216)이기도 하다. '에반게리온' 의 경우처럼 수수께끼와도 같은 이름이 제목으로 제시되면, 그 질문은 단번에 주제화된다(HER. 수수께끼1 : "에반게리온의 정체는 무엇인가?" : 주제화).

'에반게리온'에는 '복음'이라는 시니피에가 담겨 있다. 좋은 소식이 라는 의미의 복음은 믿는 자에게는 구원을 뜻하지만, 믿지 않는 자에 게는 멸망의 경고이기도 하다(SEM. 복음, 구원과 멸망의 이중성). 이런 의미 들은 기독교적 지식과 문화에 뿌리를 두고 있는데, 이와 같은 일반화 된 배경 지식들 역시 참조의 코드(문화적 코드)를 형성한다. 〈에반게리 온〉에서 기독교적 요소들은 종교나 신앙으로서보다는 신화나 판타지 로서의 성격을 더 강하게 띤다. 이는 기독교적 세계관을 자연스럽게 체화하고 진실된 것으로 여겼던 서양과 달리 일본에서는 기독교적 요 소들을 일종의 종말론적 환상으로 받아들인 데서 기인한 것으로 보인 다(REF. 기독교 신화의 코드).

복음이란 신이 인간에게 보내는 메시지이기도 하다. 〈에반게리온〉 은 인간과 신이라는 상징의 대립 구도 위에 세워져 있는데, '에반게리 온'은 이 두 대조적인 상징의 세계를 동시에 환기시킨다. 이러한 상징의 코드les champs symboliques : SYM는 수많은 대체물과 변형물들을 통해 상반된 두 세계(A / B)를 관련짓는 단위로서, 서사물의 비밀스러움과 깊이를 형성한다(SYM. 대조 AB : 인간 / 신).

(2) "제1화 사도, 습격"

제1화의 소제목에서는 '사도란 무엇인가?'라는 또 하나의 질문이 주제화된다(HER. 수수께끼 2 : "사도의 정체는 무엇인가?" : 주제화). 사도란 성경에 의하면 신이 보낸 자로서, 대조적인 두 세계 중 신의 세계를 암시한다. 사도의 영어 표기인 'Angel'은 사도의 신적 특성을 더욱 분명히 한다(SEM. 신이 보낸 자; REF. 기독교 신화의 코드; SYM. 대조 B : 신의 세계). 신의 세계가 인간의 세계를 '습격'한다는 말은 상징적인 두 세계의 대립적이고 적대적인 양상을 강조하며, 인간의 세계에 닥친 위기를 암시한다(SEM. 적대성, 인간의 위기).

(3) "때는 2015년"

첫 자막인 이 부분은 세컨드 임팩트 이후 15년의 세월이 흐른 시점을 현재로 제시한다(REF. 연대기 : 현재 = 2015년). '2015년'이라는 미래의 한 시점을 현재로 내세우는 이런 방식은 '그리 멀지 않은 미래'로 대표되는 SF적 시공간을 환기시킨다. 이미 관례화된 이런 시공간은 우리를 SF장르라는 또 하나의 익숙한 참조의 세계로 이끈다. 시대의 변화는 이미 쓰인 책le Libre의 내용을 바꾸고, 리얼리티에 대한 우리의 감각을 바꾸어 놓는다. 우리가 리얼리티라고 부르는 것 역시 재현과 의미화의 특정한 코드에 지나지 않기 때문이다.(p.87) '2015년'이라는 설정은 비교적 최근에 쓰인 SF장르라는 '책'과 그 '책'에 근거한 리얼리티의 새로운 감각에 의존하여 이 서사물을 대하게끔 우리를 준비시킨다(REF. SF장르의 코드).

(4) ACT. 사도의 출현 1 - 특별 비상사태 선언 발령

수중에서 이동하는 사도의 형상으로 시작되는 첫 번째 시퀀스를 '사도의 출현'으로 이름 붙이고, 행위의 코드les codes des actions : ACT로 이해하였다. 행위의 코드는 경험의 논리에 근거한 행동의 연쇄로서, 이름들의 펼쳐짐이다. 행위의 코드는 시퀀스에 이름을 붙이고 그것에 얽혀 있는 복수적 의미들을 증명하기 위해서 중요하다. 이제부터 읽기의 각 단위들은 임의로 이름을 붙인 행위의 코드들을 기준으로 하여 분절될 것이다. 형체를 왜곡시키는 물의 속성 때문에, 처음 등장한 사도는 괴물과도 같은 형상을 하고 있다. 괴물은 초자연적 존재라는 점에서 인간의 세계와 대조되며 신의 세계와 관련된다. (4)에서는 또한 사도가 UN군과 대치하는 광경을 보여주고, '특별 비상사태 선언 발령'에 관한 경고 방송이 흘러나온다. 이로써 사도로 인해 인간세계가 크게 위협받고 있음이 다시 한 번 강조된다(SYM. 대조 B : 초자연적 존재; SEM. 인간의 위기).

(5) ACT. 신지의 소환 1 - 마중 나감

미모의 여인(가츠라기 미사토)이 자동차를 운전하여 신지를 데리러 가는 장면으로, '신지의 소환'이라는 일련의 시퀀스의 시작 부분이다. 운전석 옆에는 '이카리 신지'의 아이디 카드가 놓여 있다. 그녀가 만나야 할 사람이 신지이며, 이 일은 어떤 공공기관의 업무와 관련된 것임을 짐작할 수 있다. 여기서 또 하나의 질문이 생겨난다. 그녀가 어느 기관

소속인가, 혹은 어떤 기관에서 신지라는 인물을 소환했는가 하는 질문이 그것이다. 이 기관의 이름이 '네르프NERV'임은 (14)에 가서야 알려지는데, 이 부분은 의문문의 주어가 등장하기 전에 물음표가 먼저 나온 '해석학적 문장의 도치'(p.92)라고 볼 수 있다. 텍스트를 이미 읽은 것으로 간주한다는 다시 읽기의 원칙에 따라 수수께끼 3은 다음과 같은 형태를 띠게 된다(HER. 수수께끼 3 : "네르프는 어떠한 기관인가?" : 질문).

한편 미사토는 다급한 상황에서 길을 찾지 못하고 헤매는데, 방향감각이 둔한 것은 미사토라는 인물의 한 특징이다. 이런 속성은 이후 덜렁거림, 명랑함, 낙천성 등의 여러 특성들과 결합하여 미사토의 성격을 구성한다. 인물의 성격은 같은 의미소들이 수차례 같은 고유명사를 횡단할 때 창조되며, 고유명사는 의미소들로 이루어진 자기장(p.74)이라 할 수 있다(SEM. 방향치).

(6) ACT. 신지의 소환 2 - 기다림

신지가 미사토를 기다리는 장면이다. 신지는 미사토가 오지 않자 공중전화를 걸려고 시도하지만, 특별 비상사태 때문에 전화가 불통이다(SEM. 위기상황). 공중전화 옆의 도로 안내 표지판에는 '제3신동경시'라는 글씨가 적혀 있다. 이는 미래도시의 상상적 허구의 공간으로, SF 서사물의 시공간을 대표한다(REF. SF장르의 코드). 신지는 발랄한 표정과 포즈를 한 미사토의 사진을 들고 있다. 사진에는 마중 나갈 테니 기다리라는 메모와 함께, 하트 모양이 그려져 있다. 이 부분은 미사토의 밝은 성격과, 이후 신지와 그녀가 맺게 될 호의적인 관계를 암시한다(SEM. 명랑함, 친근함). 그리고 한 소녀(아야나미 레이)의 모습이 길 위에 환영처럼 나타났다 사라진다. 신지의 눈에 신비로운 존재로 비치는 소녀의 모습은 후에 이 서사물의 중심 수수께끼를 형성하는 레이의 정체에 관해 의문을 품게 한다. 레이가 비밀에 싸인 미지의 인물임을 강조하는 이런 방식을 바르트는 해석학적 코드 가운데 질문의 제기^{position}로 분류한다(HER. 수수께끼 4 : "레이의 정체는 무엇인가?" : 질문의 제기).

(7) ACT. 사도의 출현 2 - 네르프의 보고

신지는 사도를 목격하고는 충격을 받고, 네르프 내에서는 '정체불명의 이동 물체'에 대한 보고가 이루어진다. '정체불명'이라는 표현은 사도의 정체가 수수께끼임을 강조하므로, 질문의 제기에 해당된다(HER. 수수께끼 2 : "사도의 정체는 무엇인가?" : 질문의 제기). 그런데 지상에 모습을 드러낸 사도는 로봇의 형체에 가까워서, '건담'류의 전투용 로봇을 연상시킨다. 인간이 만든 로봇과 흡사해 보이는 사도의 형상은 그것의 정체에 대한 오해를 유발하는 속임수^{leurre}가 될 수 있다(HER. 수수께끼 2 : "사도의 정체는 무엇인가?" : 속임수; REF. 일본 애니메이션과 SF장르의 코드).

사도의 출현을 보고하는 네르프 내의 상황은 네르프가 사도와 깊은 관련을 맺고 있는 기관임을 말해주는데, 이는 세 번째 수수께끼에 대한 불충분하지만 부분적인 대답^{réponse partielle}이다(HER. 수수께끼 3 : "네르프는 어떠한 기관인가?" : 부분적 대답). 여기서는 또한 보고를 받은 네르프의 사령관(이카리 겐도)과 부사령관(후유츠키)의 대화를 통해 사도가 '15년 만'에 다시 출현했음이 밝혀진다. 알고 보면 15년 전은 세컨드 임팩트가 일어난 해이므로, 이 정보는 세컨드 임팩트가 사도의 출현과 연관된 것임을 암시하는 연대기적 지표가 된다(REF. 연대기 : 2000년의 사도 출현).

(8) ACT. 신지의 소환 3 - 만남

사도와 UN군의 충돌이 시작된 거리에서 미사토가 신지를 발견하고 자신의 차에 태운다. 미사토가 위급한 상황에서 신지를 구출한 것은 앞으로 그녀가 신지의 보호자 역할을 하게 되는 것과 관련된다. 엄마가 없는 신지에게 그녀는 대리모와도 같은 존재가 된다(SEM. 위기상황; SEM. 보호자).

(9) ACT. UN의 대항

사도는 계속 제3신동경시로 진격하고, UN군은 특수병기(N2 지뢰)를 동원하여 사도를 공격한다. 사도는 폭파된 듯이 보이고, UN 측 지휘관은 네르프의 사령관에게 다소 냉소적으로 "자네가 나설 자리는 없겠군"이라고 말한다. 이 부분은 네르프가 UN과 더불어 사도의 공격에 대처할 임무를 지녔음을 말해주는 동시에, 네르프와 UN 사이의 보이지 않는 세력 다툼을 암시한다(HER. 수수께끼 3 : "네르트는 어떠한 기관인가?" : 부분적 대답; SEM. UN과 네르프의 갈등).

(10) ACT. 신지의 소환 4 - 통성명

N2 지뢰의 충격으로 전복된 차에서 미사토와 신지가 무사히 빠져나와 처음으로 인사를 나눈다. 미사토는 신지에게 '가츠라기 씨'라는 존칭 대신에 이름을 부르라고 말하며, 첫 대면부터 스스럼없는 분위기를 이끌어간다(SEM. 명랑함, 친근함; REF. 호칭 사용에 관한 일본식 관습의 코드).

(11) ACT. 사도의 재출현

예측을 뒤엎고 멀쩡하게 다시 모습을 드러낸 사도를 보고 UN 측 지휘관은 '괴물 자식'이라며 경악한다. 이 말은 사도의 정체를 정확히 파악하기란 불가능하다는 뜻으로도 받아들여진다. 누구도 수수께끼를 풀 수 없다는 식의 이런 표현은 대답을 찾는 데 있어 혼선을 초래하는 방해 요인으로 작용한다. 이런 해석학적 단위를 바르트는 차단된 대답 réponse bloquée이라고 부른다(HER. 수수께끼 2 : "사도의 정체는 무엇인가? : 차단된 대답; SYM. 대조B : 초자연적 존재).

(12) ACT. 신지의 소환 5 - 이동

미사토와 신지는 네르프로 이동한다. 미사토는 차 안에서 자기가 책임지고 무사히 신지를 데려가겠다는 내용의 전화 통화를 한다(SEM. 보호자). 미사토의 차가 배터리로 움직이는 전기 자동차이며, 그녀가 자기 차를 전기 자동차로 개조하느라 어마어마한 수리비를 할부로 지급하고 있다는 사실이 암시된다. 이는 미사토가 자동차 마니아임을 알려주는 첫 번째 장치이기도 하다(REF. SF장르의 코드, 미래의 자동차; SEM. 자동차 마니아). 새로 수리한 전기 자동차와 새 옷이 모두 엉망이 되었어도 "만사 OK"라는 그녀의 말과 "나잇값을 못하시네요"라는 신지의 말도 미사토의 성격을 형성하는 의미소들이다. 인물의 성격이란 이러한 의미소들이 결합하여 이루어지는 복합성의 산물이라 할 수 있다(SEM. 허술함, 낙천적임, 철없음). 이 부분은 또한 신지의 성격에 대해서도 알려주는데, 미사토를 보며 다소 불안해하는 신지의 태도와 "남자애가 소심하기는 ……", "냉랭하구나"와 같은 미사토의 말은 신지가 소심하고 쉽게 마음을 열지 않는 소년임을 짐작케 한다. 이런 특성들은 인간관계에서 상처받기를 두려워하고 언제나 거리를 두고자 하는 신지의 습성과 관련된다(SEM. 소심함, 조심스러움, 차가움). 미사토의 말에는 또한 남자라면 대범해야 한다는 관습적인 사고가 반영되어 있다. 이러한 사회적 고정관념 역시 문화적인 참조의 코드에 포함되는데, 참조의 코드는 흔히 상식으로 통용되는 사회적 담화들로서 '이데올로기의 파편'(p.104)이기도 하다(REF. 남자다움에 대한 고정관념의 코드).

(13) ACT. 사도의 공격 1 - 공격 개시

본격적으로 시작된 사도의 공격을 화면으로 지켜보며, 네르프 사령관과 부사령관은 사도가 '자기 수정' 능력과 '기능 증폭' 능력을 지닌, 지능을 소유한 '단독 병기'라는 내용의 대화를 나눈다. 이 내용은 인간을 능가하는 초자연적 능력을 지닌 사도에 관한 올바른 설명인 동시에, 수수께끼의 오답을 유도하는 속임수이기도 하다. 특히 기계와 관련된 어휘들은 다시 한번 사도의 정체를 전투용 로봇의 이미지와 연결시킨다. 이렇듯 진실과 진실에 대한 오도가 뒤섞인 설명은 모호한 대답^{équi-}voque에 해당된다. 모호한 대답은 그 자체로 진실과 거짓을 말하는 두 개의 목소리가 서로 간섭하며 노이즈를 생성하는 목소리들의 얽힘을 보여준다(HER. 수수께끼 2 : "사도의 정체는 무엇인가?" : 모호한 대답; REF. 일본 애니메이션과 SF장르의 코드).

(14) ACT. 신지의 소환 6 - 네르프 입구 통과

미사토의 차가 카 트레일러를 통해 네르프의 입구를 통과한다. 입구에 그려진 로고에서 네르프라는 명칭이 처음 소개된다. 미사토는 신지에게 '특무기관 네르프'가 UN 소속의 '비공개 조직'이라고 설명한다. 이런 설명은 세 번째 수수께끼에 대한 부분적 대답을 제공하는 한편, 네르프가 중요하고도 비밀스러운 단체임을 강조함으로써 서스펜스를 지속시키는 기능을 한다(HER. 수수께끼 3 : "네르프는 어떠한 기관인가?" : 주제화, 질문의 제기, 부분적 대답).

(14)에서는 또한 신지의 아버지가 네르프에 소속되어 있다는 사실이 알려지면서, 신지의 아버지에 대한 궁금증을 유발한다. 아버지가 무슨 일을 하시는지 알고 있느냐고 하는 미사토의 물음은 네르프의 정체에 관한 질문과도 연관되지만, 신지의 아버지(이카리 겐도)에 관한 새로운 수수께끼의 공식적인 표명formulation이기도 하다. 신지는 아버지가 '인류를 지키는 중요한 일을 하신다는 것'만 알고 있다고 대답한다. 이러한 설명은 한편으로는 진실이고 다른 한편으로는 속임수이다. 네르프의 공식적 임무는 서드 임팩트를 막아서 인류를 지키는 것이지만, 겐도만이 알고 있는 진정한 목적은 오히려 인류의 생존과는 무관하게 서드 임팩트를 불러오는 것이기 때문이다. 작전부장인 미사토조차도 네르프의 숨은 목적에 대해서는 알지 못하므로, 이 부분은 인물들 간에는 진실이지만 담화와 그 수용자 사이의 커뮤니케이션으로는 속임수가 된다. 모호한 대답은 이처럼 커뮤니케이션의 서로 다른 채널에 의해 형성될 수 있는데, 텍스트를 다시 읽는 수용자는 첫 번째 읽기에서는 들을 수 없는 이러한 이중적 목소리의 간섭을 듣게 된다. 다시 읽기에서만 나타나는 이 같은 현상은 의미를 더 잘 파악하게 하는 지적인 효과의 상승이 아니라 텍스트의 복수성을 즐기는 놀이를 가능하게

한다(HER. 수수께끼 3 : "네르프는 어떠한 기관인가?" : 모호한 대답; HER. 수수께끼 5 : "겐도의 목적은 무엇인가?" : 질문의 표명, 속임수).

〈에반게리온〉은 또한 '아버지 / 어머니'라는 또 하나의 상징적 대립 구도를 지니고 있는데, 여기서는 그중 한 극인 아버지에 관해 언급된다. 아버지가 타자와의 분리를 상징하는 극이라면 어머니는 통합을 상징하는 반대편 극이다. 아버지의 상징성이 인간세계의 모든 이분법적 질서를 뜻한다면 어머니의 상징성은 이러한 이분법의 와해와 혼돈을 의미하기도 한다. 한편 신지가 아버지의 일에 관해 자세히 알지 못하는 것은 네르프가 비공개 조직이라는 이유 때문이기도 하겠지만, 그들의 관계가 그다지 친밀하지 않음을 암시하는 것이기도 하다(SYM. 대조A : 아버지; SEM. 아버지와의 소원한 관계).

(15) ACT. 작전 지휘권 인수

UN의 대항이 무위로 끝나자 작전 지휘권이 네르프의 사령관에게로 이양된다. 네르프의 사령관이 '이카리 사령관'으로 불리면서, 그가 신지의 아버지임이 알려진다. 이카리 겐도는 네르프의 대응 능력을 의심하는 UN 측 지휘관을 향해 "사도에의 승리를 위해 네르프가 있는 것"이라고 단언한다. 이 말은 네르프의 존재 이유에 관한 공식적인 설명이지만, 네르프의 배후 세력인 '제레 위원회'와 '인류 보완 계획' 등의 성격이 밝혀지기까지 네르프의 정체는 여전히 수수께끼로 남게 된다(HER. 수수께끼 3 : "네르프는 어떠한 기관인가?" : 부분적 대답).

(16) ACT. 에바 초호기 가동 명령

겐도는 에반게리온 초호기의 가동을 명령하면서, 파일럿이 곧 도착할 것이라고 말한다. 이로써 에반게리온이란 사도에 대항하기 위한 네르프의 특수 병기로서 탑승한 파일럿에 의해 움직인다는 사실이 밝혀지고, 초호기 이외에도 다른 기체가 존재한다는 것이 암시된다. 곧 도착한다는 초호기의 파일럿은 신지일 것으로 추측된다. 그러나 이러한 대답들 역시 부분적이다. 에반게리온의 정체는 이 서사물에서 가장 강력한 수수께끼 가운데 하나로, 최종적인 이름을 붙이기에는 불충분한 의미들로 자욱하게 둘러싸여 있다. 상징적으로 보면 에반게리온은 신의 세계와 맞선 인간의 세계를 대표한다(HER. 수수께끼 1 : "에반게리온의 정체는 무엇인가?" : 부분적 대답; REF. 일본 애니메이션과 SF장르의 코드; SYM. 대조 A : 인간의 세계).

(17) ACT. 우는 아이

기차역에서 혼자 울고 있는 아이의 모습은 신지가 회상하는 어린 시절의 한 장면으로, 아버지에게 버림을 받았던 신지의 아픈 기억을 말해주는 것이라 짐작된다. 이런 기억은 신지의 성격에 대한 심리학적 근거로 제시되며, 신지와 아버지의 불편한 관계에 대한 설명이기도 하다(SYM. 대조A : 아버지; SEM. 버림받은 기억; REF. 심리학적 코드 : 유년의 상처).

(18) ACT. 신지의 소환 7 - 극비 서류의 전달

미사토가 차 안에서 신지에게 극비 서류를 건네주자, 신지는 "용건도 없이 아버지가 편지를 할 리 없으니 여기서 내가 해야 할 일이 있을 것"이라고 말한다. 미사토는 "아버지와 사이가 안 좋구나. 나와 똑같다"고 말한다. 미사토가 신지를 대하는 공감의 태도는 이후 그녀가 맡게 될 대리모의 역할과도 연관된다(SYM. 대조A : 아버지; SEM. 냉정함, 아버지와의 갈등; REF. 무심한 아버지에 대한 문화적 통념, 아버지와 아들의 갈등에 대한 통념; SEM. 이해와 공감).

이 부분에서 신지가 '해야 할 일'과 관련된 여섯 번째 질문이 생겨난다. 신지는 왜 네르프에 소환되었으며, 왜 신지가 소환되었는가 하는 질문이 그것이다. 신지에게 주어진 임무는 에바 초호기의 파일럿이 되는 것임을 (16)을 통해 짐작할 수 있으나, 겐도가 왜 굳이 자신의 아들을 파일럿으로 소환했는지는 수수께끼로 남는다(HER. 수수께끼 6 : "신지가 파일럿으로 소환된 이유는 무엇인가?" : 질문의 제기, 주제화). 한편 신지에게 극비 서류가 전해진 것은 이제까지의 모든 수수께끼들이 풀릴 수 있다는 약속promesse de réponse이면서, 또한 대답의 지연réponse suspendue이다. 미사토가 직접 말해주는 경우와는 달리, 신지가 서류를 다 읽을 때까지 대답의 공개가 미루어지기 때문이다(HER. 수수께끼 1-6 : 대답의 약속, 지연된 대답).

(19) ACT. 신지의 소환 8 - 네르프 본부 도착

차에서 내린 미사토는 지도를 들고도 본부 안에서 길을 잃고 헤맨다. 미사토의 지도에는 평소에 자주 이용하는 화장실 두 곳을 표시해 둔 붉은 동그라미가 보인다. 흰 가운을 입은 여인(아카기 리츠코)이 "또 길을 잃었구나"라고 말하며 그들을 안내한다(SEM. 방향치; SEM. 과학자). 리츠코와 미사토의 대화 중에 신지가 '서드 칠드런'이라는 표현이 나온다. 이는 에바의 파일럿이 현재까지 세 명이라는 사실과 함께 그들이 모두 신지 또래의 소년(소녀)들임을 뜻한다(SEM. 세 명의 파일럿, 소년). 그들이 에스컬레이터로 이동하는 도중 유리를 통해 에바 영호기의 거대한 손이 보인다. 신지가 놀라며 극비 서류를 들여다보자, 미사토가 서류에는 나와 있지 않다고 말한다(HER. 수수께끼 1 : "에반게리온의 정체는 무엇인가?" : 차단된 대답). 미사토의 설명에 따르면, 에반게리온은 '인류의 마지막 희망'인 '인조인간', '거대 로봇'이다. 이는 수수께끼 1에 대한 부분적 대답이자, 진실과 속임수가 섞인 모호한 대답이다. 에반게리온은 기계적 조작으로 움직이는 '로봇'일 뿐 아니라 생명체이기 때문이다(HER. 수수께끼 1 : "에반게리온의 정체는 무엇인가?" : 부분적 대답, 모호한 대답; SYM. 대조A : 인간의 세계; REF. 일본 애니메이션과 SF장르의 코드).

(20) ACT. 초호기 탑승 명령 1 - 신지

겐도는 신지에게 초호기에 탑승할 것을 명령하고, 놀란 신지는 왜 자기여야 하느냐고 반발한다. 이 문제는 수수께끼 6의 표명인 동시에, 이 서사물의 중요한 테마 중 하나인 자아 정체성에 대한 신지의 고민과 연결된다. 신지의 물음에 겐도는 "다른 사람에겐 무리"이며 "너만이 할 수 있다"고만 대답한다(HER. 수수께끼 6 : "신지가 파일럿으로 소환된 이유는 무엇인가?" : 질문의 표명, 부분적 대답; SEM. 정체성). 겐도는 아들에게 시종 냉정하고 단호한 태도를 유지하고, 신지는 그런 그에게 "아버지는 제가 필요 없잖아요!"라고 외치며 탑승을 거부한다(SYM. 대조A : 아버지; SEM. 냉정함, 단호함; SEM. 아버지와의 갈등, 반항; REF. 아버지와 아들의 관계에 대한 문화적 통념; REF. 심리학적 코드 : 유년의 상처).

(21) ACT. 사도의 공격 2 – 네르프 본부 피습

사도의 네르프 공격으로 빌딩이 폭파되는데, 십자가 모양의 폭발 장면이 인상적이다(REF. 기독교 신화의 코드; SEM. 네르프의 위기). 미사토는 "도망치면 안 돼"라고 신지를 격려한다. 신지는 나중에도 미사토의 이 말을 되뇌면서 용기를 내곤 한다. 미사토의 따뜻하고 공감 어린 태도는 아버지의 차갑고 단호한 태도와 대조를 이루면서, 그녀의 상징적 지위를 암시한다(SYM. 대조B : 대리모; SEM. 따뜻한 격려).

(22) ACT. 초호기 탑승 명령 2 – 레이

겐도는 냉정하게 신지를 외면하고 대신 레이에게 초호기 탑승을 명령한다. 온몸에 붕대를 감고 나타난 레이의 모습은 신지가 길에서 보았던 환영과도 같은 소녀가 또 다른 파일럿인 레이였음을 밝혀준다. 레이의 정체는 그녀와 겐도의 관계, 그녀와 신지의 죽은 어머니(이카리 유이)와의 관계, 그리고 복제인간으로서의 정체성 등이 드러난 이후에나 온전히 밝혀질 것이다(HER. 수수께끼 4 : "레이의 정체는 무엇인가?" : 부분적 대답). 신지는 부상당한 레이가 자기 대신 탑승해야 한다는 사실에 죄책감을 느끼면서도 "난 필요 없는 인간"이라며 회피하려 한다(SEM. 소심함, 자신 없음, 자책, 자괴감; REF. 심리학적 코드 : 유년의 상처).

(23) ACT. 신지의 탑승 동의

사도의 폭격 때문에 위험에 처한 신지를 초호기가 파일럿도 없이 스스로 움직여서 보호한다. 이러한 본능적 반응은 에바 초호기 안에 신지의 어머니가 동화되어 있기 때문에 일어난 현상인데, 이 장면은 에바의 생명체로서의 특성을 부각시키는 한편 신지가 초호기의 파일럿이 되어야 하는 이유를 암시해준다(HER. 수수께끼 1 : "에반게리온의 정체는 무엇인가?" : 부분적 대답; HER. 수수께끼 6 : "신지가 파일럿으로 소환된 이유는 무엇인가?" : 부분적 대답; SYM. 대조B : 어머니; SEM. 본능적 보호, 생명체; REF. 헌신적 모성에 관한 일반적 통념). 신지는 "도망치면 안 돼"라는 미사토의 말을 중얼거리며 초호기에 탑승하기로 결심한다(SYM. 대조B : 대리모).

(24) ACT. 초호기 출격

신지는 초호기에 탑승하여 양수와 흡사한 LCL 용액 속에 잠긴다(SYM. 대조B : 어머니). 신경 접속(A10)과 기계적 조작이 결합된 파일럿의 싱크로 방식은 생명체인 동시에 과학 기술의 인공적 산물인 에반게리온의 이중성에 대한 암시이다(HER. 수수께끼 1 : "에반게리온의 정체는 무엇인가?" : 부분적 대답; REF. 일본 애니메이션과 SF장르의 코드). 신지는 테스트를 거치지 않고도 기적적인 싱크로율을 나타내며 폭주 없이 초호기에 싱크로한다. 이는 신지가 초호기의 파일럿으로 이미 정해진 자임을 말해주며, 초호기와 신지의 본능적인 결합 능력을 확인시켜준다(HER. 수수께끼 6 : "신지가 파일럿으로 소환된 이유는 무엇인가?" : 부분적 대답; SYM. 대조B : 원초적 통합). 이 부분에서 "사도를 쓰러뜨리지 않는 한 미래는 없다"는 겐도의 혼잣말은 그의 목적에 관한 수수께끼의 모호한 대답이다. 그의 말이 인류의 생존을 지키겠다는 결의의 표현이라면 그것은 속임수이며, 17 사도들을 차례대로 쓰러뜨림으로써 결국 정해진 시나리오에 따라 서드 임팩트를 초래하고자 하는 본심의 누설이라면 그것은 진실이다. 이 같은 이중적 해석의 가능성 또한 모호한 대답의 이질적인 목소리들을 형성한다(HER. 수수께끼 5 : "젠도의 목적은 무엇인가" : 모호한 대답). 초호기 발진 신호와 함께 제1화는 끝난다.

지금까지 〈에반게리온〉 제1화를 통해 다섯 개의 코드들이 서로서로 횡단하는 텍스트의 위상학을 살펴보았다. 이를 통해서 다시 읽기는 최종적인 시니피에에 도달하기 위한 분석의 방법이 아니라 시니피앙을 복수화하는 놀이임을 확인하였다. 놀이가 아니라면, 이처럼 비경제적인 방식의 다시 읽기가 도대체 무슨 소용이 있을 것인가?

특히 이 서사물에서는 해석학적 코드와 상징의 코드와 의미소가 동시적으로 진행하면서 텍스트의 무늬를 만들어가는 과정이 매우 흥미롭다. 다음 소제목에서는 텍스트의 나머지 부분들에서 이들 세 개의 코드가 어떻게 각각의 체계를 형성하고, 그것들이 어떻게 서로 얽혀 여러 겹의 목소리를 만들어내는지 계속해서 살펴보기로 한다.

2) 코드들의 네트워크

하나의 텍스트에서도 코드들의 네트워크로 들어가는 입구는 무수하다.(p.22) 우리는 그중에서 사도의 정체(수수께끼 2)와 관련된 해석학적 코드로부터 출발해보자. 〈에반게리온〉은 정보량이 많으면서도 일일이 설명을 하지 않고 단서들을 툭툭 던지며 빠르게 스쳐 지나가는 방식으로 진행되는데, 이러한 방식은 커뮤니케이션에 실패할까 두려워 '의미론적 수다떨기'(p.85)에 열중하는 고전적인 읽는 텍스트와의 뚜렷한 차별성을 보여준다. 〈에반게리온〉의 해석학적 코드들은 해독될 진실을 향해 나아감으로써 완성되는 논리의 닫힌 체계라기보다는, 속임수·모호한 대답·부분적 대답·지연된 대답·차단된 대답 등으로 이루어진 질문과 대답 사이의 느린 영역들(pp.81~83) 그 자체이다. 그래서 해석학적 코드의 실을 따라가는 일은 논리상의 공백과 불충분한 대답들이 만들어내는 소음들을 추적하는 일이기도 하다.

5화에서 리츠코는 사도의 샘플을 검사한 결과 "구성 소재는 달라도 신호의 배치와 좌표는 인간 유전자와 99.89% 일치한다"고 말한다. 10화에서는 아직 다 자라지 않은 번데기 상태의 사도가 발견된다. 13화에서 네르프의 메인 컴퓨터인 마기에 침입한 사도는 하드적인 속성을 지닌 일종의 프로그램과 흡사하다. 23화에서는 제1사도가 "15년전에 사라진 신"이라 표현된다. 극장판 25화에 이르면 결국 사도는 다른 형태를 선택한 인간의 또 다른 가능성들이었으며, 인간은 공동의 모체인 '릴리스'[9]에게서 태어난 18번째 사도였다는 사실이 공개된다. 그러나 이렇게 최종적인 대답이 제시된 후에도 사도는 여전히 신비하고 비밀스러운 존재로 남아 있다. 이는 기존에 주어진 정보들이 하나의 시니피에를 향해 진전하는 완전한 고리를 이루는 대신, 서로 모순을 일으키고 제각기 이질적인 목소리를 내는 시니피앙들의 더미와도 같기 때문일 것이다.

한편 사도의 정체에 관한 수수께끼를 푸는 일은 '인간 / 신'이라는 상

---

9   아시리아 신화에 따르면 릴리스는 이브에 선행하며 아담의 갈비뼈가 아니라 (아담과 동시에) 대지의 먼지로 만들어진 존재이다. 릴리스는 수동적인 어머니의 역할을 거부하여 지옥에 던져지고, 수많은 전설을 통해 마녀와 뱀파이어의 배후 인물이 된다. Rosemary Jackson, 서강여성문학연구회 역, 『환상성 : 전복의 문학』, 문학동네, 2001, 198면.

징의 코드를 탐색하는 일이기도 하다. 이미 언급된 바와 같이 인간과 사도라는 적대적이고 대립적인 상징의 두 계열은 해석학적 코드의 사슬이 전개됨에 따라 점차 뒤섞이고 차이가 무화된다. 그 결과 영원을 분할하는 상징의 장벽이 붕괴되고, 차이에 근거한 의미가 폐기된다. 1화에서는 아직 제기되지 않았던 또 다른 중요한 수수께끼인 '서드 임팩트'는 삶과 죽음, 자아와 타자의 경계(AT 필드)가 사라지는 지구의 대혼돈을 의미하는데, 서드 임팩트란 상징적으로는 의미론적·계열적 극의 신성한 분리(p.72)가 철폐되면서 발생하는 의미의 대혼란에 다름 아닐 것이다.

이와 같은 계열적인 무너짐une chute paradigmatique(pp. 191～192)은 에반게리온에 의해서도 촉발된다. 23화에 의하면 제1사도를 인간의 힘으로 부활시키고자 한 것이 '아담'인데, 거인의 형상을 한 아담은 십자가에 못 박혀 '롱기누스의 창'에 찔린 상태로 네르프 지하에 숨겨져 있다.[10] '피프스 칠드런'의 모습으로 나타난 17번째 사도 카오루는 24화에서, 에바는 "아담의 분신"이며 사도나 인간과 마찬가지로 "릴리스의 종種"이라고 말한다. 이를 통해 제1사도를 복제한 것이 아담이며, 아담을 복제한 것이 에반게리온임을 짐작할 수 있다. 이러한 복제의 사슬을 거치며 인간과 신이라는 분리된 두 세계는 에반게리온 안에서 하나로 융합되고, 인간의 세계를 지켜야 할 에반게리온은 역설적이게도 서드 임팩트를 격발시키는 상징적 기능을 담당하게 된다. 〈에반게리온〉에서 해석학적 코드와 상징의 코드는 이렇듯 긴밀하게 얽혀 있다. 이야기의

---

10 24화에서 카오루는 이것이 (아담이 아닌) '릴리스'라고 말하는데, 23화의 설명이 속임수인지 아니면 아담과 릴리스 사이의 또 다른 관계를 의미하는 것인지는 분명하지 않다.

인과성과 순차성은 상징들에 의해서 끊임없이 수정되고, 또한 의미들의 동시성은 해석학적인 기대와 종결의 원리에 의해 번번이 수정된다. 하나의 목소리는 결코 다른 목소리에 의해 규정되지 않으며, 코드들 간의 위계는 끝까지 불확정 상태로 남는 것이다.

에반게리온의 정체(수수께끼1)는 '아버지 / 어머니'라는 또 다른 상징의 축과도 불가분의 관계로 연결되어 있다. 7화에서 신지는 엔트리 플러그에서 피냄새가 난다고 말하면서도 "그런데 왜 이렇게 편안할까?"라고 자문한다. 16화에서 초호기의 생명 유지 기능이 저하되어 무의식 상태에 빠진 신지는 자궁 속의 태아와도 같은 모습을 하고 있으며, 자신을 부드럽게 안아주는 어머니의 모습과 따뜻한 목소리를 느낀다. 에바 초호기 안이 어머니의 태내와도 같은 이미지를 지니는 것은 21화에 나오는 과거의 사건을 통해 설명이 가능하다. 10여 년 전 신지의 어머니인 유이는 에바와 관련된 모종의 실험 도중 사고로 죽게 되는데, 이때 그녀의 영혼이 초호기와 동화된 것으로 보인다.[11] 초호기를 두고 "그녀가 눈을 떴다"고 하는 리츠코의 말(9화)이나 "에바에는 사람의 의지가 포함되어 있다"는 말(20화)은 모두 에바 안의 어머니(들)의 존재를 암시하는 것으로 추정된다. 초호기에 동화된 유이의 존재는 오직 신지만이 초호기와 싱크로할 수 있는 이유(수수께끼6)에 대한 대답이기도 하다.

〈에반게리온〉에서 어머니는 자아와 타자의 미분화 상태, 또는 원초적 통합을 상징한다. 어머니의 상징성은 성숙과 독립을 두려워하는 신

---

11 이와 유사하게 이호기 안에는 '세컨드 칠드런'인 아스카의 어머니가 동화되어 있는 듯한데(22화, 극장판 25화), 이와 관련하여 에바의 파일럿들이 모두 어머니가 없는 아이들이라는 점은 주목할 만하다.

지의 퇴행 욕구와 관련되며, 타자들과의 온전한 통합이라는 신지의 또 다른 욕망을 대표한다. 반면에 아버지 겐도는 신지에게 있어 정체성의 확립이라는 상징적 의미를 지닌다. 신지는 아버지의 칭찬을 받기 위하여 에바에 탑승하는데(12화), 이는 자신이 아버지에게 버림받은 쓸모없는 존재가 아니라는 사실을 증명하기 위한 것이다. 이렇게 아버지는 타인들과 구별되는 자기 자신이 되기 위한 신지의 긴 성숙의 과정을 추동한다. 신지의 성숙과 자아 찾기 과정은 미사토와 리츠코, 그리고 다른 파일럿들 각자의 정체성 문제와도 결부되면서 강력한 의미소로 떠오른다. 〈에반게리온〉의 해석학적 공간과 상징적 공간은 의미론적 공간(의미소)과도 밀착되어 조밀한 네트워크를 이루고 있는 것이다.

한편 어머니의 상징성은 레이의 정체에 관한 비밀(수수께끼4)과도 깊이 연루되어 있다. 죽은 뒤에도 신지의 곁에 남아 그를 지켜주는 어머니의 이미지는 레이를 통해서도 강조된다. "너는 죽지 않아. 내가 지킬 테니까"(6화)라고 말하고는 목숨을 걸고 초호기를 엄호하는 영호기의 모습은 어머니의 모성을 연상시킨다. 신지는 레이의 비밀을 알지 못하면서도 그녀에게 어리광을 부리기도 하고 그녀와 어머니의 모습을 중첩시키기도 한다(16화). 레이가 복제인간이라는 사실은 그녀의 데이터가 전혀 존재하지 않는다는 점과, "이런 때는 어떤 표정을 지어야 하는지 모르겠어"(6화), "내가 죽어도 대신할 것이 있으니까"(19화), "난 아마세 번째일 거야"(23화)와 같은 레이의 말들을 통해 간접적으로만 암시되다가, 지하 실험장의 수조 속에 떠 있는 수많은 레이들의 모습(23화)이 공개되면서 폭로된다. 레이와 겐도 사이의 남다른 친밀감(5화), 아버지에게 반항하는 신지의 뺨을 때리는 레이의 모습(5화), 겐도를 사랑했던 아카기 박사가 레이에게 품는 살의(21화) 등을 고려하면, 레이는 신지의 어머니인 유이의 유전자를 복제하여 만들어진 존재임을 짐작할 수 있다. 유이는 초호기 안의 영혼뿐 아니라 레이의 육체를 통해서도 신지의 곁에 살아 있는 것이다. 삶과 죽음, 인간과 신의 경계를 허무는 복제인간 레이는 에반게리온과 마찬가지로 '약속의 때'에 서드 임팩트라는 대혼돈을 불러일으키는 결정적 역할을 담당한다.

아버지의 상징성이 이분법적 질서와 의미의 세계로 통한다면, 어머니의 상징성은 이분법의 초월과 혼돈의 세계로 이어질 수 있다. TV시리즈의 결말이 서드 임팩트의 발발 여부를 상대적으로 덜 중요하게 취급하면서 신지의 자아 찾기라는 정체성 문제를 부각시킨 반면, 극장판에서는 서드 임팩트 이후 삶과 죽음, 인간과 신, 자아와 타자의 경계가 무화된 거대한 통합과 혼돈의 세계를 그려 보인다. 이는 '아버지 / 어머니'라는 상징의 두 대립항이 저마다의 결말을 찾아 분리되어 나타난 것으로도 이해될 수 있다. 그런데 TV 시리즈의 결말은 자아란 타자들에 의해서만 존재하는 것이며, 신지의 내면은 타자들의 목소리가 아우성치며 각축을 벌이는 장임을 보여준다. 또 극장판에서는 자아의 경계를 포기하지 않고서도 타자를 이해하고 좋아함으로써 하나가 될 수 있다는 또 다른 가능성이 암시된다. 이렇게 보면 〈에반게리온〉의 서로 다른 결말은 제각기 자신의 지배적 의미를 전복하면서 상징적 양극의 대립을 파기한다. 나아가 신지의 자아 찾기는 서드 임팩트와 맞물려 전개되는 네르프의 '인류 보완 계획'[12]의 일환(25화, 수수께끼3)이며, 겐도

---

12 네르프의 인류 보완 계획은 '실패한 군체로서의 폐색한 인류를 완전한 단체로서의 생물로 인공 진화시키는 계획(극장판 25화), 또는 인간 개개인이 지닌 마음의 결여와 공백을

가 제레 위원회를 배반하면서까지 서드 임팩트를 일으키려 한 것은 죽은 아내 유이와 융합하기 위해서이다(극장판 25화, 수수께끼5). 이렇게 상징적 분리의 장벽이 붕괴함과 동시에 '아버지 / 어머니'의 상징적 대립에 근거하는 모든 의미는 스스로를 지워버린다.

바르트가 말하는 고전적인 읽는 텍스트에서 요점은 언제나 최후의 진실에 놓여 있다.(p.177) 그러나 〈에반게리온〉에는 최종적 의미가 부재하며, 희미하게 지워진 채로 이리저리 포개어진 수많은 의미들이 산재할 뿐이다. 한편 고전적인 읽는 텍스트는 작가가 시니피에를 먼저 고안한 뒤 그것에 적합한 시니피앙들을 선별하는 과정을 거쳐 만들어졌을 것이라는 인상을 준다.(p.179) 반면에 〈에반게리온〉은 오히려 개념들의 단결을 해치는 시니피앙의 상상력에 의해 태어난 것처럼 보인다. 〈에반게리온〉은 지배적 의미를 구축하는 대신에 이를 흩뜨리고 교란하는 복수적인 목소리들의 간섭을 조장한다.[13] 이런 이유들 때문에 〈에반게리온〉은 수용자가 얼마든지 새로 쓸 수 있는 바르트적 관점의 현재적인 텍스트라 할 만하다.

바르트의 다시 읽기 이론은 텍스트를 횡단하는 코드와 체계와 목소

타자들로 채우기 위한 계획(25화)으로 설명된다. 인류 보완 계획은 써드 임팩트의 발발과 더불어 진행되는 것이므로, TV 시리즈와 극장판은 양자택일이 아니라 동시적 병행의 관계로 이해되어야 할 것이다.

13 이미 살펴본 것들 이외에도 〈에반게리온〉은 애니메이션 사이에 불쑥 삽입된 실사 시퀀스들(극장판), 각 장의 일본어 제목과 영어로 표기된 제목 사이의 의도된 불일치들, 난데없이 수시로 튀어나오는 검은색 화면 위의 자막들 등이 극심한 노이즈와 의미론적 잉여를 산출한다. 이런 특징들은 좁은 의미의 언어 텍스트에서 발생하는 효과를 극대화시킨 듯한 인상을 준다.

리들의 복수성을 증명하고, 차이들의 무한성 속으로 의미를 분산시키는 놀이임을 확인하였다. 그는 이미 굳어진 권위적인 해석들로 인해 이제는 새로 쓸 수 없는 텍스트로 남은 문학적 고전들을 다시 읽기 놀이를 통해 되살려내기를 소망했다. 이는 오늘날 '문학'이 과거적인 텍스트들의 박물관과도 같이 변해버린 상황에 대한 냉정한 진술이자 애도의 표명이며, 또한 대응의 노력일 것이다.

한편 바르트의 서사 이론은 기존의 단성적 읽기 방식에 저항하는 모호하고 열린 텍스트들에 가치를 부여한다. 텍스트의 복수성을 강조하는 바르트의 이론은 텍스트의 모든 분편들이 궁극적으로는 단일하고 지배적인 의미로 통합되게끔 '잘 짜인' 텍스트가 지닌 한계를 우회적으로 드러낸다. 이를 통해 바르트는 우리로 하여금 전통적 읽기 방식뿐 아니라 좋은 텍스트에 관한 기존의 가치 기준 또한 반성하게 만든다. 그동안 우리는 문학 텍스트가 일종의 노이즈를 상연한다는 데 기본적으로는 동의했다 할지라도, 최종적인 이름을 붙일 수 있는 '투명한 노이즈bruit clair'(p. 139)를 높이 평가해온 경향이 있다. 이는 결국 쓰는 텍스트가 아닌 읽는 텍스트에 대한 뿌리 깊은 경의를 대변하는 것이었다. 우리의 그런 태도가 문학이란 이름으로 창작되는 텍스트들을 읽는 텍스트로 고착시키고, 그 결과 문학을 생명력이 소진된 죽은 텍스트들의 집합으로 만들었던 것인지도 모른다.

오늘날 복수성을 현저히 실현하는 텍스트들은 이러한 고정관념의 바깥, 문학의 바깥에서 더욱 활발히 생산되고 있는 듯하다. 애니메이션과 영화 등 대중적인 영상 서사물들은 애초부터 일종의 놀이였으며, 읽는 텍스트를 구속하는 심각함과 진지함과 최종적 의미에 대한 중압

감으로부터 자유롭다. 〈에반게리온〉은 그 좋은 예로서, 우리는 텍스트의 복수성을 확장하는 다시 읽기 놀이를 통해 〈에반게리온〉의 쓰는 텍스트로서의 잠재적 가능성을 확인할 수 있었다. 이렇게 바르트의 다시 읽기 이론을 대중적인 영상 서사물에 적용해봄으로써, 우리는 문학과 비문학을 가르는 경계와 여기에 개입하는 완고한 가치의 이데올로기를 전면적으로 의심해보게 된다. 그렇다면 오늘날 문학을 다른 서사 텍스트들과 구별하게 하는 또 다른 기준은 무엇일까? 혹은 그러한 기준을 찾는 일 자체는 아직도 여전히 유효한 것일까? '지금까지' 문학이란 무엇이었는가에 대한 바르트의 대답은, '바로 지금' 문학이란 무엇인가라는 또 다른 질문이 던져지는 자리이기도 하다.

텍스트를 재구축하기보다는 파편화된 기표들 자체를 중시하는 바르트 이론의 성격 때문에, 바버라 존슨은 데리다 등과 같은 해체주의자deconstructionist와 구별하여 그를 반구성주의자anti-constructionist라고 부르기도 했다.[14] 하지만 한편으로 고전적인 읽는 텍스트가 의존하고 있는 다양한 코드들과 글쓰기 관습들을 명명하고 분류하고 과학적으로 기술했던 바르트의 구조주의적 지향 또한 결코 소홀히 취급될 수 없다. 컬러의 표현처럼 그는 마치 "구조주의와 후기구조주의의 논점들이 아주 상이한 움직임으로 간주되고 있다는 사실을 모르는 것처럼 철저하게 양쪽의 형식을 둘 다 채택하고 있"[15]는 것이다. 바르트의 이론은 서사 이론의 지형도 위에 위치한 단일한 어느 지점이라기보다는 오히려

---

14 Barbara Johnson, *The Critical Difference*, Baltimore : Johns Hopkins University Press, 1980, p.7.
15 Jonathan Culler(1982), p.26.

상충하는 힘들의 복합적인 공존을 그려내는 우리의 지형도 자체를 압축해놓은 하나의 모델과도 흡사할지 모른다.

2장 화이트
역사 서술의 허구성과 문학성

화이트Hayden White는 자신의 이론을 메타역사metahistory, 또는 역사시학 the poetics of history이라고 부른다. 그는 역사적인 저술들을 서사적 산문의 담화 형식으로 다루고, 특정한 역사적 설명의 패러다임으로 작용하는 시적인 심층구조를 탐구한다. 모든 역사 서술은 현저한 비유의 형식과 여기에 수반되는 언어학적 규약linguistic protocol들로 이루어지며, 그것들은 메타역사적인 기반을 지닌다는 것이다.[1] 이를 통해 그는 역사와 문학, 진실과 허구 사이의 근본적 차별성과 위계화된 이분법을 해체하고, 역사적 사실주의의 허구적이고 미학적인 성격을 드러낸다. 문학사가나 예술사가들이 "사실주의 예술의 '역사적' 구성 요소는 무엇인가?" 라고 질문했다면, 그는 "사실주의 사학의 '예술적' 요소는 무엇인가?"를 묻는 것이다.(p.3) 후기구조주의 서사 이론은 이처럼 학제 간 연구in-

---

Hayden White, *Metahistory : The Historical Imagination in the Nineteenth-Century Europe*, Baltimore and London : The Johns Hopkins University Press, 1973, p.xi. 이후 이 장에서 이 책의 참조와 인용은 본문의 괄호 안에 페이지 수로만 표기하기로 한다.

terdisciplinary의 성격을 띨 뿐 아니라, 학문의 연구 대상과 존재 근거와 그
것의 근본적인 토대를 이루는 사고방식 자체를 의심하고 분석한다.[2]

화이트에게 있어 역사가의 이데올로기와 윤리적 관점은 담화의 여
러 형식적 요소들을 결합하는 중심 요소이다. 역사narrative history란 연대
기annal나 편년사chronicle와는 달리 시작도 끝도 없는 시간의 흐름에 어떤
구조를 부여하고 기승전결이 있는 하나의 이야기로 만드는 행위의 산
물인데, 이때 사건들의 선택과 배열을 결정하는 것은 그 이야기를 집필
하는 역사가의 시각과 입장일 수밖에 없다는 것이다.[3] 화이트의 서사
이론은 이야기를 만드는 자로서의 주체의 위상과 그 이데올로기적·
윤리적 성격에 대한 관심의 측면에서도 구조주의 서사학을 넘어선다.

1. 역사 서술의 형식들과 메타역사적 심층 구조

화이트의 이론적 관심은 19세기의 사학 사상가들이 동일한 역사의
자료(특히 프랑스 혁명과 관련된)를 고찰했음에도 불구하고 그 의미와 중요
성에 관해 그토록 상이하고 때로는 배타적이기까지 한 결론을 내리게
된 이유는 무엇인가 하는 질문에서 출발한다. 그는 가치중립적인 형식
주의의 방법을 통해서 19세기 유럽의 상충하는 사실주의들을 상대화

---

2   손영미, 「서사학과 포스트휴머니즘」, 『내러티브』 제9호, 2004.10, 17면 참조.
3   위의 논문, p.21.

하여 바라보고, 그 서로 다른 해석 전략들을 구조적으로 설명해낸다. 그는 우선 역사가들의 서술 전략을 플롯 구성emplotment에 의한 설명, 형식 논증formal argument에 의한 설명, 이데올로기적 함축ideological implication에 의한 설명 등으로 나누고, 그것들 각각을 네 가지 형태로 유형화한다.

플롯 구성에 의한 설명이란 역사가가 연대기적으로 나열된 사건들을 처음·중간·끝을 지닌 스토리의 구성 요소로 전환시킴으로써 의미를 부여하는 방식을 말한다. 화이트는 프라이의 견해에 따라 플롯 구성의 유형을 로망스·비극·희극·풍자의 네 가지 원형적 이야기 형식으로 분류한다. 로망스는 자기 확신의 드라마로, 경험세계에 대한 영웅의 최종적 승리와 인간의 궁극적 해방을 이야기한다. 달리 말하면 로망스는 악에 대한 선의 승리, 암흑에 대한 광명의 승리를 보여주고 타락한 세계로부터 벗어나려는 인간의 초월성을 구현한다. 이에 반해 풍자는 분열의 드라마이며, 인간이 세계의 주인이 아닌 노예라는 인식에 의해 지배되는 이야기이다. 풍자의 플롯에서 인간의 의식과 의지는 결과적으로 자신의 적인 죽음의 폭력을 극복하는 데 적합하지 않음이 밝혀진다.

풍자에 비하면 희극과 비극은 적어도 부분적으로는 인간이 타락한 상태로부터 해방될 수 있다는 가능성을 제시한다. 이 잠정적인 승리는 희극과 비극에서 각기 다른 방식으로 나타난다. 희극에서 세계와 인간의 일시적 화해는 축제의식으로 상징되는데, 축제의식은 희극의 플롯으로 된 이야기에서 흔히 변화와 변전에 대한 극적인 설명을 마무리하는 데 사용된다. 희극의 플롯에서는 사회적 조건들이 건전하고 유익한 것으로 받아들여진다. 따라서 비록 갈등을 필연적인 것으로 수용하긴

하지만, 갈등은 조화와 결합을 낳는 과정으로 이해된다. 이에 비해 비극에는 희극과 같은 축제의식이 없으며, 때로는 갈등보다 무서운 분열이 암시되기도 한다. 그러나 비극의 결말에 일어나는 주인공의 몰락은 시련 속에서도 살아남은 자들에게는 더 이상 위협이 되지 않으며, 그들은 인간 존재를 지배하는 법칙의 현현이라는 일종의 보상을 얻게 된다. 그런 의미에서 비극의 결말은 일종의 화해를 보여주는데, 여기에는 이 세계에서 시련을 겪으며 살아가야 한다는 데 대한 인간의 체념이 반영되어 있다.

역사가는 '무슨 일이 일어났는가'를 밝히는 이 같은 설명 방식 이외에도, 사건 전반의 핵심은 무엇이고 '결국 그 사건은 어떻게 되었는가'라는 추리적 논증의 방식을 활용한다. 화이트는 논증의 형식 역시 네 가지로 나누는데, 형태론·유기체론·기계론·맥락주의가 그것이다. 형태론자Formist의 목표는 역사의 장에 존재하는 '다양한' 대상의 '독특한' 성격을 밝히는 데 있다. 형태론자는 역사의 다양성과 명암의 생동감을 표현하는 것을 주된 과제로 여기고, 역사의 장을 스펙트럼으로 이해한다. 따라서 형태론적 논증은 인상주의적이고 분산적인 성격을 띠게 되며, 개념의 일반화라는 면에서의 정확성은 상대적으로 감소하는 경향이 있다.

유기체론자Organicist는 역사의 장에서 찾을 수 있는 특수성을 종합적인 과정의 구성 요소로 설명하고자 한다. 유기체론의 핵심에는 소우주와 대우주의 상관 관계라는 패러다임에 대한 형이상학적 열정이 자리하며, 개체의 실체는 부분의 총화보다도 더 큰 전체(역사 과정)로 통합된다고 하는 기본 전제가 깔려 있다. 유기체론적 논증에 의해 서술된 역사는 목적이나 목표를 설정하는 경향이 있고, 역사의 법칙이 아닌 '이념'을 중시한다. (헤겔의 저술에서 그러했듯이) 유기체론적 논증에서 역사의 이념은 대체로 인간의 본질적인 자유에 대한 보장책으로 작용한다.

기계론자Mechanist의 설명은 통합적이라기보다는 순환적이며, 인과법칙의 발견에 의존한다. (막스의 경우처럼) 기계론자들은 물리학의 법칙이 자연을 지배하는 것과도 같이 역사의 운동을 지배하는 법칙이 있다고 생각한다. 형태론의 관점에서 보면 기계론은 유기체론과 마찬가지로 환원적이고 추상적이라고 말할 수 있다.

맥락주의자Contextualist의 논증 방식은 이 같은 위험을 피하면서도 형태론적인 인상주의를 벗어나는 대안일 수 있는데, 맥락주의에서 강조되는 것은 역사의 장에서 벌어진 사건의 '기능적' 의미와 중요성이다. 맥락주의자들은 주변의 역사적 공간에서 발생한 다른 사건들과의 특수한 관계(맥락)를 밝힘으로써 개별적 사건을 설명한다. 그들은 역사의 장을 수많은 실로 짠 직물로 이해하며, 단순히 유사성과 차이점에 입각하여 사건의 실체를 파악하려는 형식주의자들과는 달리 설명하고자 하는 사건을 다른 상황들과 연결하는 '끈'을 찾고자 한다. 한 사건의 기원이나 영향을 탐구하고 사건을 일시적이고 제한된 성격의 연쇄 속에 결합하는 맥락주의의 이런 방식을 화이트는 '현상의 상대적 통합'이라고 부른다.

다음으로 화이트는 이데올로기적 설명 방식에 관해 언급한다. 현상에 관한 모든 역사적 설명에는 반드시 이데올로기적인 요소가 내포되어 있는데, 이는 역사가의 가설에 반영된 윤리적 요소라고 할 수 있다. 그는 '이데올로기'를 사회적 관습과 그에 대한 반응과 관련된 '현재의 입장을 설명하는 일련의 체계'라고 정의하고, 이를 보수주의·자유주의·급진주의·무정부주의의 네 가지 형태로 유형화한다. 이들 각각의 차이는 바람직한 사회 변화의 방향과 속도와 수단에 대한 견해 차이로 설명될 수 있다.

보수주의 이데올로기가 사회 변화에 대해 가장 회의적이라면, 자유주의와 급진주의와 무정부주의는 이에 대해 대체로 낙관적이다. 보수주의자들이 사회의 변화를 식물과 같은 점진적 성장으로 본다면, 자유주의자들은 이를 멋진 전환점으로 보는 경향이 있다. 그러나 이들은 모두 사회의 근본 구조를 건전한 것으로 받아들이므로 사회의 변화를 구조적인 차원에서 이해하지 않는다. 반면에 급진주의자와 무정부주의자들은 구조적인 변화의 필요성을 믿는다. 급진주의자가 새로운 기초 위에서 사회를 재건하는 데 주력한다면, 무정부주의자는 사회를 무너뜨리고 인간성에 기초한 개인의 공동체를 이루는 데 관심을 둔다.

역사 서술의 담화 형식이란 플롯 구성과 논증과 이데올로기적 측면이 상호 작용하여 이루어지는 독특한 결합체이다. 그런데 이 결합에는 어떤 '선택적인 유사성'(p.29)이 작용하며, 그것은 구조적 동질성에 근거를 둔다. 예를 들어 (랑케의 경우와 같이) 화해의 개념이 중심 테마가 되는 희극의 플롯 형식은 역사의 장에 존재하는 통합적인 구조와 섭리를 발견하려는 유기체론적 논증 형식과 쉽게 결합한다. 그리고 이렇게 결합된 역사 서술의 이데올로기 측면은 분명히 보수주의적 성격을 띨 것이다. 한편 격변의 가능성을 낙관하는 급진주의적 이데올로기는 (막스의 경우처럼) 종종 역사의 과정에 대한 과학적 법칙을 신뢰하는 기계론과 결합하는 경향이 있는데, 이런 형식이 세계에 관한 모든 이론 체계를 부정하는 풍자의 플롯과 결합하는 것은 불가능하다. 화이트는 이러한 선택적 유사성을 다음의 도식으로 설명하였다.

〈표〉 역사 서술의 담화 형식

플롯 구성의 형식	논증 형식	이데올로기의 형식
로망스 형식	형태론적 형식	무정부주의 형식
비극 형식	기계론적 형식	급진주의 형식
희극 형식	유기체론적 형식	보수주의 형식
풍자 형식	맥락주의적 형식	자유주의 형식

그러나 화이트에게 있어서 이 같은 도식은 형식들의 필연적 결합 법칙을 뜻하는 것은 아니다. 그는 오히려 특정한 하나의 형식을 그것과는 전혀 어울리지 않는 다른 형식들과 결합하려는 시도가 위대한 역사가들의 저술에서 종종 변증법적 긴장을 산출한다고 지적한다. 이상과 같은 분석을 통해 화이트는 어떤 역사적 설명의 형식이 다른 형식보다 사실적이라고 주장할 수 있는 이론적 근거란 존재하지 않으며, 역사가와 그의 독자는 상반되는 설명 전략과 서로 다른 결합 형식들 가운데 어느 하나를 '선택'할 수 있을 뿐이라고 주장한다.(p.xii) 그리고 그 선택의 근거는 인식론적인 것이 아니라 심미적이고 도덕적인 것이라고 그는 말한다.

한편 화이트에 의하면, 역사의 장에 대한 역사가의 위와 같은 형식화 행위에 선행하는 것이 예시적豫示的 : prefigurative 또는 시적 행위이다. 역사가는 역사의 장을 표현하고 설명하기 위해 개념과 형식들을 부여하기에 앞서, 먼저 그것을 인식 가능한 형태로 변형해야 한다. 역사가는 새로운 언어에 부딪힌 문법학자와도 같이 역사의 장에 관한 어휘와 문법과 문장의 요소를 구분함으로써[4] 완전한 언어학적 규약을 구성해야 한다는 것이다.(p.30) 그는 또한 그러한 언어학적 규약에는 명백한 비유 형식이 내포되어 있으며, 그것이 바로 역사적 상상력의 심층 구조의 형태를 분류하는 근거가 된다고 주장한다.

그가 제시한 비유의 근본 형식은 은유·환유·제유·아이러니의 네 가지 형식이다. 화이트에 의하면, 은유는 본질적으로 표상적representational이고 환유는 환원적이며 제유는 통합적이고 아이러니는 부정적negational이다. '내 사랑 장미'와 같은 은유적 표현이 장미를 애인의 표상체로 내세우듯이, 은유는 서로 다른 두 대상 사이의 유사성을 강조한다. 대상과 대상 사이의 관계를 통해 세계를 예시像示하는 은유의 패러다임은 형태론이라는 설명의 형식을 통해 구체화될 수 있다.

환유는 '50개의 돛'이라는 표현이 '50척의 배'를 의미하는 경우처럼 전체를 사물의 한 부분으로 환원한다. 이와 달리 제유는 'He is all heart(그는 매우 자애롭다)'와 같이 전체 속에 내포된 어떤 특성을 강조하는데, 여기서 'heart'는 신체의 해부학적인 일부분이 아니라 신체적 특징과 정신적 특징이 결합된 한 개인 전체의 상징적 표현이다. 환유가 부분과 부분의 관계를 통해 대상을 부분의 총화로 이해한다면, 제유는 대상과 전체의 관계를 통해 부분의 총화를 질적으로 넘어서는 전체 내의 통합을 암시한다. 그런 의미에서 환유가 외재적 관계에 의존한다면, 제유는 내재적 관계에 근거한다고 말할 수 있다. 또한 환유적 예시가 흔히 기계론적 설명 방식으로 나타난다면, 제유는 유기체론적 방식과

---

4   '어휘'가 역사적 대상에 대한 명명 작업이라면, '문법'은 특정 시대의 공시적 분류 체계이고, '통사론'은 역사적 흐름에 관한 통시적 체계이다. '의미론'은 역사적 사건의 궁극적 의미를 밝히는 일과 관련되는데, 이는 역사철학적 관점과도 연관된다(p.274 참조).

관련된다고 생각해볼 수 있다.

끝으로 화이트가 설명하는 아이러니는 '차디찬 열정'의 경우와 같이 문자상으로 확인된 것을 비유의 수준에서 부정하는 어법을 지칭한다.[5] 아이러니는 역설적이고 자기 부정적이며, 그런 면에서 자의식적이고 메타적이기도 하다. 아이러니가 지닌 회의적인 성격은 그 예시의 패러다임을 풍자의 형식과 관련지을 수 있게 한다.

화이트가 보여주는 언어학적 수준의 규약들과 심층 구조에 대한 관심, 형식주의적 분류와 유형화에 대한 열정 등은 명백히 구조주의적이다. 한편 역사 텍스트를 서사적 담화의 한 형태로 보고 그 속에서 허구성과 문학성을 추출하는 그의 관점은 일면 해체주의적이기도 하다. 문학과 허구 서사의 영역에 머물러 있던 서사적 담화의 이론을 역사학과 결합시킨 그의 이론은 그 학제적 성격에 있어서도 후기구조주의적인 경향을 두드러지게 보여준다.[6] 그는 또한 역사라는 이야기를 구성하는 윤리적 주체로서의 역사가의 존재를 강조하는데, 이는 오늘날 서사화 행위의 주체로 인식되는 인간의 위상을 분명하게 예시한다.

화이트는 자신의 관점에 따라 미슐레 · 랑케 · 토크빌 · 부르크하르트의 역사적 저술들을 19세기 역사 서술의 네 가지 형태(네 가지 사실주의)로 파악하고, 헤겔 · 막스 · 니체 · 크로체의 역사철학을 이와 관련

---

5   참고로, 프라이는 아이러니 문학의 중심 테마가 영웅적 행동의 소멸에 있으며, 아이러니는 당혹한 좌절의 테마에 초점을 맞춘 비영웅적 비극의 잔재라고 설명했다. 그는 또 아이러니가 과거에는 영웅적으로 보인 것의 너무도 인간적인 양상이나 표면상으로는 서사시적인 행동의 모든 파괴적 양상을 강조한다고 말하면서, 아이러니를 낭만주의의 안티테제 또는 사실주의적 상황과 관련시킨다. Northrop Frye, *The Anatomy of Criticism*, Princeton University Press, 1957, pp. 224~237.
6   석경징 외, 『서술 이론과 문학비평』, 서울대 출판부, 1999, 24면.

된 메타역사적 텍스트로 다시 읽는다. 이어지는 부분에서는 화이트가 재구성하는 19세기 사실주의 역사가 네 명의 텍스트들을 구체적으로 검토해보자.

2. 19세기 역사적 사실주의의 네 가지 패러다임

19세기에 역사란 철학적 선입견에 빠지지 않고 이데올로기적 편견을 지니지 않으면서 '무슨 일이 일어났는가'를 이야기하는 것으로 이해되었고, 그런 의미에서 19세기 역사는 사실주의를 표방했다. 당시의 역사가들은 선택된 플롯 구성의 형식에 의해 이야기의 의미가 주어진다거나, 그 선택이 역사의 장을 예시하는 언어학적 규약과 관련된다고는 생각하지 못했다. 역사 서술의 근대적 패러다임을 대표하는 네 명의 사학자들은 자신이 의식하지 못하는 가운데 로망스·희극·비극·풍자의 플롯 형식을 선택했는데, 그들이 쓴 텍스트들의 심층구조적 비유 형식은 각각 은유·제유·환유·아이러니였다.

1) 미슐레 – 은유로 예시하고 로망스로 구성한 역사

흔히 낭만주의적 역사학파의 대표자로 꼽히는 미슐레는 자신이 지닌 낭만주의적 성향을 부정하고, 세계에 대한 사실주의적 이해에 접근하는 새로운 방법을 자신이 발견했다고 믿었다. 그는 자신의 사상을 비코의 『신과학』과 융합함으로써 사실주의 역사의 방법을 제시하고자 했는데, 그가 '집중과 반사concentration and réverbération'라고 불렀던 새로운 방법은 화이트가 보기에는 은유적 패러다임의 의미를 강조한 것에 지나지 않았다.(p.149) 다양성을 용해하여 이를 삶 속에 내포된 통일성으로 복구하려는 그의 방법은 기본적으로 은유적 예시와 형태론적 관점에 기초한 것이었다. 미슐레는 사물의 본질적인 동일성에 대한 은유적 이해에 입각하여 역사의 장을 형성하는 여러 실체들을 하나의 상징적인 융합, 생성을 지향하는 통합의 표상으로 보았다.

통합이라는 명백한 지향점을 지니고 있었으므로, 그는 역사 과정을 통합의 실현에 기여하는가 혹은 이를 방해하는가 하는 기준에 따라 이원론적으로 파악하였다. 그가 선택한 플롯 형식은 역사 과정을 유해하지만 일시적인 악과의 투쟁으로 이해하는 로망스의 형식이었다. 그의 『프랑스 혁명사Histoire de la révolution』(1847~1853)에서 혁명의 첫해는 암흑으로부터 광명이 나타나서 동포애를 지향하는 '자연적' 충동이 '인위적' 세력을 누르고 승리한 시점이었다. 그는 이때에 나타난 정신을 프랑스 정신의 순수한 상징적 표상으로 보는 은유적 동일화(p.151)를 반복한다. "동포애가 모든 장애물을 제거해버렸으며, 모든 동맹체들은 결속되고, 노동조합은 하나로 뭉치게 될 것이다. (…중략…) 그것이 바로 프랑스이다. 프랑스는 7월의 영광 속에 나타나서 그 모습을 바꾸어가고 있다"는 것이다.

또한 미슐레에게 있어서 모든 구체제는 인간을 서로 결합시키는 자연의 충동에 대한 인위적 장애물이었다. 그것들이 무너졌을 때 "인간은 서로 바라보고, 그들이 동류임을 발견하고, 오랫동안 서로 모른 채 지내온 사실에 놀라고, 그들을 수세기 동안이나 분열시킨 어리석은 증오심을 후회하고 상호 협조의 감정으로 서로를 포용함으로써 속죄하게 되었다"고 미슐레는 해석한다. 이처럼 그는 "가장 완전한 통합 속의 가장 풍부한 다양성"을 찬양한다. 미슐레는 자신을 자유주의자로 생각하고 그러한 명분에 봉사하기 위해 역사를 서술했지만, 사실상 그의 역사 개념에 나타난 이데올로기는 무정부주의적인 것이었다.(p.162) 그는 이상적인 상황을 모든 인간이 자연적으로, 자의에 의해, 어떤 인위적 간섭도 받지 않고 공통의 감정과 행위에 기초하여 통합되는 상황이라 생각했기 때문이다. 국가·국민·교회 등으로 대표되는 중간 형태의 여러 통합체들은 그에게 있어서는 바람직한 무정부 상태를 가로막는 장애물이었다.

미슐레는 프랑스 역사를 통해서 오직 1789년 한 해에만 순수한 통합을 보았다. 혁명의 첫해에 프랑스 민중의 완전한 통합이 달성되었다고 보았던 로맨스의 플롯은 적대 세력의 부활과 승리(일시적인 것이기는 하지만)에 대한 자각으로 인해 점차 퇴색해갔다. 이런 자각은 그의 텍스트에 사실주의적 색채를 더하게 하는 요소로도 작용했다. 역사가의 이상을 배반한 운명에 대한 그의 비극적 이해는 후기 텍스트들에 아이러니의 요소를 혼합하는 결과를 초래하기도 했다. 그러나 전 역사 과정에 대한 그의 낭만주의적이고 로맨스적인 플롯이 완전히 폐기된 것은 아니었다. 그는 인간의 삶 속에 내재한 악과 갈등의 영원한 회귀를 깊이 인식하지 않을 수 없었으나, 궁극적으로 그 영원한 회귀를 인간의 일시적인 상태로 해석하였다. 그는 역사가의 역할을 죽은 자에 대한 "기억"의 보존자로 규정하고(『19세기사』, 1872), 혁명의 이상을 회고함으로써 죽은 자의 음성을 되살려내고자 했다.

"그대의 회의 때문에 놀라지 마라. 회의는 이미 신앙이 되고 있다. 믿고 희망을 가지라! 늦게나마 정의는 반드시 오게 마련이다. 정의는 도그마와 세계를 심판할 것이다. 심판의 그날은 혁명으로 불리게 될 것이다"(『근대사개요』, 1828)라는 말은 그가 혁명 전야의 역사적 시기를 다루면서 민중을 향해 보냈던 메시지였다. 이 말은 이상적 사회의 실현이 점점 더 절망적으로 인식되던 혁명 후 시대에, 그가 자기 자신에게 건네는 말로도 들린다. 그는 결국 미래에서 이상을 추구하면서, 이상에 봉사했던 전사들(개인들)의 이야기를 서술하는 데 남은 생애를 바치게 된다.

2) 랑케 – 제유로 예시하고 희극으로 구성한 역사

랑케의 역사는 역사주의historism라고 불리는 아카데믹한 사실주의 사학의 모델로 평가된다. 랑케는 현실이 사실적으로 인식될 수 있다는 신념 아래, 이를 방해하는 근대 예술과 과학과 철학의 영향들에 대한 일관된 부정을 통해서 역사적 사실주의를 세워나갔다. 그는 낭만주의적 역사와 실증주의적 과학과 당시의 관념론 철학을 비판했고, 이러한 방법들을 부정한 후에만 사실주의적 역사 방법이 달성된다고 생각했다. 이같은 특수한 성격 때문에 화이트는 랑케의 사학을 다른 폭넓은 개념의 사실주의들과 구별하여 교조적 사실주의doctrinal realism(p.164)라고 부른다.

랑케는 은유적 패러다임과 유사하게 사건을 그것의 특수성과 고유성의 측면에서 인식했지만, 특수에서 보편으로의 운동에 입각하여 역사의 장을 궁극적이며 최종적인 통합의 장으로 파악하는 제유적 이해에 도달하였다. 그는 "특수성 그 자체에 대한 집착"을 비판하고 "특수성에 대한 성찰"에 의해서만 "보편적인 세계의 발전 과정"이 명확하게 드러난다고 강조하였다.(『라틴 및 게르만 민족사』, 1824)

랑케의 저술들은 플롯 구성의 차원에서는 희극적 뮈토스에 의존한다. (미슐레와는 대조적으로) 그는 역사의 장을 '자연'이 정의롭고 영속적인 '사회'로 대치됨으로써 종결되는 일련의 갈등들로 이루어진 것으로 생각했다. "얼마나 많은, 분열되고 세속적인 정신을 지닌 사회들이 각기 독자적인 방법으로, 세계의 모든 혼란에도 불구하고 도덕적 에너지에 고무되어 그것을 거역하지 않으면서 이상을 향해 성장·발전하고 있는가! 이러한 천체를 그 순환과 인력과 구조를 통해서 관찰해보라!"(「정치문답」, 선집 『형성의 시대』에 수록, 1950)는 그의 말에서 세계사의 과정은 목적을 지향하는 진보의 과정으로 나타난다. 그가 사용한 성장의 이미지는 분명히 유기체론적이며, 태양계의 이미지는 역사가 근본적 변화를 받아들이지 않는 기존 체계 내의 운동임을 암시한다.

랑케의 역사 서술이 지닌 이데올로기적 함의는 명백히 보수주의적이다. 「강국론」(위의 선집에 수록)에서 그는 혁명 이후 자신의 시대를 궁극적으로 달성된 시대로 보았고, 혁명이라는 대립과 조정의 과정을 통해 체계의 자동 조절 메커니즘이 완성된 것으로 이해했다.(pp.168~169) 그가 볼 때 유럽 문명은 평화로운 진보를 계속할 수 있는 최종 단계에 이르렀으며, 미래는 자신이 처한 현재의 무한한 확대에 불과했다. 랑케에게 있어서 민족국가의 구조는 완전한 균형 속에 존재하는 체계였다. 민족국가는 민족 특유의 정신을 구현한 것인 동시에 보편적인 유럽의 공통된 특성들을 토대로 하여 더 큰 공동체로 통합될 수 있게 하는 불변의 '이념'이었다. 따라서 그는 아직 민족국가의 자기실현 단계이 이르지 못한 모든 민족과 문명을 근대사의 진정한 여명기에 도달하지 못한 암야에 머물러 있는 존재로 여기는(p.173) 서구 중심적 근대주의의 오류를 범할 수밖에 없었다.

이처럼 랑케는 미슐레가 이상과는 동떨어진 나락으로 경험했던 혁명 후의 시대를 완성으로 받아들였으며, 미슐레가 민중과 적대자 중어느 한쪽이 구원 또는 파멸의 현현체로 규정되어야만 하는 적대적 투쟁으로 이해했던 것을 그는 보다 큰 통합에 기여하는 갈등의 스펙터클로 이해하였다. 궁극적 통합이라는 제유의 뮈토스는 희극의 꿈(p.190)이며, 개인에 대한 집단의 권리를 강조하는 의무와 복종의 희극은 보수주의적 이데올로기의 손쉬운 해답이다. 역사를 한 단계에서 다음 단계로 이행하는 점진적 운동으로 보고 최종 단계의 목표와 이념을 설정하는 유기체론의 논증 방식은 이 모든 형식적 요소들과 자연스럽게 결합한다. 랑케의 역사 서술에 나타나는 가장 안전하고 무리 없는 결합, 노이즈를 생성할 리 없는 이 안정된 결합을 화이트는 흥미나 공감을 주지 못하는 형식으로 평가한다. 그는 오히려 로망스의 플롯 구성으로 그것과 균열을 일으키는 혁명의 전개 양상을 설명하고 무정부주의적인 역사 개념으로부터 자유주의를 이끌어내려고 시도했던 미슐레의 혼란과 모순들을 그의 저술들이 지닌 격정의 아곤agon으로 높이 산다.(p.191) 요소들이 결합되는 패턴과 유형에 주목하면서도 매끄럽게 유형화하는 일을 방해하고 긴장을 유발하는 모순적 측면들에 더욱 관심을 표하는 이런 태도는 서사 담화와 텍스트 이론가로서 화이트가 위치한 지점을 시사해준다.

3) 토크빌 – 환유로 예시하고 비극으로 구성한 역사

화이트는 미슐레의 저술들이 보여주었던 격정의 에너지를 토크빌의 것에서도 발견한다. 토크빌은 미슐레나 랑케와는 달리 통합의 가능성을 구하지 않았으며, 미래를 희망의 공간으로 파악할 수 없었다. 토크빌에게 있어서 역사를 필연적인 투쟁의 장으로 만든 요소는 다음과 같은 것이었다. 인간은 인간에게 불가결한 사회의 질서로 구성된 것과, 인간답게 되는 것을 가로막는 악의 본질로 구성된 것, 이 "두 심연의 가장자리"(『미국의 민주주의』, 1835~1840)에 놓여 있는 존재라는 것이다. 모든 혼란을 막아주는 성채로서의 '사회'를 지탱하지 못하게 하는 인간의 어두운 심연에 대한 인식으로 인해 그는 어떤 희망도 가질 수 없었다.

그럼에도 불구하고 그는 순수한 아이러니스트들과는 달리 역사가 아무런 보편적 의미를 지니지 않는다는 사실을 인정할 수는 없었다. 그가 아이러니에 빠질 수 없었던 것은 도덕적 이유 때문이었다. "나는 절망에 빠뜨리는 사상에 내가 감염되지 않도록 해달라고 신에게 빌고 있다. 그렇다. 나는 모든 가시적 창조물의 핵심에 존재하는 인류가 그대가 말한 바와 같이 고약한 양떼라는 사실을 믿지도 않으며, 결국 우리들 인간의 양떼보다도 나을 것이 없고 때로는 더 악하기도 한 소수의 목자들에게는 미래도 희망도 없는 인간이라는 양떼를 구원할 아무런 길도 없다는 주장에도 나는 동의하지 않는다"(1857년 고비노에게 보낸 토크빌의 서한, 선집『유럽의 혁명과 고비노와의 서신 왕래』에 수록, 1959)는 그의 말은 역사에 관한 토크빌 자신의 개념이 지닌 윤리적 기초를 대변해준다.

그는 역사란 의미가 있으며, 이 의미는 인간 자신의 신비로운 성격을 통해 발견된다고 믿고 싶어했다. 그에게 인간이란 자연에서 탄생하여 이성과 의지에 따라 사회를 형성한 다음, 그가 창조한 사회와의 숙명적 투쟁에 빠져들어 역사적 변화의 드라마를 제시하는 존재였다.(p. 226) 결국 그는 역사의 진의란 인간의 영원한 투쟁과 인간 자신으로의 회귀라는 법칙 속에 존재한다고 결론을 내렸다.(p. 194) 역사 과정의 법칙론적 성격을 강조했던 그는 당시의 사회 문제들에 대해 종종 급진적인 입장을 취하곤 했으며 말년에 이를수록 그의 서술은 보수주의적 논조를 띠기도 했는데, 그럼에도 불구하고 인간의 미스터리에 입각한 그의 가치 개념은 그를 자유주의 이데올로기의 대변자가 되게 했다. 미래를 개척하는 인간의 능력을 찬양하면서도 그 모든 행동에 수반되는 위험과 고통을 상기시키고, 다시 투쟁을 고무하는 데로 돌아가는 끊임없는 운동 속에서(p. 205), 화이트는 비극적 사실주의자와 자유주의자로서의 토크빌의 면모를 발견한다.

토크빌의 역사 서술이 지닌 법칙론적 성격은 귀족주의 사회 형태의 쇠퇴와 민주주의 사회 형태의 발흥이라는 정치 · 사회 · 문화 · 역사의 큰 흐름과도 관련된다. 그는 귀족주의 사회 형태의 쇠퇴가 민주주의 사회 형태를 발흥시키는 작용을 한다고 생각했는데, 이 같은 설명은 전 역사 과정을 이용 가능한 유한한 에너지를 지닌 폐쇄적 체계로 보는 기계론적이고 인과적인 논증 방식에 근거한 것이다. 귀족주의자이기도 했던 토크빌에게 위의 과정은 고귀한 인간의 자질이 타락하는 과정이기도 했기 때문에, 역사는 비극적 드라마의 필연성을 지닐 수밖에 없었다.

토크빌에게 있어서 혁명은 선악의 잠재력을 모두 지닌 "새롭고도 무서운 사건"(『유럽의 혁명과 고비노와의 서신 왕래』)이었다. 그 사건의 성격과 그것을 지배한 법칙을 규명하는 일은 토크빌의 전 생애에 걸쳐 역사가로서의 중요한 과제로 남아 있었다. 토크빌은 혁명이 "장기간에 걸쳐 잉태된 필연적인 산물"이며 과거와의 급격한 단절이 아니라 혁명이 "파괴하도록 재촉한 바로 그 사회가 낳은 자연적인 결과"(『구체제와 혁명』, 1856)라고 설명함으로써 이 문제의 답을 찾고자 했다. 이렇게 함으로써 그는 혁명이 귀족문화의 어떤 단계에서 민주주의의 이념을 포용할 수 있게 하는 바람직한 역사적 조건으로 설명될 수 있게 했다. 이는 또한 귀족주의와 이에 대항한 혁명의 전통을 지니지 않은 미국의 민주주의에 비해 유럽의 민주주의가 더욱 긍정적인 에너지를 내장하고 있음을 강조하기 위한 전략이기도 했다. 화이트가 보기에 이 같은 설명의 전략에는 민주주의가 얼마나 유럽사에 적합한지를 보여줌으로써 보수주의자들의 공포를 덜어주는 한편, 신세계에서 발전한 민주주의의 결함을 드러내 보임으로써 급진주의자의 열정을 냉각시키려는 기본 의도가 깔려 있었다.(p.212)

토크빌은 역사가의 임무란 당대의 지평에 나타난 공격적인 새로운 요소와, 그것으로 인해 위협을 받게 된 낡고 쇠퇴하는 문화적 이념 사이의 '중재자'가 되는 것으로 생각했다.(p.195) 그는 자신의 시대가 본질적으로 귀족주의적이거나 민주주의적인 것이 아니라, 두 체제를 객관적으로 판단하고 미래를 위해 유익한 것이면 무엇이든지 받아들이는 역사적 시각을 요구하는 시대라고 보았다. 프랑스 혁명을 다루는 그의 관점은 결국 귀족주의와 민주주의를 선택적으로 결합하여 공동선共同善에 기여하려는 그의 윤리적 선택을 반영하는 것으로 이해된다.

4) 부르크하르트 ─ 아이러니로 예시하고 풍자로 구성한 역사

화이트에 의하면 아이러니 형식은 현실의 본질에 관해서 사고한 것을 적절하게 표현하는 언어의 능력에 대한 회의, 나아가 본질 자체에 대한 신념의 상실과 관련된다. (pp. 232~233) 화이트가 보기에 부르크하르트에게는 로망스의 감격과 희극의 낙관론과 비극적 세계 이해로 인한 체념이 없었으며(p. 234), 세계에 대한 부조리한 시각을 지향하는 아이러니스트의 태도만이 남아 있었다.

젊은 시절에는 자유주의의 명분을 수용하기도 했던 부르크하르트의 신념을 뿌리째 흔들어놓았던 것은 1840년에 마감된 혁명이었다. 그에게 있어서 혁명은 모든 것의 상실이었다. "이러한 형태의 일이 얼마나 명백하게 인간의 정신을 황폐화시키고 인간으로부터 웃음을 빼앗아갔는지 분명히 인식할 수조차 없다. 좋은 일을 할 수도, 말할 수도 없게 되었다."(1842년에 쓴 편지, 선집 『서한집』에 수록) 그리하여 그는 "모든 형태의 '주의자들'과 '주의'로부터 완전히 벗어나고 싶었다." 그는 환멸에 젖은 상태로 자유주의의 실패를 살피고, 앞으로 닥쳐올 재난과 미래의 위기를 예견하였다.

　부르크하르트가 바라본 혁명에는 "변혁에의 욕구 때문에 끊임없이 위험에 빠뜨리고 정치 형태를 파괴해버린 전제적인 반동"(『역사와 역사가들』, 사후 출간된 강의 노트, 1956)으로서의 무정부 상태와 폭정만이 존재했다. 그 배후에 도사리고 있는 추동력은 바로 "인간의 선성善性"에 대한 "환상"이었다. 그는 이 환상을 분쇄하고 인간 자신의 유한성과 무력함을 깨닫게 하고자 했다. 그는 당시의 상황을 "심하게 폭풍우가 몰아치는 바다 한가운데서 숱한 파도에 밀려 표류하고 있는" 고장난 배와 같은 상태로 생각했다. 연속성이 결여된 끊임없는 충돌들을 암시하는 '파도'의 이미지는 그의 역사 개념이 순환적인 것임을 짐작케 한다. '표류하는 고장난 배'의 이미지에는 필연적인 멸망이 기다리고 있을 뿐, 멸망 이후의 회복에 대한 어떤 기대도 없다.(p.249)

　당대에서 아무런 미덕을 찾을 수 없었기 때문에, 그는 과거의 유럽 문화를 고찰하는 데 헌신했다. "우리는 모두 멸망할지도 모른다. 하지만 내가 멸망한다 하더라도 적어도 나는 과거의 유럽 문화에 대해서만은 이해하고 싶다."(『서한집』) 그러나 과거의 문화 역시 그에게는 하나의 폐허였으며, 그는 이 폐허를 복구하려는 어떤 희망도 갖지 않았다.(p.234) 『이탈리아 르네상스의 문화』(1860)를 비롯하여 그가 과거에 대해서 쓴 이야기는 모두 숭고한 성취로부터 비천한 상태로 떨어지는 몰락의 이야기였다. 부르크하르트는 교회나 국가와 같은 강압적 권력이 약화될 때에만 문화가 개화할 수 있다고 믿었는데(선집 『폭력과 자유』, 영문판, 1955), 이탈리아 르네상스가 바로 그런 예였다. 그에게 르네상스는 근대의 세계가 아닌 모든 것이었으며, 근대는 인간 상실의 산물이

었다.(p.247)

그는 역사가들에게 남은 것은 몰락 이후의 "깨어진 조각들"(『이탈리아 르네상스의 문화』)이라고 생각했다. 그에게 역사적인 대상세계는 근본적 맥락과는 동떨어져 있으며, 대신에 수많은 다양한 방법으로 맥락화되는 단편들fragments이었다. 그는 이 단편들을 하나로 묶을 수는 없지만, 여러 방법으로 결합시킬 수는 있었다. 그런 의미에서 그는 "결국 우리가 그린 역사의 그림은 대부분 완전한 허구이다"(『폭력과 자유』)라고 말했다. 그의 논증 방식은 맥락주의적이었지만, 그것은 이런 아이러니한 관점 아래서만 유지되는 것이었다.

일반적인 지향성이나 법칙의 현현이나 궁극적으로 의미 있는 어떠한 섭리적 결말도 인정하지 않는 부르크하르트의 이야기들은 플롯 구성 면에서는 풍자적이다. 그는 역사적 사실에서 도덕의 의미를 이끌어내고 구체적 현실을 영원의 요소로 끌어올리는 모든 상징적이고 알레고리적인 유혹에 저항하였다.(p.261) 한편 모든 '주의'들로부터 벗어나고 싶어했던 부르크하르트의 역사 서술에서 이데올로기적 차원을 파악해내야만 한다면, 쇼펜하우어의 염세주의 철학이 정치적 우파들에게 영향을 끼친 것과 유사한 방식으로, 그의 아이러니하고 회의주의적인 관점이 보수주의의 명분에 기여했다는 점을 지적해두는 데 만족해야 할 것이다.

우리는 화이트의 저서에서 역사가의 저술들을 유형화하고 구조화하려는 기본 욕망을 발견할 수 있다. 흔히 구조주의 역사학자로 분류되는 그의 이론은 그러나 한편으로는 텍스트의 체계가 지닌 균열을 드러내면서 유형화의 한계에 대한 반성적 성찰을 이끌어내기도 한다. 역사학자로서 화이트는 아이러니스트이기도 하다. 화이트의 이론은 역사적 사실주의에 대한 회의를 바탕으로, 그 도달 불가능한 이상을 향한 19세기 역사가들의 열정과 고민을 그려 보인다. 화이트는 또한 19세기 사실주의 사학자들이 지녔던 역사가로서의 도덕적 책무와 그로 인한 갈등들을 보여주는데, 그런 갈등들은 시작도 끝도 없는 시간의 흐름을 역사가 되게 하고 그들의 이야기로 구성하게 만들었던 바로 그 원동력이었다. 서사화 행위의 주체로서의 인간의 위치에 대한 화이트의 이 같은 관심은 서사학자로서 그를 윤리적이고 후기구조주의적인 이론가로 평가하게 하는 근거가 된다.

화이트를 따라서 19세기의 사실주의 역사서들을 다시 읽다 보면, 우리에게 역사란 오직 텍스트로만 존재하며 역사적 진실은 텍스트들의 관계 속에, 그 차이들의 펼쳐짐과 겹쳐짐 속에만 거주한다는 생각에 도달하게 된다. 이 지점에서 직접적인 영향 관계와는 무관하게, 데리다라는 또 다른 이론가를 떠올리게 되는 것은 무척 흥미로운 일이다.

3장 데리다
철학적 글쓰기의 텍스트성과 해체적 읽기

화이트가 역사적 저술들을 역사가들에 의해 구성된 서사 텍스트로 보고 그 안에 은폐된 수사학적이고 허구적인 요소들을 구명했듯이, 데리다Jacques Derrida는 철학적 저술들 속에 새겨진 텍스트성을 탐구한다. 이들의 작업은 모두 그동안 진위문적 글쓰기로 받아들여지던 것들의 수행문적performatif 차원을 드러낸 것으로서, 우리 시대가 당면한 독서와 인식 패러다임의 전면적 교체를 반영하고 이끌어간다.

오랫동안 철학은 스스로를 글쓰기에 대립되는 것으로 정의해왔다.[1] 철학에서 글쓰기는 사유의 단순한 표현 방법에 불과한데, 그런 외재적이고 부수적인 요소들이 의미에 영향을 끼치거나 그것을 오염시킬지 모른다는 우려 때문이었다. 더구나 글쓰기는 말하기와는 달리 말하는 사람이 부재하는 곳에서 기호들의 물리적인 표기들로만 제시되기 때문에 더욱 위험하고 불길한 것이었다. 철학에 있어서 글쓰기는 불운한

---

[1]   Jonathan Culler, *On Deconstruction : Theory and Criticism after Structuralism*, Ithaca, New York : Cornell University Press, 1982, pp.99~102.

필수품이었으므로, 단어들은 최대한 투명해야 하고 최소한으로 사용되어야 했다.[2] 철학은 또한 올바른 이해에 도달함으로써 하나의 과제에 대한 글쓰기를 종료하기를 언제나 희망해왔다. 그런데 데리다는 철학을 일반화된 글쓰기의 한 형태로 보고, 철학적 글쓰기를 이질적이고 모순적인 여러 층위들로 구성된 '텍스트'의 일종으로 취급함으로써, 철학과 글쓰기 간의 위계 관계를 역전시킨다. 그는 의미가 글쓰기의 기원이 아니라 부대 효과이며, 본질적이라 여겨져왔던 것들은 파생적이고 부차적이라 평가되던 것들에 의해 사후적으로 구성된다는 사실을 증명해 보인다. 이 과정은 '현전 / 부재', '말하기 / 글쓰기' 등과 같은 뿌리 깊은 대립 구조의 배후에 숨어 있는 현전의 형이상학, 로고스-음성중심주의logo-phonocentrisme의 전통을 해체하고자 하는 데리다의 기본 관점과 맞물려 있다.

데리다는 차연의 이론가, 해체의 이론가라 불리는 것과 동일한 방식으로 글쓰기와 텍스트성의 이론가라 불릴 수 있다. 데리다의 용어들은 서로가 서로를 보충하고 대체하면서 개념들의 네트워크, 개념들의 체계화된 성좌를 이루는데, 글쓰기écriture[3]란 곧 차연의 구조이고 텍스트성이란 모든 텍스트에서 작동하는 자기 해체적 원리이기 때문이다.[4]

---

2 Richard Rorty, "Philosophy as a kind of Writing : An Essay on Derrida", *New Literary History*, vol. 10, 1978, p. 145.

3 이 책에서 'écriture'는 문맥에 따라 글쓰기, 문자, 혹은 문자언어로 번역한다.

4 데리다에게 있어 글쓰기가 단순히 문자로 된 글쓰기만을 의미하지 않듯이(데리다의 글쓰기는 글쓰기와 말하기의 대립 관계 이전에 작용하는 근원적인 심급의 성격을 띤다), 텍스트도 반드시 글로 쓰인 것만을 의미하는 것은 아니다. 데리다는 모든 경험들을 차연에 의해 발생하는 텍스트로 보고, 모든 텍스트는 다른 텍스트들과의 연계 속에서(텍스트 속에서)만 존재한다고 생각했다. 그러나 글쓰기나 텍스트라는 그의 용어는 기존의 개념들과 끊임없이 소통하고 그것에 개입하고 있기 때문에, 우리는 여전히 그의 용어들

데리다는 철학적 저술들에 대한 독서와 여기에서 출발하는 글쓰기를 통해 자신의 이론을 실천한다. 그는 철학자들의 텍스트에서 로고스중심주의적 입장이 스스로에 대한 해체를 포함하고 있으며, 반대로 로고스중심주의의 부정이 다시금 로고스중심주의의 개념들을 불러들이고 있음을 보여준다. 데리다에 의하면 그런 역설이 바로 텍스트의 구조 자체인데, 따라서 철학 텍스트들은 진리를 말하고자 하는 시도 속에서 피할 길 없이 발생하는 난경의 흔적들로 이루어진다. 철학 텍스트의 텍스트성을 밝혀내는 데리다의 독서는 언제나 더 많은 글쓰기로 인도되며, 데리다의 글쓰기는 텍스트성 자체를 새겨 넣는 또 하나의 텍스트가 된다.

1. 데리다의 기본 관점과 주요 개념들

데리다는 한 대담에서 해체déconstruction는 결코 자신의 "근본적 계획"이 아니며, "그 무엇(모든 텍스트, 달리 말하면 경험들)이 있는 곳이면 어디서나 규칙적으로 반복되는 어떤 붕괴를 환유적으로 지칭하기 위한 가능한 명칭들 중 하나"에 불과하다고 언급한 바 있다.[5] 해체라는 용어는

을 기존의 개념들과의 연관성 속에서 이해해야 할 필요가 있다.

5   그는 또한 자신이 어떤 근본적인 계획을 가져본 일이 없으며, 해체들déconstructions이라고 복수형으로 말하기를 원한다고 덧붙였다. Jacques Derrida, 박성창 편역, 「광기가 사유를

차연, 대리보충, 산포, 접목, 글쓰기, 텍스트 등과 같은 일련의 용어들의 계열들 가운데 특권화되지 않은 하나의 용어임이 분명하며, 데리다의 사유를 해체주의라는 명칭 안에 가두는 것은 부적절한 일일 수 있다. 그러나 우리는 이를 인정하는 상태에서 역시 해체라는 개념으로부터 출발하는 편이 좋을 것이다. 해체적 전략에 대한 이해는 요약되고 정리되기를 거부하는 데리다의 방대하고 분산적인 작업들에 접근하는 비교적 용이한 통로라고 생각되기 때문이다.

데리다는 "전통적인 철학적 대립 구조 속에는 대립되는 용어들 사이의 평화로운 공존이 아니라 격렬한 계급 구조가 내재한다. 용어 중 하나가 다른 하나를 가치론적으로나 논리적으로 지배하고 명령하는 입장을 취하게 된다. 대립을 해체한다는 것은 우선 어떤 특정 순간에 그 위계질서를 전복하는 것이다"[6]라고 설명한다. 이러한 단계를 거쳐 대립되는 용어들은 차이가 무화되거나 폐기되는 것이 아니라 새로운 문맥 속에 재등록된다. 해체의 전략은 또한 스스로가 해체하고 있는 바로 그 원칙들을 사용한다. 그것은 철저히 해체된 체계의 '내부'에서, 바로 그 토양 위에서 작업하는 것을 의미한다. 이는 해체적 전략의 자기모순이 아니라 해체를 통해 이전의 대립 구조에 효과적으로 개입하기 위한 수단이라 할 수 있다.

의미 / 형식, 영혼 / 육체, 축자적 / 비유적, 지성적 / 감각적, 초월적 /

감시해야 한다 : 프랑수아 에왈드와의 대담」, 『입장들』, 솔출판사, 1992, 150~151면.

6 Jacques Derrida, *Positions*, Paris : Minuit, 1972, pp.56~57. 이 장에서 참조 · 인용되는 데리다의 저서들은 처음에만 각주로 표기하고 그 후로는 본문의 괄호 안에 연도와 페이지 수로 표시하기로 한다. 출판연도가 동일한 경우에는 제목의 약자로 표기하도록 한다.

경험적, 진지한 것 / 진지하지 않은 것 등의 대립은 철학적 용어들 간의 폭력적인 지배 관계를 보여주는 몇 가지 예에 불과하다. 이와 같은 대립 구조 속에서 앞의 용어는 로고스에 속하며 더 우월한 것으로 규정되고, 뒤의 용어는 앞의 것의 몰락과 부정을 나타내는 열등한 용어로 취급된다. 이것들은 모두 로고스중심주의의 변형들인데, 로고스중심주의는 진리와 이성과 논리라는 의미의 질서를 추구하는 철학의 방향성과 필연적으로 결부되어 있다. 보다 우월한 위치에 있는 용어들의 공통된 모체는 현전présence으로서의 존재의 규정이다.[7] 로고스중심주의는 존재의 의미를 자기 자신에의 현전으로 규정하는데, 그것은 "실체·본질·존재로서의 현전, 현재의 지점이나 순간의 정점으로서의 시간적 현전, 코기토가 자기 자신에 현전하는 그 현전, 의식과 주체성과 타자의 공동 현전"[8] 등과 같은 여러 가지 형태를 띠고 역사적인 연쇄고리와 체계를 이루고 있다.

그런데 로고스는 목소리를 통해서만 자신에게 현전할 수 있고 충만한 자가정서로 발생할 수 있다. (GR, p. 146) 자기가 말하는 것을 듣는다s'en-tendre-parler는 경험은 주체가 자기 자신으로부터 나와 자신에게로 돌아가며, 주체의 자연스런 현전이 그것을 중단시키는 어떠한 외부적 요소에 의해서도 침해받지 않는다는 환상을 불러 일으킨다. 이런 환상은 외부적이고 감각적인 기표의 거부 혹은 글쓰기의 배제를 기반으로 한다. 철학은 말하기와 글쓰기의 이분법을 통해 글쓰기를 파생적이고 부수적인 지위로 추방하고, 발화의 의미는 말하는 순간에 주체의 의식에

---

7   Jacques Derrida, *L'écriture et la différence*, Paris : Seuil, 1967, p. 411.

8   Jacques Derrida, *De la grammatologie*, Paris : Minuit, 1967, p. 23.

현전했던 것이라고 규정함으로써, 자기 현전으로서의 의식의 순수성에 대한 환상을 유지하고자 하는 것이다. 로고스중심주의와 그것의 다른 이름인 현전의 형이상학이 왜 음성중심주의와 결탁하고 있는지, 데리다의 해체적 전략이 왜 글쓰기의 문제로 인도될 수밖에 없는지가 여기서 분명해진다.

데리다는 의미가 기표들의 우연한 관계[9]와 텍스트의 우발적 구성 등에 의해 발생하는 효과이며, "의미를 여는 것은 자연적 현전의 사라짐으로서의 글쓰기"(GR, p.228)임을 밝힘으로써, 로고스-음성주의를 해체한다. 의미는 도처에서 차이들의 망으로 짜여 있고 다른 텍스트들에 대한 무한한 참조의 망으로 구성되어 있기 때문에, 의미의 추정된 내재성은 언제나 이미 자신 외부의 작용으로부터 영향을 받게 된다. 의미는 표현 행위 이전에 이미 자기로부터 차이나게 되며, 의미가 나타날 수 있는 것은 단지 이런 조건 아래서일 뿐이다. 그러므로, "말하기와 말하기의 의식, 자기 현전으로서의 의식은 차연의 억압으로 경험된 자기애의 현상"(GR, p.236)이라는 것이다.

데리다는 또한 단순히 기술적 도구이자 기생적인 것이라 여겨지던 글쓰기가 실은 '말하기 / 글쓰기'의 대립보다 앞서는 근원적인 것임을 드러냄으로써 위계적 대립 관계를 역전시킨다. 차이들의 순수한 관계성으로 이루어진 기표들의 체계는 언어의 근본 조건을 형성하는데, 말하기 역시 실제로는 기표의 차이 작용에 의해서만 작동하는 것이기 때문이다.

---

9   '의미소sème'와 '씨를 뿌리다semen' 사이의, '의미sens'와 '부재sans' 사이의 기표상의 외면적 유사성을 개념적 관계로 취급하는 데리다의 작업은 그 좋은 예가 된다.

글로 된 담론에서든 말로 된 담론에서든 모든 요소들은 단순히 그 자체로는 현전할 수 없는 다른 요소들과 관계를 맺지 못한다면 기호로 기능할수 없다. 음소든 문자소든 각각의 요소는 자신 속에 있는 연쇄나 체계의 다른 요소들의 흔적을 참조하면서만 성립되는 것이다. 이러한 연쇄적 맞물림과 망의 구조가 텍스트이며 한 텍스트는 또 다른 텍스트의 변형 속에서만 산출된다.(1972, pp.37~38)

문자는 인공적인 체계이자 제도적인 장치로 받아들여지고 기호들의 공간적 배분과 표기로서의 시각적 이미지를 지니고 있어서, 언어의이 같은 근본 조건에 대한 최적의 실례가 된다. 글쓰기는 말하기에 추가된 외부적 존재가 아니라, 말하기에서는 지워진 언어 기호 일반의성격을 대표한다고 할 수 있다. 이렇게 글쓰기는 단지 기존의 위계적대립 관계를 전복한 지점에만 머무르지 않고, 글쓰기와 말하기를 하위에 두는 원-글쓰기archi-écriture의 성격을 띠게 된다.[10] 그럼에도 불구하고 데리다가 새로운 개념에 글쓰기라는 옛 이름을 남겨두는 것은 그것이 여전히 글쓰기의 일상적 개념과 소통하기 때문이며, 구성되어 있는역사의 장에 개입할 수 있도록 접목 구조를 유지하기 위해서이다.

이처럼 데리다에게 있어서 글쓰기 또는 텍스트라는 개념은 현전이차이 작용의 결과이며 부재의 흔적들에 의해 파생된 것임을 드러내면서,차연의 개념과도 긴밀하게 연관된다. 데리다의 신조어인 차연différance은동사 'différer'가 지닌 '다르다'와 '연기하다'라는 이중적 의미를 동시에

---

10   이 같은 원-글쓰기의 과학에 대한 시도, 그리고 그것의 가능성에 대한 질문의 개시가 바로 데리다의 그라마톨로지grammatologie이다.

포함한다. 차이différence와 정확히 동일하게 발음되면서도 불어의 동명사형 어미인 '-ance'를 포함하는 차연은 수동적 차이와 차이를 산출해내는 능동적 지연 행위 둘 다를 지칭하면서, 현전이 이미 차이의 결과로 파생된 것이며 차이 역시 본래부터 현전하는 것이 아니라 흔적들의 움직임을 통해 생산된다는 사실을 암시한다. 이는 차이들의 체계라는 구조주의적 관점과 차이 체계의 생산이라는 발생론적 관점을 종합하고자 하는 데리다의 입장을 대변해준다. 차연은 "'현전 / 부재'의 대립에 의해 더 이상 사유될 수 없는 구조"(1972, p.38)이며, 대립 개념이 분리되기 이전에 그 분화의 구조를 낳는 바로 그 가능성이라 할 것이다.

> 차연의 a라는 철자가 내포하고 있는 능동성 혹은 생산성은 차이들의 유희에 있어 생성적인 움직임을 지시한다. 차이들은 하늘로부터 떨어지지 않으며 공시적이고 계통적인 조작을 통해 규정될 수 있는 정적인 구조나 닫힌 체계 속에 결정적으로 기입되지도 않는다. 차이들은 변형들의 결과이며 이러한 관점에서 보자면 차연의 주제는 구조라는 개념의 정적·공시적·계통적·비역사적 주제와는 양립할 수 없다. 그렇지만 이러한 주제가 구조를 규정짓는 유일한 것은 아니며 차이들의 생산 즉 차연은 비구조적이지 않음이 자명하다. 그것은 어느 정도까지는 구조적 과학을 낳는 체계적이고 규칙적인 변형을 생산한다. 차연의 개념은 심지어 '구조주의'의 가장 합법적인 원칙적 요구들을 개진하기까지 한다. (1972, p.39)

차연은 구조의 움직임 또는 구조의 구조성에 대한 사유와 관련되며, 구조 개념의 역사에서 하나의 획기적 전환을 낳은 후기구조주의적 관점을 예시한다. 데리다의 차연 개념은 구조와 사건, 구조와 발생이라는 양립할 수 없는 주제 사이를 오가는 후기구조주의의 사유와 그 난경을 그려 보인다. 이 과정은 자신이 비판하고 해체하고자 하는 원리로 되돌아오지 않기 위한 저항의 흔적으로, 데리다의 텍스트 안에 새겨져 있다.

데리다는 본질·실체·주체·진실·의식 등과 같은 현전의 불변수를 구조의 중심에 두고자 하는 구조주의의 근본 의도를 문제 삼고, '탈중심화된 구조'라는 역설이 구조의 개념 자체를 파괴하는 순환 논법에 빠지게 됨을 지적한 바 있다. (EC, p.410~411) 그러나 그는 구조라는 개념을 폐기하고자 하지 않으며 그럴 수도 없음을 강조한다. 오늘날 인문과학의 언어는 스스로를 비판하고 그 개념이 태어나서 복무하기 시작했던 체계의 한계를 드러내고 그 틈을 열어놓는 방식으로 사용되어야 하며(1972, p.28), 우리는 그런 방식 이외에는 어떤 다른 방법이나 새로운 언어도 가지고 있지 않기 때문이다. 데리다는 구조라는 용어를 가지고 작업하면서 그것을 다른 연쇄망 속에 재기입하고, 작업의 지평을 변화시키고, 새로운 지형을 생산해내고자 한다. 이것이 그의 해체적 전략이자, 오늘날 후기구조주의적 사유 전반이 수행하고 있는 작업이기도 하다.

2. 철학 텍스트의 해체적 읽기

데리다의 이론은 또한 다시 읽기, 자세히 읽기, 비판적 읽기의 이론이다. 이를 '해체적' 읽기라고 부를 수 있다면, 그것은 우선 모든 텍스트에서 발생하는 규칙적이고 반복적인 붕괴라는 의미에서의 해체이다. 데리다에 의하면 쓰인 글의 자기 동일성이란 애초부터 존재하지 않는데, 비판적 독서는 텍스트를 철저하게 읽어냄으로써 모든 텍스트들이 지닌 균열과 혼종성을 가시적으로 드러내 보이는 행위라 할 수 있다.

> 글쓰기는 위험스러운 것이고 고뇌를 야기한다. 글쓰기는 자신이 어디로 가고 있는지 모른다. 그 어떤 지혜도 글쓰기가 구성 중인 의미를 향해 가는, 자신의 미래인 의미를 향해 가는 본질적인 질주로부터 글쓰기를 지켜주지 않는다. 글쓰기는 그럼에도 오직 비겁함에 의해서 변덕스럽다. 결국 이 위험에 대비하는 보험은 없다. 무신론자가 아니라 작가에게 있어서 글쓰기는 은총 없이 출발한 최초의 항해이다.(EC, p.22)

글쓰기에 선행하는 의미란 없으며 의미는 진행 중인 글쓰기에 의해 우연처럼, 우발적 사건처럼 좌충우돌하며 무심하게 발생하기 때문에, 모든 글쓰기는 위험하고 변덕스럽다. 달리 말한다면 글쓰기는 "지금-여기에 존재하는 타자의 가능성에 대한 은유"이자, "동일자가 자신을 상실할 위험을 무릅쓰고 타자 속으로 파고드는" 모험이라 할 것이다. 그것은 "존재 속의 타자의 원초적 계곡"(EC, p.49)이다. 그러므로 데리다는 철학 텍스트들에서 자기 동일적인 주제나 사상의 드러난 내용을 고찰하고자 하지 않는다. 대신에 그는 텍스트들이 형성되는 방법을 분석하고 텍스트 속에서 작동하는 글쓰기의 강력한 운동을 검토한다. 그가 주목하는 것은 글쓰기가 철학적 내용과 맺고 있는 이상한 관계, 또는 "자신의 정체성 밖으로 이탈하고 되돌아오기를 반복하는" 텍스트의 움직임(1972, pp. 103~104)이다.

데리다는 이 같은 관점에서 플라톤, 루소, 칸트, 헤겔, 후설, 하이데거, 프로이트, 소쉬르, 레비스트로스, 푸코, 레비나스 등의 텍스트들을 다시 읽는다. 그의 이론과 개념들은 이 텍스트들을 읽는 과정에서 산출되며, 그의 독서는 텍스트가 스스로를 해체하는 방식과 이를 추적하는 비판적 독서의 방법에 대한 비평적 이론이 되기도 한다. 여기서는 데리다가 다시 읽은 텍스트들의 두 가지 예만 간략히 살펴보기로 한다.

1) 루소의 『언어기원론』 다시 읽기

로고스-음성중심주의에 의한 '흔적 지우기'는 플라톤으로부터 헤겔에 이르기까지 좁은 의미의 글쓰기 또는 문자로 향했으며, 그런 의미에서 "문자는 흔적 일반의 대리표상체"(GR, p. 238)였다. 그중에서 특히 루소는 "모든 시대가 심층적으로 암암리에 전제했던 문자언어의 환원을 하나의 주제와 체계로 만든 최초이자 유일한 인물"(p. 147)이라고 데리다는 말한다.

루소에게 문자언어는 현전하는 충만한 음성언어를 중단시키는 해악이며, 음성언어에 대해 단지 대리보충supplément의 역할만을 하는 불순한 외부적 첨가물이었다.(『고백론』) 루소가 생각하는 바는 차이 없는 현전이 있어야 하고 있었어야만 한다는 것, 그리고 문자언어는 음성언어에 부족해서는 안되는 것을 보충한다는 것이다. 그러나 대리보충이 필요했다는 것은 현전 또는 음성언어에 보충되어야 할 결핍이 이미 존재했음을 의미한다. 루소는 결핍의 시원성을 결코 명시적으로 밝히지 않으며, 대리보충이 '언제나-이미' 시작되었다는 것을 인정하지 않는다.[11] 대리보충의 개념은 루소의 텍스트에서 일종의 "맹목적인 오점" 또는 "캄캄한 얼룩"으로서, "텍스트성 자체를 심연에서 지칭한다".(p.233) 데리다는 루소의 텍스트가 이 오점을 중심으로 하여 뒤틀리는 양상을 추적하고, 이로부터 루소가 '선언'한 것과 '기술'한 것 사이의 균열을 파헤친다. 그 구체적인 양상을 데리다가 수행한 『언어기원론』 읽기를 통해 확인해보자.

『언어기원론』에서 루소는 '정열 / 필요 욕구'라는 구조적인 중심축에 근거하여 언어의 기원에 관한 자신의 논지를 전개한다. 이 대립적 양극은 각각 개념들의 시리즈로 계열화되어 나타나는데, 정열은 남쪽·악센트·음성언어와 연결되고 필요 욕구는 북쪽·분절·문자언어와 관련된다. 루소는 "언어가 정열에서 태어난다"(제3장)고 선언한다. 루소에게 남쪽은 기원의 장소, 언어들의 요람이다. 충분한 자연의 혜택을 받은 남쪽에서는 정열이 억압되지 않았고, 남쪽 땅에서는 최초의 담화들이 사랑의 노래 속에 있었다. 그러나 열악한 기후와 싸워야 했

---

11 구조적인 대리보충은 곧 시원적 차연을 뜻하는 것으로도 이해된다.

던 북쪽에서는 필요 욕구가 정열을 대체했고, 북쪽 땅에서 "최초의 말은 '나를 사랑해 주세요aimez-moi'가 아니라 '나를 도와주세요aidez-moi'였다. 이 두 용어는 상당히 유사하기는 하지만, 매우 다른 톤으로 발음된다. 사람들은 느끼게 할 것이 아무것도 없었고, 알아듣게 해야 할 것만을 가지고 있었다. 따라서 중요한 것은 에너지가 아니라 명료성이었다. 마음에서 나올 수 없었던 악센트에 강하고 감각적인 분절들이 대체되었다".(제10장)

루소에게 있어서 남쪽의 언어는 보다 순수하고 활기 있고 생명력 있는 언어들이다. 반면에 북쪽의 언어들은 기원으로부터 멀어져 덜 순수하고 덜 열렬하며, 죽음과 냉각으로의 진전을 내포한다. 루소는 필요 욕구가 정열을 대체하고 분절이 악센트를 대체한 북쪽의 언어에서 언어의 타락을 본다. 문자언어는 북쪽에 있다. 그것은 차갑고 곤궁하고 추리적이고 죽음 쪽을 향해 있다. 루소가 보기에 역사적 진보는 곧 타락이며, 역사는 구두적 악센트를 억압하고 분절을 심화시키고 문자언어의 힘을 확대한다. 따라서 문자언어가 가져오는 황폐는 현대의 언어들에서 더욱 두드러진다.

그러나 이와 같은 일련의 대체들은 순차적 진행만으로는 설명되기 어려운 측면이 있다. 그는 "장기적으로 모든 인간들은 유사하게 될 것이다. 그러나 그들이 이룩하는 진보의 순서는 다르다. 낭비적일 정도로 자연의 혜택을 받은 남부의 기후에서는 필요 욕구들이 정열로부터 태어난다. 반면에 자연의 혜택을 인색하게 받은 추운 지방에서는 정열이 필요 욕구들로부터 태어난다. 그리고 필요의 슬픈 딸들인 언어는 그것들의 혹독한 기원으로부터 영향을 받는다"고도 기술한다. 이는 필요 욕구가 그 안에 정열을 내포하고 있었으며, 정열과 필요 욕구는 서로 긴밀하게 영향을 미치면서 "이상한 통일성"(p.338)을 이룬다는 것을 암시한다. 루소가 무엇을 선언하고 싶어 했든지 간에 그의 텍스트에서 북방은 단순히 남방으로부터 멀리 떨어진 상대편이 아니며, 남방이라는 유일한 기원으로부터 출발해 도달하는 한계가 아니다. 기원의 '정상적' 순서는 북쪽에서 전복되며, 북방은 차라리 또 하나의 기원인 것이다. 루소는 정열과 필요 욕구를 구분하는 중심맥을 선언하지만, 실제로는 그러한 대립들을 말소하면서 중화시킨다. 사실상 그가 기술하는 것은 정열과 필요 욕구가 대리보충적인 차연의 관계에 있다는 것이다.

이 점은 그가 '몸짓'과 '목소리'를 비교하는 부분에서 더욱 분명해진다. 『언어기원론』에서 루소는 몸짓언어가 음성언어보다 수월하고 규약에 덜 의존하며, 우리는 "귀보다는 눈에 대고 더 잘 말한다"(제1장)고 언급한다. 특히 정열을 대표하는 "사랑은 말에 별로 만족하지 않기 때문에 그것을 멸시한다. 사랑은 자신을 표현하는 보다 생생한 방식들을 가지고 있다".(제4장) 루소는 막대기를 가지고 연인의 그림자를 따라 그리는 한 여자의 예를 들면서, 그녀는 "그에게 많은 것을 이야기한 것이다! 그녀가 막대기의 이 움직임(그림자)을 재현하기 위해 어떤 소리를 사용할 수 있었겠는가?"라고 덧붙이기도 한다. 사물 자체를 '거의' 직접적으로 제시하는 기호의 그 같은 한계적 근접성은 말보다는 몸짓이나 눈길에 필연적으로 더 가까우며, 소리의 관념성은 본질적으로 추상과 중개의 힘으로 작용한다. 그러므로 루소는 정열의 몸짓을 언어의 기원의 자리에 위치시킨다. 그런데 '막대기의 움직임'으로 재현된 대상은 이미 하나의 이미지이며, 그것은 음성언어보다 문자언어에 더욱 가깝지 않은가? 실제로 루소는 『언어기원론』의 제5장에서 "대상들 자체를 그리는" 상형문자에 관해 언급하면서 이를 정열적인 언어라고 규정한다. 그는 필요 욕구의 언어인 문자가 최초의 목소리 이전에 있었던 정열이기도 하며(p.339), 문자언어는 언어의 시원에서 작동하고 있었음을 말하지 않으면서 말하고 있다.

한편 음성언어는 몸짓이 충분히 전달될 수 없는 상황에서 그것을 대리보충한다. "몸짓은 현전하는 대상들, 즉 묘사하기 쉬운 대상들과 가시적인 행동들만을 거의 전적으로 지시한다. 또 그것은 어둡거나 물체가 가로놓이면 불필요하기 때문에 보편적으로 사용될 수 없다. 뿐만 아니라 몸짓은 주의력을 자극한다기보다는 그것을 요구한다. 이런 모든 이유 때문에 결국 그것에 목소리의 분절을 대체할 생각을 해낸 것이다. 목소리의 분절은 특정 생각들과 동일한 관계를 가지지 않으면서, 그것들 모두를 제도화된 기호들로 표상하는 데 보다 적합하기 때문이다."(제4장) 우리는 여기서 충만한 현전의 대리표상이던 음성언어가 이미 간접성과 매개성을 지니고 있다는 것, 음성언어의 타락과 문자언어의 속성을 특징짓던 분절이 음성언어의 본질적 특성이라는 것을 확인하게 된다. 언어는 필연적으로 분절되며, 분절되지 않는 한 음소는 없다. 『언어기원론』 제5장에는 "문자언어에 관하여. 분절은 언어의 문자언어화이다"라는 제목이 붙어 있다. 그러나 그는 분절에 관해 설명하는 과정에서 "언어의 문자언어화는 언어의 언어화"(p.325)임을 누설하고 만다. 루소는 의미 작용의 소용돌이에 휩쓸리면서, 자신이 말하고 싶지 않은 것을 말한 것이다.

정열의 몸짓은, 이미 그 자체에서 부재와 죽음을 간직한 말로부터 우리를 보호해주고 말을 대리보충한다. 이 대리보충적 연쇄에는 그 어떤 최초의 기원도 없다. "행동은 그 한계가 팔 길이 정도이므로 멀리까지 전달될 수 없다. 그러나 목소리는 시각적 거리만큼 멀리 다다를 수 있다. 그래서 흩어져 있는 사람들 사이에는 언어의 수동적 기관들을 위한 시각과 청각만이 남아 있는 것이다"(제9장)라는 루소의 말이 암시하는 것처럼, 시각과 청각은 '흩어져 있는' 사람들을 효과적으로 매개하기 위해 서로가 서로를 대체하는 언어의 두 기관이다.[12] 사랑의 침묵하는 언어는 언어 이전의 몸짓이 아니라 '말 없는 웅변'이며, 대리보충적 회귀이지 언어의 기원이 아니다.(p.336) 결국 언어들의 진정한 기원(이는 실은 비기원이라 해야 할 것인데)은 한 기관을 다른 기관에 대체할 수 있는 힘이고, 상호적이고 끊임없는 대리보충성의 관계라고 말할 수 있다.(p.343) 데리다는 이런 사실을 루소의 텍스트 자체로부터 읽어낸다.

루소는 기원이라는 이름을 갖고 있는 것이 대리보충성의 체계 속에 위치한 한 점에 불과하다는 사실을 용인할 수 없었다.(p.345) 그것은 '이성으로서는 생각할 수 없는 것'이기에, 그는 대리보충을 로고스중심주의의 체계 속으로 포섭해들이기를 꿈꾸었다. 데리다는 이를 루소라는 한 철학자의 개인적 한계로서가 아니라 형이상학의 시대들이 이루어내는 상호적인 연루관계 속에서 이해하고자 한다. 한편으로 루소의 텍스트는 스스로를 배반하면서 로고스중심주의의 울타리 너머로 이탈

---

12 언어가 출현한 근저에 놓여 있는 '흩어짐' 곧 시원적 분산은 언어의 본질로서 언어 안에서 지속적으로 작용한다. 언어가 공간을 통과해야 한다는 사실과 '간격 두기espacement'라는 언어의 이 같은 본질은 문자언어에 가장 분명하게 새겨져 있다(p.331). 이 역시 문자언어가 외부에서 돌연히 침입한 부가물이 아니라 음성언어의 내부에서 작동하고 있다는 사실을 뒷받침한다.

하려는 징후를 보인다. 이 또한 데리다의 관점에서는 루소의 텍스트에 고유하게 귀속되는 특수성이 아니라 텍스트라는 복잡하고 다층적인 구조가 지닌 통제 불가능성을 대변하는 것이라 할 수 있다.

2) 레비나스의 『전체성과 무한』 다시 읽기

루소의 『언어기원론』이 로고스중심주의적 입장을 표명하면서도 그 것에 대한 해체의 움직임을 내재하고 있다면, 레비나스의 『전체성과 무한』은 로고스중심주의에 대한 전면적인 대항을 시도했지만 다시 그 체계 안으로 귀속되고 마는 텍스트의 또 다른 자기 해체적 움직임을 예시한다. 이를 확인하기 전에 먼저 데리다가 정리한 레비나스의 명시 적인 주장들을 따라가보자.

레비나스는 타자 자체에 의거하여, 경험 가운데 가장 환원 불가능한 것인 타자 쪽으로의 출구를 찾고자 한다. 그는 오직 타자만이 비현시 가운데, 어떤 부재 가운데 자신을 드러낼 수 있다고 본다. 그가 생각하 는 것은 플라톤적인 빛에 앞서는 공동체, 비현전non-présence과 비현상성 non-phénoménalité의 공동체이다.[13](EC, p.135) 레비나스는 이론적 객관성과 신비적 합일 사이의 결합을 시도하면서, 로고스중심주의적 철학은 타

13　타자와의 공동 현전이라는 전통적인 개념은 레비나스에게는, 매개나 교감도 없고 간접 성도 직접성도 없는 타자와의 관계의 진실을 왜곡하는 형식에 불과하다. 그것은 '우리' 라고 말하는 집단이 예지의 태양 쪽으로 향해 있으면서 타자를 면전에서가 아니라 옆에 서 느끼는 것이라고 비판된다(p.134).

자에 대해 생각하지 못하며 타자에게 그들의 담론을 맞출 수 없음을 강조한다. 데리다는 레비나스의 이러한 관점이 "우리를 여전히 자신의 법으로 속박하는" 로고스중심주의의 폭력과 결별하고 "그리스 아버지를 죽이려는 존속 살해"의 기도라고 설명한다.(pp. 132~133)

『전체성과 무한』에서 레비나스는 "만약 타자를 소유하고 포착하며 아는 것이 가능하다면, 타자는 타자가 아니리라. 소유하기와 알기, 포착하기는 권력의 동의어들이다"라고 선언하면서, 타자에 대한 평가나 파악, 이해나 인식을 뛰어넘는 적극적인 경향을 형이상학 또는 윤리학이라고 부른다. 레비나스의 '욕망désir' 개념은 타자를 타자로서 존중하는 것, 즉 의식이 의식에게 위반 금지령을 내려야 하는 윤리-형이상학적 계기(pp. 137~138)를 의미한다. 이는 이를 데 없이 반헤겔적인 개념으로, 헤겔의 '욕망'이 자기 의식과 자기 확신을 이루기 위해 맨 먼저 필요한 타자성에의 부정을 함축한다는 점을 고려하면(p. 138), 헤겔적 사유에 반발하는 레비나스의 기본 의도를 분명하게 확인할 수 있다.[14]

레비나스의 욕망은 타자의 절대적으로 환원 불가능한 외재성과 관련되므로, 그 어떤 전체성도 욕망을 완전히 포용하지는 못한다. 이처럼 레비나스에게서 타자는 무한하며 불가시적이고(보는 것은 이론과 욕구의 상대적 외재성만을 개방하기에), 접근 불가능한 지고le treés haute[15]의 성격을 띤다. 이러한 절대적 타자와의 '만남'은 자기 밖으로, 예측 불허의 타자쪽으로 가는 유일한 출구이며, 귀환의 기약이 없는 모험이다.(p. 141) 이 만남에 개연성이란 없으며, 그것은 그 어떤 범주에도 저항하는 타자에

---

14 헤겔이 정의한 '욕망'을 레비나스는 '욕구besoin'에 불과한 것으로 정의한다.
15 데리다는 여기에 플라톤주의의 그림자가 드리워 있음을 지적한다.

의해서만 가능하다.

레비나스에 의하면 무한적 타자의 표현은 바로 '얼굴visage'인데, 얼굴은 단순한 외형에 불과한 안면顔面 : face과는 구별된다. 얼굴은 시선의 교환이기도 하며(이는 보는 것인 동시에 보이는 것이다), 안면은 '마주 봄face à face' 속에서만 얼굴이 된다.(p.146) 그런데 이런 설명은 타자의 불가시성에 대한 이전의 설명과 모순되지 않는가? 또한 시선의 이 같은 중요성은 "영혼은 눈을 통해서 볼 뿐만 아니라 영혼 편에서도 자신을 눈 속에서 보여준다"(『미학』)고 하는 헤겔의 사유에 근접해 있지 않은가? 사실상 레비나스처럼 헤겔은 눈이 "대상을 소비함 없이 자유로이 있게 하"므로 시각에는 "욕망이 들어 있지 않다"고 생각했다. 데리다는 이를 근거로 하여 레비나스가 더없이 철저하게 헤겔에 대립하는 순간에 실은 헤겔과 너무나도 가까이 있음을 지적한다.

레비나스는 시선이 그 자체로는 타자를 존중하지 않는다고 주장하고, 소리를 빛 위에 위치시킴으로써 이 모순들을 해결하고자 한다. 얼굴은 단지 시선이 아니고 시선과 파롤의 원초적 통일이라는 것이다. "생각은 언어이고", "빛과 유사한 것이 아니라 소리와 유사한 요소 속에서 생각"되기 때문에, 얼굴은 보이지 않는 것을 듣는 것이기도 하다. 생각은 곧 파롤이기에, 얼굴은 의미를 표시하지 않고 하나의 기호처럼 제시되지 않으며 "몸소 자체적으로 자신을 내주고 스스로를 표현한다". 데리다는 레비나스의 이러한 논지가 로고스-음성중심주의와 연결되어 있음을 놓치지 않는다. 레비나스는 언어를 사고에 종속시키고, 기호 이전에 존재하는 생생한 말 즉 육성의 언어만이 보조적 기호가 아닌 진정한 파롤이라고 규정하는(p.150) 전통적 사유로 되돌아가고 있는 것이다. 또한 레비나스는 얼굴이라는 말로써 타자를 말하면서 자꾸만 '몸소 자체적으로' 현전하는 그 어떤 실체를 환기시키고 있다. 그의 텍스트에서 얼굴은 현전이자 근원으로 기술되며(p.149), 이는 타자의 형이상학이라는 그의 사상 전체를 무너뜨리는 결과를 초래할 수 있다. 레비나스는 로고스중심적인 철학의 전통을 파괴하고자 했으나 이 같은 고전적 암초들을 우회할 수 없었다. 그것은 우리의 언어가 이미 로고스중심주의와 결탁하고 있기 때문이며, 로고스로부터 물려받은 개념들은 통사법과 시스템 속에 붙잡힌 채로 전체 형이상학[16]을 동반 출현시키기 때문이다.(p.413)

이와 유사한 문제가 후설의 현상학에 대한 레비나스의 비판 속에서도 발견된다. 레비나스는 후설이 특히 『데카르트적 성찰』에서 타자autre를 자아ego의 한 현상으로, 즉 자아의 고유한 영역에 기초한 유추적 현시 작용으로 구성된 자아의 현상으로 만들었다고 비판한다. 이로 인해 후설은 타자의 무한한 타자성을 놓쳐버리고 그것을 동일자에게로 환원시켰으며, 타자를 타아alter ego로 만듦으로써 타자의 절대적 타자성을 중성화시켰다는 것이다.(p.180) 그렇지만 데리다가 보기에 후설은 타자성을 존중하고자 몹시도 고심했던 철학자이다. 후설에게 문제가 되는 것은 타자가 그 환원 불가능한 타자성 속에서 '어떻게 나moi 앞에 나타나는가'를 기술하는 것이었다. 그 타자성 속에서 타자가 자아 일반에게 나타나지 않을 경우 타자를 만나는 것(레비나스가 말하는 '만남' 자체)은 불가능하고 타자를 경험 속에서 존중하는 일도 불가능하기 때문이

---

16 레비나스는 형이상학이라는 말을 매우 자의적인 방식으로 사용했지만, 데리다가 보기에는 우리에게 형이상학이란 오직 현전의 형이상학이 있을 뿐이다.

다.(p.181) 후설은 "내가 세계의 경험을 하고 세계 속에서 '타자들을' 경험하는 것처럼 나를 경험하는 주관들인 타자들"(『데카르트적 성찰』)에 관해 생각했다. 이는 레비나스가 주장하듯이 타자성을 동일자에게로 환원하는 폭력성이 아니라, 타자가 결코 내게 근원적인 양태로, 그 자신으로서 주어질 수 없으며 다만 유추적 현시에 의해서만 주어질 수 있다는 그 넘을 수 없는 필연적 한계를 확인하고 시인한 것이라고 해석해야 온당할 것이다.

데리다는 또한 타자가 자아처럼 인식되지 않는다면 타자의 타자성은 무너질 것임을 지적한다.(p.184) 타아로서의 타자라는 개념은 타자의 자아성, 곧 타자가 자아의 형태를 지니고 있음을 인정하는 것이며, 바로 그렇기 때문에 타자가 '내' 자아로 환원될 수 없는 타자로서의 타자임을 인정하는 것이 된다. 결국 타자는 (자기 자신과) 동일자가 되면서만 타자일 수 있고, 동일자는 타자의 타자가 되면서만 동일자가 될 수 있다.(p.188) 그렇다면 레비나스가 말하는 타자, 동일자와의 관계가 면제된 절대적이고 무한한 타자는 더 이상 타자가 아닐 것이다.

이 모든 모순들은 레비나스가 말해지고 생각될 수 없는 어떤 것, 로고스를 초과하는 사유를 꿈꾸었기 때문이다. 그것은 언어 속에서 질식하고 말지만(p.187), 그럼으로써 언어와 로고스의 한계에 대한 문제를 적나라하게 개시한다. 이처럼 데리다는 레비나스의 형이상학이 어떤 의미에서 그것이 문제시하고자 하는 헤겔주의와 현상학을 전제로 하고 있음을 밝히면서, 그럼에도 불구하고 그 문제 제기의 정당성을 인정한다. 그것은 단순한 비합리성의 징후가 아니라 로고스와 담론의 근원적 폭력성이 몸을 돌려 자기 스스로에게 대항하는(p.195) 한 시대의 징후일 수 있기 때문이다.

루소와 레비나스의 텍스트에서 발견되는 모순과 붕괴는 그들이 피할 수 있었고 피했어야만 했던 오류가 아니다. 그것은 저자가 언제나 언어 '속에서', 자신의 담론이 절대적으로 지배할 수 없는 체계 '속에서' 글을 쓰기 때문이며, 텍스트의 자기 자신과의 차이는 바로 텍스트의 텍스트성을 구성하기 때문이다. 그러므로 데리다의 해체적 읽기는 개별 텍스트에 대한 비판이나 비평이 아니다. 데리다의 비판적 읽기는 "저자가 지배하는 것과 지배하지 못하는 것 사이의 어떤 관계"를 통해 "의미의 구조"를 산출하는 일(GR, p.227)이며, 특정 텍스트의 의미가 아니라 독서와 글쓰기 속에서 빈발하는 힘과 구조를 탐구하는 일이다. 그것이 다양한 종류의 담론들 속에서 규칙성을 띠고 재등장한다는 점에서라면, 데리다의 텍스트 이론은 상이한 방식으로 구조주의 서사 이론가들이 수행해온 작업들과 연관성을 지니기도 한다.[17]

텍스트의 이종성에 대한 강조라는 측면에서 데리다의 이론은 바르트의 이론과 가까이 있다. 특히 의미의 환원될 수 없는 생성적 다양성을 뜻하는 데리다의 산포dissémination[18] 개념은 의미를 분산시켜 복수적 텍스트를 생산하고자 하는 바르트의 서사 이론을 연상시킨다. 그러나 데리다가 주목하는 것이 의미의 궁극적 비결정성이 아니라 갈등하는 논리의 상호 작용 가능성과 그 배후에서 작동하는 대립적 힘과 구조라는 점에서, 그의 이론은 바르트의 이론과는 다른 길을 간다. 데리다의

---

17 Jonathan Culler(1982), p.221.
18 데리다는 산포가 텍스트성의 궁극적 의지라고 설명한다(1972, pp.120~121).

이론은 또한 문학의 영역과는 명확히 구별되던 '진지한' 글쓰기를 원-문학의 일종으로 바라본다는 점에서는 화이트의 이론과 관련이 깊다. 그러나 화이트가 이야기를 구성하는 윤리적 주체의 능동적 선택을 중시한 데 비해, 데리다는 온전히 소유하거나 지배할 수 없는 언어들의 네트워크와 개념들의 시스템 속에서 작업하는 글쓰기 주체의 수동적 위치를 암시한다. 이들 이론가들 사이의 차이는 그 유사성만큼이나 확연한데, 이는 (일면 구조주의 서사학이 그러했듯이) 후기구조주의적이라 불리는 이론들이 결코 단일하고 동질적인 총체로는 이해될 수 없음을 시사하는 것이라 하겠다.

서술의 유형학에서 발화 행위의 프라시스praxis로

1. 서사학의 경계를 넘어서

서사학narratologie은 구조주의의 산물이다. 서사학의 발생에 결정적인 영향을 미친 러시아 형식주의는 '체계'나 '구조' 등과 같은 구조주의의 개념들을 선취하고 있었으며, 전통 시학의 형이상학적 주관성과 자의적인 규범성을 거부하면서 자율적인 '문학 과학'을 표방하였다. 이를 계승한 구조주의 시학은 구체적인 텍스트들을 그 자체로서가 아니라 어떤 추상적 구조의 발현체로 이해하고, 개별 텍스트의 의미나 가치에 주목하는 대신에 그것들을 발생시킨 일반 법칙을 탐구했다. 이로써 구조 시학은 문학적 담화의 특수한 구조와 기능을 설명하는 연역적이고 기술적descriptive인 보편 이론이 되고자 했다. 서사학은 구조 시학의 이 같은 지향을 이어받는 한편, 그 대상을 문학적 담화(언어 서사물)만이 아니라 다양한 장르와 매체의 서사적 담화로 확장시킴으로써 탄생하였다. 언어학을 모델로 하여 서사적 요소들의 체계적인 목록을 작성하고 그것들 사이의 결합 가능성을 파악하는 구조주의 이론으로서의 성격은, 서사학이라는 이름 안에 지금도 여전히 새겨져 있다.

하지만 이후 서사학은 후기구조주의 이론을 비롯하여 문화기호학, 정신분석학, 탈식민주의 이론, 실존의 해석학 등과 활발하게 결합하면서 구조주의의 테두리를 훌쩍 넘어서게 되었다. 이는 구조주의 서사학에 내재했던 한계들(환원적인 유형화, 구조의 탈역사적 정태성, 탈이데올로기적 자족성 등)을 극복하면서 서사학이 자신의 영역을 넓혀나가는 과정이기도 하고, 달리 말하면 서사학이라는 자기동일적 영역이 이질적인 다른 학문과 담론들 속으로 분산되고 흡수되는 과정이기도 하다. 이 같은 확산과 혼종화의 양상은 서사학이라는 '고유한' 학문의 쇠퇴나 소멸이 아니라, 오히려 그것의 현재적인 존재 방식이자 미래적인 가능성을 의미할 수 있다. "문화의 영역에는 내부 영토가 없다. 그것은 전적으로 경계를 따라서, 모든 측면에 걸쳐 뻗어 있는 경계를 따라서 분포되어 있다. (…중략…) 모든 문화적 행위는 본질적으로 경계 위에서 살아 움직인다"[1]는 바흐친Mikhail Bakhtin의 말처럼, 어떤 학문이나 이론도 순수하고 자족적인 자기동일성 안에 머물러 있을 수 없을 뿐더러, 폐쇄적인 자기 경계를 고수하는 한, 그것은 곧 '죽은 것'이 되어버릴 테니 말이다.

이처럼 확장 또는 혼성된 서사학은 반드시 '서사학'이라는 자신의 이름을 고집할 필요가 없을지도 모른다. 서사학의 영역을 한정하고 그

---

1   Mikhail Bakhtin, *Problems of Dostoevsky's Poetics*, trans. Caryl Emerson, Minneapolis : Univ. of Minnesota Press, 1984, p.301.

본질을 규정하는 일보다 더욱 중요한 것은, 서사학의 개념과 체계와 이론적 성과들이 오늘날 어떠한 논의들 속에서 어떻게 이어지거나 재기입^{再記入}되고 있으며 그 의미는 무엇인지를 추적하는 일일 것이다. 이 글에서는 이러한 관점에서 서사학의 서술^{narration} 이론[2]이 구조주의적인 틀을 벗어나 또 다른 논의의 장으로 이행하는 양상을 검토하고자 한다. 서사학의 여러 국면들 가운데서도 특히 서술 이론은 언어와 담론의 문제, 글쓰기 주체와 텍스트의 타자성 문제 등에 대한 이론적 탐구들과 결합하여 더 넓은 의미망 속에 자리잡게 되었다. 서술과 관련된 서사학적 개념과 체계는 이 같은 논의들을 활성화하고 진전시키는 데 기여했을 뿐 아니라, 그 과정에서 서사학의 경계를 넘어서는 새로운 맥락과 실천적 가능성을 향해 스스로를 개방하였다. 그 양상을 구체적으로 살펴보기 위해 우선 구조주의 서사학의 서술 이론이 직면한 난제들과 이를 극복하기 위한 모색의 장면들을 지켜보기로 하자.

2. 서술 이론의 딜레마와 글쓰기-주체의 문제

서사학은 발생 초기부터 체계화·유형화에 대한 지향과 그 불가능

---

[2] 이 글에서 서술 이론은 서술자^{narrateur}와 서술 수준^{niveaux narratifs}, 화법^{mode}과 서술태^{voix :} 목소리 등을 포괄하는 개념으로, 토도로프의 용어로는 언표적 국면^{l'aspect verbal}에 해당된다.

성에 대한 인식 사이의 팽팽한 긴장 위에 세워져 있었다. 이 점은 특히 서술자(또는 화자narrateur), 서술 수준niveaux narratifs, 화법mode, 서술태voix : 목소리 등과 관련된 서술의 층위에서 가장 분명하게 드러난다.

주네트Gérard Gennette와 토도로프Tzvetan Todorov 등은 영미 계열의 소설 기법론에서처럼 '일인칭' 서술과 '삼인칭' 서술, 또는 보여주기showing와 말하기telling 등으로 서술의 형태를 유형화할 수 없음을 잘 알고 있었다. 담화의 층위에서 발화(언표 행위énonciation)의 주체인 서술자는, 텍스트 안에 자신의 모습을 드러내든 그렇지 않든간에, 언제나 일인칭인 '나'이다.[3] 따라서 발화된 문장(언표énoncé)의 주어(발화된 대상 또는 발화 내용의 주어)가 '나'인가 '그'인가를 기준으로 일인칭 서술과 삼인칭 서술을 구분하는 것은 논리적으로 옳지 않다. 또한 언어가 모방mimesis할 수 있는 것은 오직 언어뿐이기 때문에, 언어로 된 텍스트는 어떤 경우에도 행위를 재현하거나 '보여줄' 수가 없다. 그런 의미에서 보여주기란 말하기의 대립항이 아니라 말하기의 특수한 방식, 즉 미메시스의 환영을 창조하는 디에게시스diegesis의 한 방식으로 보아야 한다.

기존의 이론들이 지닌 모순에 대한 이 같은 통찰을 가능하게 만든 것은 바로 논리적 정합성과 체계적 질서를 추구하는 구조주의적 사유의 힘이었다. 그러나 동시에 서사학은 그 모순들을 해결하고 또 다른 체계를 구축해야 할 어려운 과제에 직면하였다.

---

3   발화의 주체인 '나'는, (나는 말한다) "그는 달린다", (나는 말한다) "나는 달린다"와 같이 텍스트 안에는 보통 드러나지 않은 채로 숨겨져 있다. 글쓰기에 대한 자의식을 강하게 보여주는 텍스트들에서는 발화 주체인 '나'가 겉으로 모습을 드러내게 되는데, 이런 발화는 "나는 말한다, 그는 달린다고", "나는 말한다, 나는 달린다고"와 같은 형태를 띤다.

1) 일인칭 인물-서술자의 모호성과 작가-서술자의 지위

서술의 유형학과 관련하여 특히 문제가 되는 것은 흔히 '일인칭 서술'이라 불리는 서술의 양태였다. 주네트는 서술자가 일인칭으로 자신을 지칭하는 경우라도 그가 스토리상의 인물인 경우와 그렇지 않은 경우가 있다는 데 주목했다. "나는 1632년 요크 시에서 태어났다"고 말하는 로빈슨 크루소와 "나는 군대와 군사들을 노래하노니 ……"라고 쓰는 비르길리우스는 문법적으로는 동일하지만 서술의 차원에서는 분명히 구별되어야 하기 때문이다.[4] 따라서 그는 작가에게 있어서 정작 중요한 것은 문법적 인칭을 선택하는 문제가 아니라, 스토리 세계 안의 인물이 이야기하느냐 아니면 스토리 바깥의 서술자가 이야기하느냐 하는 두 가지 서술 입장 사이의 선택이라고 생각했다. 주네트는 이 두 유형을 각각 동종 이야기homodiégétique와 이종 이야기hétérodiégétique라고 부르고, 동종 이야기 가운데 유독 강력한 자기 서술의 유형(서술자가 자신의 서술의 주인공인 경우)을 따로 자동 이야기autodiégétique라고 명명했다.

주네트에 의하면 서술자의 위치를 결정짓는 데는 서술자와 스토리 사이의 관계(동종 이야기 / 이종 이야기)뿐 아니라 서술 수준이라는 또 다른 층위가 개입한다. 서술 수준은, 작가를 대리하여 독자를 향해 이야기하는 가장 바깥 층위의 서술(겉이야기extradiégétique)과, 겉이야기에 등장하는 인물이 서술자의 자리를 물려받아 이야기를 이끌어가는 다음 층위의 서술(속이야기intradiégétique), 그리고 속이야기에 등장하는 인물이 다시

---

4   Gérard Gennette, *Figures III*, Paris : Seuil, 1972, p.252.

서술자의 자리에 서게 되는 보다 하위의 서술(두 겹 속이야기métadiégetique)
등으로 나뉜다. 이에 따르면 서술자의 위치는 다음과 같이 유형화된다.

① 겉이야기이며 이종 이야기 : 『무정』의 이광수와 같이, 본인이 스토리에
　　나타나지 않는 제일 바깥 구조의 서술자
② 겉이야기이며 동종 이야기 : 「날개」나 「종생기」의 이상과 같이, 자기
　　자신의 이야기를 하는 제일 바깥 구조의 서술자
③ 속이야기이며 이종 이야기 : 『천일야화』의 세헤라자데와 같이, 자신이
　　전혀 나타나지 않는 스토리를 이야기하는 속구조의 서술자
④ 속이야기이며 동종 이야기 : 「광염소나타」의 음악 비평가 K씨와 같이,
　　자신이 등장하는 이야기를 하는 속구조의 서술자

　주네트의 유형화는 일인칭과 삼인칭이라는 기존의 단순한 분류법
이 지닌 구조적 모순을 극복하고 있지만, 그 복합성에도 불구하고 여
전히 유형화의 틀을 벗어나는 한계 지대와 만나게 된다. 문제는 역시
일인칭으로 호명되는 서술자 '나'로 인해 발생한다. 예를 들어 밀란 쿤
데라의 『불멸』에서, 한 노부인이 불러일으킨 "엄청나고 불가사의한 향
수", "바로 그것이 내가 아녜스라고 이름 붙인 인물을 탄생시켰던 것이
다"라고 말하는 '나'는 분명 스토리 세계 바깥에 있는 저자(밀란 쿤데라),
곧 이종 이야기의 서술자일 것이다.[5] 그런데 바로 그 서술자('나'-밀란 쿤
데라)는 이 소설 후반부에서 자신의 여주인공 아녜스의 남편 폴과 수영

5　이 경우에도 그 서술은, 서술자 '나'의 존재가 전혀 드러나지 않는 이종 이야기들(이광수
　　의 『무정』과 같은)과 동일한 유형으로 분류되기에는 너무나 이질적이다.

장에서 우연히 마주친다. 또 '나'의 친구 아베나리우스 교수는 아녜스의 여동생 로라를 만나 사랑에 빠지기도 한다. 이런 측면에 유의하면 이 소설의 서술 방식은 동종 이야기로 분류되어야 할 것이다. 그렇다면 『불멸』은 과연 동종 이야기인가, 이종 이야기인가?

마찬가지로 이 소설은 겉이야기인지 속이야기인지가 불분명한 텍스트이기도 하다. 저자로서의 '나'가 독자를 향해 이야기하는 부분은 명백히 겉이야기일 테지만, 인물로서의 '나'가 등장하는 부분은 여전히 겉이야기로 보아야 할지 아니면 저자-서술자(겉이야기의 서술자)에게서 서술권을 위임받은 또 다른 '나'가 서술을 이끌어가는 속이야기로 보아야 할지 단정 짓기 어렵다. 만일 이 부분에서 서술 수준이 달라져 겉이야기에서 속이야기로의 이행이 발견된다고 보면, 저자인 '나'와 인물인 '나'는 동일인(밀란 쿤데라)이면서도 같은 존재가 아니라는 뜻이 된다. 이런 딜레마를 어떻게 설명해야 할 것인가?

이 문제는 주네트의 유형화에 내재한 오류 때문이거나 몇몇 실험적인 텍스트의 예외적 성격 때문이라기보다는 오히려 스스로를 '나'라고 지칭하는 인물-서술자 자체의 모호성에서 비롯된다. 동종 이야기의 서술자 '나'는 담화상의 발화의 주체인 '나'(저자 또는 겉이야기-이종 이야기의 서술자)와 일치하지 않으며, 스토리상의 행위의 주체인 '나'(대상화된 '나')와도 구별된다. "나는 달린다"고 말하는 주체는 달리기를 하고 있는 '나'와 동일한 존재가 될 수 없듯이, 자신에 관해 말하는 '나'는 더 이상 발화 내용 속의 '나'일 수 없기 때문이다. 동종 이야기의 '나'는 '그'라고 불렸다면 특정한 역할을 담당했을 스토리 속 인물과 다를 뿐만 아니라, 잠재적인 '나'라고 할 수 있는 숨어 있는 작가와도 다른 것이다.[6] 이런 이유로 토도로프는 다음과 같이 주장했다.

> 작품의 한 인물이 '나'라고 말하는 텍스트에서 발화의 주인인 서술자는
> 그의 참된 모습이 한결 더 왜곡될 따름이다. 일인칭의 이야기는 서술자의
> 이미지를 밝히기보다는 오히려 반대로 더욱 더 숨기고 만다. 그리하여 이
> 경우 진실을 밝혀주려는 일체의 시도는 발화의 주인을 더욱 더 완벽하게
> 숨기는 결과에 이를 수밖에 없다. (…중략…) 작품 속에서 '서술하는' 자는,
> 주인공과 서술자를 자신 안에서 하나로 합치기는커녕 전혀 독특한 위치를
> 차지하는 것이다. [7]

인물-서술자는 발화 내용의 주어인 '나'(인물)와 발화의 주인인 '나'
(저자-서술자) 사이에 끼어들어 그 관계를 복잡하고 난해하게 만들어버
린다. 그렇다면, 주네트의 구분에서 겉이야기이며 동종 이야기라는 유
형은 사실상 존재할 수 없을 것이다. 「날개」나 「종생기」의 서술자 '나'
가 아무리 저자인 이상과 흡사하게 보인다 해도, 그 인물-서술자는 숨
어 있는 작가-서술자와 같은 서술 수준에 속하지 않기 때문이다. 바흐
친이 "'저자의 이미지'라는 용어 자체"의 "부적절성"을 지적하면서, "나
자신의 '나'와 내가 하는 이야기의 주어인 '나'를 완전히 동일시하는 것
은 자기 머리카락을 잡아당겨서 자신을 들어 올리려는 것만큼이나 불
가능하다"[8]고 말했던 것도 그런 맥락에서 이해될 수 있다.

---

6   Tzvetan Todorov, *Poétique : Qu'est-ce que le structuralisme?*, Paris : Seuil, 1968, p.66.

7   Ibid., pp.66~67.

8   Mikhail Bakhtin, *The Dialogic Imagination : Four Essays by M. M. Bakhtin*, ed. Michael

일인칭 인물–서술자가 숨어 있는 작가–서술자로도, 행동하는 등장인물 가운데 하나로도 규정될 수 없다면, 그 '나'는 과연 누구인가? 어쩌면 그것은 문법적인 주어로나 존재하는 텅 빈 자리가 아닐까? 그것은 언표 행위의 '기원'이 아니라, 차라리 언표 행위(글쓰기)에 의해 발생하는 '효과'라고 말해야 하지 않을까? 서사학의 서술 이론이 제기한 이같은 질문들은 필연적으로 더 넓은 의미의 글쓰기écriture와 주체의 관계에 대한 후기구조주의적 사유(주체를 언어와 글쓰기 과정의 산물로 이해하는)로 이어지게 된다.

그 단적인 예로, 현대적인 텍스트에서 일인칭 서술자 '나'의 변화된 지위와 발화 주체의 문제를 탐구하던 바르트Roland Barthes는 결국 "저자 자신"이라는 개인을, "표현을 통해 작품을 파생시키는 주체 · 지주 · 기원 · 권위 · 아버지로 삼는 것을 단념"하고 그 자신을 "종이 존재un être de papier"와 "생체–문자une bio-graphie"로, 또는 "글쓰기 그 자체로 간주"해야 한다고 주장하기에 이른다.[9] 글을 쓰는 주체 자신이 무수한 다른 텍스트들, 기원을 잃어버린 코드들의 무한한 연쇄 그 자체이기에, "언표 행위에 어떤 기원, 어떤 관점을 부여한다는 것은 불가능하다. (…중략…) 담화, 아니 보다 정확히 표현하면 언어가 말하고 있으며, 그게 전부"[10]라는 것이다. "글을 쓰면서만 우리는 글로 쓰인다. 글쓰기의 '주체'는 존재하지 않는다. (…중략…) 글쓰기의 주체는 관계들의 시스템이다"[11]라는 데리다Jacques Derrida의 말은, 언표 행위 주체(저자–서술자)에 대한 서사

---

9   Roland Barthes, *S / Z*, Paris : Seuil, 1970, p.217.

10   Ibid., p.62.

11   Jacques Derrida, *L'écriture et la différence*, Paris : Seuil, 1967, p.355.

Holquist, trans. Caryl Emerson & Michael Holquist, Austin : Univ. of Texas Press, 1981, p.256.

보론 1 서술의 유형학에서 발화 행위의 프락시스(praxis)로   285

학의 이 같은 인식이 주체의 보편적인 근본 조건으로 받아들여진 상황을 잘 대변해준다.

서술의 유형학과 구조적인 체계화를 향한 서사학의 집요한 탐색은 서술하는 '나'의 모호성에 직면하여 그 어떤 불가능성에 도달했지만, 그 불가능성에 대한 날카로운 인식 자체가 언어와 글쓰기 안에서 주체의 현전성(현전의 형이상학)을 해체하는 새로운 사유의 가능성을 열어주었다. 이와 유사한 양상은 화법과 서술태(목소리)의 영역에서도 찾아볼 수 있다.

2) 자유간접화법의 혼종성과 발화자의 복수성

보여주기 / 말하기라는 기존의 이분법을 지우고 미메시스(보여주기)의 환영을 창조하는 디에게시스(말하기)의 다양한 방식들을 탐구했던 서사학은, 행위의 재현(미메시스의 환영) 이외에도 '언어의 재현'이라는 또 다른 문제에 천착하였다. 주네트는 인물의 언어를 모방하는 담화의 직접성(무매개성)의 정도를 다음과 같이 세 단계로 유형화했다.

> ① 직접화법 또는 인용된 진술style direct, le discours rapporté : 예) 그는 "난 정말이지 그 애를 미치도록 사랑해"라고 말했다.
> ② 간접화법 또는 전도된 진술style indirect, le discours transposé : 예) 그는 자신이 그녀를 진심으로 열렬히 사랑하고 있다고 말했다.
> ③ 설명된 진술le discours raconté : 예) 그는 그녀에 대한 자신의 진실하고 열렬한 사랑을 나에게 털어놓았다.

직접화법은 인물의 말이 아무런 변화를 겪지 않고 그대로 삽입되어 전달되는 경우이고, 간접화법은 인물이 한 말을 서술자의 언어(인칭, 시제 등을 포함하여)로 변형하여 전달하는 경우이다. 설명된 진술은 언어 행위를 비언어적 행위와 유사한 방식으로 전달하기 때문에 변형의 정도가 가장 심하다고 할 수 있다. 그러므로 인물의 말(지시 대상)을 환기하는 데 있어 직접성과 정확성은 직접화법의 경우에 최대가 되고, 서술자(전달자)에 의한 매개성은 설명된 진술의 경우에 가장 두드러진다.

여기서 다소 문제가 되는 것은 자유간접화법style indirect libre이라는 특이한 전달의 방식이었다. 자유간접화법에서는 인물의 말이 간접화법의 문법적 형태로 변형되면서도 본래의 발화(직접화법)의 뉘앙스들이 고스란히 유지되기 때문인데, 이때 '말하다'와 같은 보고동사가 생략된다는 점도 특징적이다. 위의 예문을 자유간접화법으로 바꾸면, '그는 정말이지 그녀를 미치도록 사랑했다'와 같은 형태가 될 것이다. 주네트는 이를 특이한 변이형la variante으로 취급했고[12] 토도로프는 직접화법과 간접화법의 중간형태로 이해했지만,[13] 이후 자유간접화법은 발화 주체의 복수성과 비규정성이라는 관점에서 더욱 주목받기 시작했다. 자유간접화법은 인물의 언어와 서술자의 언어가 혼성되어 있는 상황을 인상적으로 예시하기 때문이다.

자유간접화법의 이 같은 성격에 주목한 대표적인 이론가가 리몬케넌Shlomith Rimmon-Kenan이다. 리몬케넌은 직접화법과 같은 언어의 재현이 행위의 재현에 비해 '순수한' 미메시스에 가깝기는 하지만, 이때에도

---

12   Gérard Gennette(1972), p.192.
13   Tzvetan Todorov(1968), pp. 51~52.

인물의 말을 인용하여 전달하는 서술자의 존재가 개입하므로, 결국 언어의 재현에서도 '순수한' 미메시스란 존재하지 않는다고 생각했다. 이런 관점에서 그는 디에게시스적 요약으로부터 자유직접화법에 이르기까지 대화 재현의 모방적 성격(미메시스의 환영)이 증가하는 양상을 일곱 단계로 나누어 설명했다.[14] 그러고는 자유간접화법에 대해 집중적으로 논의하기 위해 따로 한 장을 할애한다.

리몬케넌에 의하면, 인물의 목소리와 서술자의 목소리가 중첩되어 있는 자유간접화법은 발화자의 복수성과 그로 인한 태도의 복수성을 암시하곤 하는데, 두 가지 목소리나 태도의 이 같은 공존 가능성은 텍스트의 의미론적 밀도를 높여준다. 자유간접화법은 경우에 따라 서술자와 인물의 관계를 공감적으로 만들기도 하고(서술자의 말이 인물의 말에 감염되는 경우) 반대로 그들 사이의 정서적·도덕적 거리를 부각시켜(인물의 말 속에서 이질적인 서술자의 말이 튀어나오는 경우) 아이러니를 발생시키기도 한다. 리몬케넌은 감정이입과 아이러니가 공존할 수 있는 가능성에 대해 언급하면서, "아마도 가장 흥미로운 것은 독자가 아이러니와 감정이입이라는 두 가지 태도 가운데 하나를 선택할 도리가 없는 경우"일 거라고 말하기도 했다.[15]

자유간접화법에 대한 리몬케넌의 관심은 그것이 서사적 발화의 한 예외적 현상이 아니라 서사 텍스트의 다성성과 문학성을 드러내는 핵

---

14 디에게시스적 요약, (덜 순수하게 디에게시스적인) 요약, 내용의 간접적인 패러프레이즈(간접화법), 미메시스적인 간접화법, 자유간접화법, 직접화법, 자유직접화법 등이 그 것이다. Shlomith Rimmon-Kenan, *Narrative Fiction : Contemporary Poetics*, London & New York : Methuen, 1983, pp.109~110.

15 Ibid., p.114.

심적인 표지일 수 있다는 생각에서 비롯된 것이었다. 하지만 자유간접화법의 서사학적(시학적) 성격과 지위에 대한 리몬케넌의 엄밀한 탐색은 그 자신의 의도를 넘어, 자유간접화법을 "모든 텍스트나 모든 언어적 본성의 축소 반영"[16]으로 이해하는 데까지 나아갔다. 언어는 항상 다른 언어를 참조하고 인용하므로 '직접적인' 발화자(발화의 기원)란 세상 어디에도 존재하지 않으며, 내가 하는 말 속에는 언제나 '이미 말해진' 다른 언어들이 드러나거나 드러나지 않게 뒤섞여 있기 때문이다. 후기구조주의적인 해체론에 대항하여 서사 텍스트(문학)의 특수성을 체계적으로 재정립하고자 했던 리몬케넌의 이론은 뜻밖에도 이렇듯 바르트나 데리다적인 사유와 만나게 된다.

이와 유사한 인식은, 저자—서술자의 권위 있는 담화(독백)를 교란하는 인물의 이질적인 담화들, 저자마저도 그 속의 한 참여자로 끌어들이는 발화들 사이의 '대화적' 관계에 주목했던 바흐친에게서부터 발견된다. 바흐친이 보기에도 이질언어들heteroglot의 대화적 공존은 곧 발화의 본성과 통하는 것이었다. 어떠한 발화자도 자신의 화제에 대해 말하는 최초의 인물이 아니며, 우리가 하는 말은 언제나 이미 다른 사람들의 언표로 넘치도록 가득 차 있다. 그런 의미에서 모든 발화는 '보고된 발화'이며, '이미 말해진 것들'에 대한 대화적 응답이 될 수밖에 없는 것이다.

> 모든 발화는 다양한 이질성을 지닌, 반쯤 숨겨져 있거나 완전히 은폐되어 있는 수많은 타자의 말들로 이루어져 있다. 따라서 발화는, 멀리 떨어져

---

16 Ibid., p.115.

있어서 거의 들리지 않는 발화자들 사이의 주고받는 메아리와 대화적 배음, 그리고 (…중략…) 극도로 약화된 언표의 경계면들로 인해 온통 주름져 있다.[17]

이러한 통찰로 인해 바흐친의 관심은, 저자의 말과 다른 인물들의 말 사이의 대화적 관계에 대한 탐구로부터 언표들 각각의 내부에서 이루어지는 내적 대화주의internal dialogism로 이행하게 된다. 바흐친은 또한 언표의 소유권을 원칙적으로 단독 화자에게 귀속시키는 언어학적·서사학적 방법론의 한계를 비판하면서, 산문적(일상적) 언어의 복잡한 대화성을 독백적인 체계로 환원하는 '산문의 시학*The Poetics of Prose*'(토도로프의 저서 제목) 대신에 '산문의 산문학the prosaics of prose'과 같은 전혀 새로운 접근법이 필요함을 시사하기도 했다.[18]

들뢰즈Gilles Deleuze에 이르면, 언표와 언표 행위는 더욱 현저히 탈개인화되고 익명화된다. 그는 '최초의' 언어는 간접화법이며, "직접화법이야말로 간접화법으로부터 추출된 것"[19]이라고 단언했다. 들뢰즈가 보기에 특히 자유간접화법은, 언표 행위란 선명한 변별적 윤곽을 지니지 않는 '집단적' 발화임을 말해주는 모범적인 예시였다. "나의 직접화법은 여기저기서 나를 가로지르는, 다른 세계나 다른 행성에서 온 자유간접화법"에 다름 아니라는 것이다.[20] 들뢰즈는 이처럼 탈개인적이고

---

17 Mikhail Bakhtin, *Speech Genres and Other Late Essays*, ed. Caryl Emerson & Michael Holquist, trans. Vern W. McGee, Austin : Univ. of Texas Press, 1986, p.93.

18 Gary Saul Morson & Caryl Emerson, *Mikhail Bakhtin : Creation of a Prosaics*, California : Stanford Univ. Press, 1990, p.19.

19 Gilles Deleuze, *Mille plateaux : Capitalisme et schizophrénie*, Paris : Minuit, 1980, p.106.

비인격적인 발화 행위자를 '집단적 배치물'이라고 불렀다.

> 직접화법은 덩어리에서 떨어져나온 파편이며 집단적 배치물이 절단된 결과 탄생한다. 하지만 집단적 배치물은 언제나 소문(나는 여기서 내 고유명을 길어낸다)과도 같고, 서로 어울리거나 어울리지 못하는 목소리들(나는 여기서 내 목소리를 끄집어낸다)의 집합과 같다. 나는 언제나 분자적 언표 행위라는 배치물에 의존한다. 이 배치물은 (…중략…) 많은 이질적 기호 체계들을 결합한다. 이 배치물은 횡설수설인 것이다. 글쓰기, 그것은 아마도 이 무의식의 배치물을 백주에 드러내고, 속삭이는 목소리들을 골라내고, 부족들과 비밀스런 관용어들을 소환하는 일이며, 거기서 내가 '자아'라고 부르는 그 무엇을 추출해내는 일이리라.[21]

그러므로 들뢰즈의 관점에서, 익명적이고 비인칭적인 목소리들의 다발로부터 다른 목소리들과 구별되는 '나'의 목소리를 분별해내고자 하는 시도는 불가능할 뿐만 아니라 아무 의미도 없는 일일 것이다. '내 목소리'와 '내 고유명' 자체가 가장 엄격한 몰개성화의 운동을 통과하고 난 뒤에나 비로소 추출되는 것이니 말이다. 그리고 그 과정은 집단적 배치물 안에서 어떤 변수들을 잠정적으로 '나'에게 할당하고 귀속시키는, 유동적인 과정으로 나타난다.

이처럼 화법과 서술태(목소리)에 천착한 서술 이론은 구조주의적 체계화의 불가능성을 예외적 현상으로 간주하는 데서 한 발 더 나아가,

---

20 Ibid., p.107.
21 Ibid., pp.106~107.

바로 그 속에서 언표와 언표 행위의 본성을 발견하는 사유의 전환을 감행했다. 자신의 모순적 한계와 불가능성을 또 다른 가능성으로 치환함으로써, 서술 이론은 구조주의 서사학의 영역을 넘어서는 존재의 전화轉化를 겪게 된다. 이는 특히 실천적·윤리적 행위로서의 글쓰기의 의의에 대한 탐색의 과정과 결부되어 있다. 다음 장에서는 발화의 기원이자 중심으로서의 주체를 해체하는 일, 단일 화자의 단독 언표 속에 통합되지 않는 목소리들의 다수성을 확인하는 일이 어떻게 실천적이고 윤리적인 문제들(프락시스의 차원)과 만나게 되는지 살펴보기로 하자.

3. 발화 행위의 창조적 잠재력과 윤리적 실천

다시 바흐친으로부터 이야기를 시작해보자. 바흐친에게 있어 산문적 이질언어성은 권위적이고 독백적인 담론을 탈중심화(대화화)하여 그 지위를 변화시킬 수 있는 실천적 창조력의 원천이었다. 바흐친이 강조했던 이질언어들 사이의 내적인 대화는 이미 말해진 것들에 대한 '응답 가능성'을 전제로 한 것이었음을 기억해보자. '응답 가능성'은 '책임'의 문제와도 분리될 수 없는데('responsibility'는 응답 가능성과 책임, 둘 모두를 의미할 수 있다), 이는 자신이 말한 것에 대해 독점적인 소유권을 주장할 수 없다고 해서 그 윤리적 책임이 면제되는 것은 아님을 암시한다.

바흐친에게 모든 발화가 앞서 말해진 언표들에 대한 '응답'일 수 있는 이유는, 말하는 매 순간마다 우리가 기존의 언표들에 대해 어떤 태도를 취하고 '강세'와 '억양'을 덧씌움으로써 새로운 어떤 것을 첨가하기 때문이다. 바흐친에 따르면, '개인적' 발화는 이미 말해진 것들을 흡수하고 재강조하여 가공하는 '가치평가적 음조'를 통해 타자의 말을 자기화함으로써 가능해진다.[22] 이 같은 미세한 대화microdialogue를 통해서, 우리는 언표들 속에 누적되어 있는 가치들과 전제들에 의문을 제기하거나 기존의 문맥을 변경할 수 있다. 바흐친은 일상의 산문적 발화가 이러한 창조적 잠재력으로 충만해 있다고 보고, 사회의 변화를 이끌어내는 것은 더디고 눈에 띄지 않지만 끊임없이 이루어지는 언어적 변화들의 산물임을 강조했다.[23]

바흐친의 대화주의를 상호텍스트성intertextualité으로 재해석한 크리스테바Julia Kristeva는 바흐친이 지향했던 사회적 실천의 의미를 더 분명하게 부각시켰다. 그는 산문적(일상적) 언어의 잠재력에 대한 바흐친의 각별한 관심을 시적(문학적) 언어의 혁명성으로 되돌렸지만, 바흐친과 마찬가지로 서사 시학의 정적 관념과 비역사주의에 반대했다. 바르트처럼 그는 작가란 언어의 "체계 속으로 빨려들어"간 "인칭도 무엇도 아닌 존재", 또는 "이야기로부터 담화로, 담화로부터 이야기로의 변환 가능성 그 자체"인 "익명성·부재·공백"이라고 생각했지만,[24] 바르트와는 달리 현실 변혁을 위한 텍스트의 실천 능력을 중요시했다.

크리스테바의 사유에서 '개인 = 글쓰기의 주체'라는 개념은 '글쓰기

---

22   Mikhail Bakhtin(1986), p.88.
23   Gary Saul Morson & Caryl Emerson(1990), p.23.
24   Julia Kristeva, *Σημειωτική : Recherches pour une sémanalyse*, Paris : Seuil, 1969, p.95.

의 양가성l'ambivalence de l'écriture'에 자리를 내어주는데, '양가성'은 텍스트 내에 역사(다른 모든 텍스트들)가 들어 있고 역사 속에 텍스트가 들어 있음을 전제로 한다. [25] 다른 텍스트를 흡수하고 그것에 대한 '응답'의 행위로서 산출되는 텍스트는 철자 오류paragramme의 글쓰기를 통해 그 사회에 참여한다. 시적 철자 오류란 단일 논리적 담론과 단일 논리를 파괴하는 담론들의 공존을 뜻한다. [26] 과학주의·도덕주의 담론은 그 내용이 선하거나 진보적이라 할지라도, 초월적 자아의 획일성을 주조하며 억압적인 정의를 통해 체계의 목적론을 표방한다. 크리스테바는 전언의 그같은 일의적 진술이 텍스트의 윤리적 실천과는 상반된다고 주장했다.

우리는 지금 텍스트의, 더 일반적으로 말해서 예술의 윤리적 기능과 관련된 문제의 핵심에 와 있다. 형식주의에서 버림받고, 관념주의 철학과 통속적인 사회학 만능주의에 의해서 도덕적 인문주의로 변해버린 이 문제는 오직 언어 속에서의, 아니면 보다 일반적으로는 의미 속에서의 주체의 과정을 고려하는 새로운 전망 속에서만 다시 제기될 수 있다. 여기서 말하는 윤리는 실천 속에서 나르시시즘을 부정하기라고 이해해야 할 것이다. 달리 말하면, 의미화 과정이 사회적-언어 상징적 실현 과정 속에서 나르시시즘적(좁은 의미로는 주체적) 고착을 해체하는 실천은 윤리적이다. (…중략…) 우리는 '예술'에게 — 텍스트에게 — '긍정적'이라고 간주된 전언을 발신하라고 요구할 수 없게 된다. 그리고 그러한 전언의 일의적 진술은 이미 우리가 이해한 것과 같은 윤리적 기능의 삭제이다. 주체의 과정에 관한,

---

25 Ibid., p.88.
26 Ibid., p.122.

그리고 진행중인 역사적 발전 과정의 여러 경향에 관한 과학적 진리들을 진술하면서, 텍스트가 그 윤리적 기능을 다하는 것은 오로지 그러한 진리들을 복수화하고, 분쇄하고, '음악화'한다는 조건하에서이다. 다시 말하면 그 진리들을 웃음거리로 만든다는 조건에서이다.[27]

크리스테바에게 사회적 실천은 나르시시즘적으로 고착된 단일 주체를 해체하고 일의적인 진리들을 복수화하여 분쇄하는 글쓰기의 실천을 통해 가능해지는 것이었다. 그것은 곧 분산되고 탈중심화된 주체의 윤리이자, 텍스트의 윤리였다. "윤리는 진술될 수 없다. 윤리는 상실될 각오로 자신을 실천한다. 텍스트는 이와 같은 실천의 가장 완성된 예들 중 하나"[28]라는 것이다. 이렇듯 바흐친과 크리스테바에게 있어 다른 텍스트들 속에서의 글쓰기(대화성과 상호텍스트성), 또는 통일된 의미의 기원으로서의 저자-주체의 고유성을 포기하는 일은 사회적·윤리적 책임의 방기나 회피가 아니라, 비로소 그 책임을 수행할 수 있게 하는 적극적인 실천의 가능성이 된다.

가장 탈개인화되고 탈인격화된 글쓰기-주체를 상정하는 들뢰즈에게서도 이 같은 문제의식을 찾아볼 수 있다. 들뢰즈는 탈주체화의 움직임을 '인간 이전의 세계'나 '비인간적인 힘들'로까지 밀고나가는데, 그에게 그것은 "보편적이고 자연적인 코기토"[29]의 산물인 통념doxa과의 투쟁이기도 했다. 이 싸움은 인식론적인 차원(대중의 통념인 '상식'과의 투쟁

---

27 Julia Kristeva, *La révolution du langage poétique*, Paris : Seuil, 1974, p.203.
28 Ibid., p.204.
29 Gilles Deleuze, *Différence et répétition*, Paris : P.U.F., 1968, p.216.

으로서)만이 아니라 정치적인 차원으로도 이해될 수 있다. 통념은 양식 bon sens(일방향을 뜻하기도 한다)에 기반을 두는데, 양식은 사유 재산과 계급 구조의 산물이기 때문이다.[30] 들뢰즈는 비인격적이고 익명적인 카오스를 통해 특정 계급의 이익을 대변하는, 일방향으로 정위된 세계에 저항하고자 했으며, 그것이 예술의 책임이라고 생각했다. 예술이 하나의 방향(양식) 대신에 또 다른 한 방향을 제시하는 것으로는 충분하지 않으며, 예술가는 통념의 상투성으로 뒤덮인 세계를 갈가리 해체하는 카오스의 힘을 통해 전혀 다른 비전을 제시할 수 있어야 한다는 것이다.[31] 이 점을 고려하면, 주체를 해체하고 탈중심화하는 일련의 사유가 윤리적·사회적 실천의 문제를 도외시한다는 생각은 그릇된 편견임을 확인할 수 있다.

이 같은 흐름과는 상반되는 움직임으로, 해체된 '나'를 복원함으로써 주체의 윤리와 실천의 문제에 대답하려는 시도도 계속 이어져왔다. 그 가운데 가장 주목할 만한 이론가가 리쾨르Paul Ricoer이다. 그는 '응답 가능성'이라는 바흐친의 개념을 심화시켜, "너 어디 있니?"라는 타자의 물음(나를 요구하는 타자에 의해 제기되는)에 "나 여기 있다!"라고 응답할 수 있으려면 타자의 '신뢰'에 부응할 수 있는, 책임 있는 '자기soi'[32]를 유지해야만 한다고 강조한다.[33] 저마다 "지도부에 대항해 반란을 일으킨

---

30 Gilles Deleuze, *Logique du sens*, Paris : Minuit, 1969, p.94.
31 Gilles Deleuze, *Qu'est-ce que la philosophie?*, Paris : Minuit, 1991, p.192.
32 '자기soi'는 '나le'를 대체하는 대명사로서, 대명동사의 재귀대명사 'se'의 강세형이다. 'se'는 모든 인칭대명사들, 나아가 '각자chacun', '사람들on' 등과 같은 비인칭대명사들과도 관련된다. 리쾨르는 '자기soi'라는 용어로써 '나'이면서 타자인 주체, 타자로서 자기 자신soi-même comme un autre인 주체의 개념을 제시한다.
33 Paul Ricoer, *Soi-même comme un autre*, Paris : Seuil, 1990, p.197.

세포들과도 같"[34]은 복수적·탈인격적 발화(자)로는 이 같은 '자기 유지'가 불가능하다는 것이다.

따라서 리쾨르는 부서져버린 유아론적 코기토를 대신하여, '동일자와 타자의 변증법'으로 이루어진 또 다른 주체(자기)를 정립(또는 탈-정립)하고자 한다. 그러기 위해서 그는 서술 이론의 딜레마와 발화 행위 이론의 쟁점들로 되돌아간다. 어떻게 '자기'는 우리가 말하는 대상으로 삼는 인물인 동시에 이인칭의 다른 존재에게 말을 걸면서 자신을 일인칭으로 지칭하는 주어가 될 수 있는지, 또한 서사적 담화의 삼인칭 인물은 어떻게 자신을 일인칭으로 지칭하는 누군가로 이행할 수 있는지를 탐구하는 것이다. 그는 인칭대명사들 사이의 이 같은 교환 가능성을 "익명적이라기보다는 배분적인 지칭의 힘"으로 이해하고, "이 '각자'의 힘을 간직할 수 있어야 한다"[35]고 말한다. 리쾨르는 또, 이인칭의 발화 상대자('나'를 이인칭으로 지칭하는 또 다른 발화 행위자)없이는 '나'의 존재를 구체화할 수 없음을 지적하면서 '자기'란 타자에게 근원적으로 귀속되어 있는 존재임을 밝히는 한편, 타자들 역시 '나'와 마찬가지로 스스로를 일인칭으로 지칭하는 '자기'라는 사실을 통해 타자에 대한 윤리적 책임의 중요성을 이끌어낸다.

리쾨르의 질문은 결국 "서사적 차원에서 사라지는 것처럼 보이는 어떤 자기를 윤리적 차원에서 어떻게 유지할 수 있는가?", "그토록 변덕스러운 나, '그럼에도 불구하고' 네가 나를 믿을 정도인 나는 누구인가?"[36] 하는 것으로 모아진다. 흥미롭게도 그 해답은 '한 삶의 서사적인

---

34   Ibid., p. 27.
35   Ibid., p. 49.

통일성'에서 구해진다. 자기 삶의 화자로서 우리는 종결 불가능하고 일관성이 없는 우리의 삶을 '플롯'으로 만들고, 그럼으로써 사건들의 우연성을 필연성으로 변화시킨다.[37] 내 삶의 이야기는 최종적인 완결이 불가능하며 수정 가능성을 향해 언제나 열려 있을 수밖에 없지만, 거듭되는 그 서사화 행위는 자기 자신에 대한 끊임없는 해석 작업으로서의 윤리적 성격을 지니게 된다. 리쾨르는 그 작업을, '좋은 삶'이라는 우리의 목표와 매순간 직면하는 개별적인 선택들 사이를 왕복운동하는 '해석학적 순환'으로 설명한다.

나아가 이 과정은 자기에 대한 긍정 평가와 타자에 대한 배려가 '교환'되는 변증법적 과정이기도 하다. 인칭대명사들(역할들)의 가역성과 행동하고 책임을 지는 자기의 대체 불가능성을 동시에 보존하고자 했던 리쾨르에게, 타자에 대한 "배려는 나 자신에 대한 타자의 평가에 대답"하는 일이자 "내가 나 자신을 평가하듯이 너 또한 너 자신을 평가할 수 있다"는 사실을 인정하는 것을 의미한다.[38] 자기 자신처럼 타자를 존중하고 타자처럼 자기를 존중하는 이들의 '좋은 삶'을 향한 의지는 '지배'와 구별되는 '공동 권력', '국가'의 개념으로 환원되지 않는 더 넓은 의미의 '정치성'을 띠게 된다.[39]

리쾨르의 이론은 구조주의의 '적'으로 간주되기도 했을 정도로 전통적인 주체의 복원에 주력한 것처럼 보이지만, 실제로 그의 사유는 구조주의 서사학이 처음 제기했고 후기구조주의 해체이론이 끝까지 밀고

36 Ibid., pp. 197~198.
37 Ibid., p. 170.
38 Ibid., p. 226.
39 Ibid., pp. 227~228.

나간 질문들에 대한 또 하나의 응답임을 알 수 있다. 리쾨르에게서도 주체는 무엇보다도 우선 '말하는'(글쓰기를 포함하여) 자였고, 모든 발화는 대화interlocution였으며, 발화 행위는 모든 행위의 훌륭한 모델이었다. 그에게 '누가 말하는가?'라는 질문은 '누가 행동하는가?', 그리고 '누가 그 행동에 책임을 지는 주체인가?' 하는 문제와 분리될 수 없었으며, 서사학적·화용론적 통찰들은 고통받는 자기의 현상학이나 윤리적인 실존의 해석학과 결렬하지 않을 수 있었다. 리쾨르의 이론은 서사 이론으로도, 해석학이나 실천 철학으로도 명명될 수 있겠지만, 어떤 이름으로 불리든 간에, 서사학이 자신의 내적인 장애물과 한계 지대를 우회하지 않고 돌파해냄으로써 가닿을 수 있는 사유의 가능성을 펼쳐 보인다.

4. 서사학의 현재적 의의와 역설적인 존재 방식

오늘날 구조주의 서사학의 영역을 한정짓고 그 경계를 확정하고자 하는 시도는 시대착오적인 것이 될지 모른다. 서사학의 의의는 지금, 자신이 발견한 난제들과 스스로 골몰했던 자기 모순들 속에 생생히 현존하고 있다. 서술 이론에서 발화 행위 이론으로, 화자와 담화의 유형학에서 실천의 윤리학으로 몸을 바꾸어간 서사학의 자기 갱신 / 자기 극복 과정은 이를 잘 예시해준다. 한편 이러한 변화의 흐름 속에는 유형화와 체계화를 향한 욕망이 계속 이어지고 있기도 하다. 그 욕망은 구조주의 서사학(詩學)과는 근본적으로 다른 관점에서 산문적 담화의 유형학을 제시하려 했던 바흐친이나,[40] "철자 오류적인paragrammatique 방법론"으로만 존재할 수 있을 철자 오류의 기호학을 세우고자 했던 크리스테바에게서도 찾아볼 수 있다.[41]

유형화와 체계화에 대한 서사학의 지향은 그 자체로도 여전히 유효성을 지니고 있다. 다만 그것은 데리다적인 의미의 어떤 단절, 곧 "구조의 구조성이 사유되기 시작했을 때" 비로소 발생한 반복적인 "회로 차단disruption"[42]과 더불어서만, 그렇게 자기를 바깥에서 사유하는 반성적 인식을 동반함으로써만 유지될 수 있을 것이다. 크리스테바의 말을 변용해서 말하면, 서사학자가 직면한 문제는 "'침묵'에 빠질 것인가, 아니면 형식화해야 하는가 사이의 양자택일"[43]의 문제이다. 형식화의 전망을 포기할 수 없다면 스스로를 체계의 구축자인 동시에 파괴자로, 또는 균열들의 체계이자 체계의 균열들로 만드는 것이야말로 서사학의 역설적인 존재 방식이 아닐까.

---

40   홑목소리의 말과 겹목소리의 말을 나누고, 겹목소리의 말을 다시 수동적 겹목소리의 말과 능동적 겹목소리의 말 등으로 나누었던 바흐친의 복잡한 도표를 떠올려보자. Mikhail Bakhtin(1984), p.199.
41   Julia Kristeva(1969), p.146.
42   Jacques Derrida(1967), p.411.
43   Julia Kristeva(1969), p.146.

소설과 영화의 서술자와 초점화 문제

1. 소설과 영화의 매체적 차이와 서사학의 난점들

매체적 특수성을 넘어서는 서사의 보편 구조를 밝히려는 시도는 현재 여러 한계들에 직면해 있다. 영화와 소설을 포괄하는 서사학의 기획만 놓고 보아도, 논의가 심화될수록 영상 매체와 언어 매체 사이에 벌어진 간극을 역설적으로 확인하는 결과에 이르게 되는 경우가 많다. 이 분야의 대표적인 이론가인 채트먼의 논의에서도 영화라는 영상 서사물을 서사학적 체계 안에 포함시키기 위해서는 기존의 개념들을 수정하거나 새로운 용어들을 창안해야 할 필요가 거듭 제기되곤 했다. 서술자를 대신하는 용어인 '제시자presenter', 서술자의 초점과 인물의 초점을 구별하여 지칭하는 '시선slant'과 '필터filter', '믿을 수 없는 서술unreliable narration'과 변별되는 '오류에 빠지기 쉬운 필터the fallible filter' 등이 그

단적인 예들이다.[1] 하지만 이런 용어들이 소설에도 적용될 수 있는지, 그렇게 하는 것이 과연 효과적인지에 대해서는 의문의 여지가 많다.

위의 예들에서도 알 수 있듯이, 이 문제에서 '스토리story' 층위보다 더욱 문제가 되는 것이 '담화discourse'의 층위이다. 특히 서술자narrator와 초점화focalization의 영역은 매체적 특수성과 너무도 밀접하게 결부돼 있어, 이를 극복하기가 쉽지 않아 보인다. 이를테면 서술이란 용어는 그 자체로 '언어적' 특성을 어느 정도 함축하고 있고, 초점화는 시점point of view이라는 용어의 '시각적' 함의를 덜어내기 위해 고안된 개념이긴 해도 여전히 '보는' 행위나 관점에 밀착해 있기 때문이다.

실제로 언어를 통해 이야기를 전달하는 소설에서는 서술자의 존재가 상대적으로 쉽게 감지되는 데 비해, 주로 영상으로 이야기를 전달하는 영화에서는 '누가 말하는가?'(누가 이야기를 전달하는가?) 하는 문제가 훨씬 더 모호하고 불분명하게 느껴진다. 영화에는 내레이션(보이스 오버 방식의)이나 캡션 같은 보조적 수단 외에는 언어로 된 서술(흔히 '목소리'라 불리는)이 존재하지 않으며, 서술 행위를 특정한 개인(또는 인간)에게 귀속시키기에도 무리가 있다. 영화에 서술자라는 용어를 적용하기가 부적합하다고 보는 영화 이론가들의 견해는 바로 여기에 근거한다.[2]

한편 소설에서 '누가 보는가?'(누구의 관점에서 이야기가 전달되는가?) 하는 문제는 무척 포괄적이고 암시적인 영역이라서 '보다'라는 말의 비유적

---

1 Seymour Chatman, *Coming to Terms : The Rhetoric of Narrative in Fiction and Film,* Itaca and London : Cornell Univ. Press, 1990, pp. 109~160.
2 영화에서 서술자의 존재를 부정하는 대표적인 이론가로 인지주의 영화 이론가인 보드웰을 들 수 있다. David Bordwell, *Narration in the Fiction Film,* Madison : Univ. of Wisconsin Press, 1985, pp. 61~62.

확장(지각하다, 인식하다, 판단하다 등)을 동반하는 것이 보통이지만, 영화에서는 카메라의 '시각' 그 자체가 전면에 부각된다. 카메라의 시선은 또한 이야기를 전달하는 서술 행위와도 직접 관련을 맺기 때문에, 영화에서 서술자와 초점(화)자를 구분하는 일은 어쩌면 무의미해 보이기도 한다. 이는 언어 서사물을 대상으로 하여 먼저 체계화된 서사학의 개념들로 영화라는 이질적인 매체를 규정하고자 하는 데서 발생하는 문제들이기도 하다.

> 오늘날의 보편적인 장편 영화들의 경우, 영상만 놓고 보더라도 두 시간 내외의 러닝 타임 동안 수천 개에 이르는 짧은 쇼트들을 사용하고 있다. 각각의 쇼트들은 매우 가변적인 위치에서 바라본(초점화한) 것이며, 그것들은 또한 주관적일 수도 있고 간(반)주관적일 수도 있으며, 객관적이거나 초월적인 것일 수도 있다. 하나의 신을 몇 개의 쇼트로 나누어 한 대의 카메라로 담아낼 수도 있고, 하나의 신을 여러 대의 카메라를 동원하여 여러 각도에서 포착한 다음, 그 결과를 편집을 통해 가다듬을 수도 있다. 그렇다면, 이렇게 다양한 위치에서 포착되는 이른바 객관적 화면의 시점은 누구의 것인가? 누가 이야기를 보고 누가 이야기를 전달하는가?[3]

그러니 영화에 대한 서사학적 접근 방법의 효용성을 의심하는 이 같은 견해가 일면 타당성을 지니는 것도 사실이다. 그럼에도 서사물이라는 공통점을 이루는 '서사적' 특수성과 '서사적' 의사소통 체계가 존재

---

3   서정남, 「영화 텍스트의 계층적 구조와 서사학적 접근 방법론의 효용에 관한 논고」, 『한국어문학과 서사의 방향』, 2008년 국제어문학회 봄 전국학술대회 자료집, 2008. 5, 107면.

하고 서로 다른 매체들이 그것을 제한적으로나마 공유한다면, 이를 설명하는 이론적 작업은 중요한 의의를 지닐 수 있다. 하지만 그 작업은 매체들 사이의 본질적인 차이를 감추고 제거하는 방식이 아니라, 오히려 그 차이들을 인정하고 이를 논리화하는 방식으로 이루어져야 할 것이다. 또한 엄밀한 유형화나 빈틈없는 체계화를 지향하기보다는 유형화를 벗어나는 지점들과 체계의 균열들에 주목하고, 바로 그 일탈과 어긋남을 통해서 의미 있는 성찰들을 이끌어내야 할 것이다.

이 글에서는 이런 관점으로 영화와 소설의 서술자와 초점화 문제에 접근하고자 한다. 언어 서사물로부터 세워진 서술자와 초점화의 이론 체계가 영상 서사물에 적용되는 과정에서 발생하는 문제는 무엇인지 살펴보고, 이를 통해 소설과 영화 각각의 매체적 특수성과 독특한 서술 방식을 서사학적으로 밝혀보고자 한다. 이는 결코 단순하지 않은 과제이기에, 이 글은 일단 그 가능성과 방향을 제시하는 시론試論의 성격을 띤다.

2. 소설과 영화의 서술자―서술자의 위치와 서술 수준

언어 서사물의 서술자에 관한 논의 가운데 가장 체계적이고 포괄적인 것은 주네트의 이론이다. 그는 '인칭'이라는 기존의 분류법이 지닌 논리적 오류를 분명히 하고,[4] 서술자의 위치와 서술의 층위를 간명하게 정리했다. 그에 의하면, 서술자의 위치는 우선 스토리 세계 안에 있는 인물이 이야기하느냐 아니면 스토리 바깥의 서술자가 이야기하느냐 하는 두 가지 서술 입장으로 나뉜다. 주네트는 이 두 가지 서술 상황을 각각 '동종이야기homodiégétique'와 '이종이야기hétérodiégetique'라고 불렀다.

서술자와 스토리 사이의 관계를 기준으로 하는 이 같은 구분 외에도, 주네트는 '서술 수준niveaux narratifs'이라는 또 다른 차원을 고려했다. 서술 수준은, 작가를 대리하여 독자를 향해 이야기하는 가장 바깥 층위의 서술(겉이야기extradiégetique)과, 겉이야기에 등장하는 인물이 서술자의 자리를 물려받아 이야기를 이끌어가는 다음 층위의 서술(속이야기intradiégetique), 그리고 속이야기에 등장하는 인물이 다시 서술자의 자리에 서게 되는 보다 하위의 서술(두 겹 속이야기métadiégetique) 등으로 나뉜다. 이를 종합하면, 서술자의 위치는 다음과 같이 구분된다.[5]

① 겉이야기이며 이종이야기 : 『오디세이』의 호머와 같이 본인이 스토리에 나타나지 않는 제일 바깥 구조의 서술자

② 겉이야기이며 동종이야기 : 『잃어버린 시간을 찾아서』의 마르셀과 같이 자기 자신의 이야기를 하는 제일 바깥 구조의 서술자

③ 속이야기이며 이종이야기 : 『아라비안나이트』의 세헤라자데와 같이,

---

[4] 주네트는 서술자가 '일인칭'으로 자신을 지칭하는 경우라도 그가 스토리상의 인물인 경우와 그렇지 않은 경우가 있다는 데 주목했다. "나는 1632년 요크 시에서 태어났다"고 말하는 로빈슨 크루소와 "나는 군대와 군사들을 노래하노니 ……"라고 쓰는 비르길리우스는 문법적으로는 동일하지만 서술의 차원에서는 분명히 구별되어야 하기 때문이다. Gérard Gennette, *Figures III*, Paris : Seuil, 1972, p.252.

[5] Ibid., pp.255~256.

자신이 전혀 나타나지 않는 스토리를 이야기하는 속구조의 서술자

④ 속이야기이며 동종이야기 : 『오디세이』 9~12권에 나오는 율리시즈
와 같이, 자신의 이야기를 하는 속구조의 서술자

'동종이야기'와 '이종이야기'라는 용어를 좀 더 보편적인 서술자의
명칭으로 바꾸면, '스토리 내적 서술자'(또는 인물에 묶인 서술자character-bound
narrator)와 '스토리 외적 서술자'external narrator가 될 것이다.[6] '겉이야기'와
'속이야기'라는 용어 또한 서술의 층위를 가리키는 보다 일반적인 용어
인 상위 서술과 하위 서술로 대체할 수 있다.[7] 이를 표로 나타내고, 명
시적인 겹이야기 구조를 포함하지 않는 서사물에까지 범위를 확장하
면 〈표 1〉과 같다.

〈표 1〉 주네트의 체계를 변형한 서술 상황 표

	상위 서술	하위 서술
스토리 외적 서술자	『무정』의 이광수, 『참을 수 없는 존재의 가벼움』의 밀란 쿤데라	『아라비안나이트』의 세헤라자데
스토리 내적 서술자	『잃어버린 시간을 찾아서』의 마르셀, 『에세이스트의 책상』의 배수아	『오디세이』의 율리시즈, 「광염소나타」의 음악비평가 K씨

서술의 겹구조로 이루어진 하위 서술(삽입 서사)의 경우에는 특별히
문제될 것이 없다. 하위 서술은 작가-서술자로부터 서술권을 위임받

---

6 '인물에 묶인 서술자'(CN)와 '외적 서술자'(EN)는 미케 발의 용어이다. Mieke Bal,
   Introduction to the Theory of Narrative, Toronto · Buffalo · London : Univ. of Toronto Press,
   1985, p.122.
7 S. Rimmon-Kenan, *Narrative Fiction : Contemporary Poetics,* New York : Methuen, 1983,
   pp.94~95.

은 인물-서술자가 스토리에 자신이 등장하지 않는 이야기를 하는가 (『아라비안나이트』의 세헤라자데), 아니면 자기가 스토리상에 주인공이나 (『오디세이』의 율리시즈) 주변 인물로(『광염소나타』의 음악비평가 K씨) 참여하는 이야기를 하는가에 따라, 스토리 외적 서술과 내적 서술로 나뉜다.

액자구조가 아닌 서사물에도 해당될 수 있는 상위 서술의 경우는 좀 더 주의 깊게 살펴볼 필요가 있다. 상위 서술이면서 스토리 외적 서술자가 이야기를 이끌어가는 서술 상황이란 스토리 세계 안에 인물로 등장하지 않는 작가-서술자의 서술을 지칭한다. 스토리 바깥의 작가-서술자는 텍스트 안에 모습을 전혀 드러내지 않을 수도 있고('삼인칭' 서술, 『무정』의 이광수), 스토리상의 인물은 아니지만 텍스트 안에서 스스로를 '나'라고 호명할 수도 있다(침입적 작가, 『참을 수 없는 존재의 가벼움』의 밀란 쿤데라). 이 같은 차이는 서술자의 존재가 겉으로 '드러나는' 정도에 따라 폭넓은 스펙트럼을 이루게 된다.[8]

상위 서술이면서 스토리 내적인 서술은 작가-서술자가 스토리 안에 인물로 등장하는 경우를 뜻한다. 프루스트의 『잃어버린 시간을 찾아서』나 배수아의 『에세이스트의 책상』 등은 모두 '나'라고 불리는 존재가 작가를 대리하는 상위의 서술자인 동시에 스토리 세계 안의 인물이기도 한 소설이다. 이런 서술 상황은 '일인칭' 서술 가운데서도 가장 예외적이고 문제적인 양상을 띤다. 인물로서의 한계에 묶여 있어야 함에도 작가로서의 전능함을 지니고 있다는 이유 때문에, 텍스트 곳곳에서 묘한 불일치와 모순들을 유발하는 것이다.[9] 이런 서술 상황은 스토리

8　이에 대해서는 Seymour Chatman, *Story and Discourse : Narrative Structure in Fiction and Film*, Ithaca and London : Cornell Univ. Press, 1978, pp.146~252.

외적 서술과 내적 서술의 경계가 무너지면서 서술자의 정체가 모호해지는 양상을 띠기도 한다. 유형화에 저항하는 이 같은 양상은 서사학적 체계의 골칫거리로 논의에서 배제되기보다는 언어 서사물의 독특한 가능성과 잠재력을 암시하는 서술 상황으로 더욱 주목받을 필요가 있을 것이다.

그런데 이 체계 안에는 좀 더 일반적인 '일인칭' 서술 상황(이상의 「날개」, 김승옥의 「무진기행」 등)의 자리가 분명하게 나타나 있지 않다. 주네트는 이에 대해 명시적으로 밝히지 않았지만(또는 다소 혼란을 드러내고 있지만), 소설의 허구적인 '일인칭' 서술자가 작가-서술자와 구별될 수밖에 없다면(내용상의 자전적 요소들과는 별개로 서술 수준의 측면에서) 그는 상위 서술자가 될 수 없을 것이다. 결국 허구적인 '일인칭' 인물-서술자는 작가-서술자에게서 서술권을 물려받은 하위 서술의 주체로 보아야 하며, 이때 상위 서술은 텍스트 안에 나타나지 않고 생략되어 있다고 말할 수 있다. 한편 작가를 대리하는 상위 서술자(작가-서술자)도 전기적 인물인 작가 자신과 곧바로 동일시될 수는 없으므로, 상위 서술자를 작가의 고유명으로 부르는 데는 오해의 여지가 많다. 이를 수정하고 위의 내용들을 종합하여 정리하면 〈표 2〉와 같다.

〈표 2〉의 체계는 소설의 서술자를 설명하는 데 상당히 유용하다. 이를 영화의 서술자에도 적용할 수 있을까? 그러기 위해서는 우선, 서술 행위가 반드시 언어 매체를 통해 이루어질 필요는 없으며 서술자가 한

---

9   주네트의 『서사담화』가 서사학적 체계를 세우는 데 주력하면서도 유형화에 저항하는 균열들에 주목하는 이론서가 된 것도, 이 책이 바로 『잃어버린 시간을 찾아서』를 대상으로 했기 때문이라고 말할 수 있다.

<표 2> 소설의 서술자와 서술 상황

	상위 서술	하위 서술
스토리 외적 서술자	스토리 세계 안에 등장하지 않는 작가-서술자	스토리에 자신이 등장하지 않는 이야기를 하는 인물-서술자
	예)『무정』의 익명적 서술자 ('삼인칭' 서술), 『참을 수 없는 존재의 가벼움』의 서술자 '나'('일인칭' 침입적 작가)	예)『아라비안나이트』의 세헤라자데 (겹구조 속의 인물-서술자)
스토리 내적 서술자	스토리 세계 안에 직접 등장하는 작가-서술자	스토리에 자신이 등장하는 이야기를 하는 인물-서술자
	예)『잃어버린 시간을 찾아서』와 『에세이스트의 책상』의 서술자 '나' (예외적 '일인칭' 인물-서술자)	예)『오디세이』의 율리시즈 (겹구조 속 인물-서술자) 「무진기행」의 윤희중 (일반적 '일인칭' 인물-서술자)

사람의 개인(또는 인간)이어야만 하는 것도 아니라는 채트먼의 관점을 받아들여 영화에서 서술자의 존재를 필수적 요소로 인정한다는 전제가 깔려 있다.[10] 영화가 어떤 식으로든 관객에게 이야기를 전달하고 관객이 이를 서사적으로 이해한다면, 가청적可聽的인 목소리가 들리지 않는다 해도 이야기를 전달하는 서사 행위자의 존재가 개입할 수밖에 없는 것이다. 그렇다면 영화의 상위 서술자는 영상과 음향 등을 복합적으로 활용하고 커트와 편집 등의 과정을 통해 관객에게 영화의 이야기를 전달하는 서술 행위 전반의 주체로 볼 수 있다.

그런데 현대의 일반적인 영화들에서 상위 서술자는 언제나 스토리 외부의 익명적 서술자이다(소설의 침입적 작가와 유사하게 촬영 행위나 영화 제작 과정을 자의식적으로 드러내는 경우도 간혹 찾아볼 수 있다).[11] 〈표 2〉의 분류

---

10   Seymour Chatman(1990), pp.133~134.

에 근거하면, 영화의 전형적인 서술자는 '스토리 외적 상위 서술자'인 것이다. 반면에 스토리 세계에 참여하는 특정 인물은 영화에서 상위 서술을 담당하는 일이 불가능하다(감독이 배우로 출연하는 경우라 할지라도, 그는 영화의 상위 서술자와는 완전히 별개의 존재이다). '스토리 내적 상위 서술'('일인칭' 서술의 특수한 형태)이 영화에는 존재하지 않는다는 사실은 이 같은 서술 상황이 언어 서사물의 독자적 영역이라는 앞의 주장을 뒷받침해주기도 한다.

영화의 하위 서술은 이보다 더욱 복잡미묘하다. 언어 매체 하나만을 서술 행위의 도구로 삼는 소설과 달리 영화에서는 다양한 시각적(조명, 미장센, 카메라의 앵글과 거리와 움직임, 편집의 형태와 리듬 등), 청각적(음향과 내레이션 등) 수단들이 제각기 서로 다른 하위 서술을 수행할 수 있기 때문이다. 스토리 속 인물이 삽입 서사의 하위 서술자로 등장하는 경우(겹이야기 구조)를 먼저 살펴보면, 일반적으로 영화에서 이런 서술 상황은 지극히 일시적이거나 부분적으로만 나타난다. 보이스 오버voice-over(화면 밖 목소리) 방식으로 인물의 내레이션이나 발화가 들려오고 그 내용을 영상으로 재현하는 플래시백 장면이 그 대표적인 예일 것인데, 이때 도입부의 목소리는 인물의 것이라도(청각적 하위 서술) 영상은 스토리 외적 서술자의 것인 경우(시각적 상위 서술)가 대부분이기 때문이다.

---

11 이때에도 드러난 서술과 드러나지 않은 서술의 폭넓은 스펙트럼이 존재한다. 카메라의 움직임이나 독특한 앵글 등으로 서술자의 관점을 강조하는 것은 드러난 서술의 한 예이다. 반면에 할리우드 영화의 일반적 관습처럼 어떤 식으로든 서술자의 존재를 의식하게 만들지 않고 "일종의 자동기술auto-description의 방식으로 이야기되고 있다는 인상"(서정남, 『영화서사학』, 생각의나무, 2004, 323면)을 주는 것은 드러나지 않은 서술의 대표적인 예라 하겠다.

실험적이고 미학적인 영화로 자주 언급되는 오손 웰스의 〈시민 케인〉(1941)은 겹이야기 구조로 된 서술 수준의 변화를 영화적인 방식으로 표현한 흥미로운 예이다. 영화 속 한 등장인물인 기자 톰슨은 케인이 남긴 마지막 말(로즈버드)의 의미를 밝히기 위해 생전에 그를 알고 지냈던 여러 사람들을 찾아간다. 카메라를 들고 다니며 증언자들의 모습을 필름에 담는 기자 톰슨은 명백히 인물-하위 서술자(속이야기)의 기능을 한다.[12]

인물의 '시각적인' 하위 서술 가능성은 〈벤자민 버튼의 시간은 거꾸로 간다〉(2009)에서도 찾아볼 수 있다. 이 영화에서 벤자민의 일기장 속에 담긴 과거의 이야기들은 벤자민의 목소리가 들려오는 도입부와 함께 스토리 외적 서술자의 영상이 펼쳐지는, 영화의 일반적인 하위 서술 방식으로 이루어져 있다. 그런데 영화에 등장하는 한 노인(번개를 일곱 번 맞은)의 이야기는 노인의 목소리("한 번은 소를 몰고 갈 때였지" 등등)와 더불어 빛바랜 옛날 필름처럼 처리된 독특한 영상으로 전달된다. 이와 유사하게 벤자민의 아내가 오래 전 기차역에 걸려 있던 '거꾸로 가는 시계'를 회상하는 장면에서도 비교적 옛날 필름의 색채와 질감을 지닌 영상이 등장한다. 노인과 벤자민의 아내는 〈시민 케인〉의 기자 톰슨처럼 카메라를 들고 직접 촬영 행위를 담당하지는 않지만, 기억 속의 퇴색된 영상으로 삽입 서사를 전달하는 하위 서술의 주체로 보아야 할 것이다.

---

12 이때 기자 톰슨(카메라)을 향해 자신이 알고 있는 케인의 모습을 증언하는 여러 인물들은 한 단계 더 아래(두 겹 속이야기)에 있는 하위 서술자로 볼 수도 있다. 하지만 이들의 이야기는 스토리 밖에 있는 상위 서술자의 객관적인 영상으로 전달되므로, 엄밀한 의미에서 하위 서술의 완전한 주체는 될 수 없을 것이다.

한편 소설의 경우와 마찬가지로 영화에서도, 명시적인 겹구조를 지니지 않는 이야기들(상위 서술이 생략되거나 은폐된 경우)의 하위 서술 문제에 대해 생각해볼 수 있다. 가령 영상 이미지를 만들거나 조절하고 이야기를 구성·편집하여 관객에게 전달하는 상위 서술자의 존재가 결여된 채, 카메라의 순수한 촬영 행위만으로 이루어진 영화가 여기에 해당될 수 있다. 기차역에 열차가 도착하는 장면을 그대로 필름에 담은 뤼미에르 형제의 〈열차의 도착〉(1895)이 바로 그런 예에 속하는데, 1신scene 1쇼트shot로 이루어진 이 1분짜리 무성 영화는 상위 서술 없이 '스토리 외적 하위 서술'로만 이루어져 있다(지금의 기준으로 보면 이 영화는 스토리를 전달하는 서사적 차원에서 다소 불완전하게 느껴진다). 이와 유사한 방식으로 상위 서술을 의도적으로 최소화하는 서술 상황도 있다. 히치콕의 〈로프〉(1948)는 아파트 실내에서 1시간 45분에 걸쳐 벌어지는 사건 전체를 커트 없이 오직 한 대의 카메라로 촬영한 것처럼 '보이게 만든' 영화이다. 이 경우는 상위 서술자의 존재가 의도적으로 은폐된 채 하위 서술자(외부적 기록자, 촬영자)의 존재만이 감지되는 상황이라 할 수 있다.

영화 전체가, 소형 카메라를 들고 다니며 자기 자신이나 주변 사람들을 촬영하는 방식으로 이루어진 경우(셀프카메라의 촬영 방식)도 있을 수 있다. 촬영자 자신의 모습이 직접 등장하거나, 또는 그렇지 않더라도 촬영자가 다른 인물들과 상호작용을 하는 상황(자신이 화면에 나타나진 않지만 다른 인물들과 대화를 나누거나 다른 인물들이 그의 존재를 의식하여 반응을 보이는 상황)이라면, '스토리 내적 하위 서술'로 볼 수 있다. 여기에 커트나 편집 등이 가해진다면 상위 서술이 따로 행해진 경우일 테고, 그렇지 않다면 상위 서술이 부재하는 경우일 것이다.

'페이크 다큐fake documentary'라 불리는 영화들의 서술 상황도 흥미롭다.[13] 페이크 다큐 공포영화 〈블레어 위치〉(1999)[14]는 세 명의 주인공이 16mm 카메라와 디지털 비디오카메라로 서로를 촬영하는 방식으로 이야기를 전개한다. 이 영화에서 관객에게 전달되는 이야기 전체를 주관하는 상위의 서술자(스토리 외적)는 의도적으로 은폐되어 있는 반면, 인물들과 동일시되는 하위 서술자(스토리 내적)의 존재는 전면에 부각돼 있다. 한편 옴니버스 형식의 영화 〈여섯 개의 시선〉(2003) 중 박찬욱 감독의 〈믿거나 말거나, 찬드라의 경우〉에서는 배우가 아닌 카메라가 주인공 찬드라의 역할을 대신한다. 이로 인해 실제 인물인 찬드라를 찾아가 네팔에서 촬영한 마지막의 다큐멘터리 부분 외에는 주인공 찬드라가 화면에 전혀 등장하지 않으며, 영화의 다른 인물들은 줄곧 카메라에 대고 이야기를 하게 된다. 이때에도 찬드라를 대신하는 카메라의 촬영 행위는 '스토리 내적 하위 서술'이 된다. 이상의 내용을 정리하여 영화의 서술자를 체계화하면 〈표 3〉과 같다.

〈표 3〉은 소설과 구별되는 영화적 서술의 특수성을 잘 보여준다. 서술자의 영역에서 영화의 특수성은 스토리 외적 상위 서술의 압도적인

---

13 다큐멘터리는 허구 영화와 마찬가지로 촬영된 영상을 취사선택, 배열하고 이야기를 재구성하는 상위 서술자에 의해 이야기가 전달된다. 그 장르적 차이는 서술 상황이 아니라 촬영 대상(실제인가 허구인가)에 의한 것이라 할 수 있다. 다만 전통적인 다큐멘터리의 관습은 있는 그대로의 '사실'을 보여준다는 환영을 심어주기 위해 상위 서술자의 존재를 최대한 감추는 서술 방식(드러나지 않은 서술)을 선호한다. 페이크 다큐는 다큐멘터리의 이 같은 관습과 목적을 자의식적으로 모방하는 허구 서사의 특수한 양식이다.
14 〈블레어 위치〉는 전설의 마녀 '블레어 위치'에 대한 다큐멘터리를 만들기 위해 마녀의 숲으로 들어갔던 영화학과 학생 세 명이 행방불명되고, 1년 뒤 그들의 카메라와 필름만 발견되었다는 허구적 설정에서 출발한다. 그리고 그들이 촬영한 다큐멘터리 필름이 바로 이 영화라고 하는 가정을 통해 실제와 허구의 경계를 교란한다.

<표3> 영화의 서술자와 서술 상황

	상위 서술	하위 서술
스토리 외적 서술자	스토리 세계 안에 등장하지 않는 이야기 전체의 익명적 서술자	스토리에 자신이 등장하지 않는 이야기를 전달하는 인물-하위 서술자
	현대의 일반적인 영화들(촬영이나 제작 과정을 노출하는 자의식적 서술자도 포함됨)	예) 〈시민 케인〉의 기자 톰슨(삽입 서사의 인물-하위 서술자), 〈열차의 도착〉과 〈로프〉의 촬영자 (상위 서술이 생략, 은폐된 경우)
스토리 내적 서술자	스토리 세계 안에 직접 등장하는 이야기 전체의 서술자	스토리에 자신이 등장하는 이야기를 하는 인물-하위 서술자
	없음	예) 〈벤자민 버튼의 시간은 거꾸로 간다〉에서 벤자민의 아내와 노인 (삽입 서사의 인물-하위 서술자), 〈블레어 위치〉와 〈믿거나 말거나, 찬드라의 경우〉의 인물-카메라(삽입 서사가 아닌 경우)

비중에 있으며, 스토리 내적 서술자는 영화에서 아예 불가능하거나(상위 서술) 각별히 예외적이고 실험적인 양식(하위 서술)으로 나타난다. 달리 말하면 영화에서는 서술 수준을 막론하고 인물-서술자의 비중이 현저히 낮다고 할 수 있는데, 이렇게 약화된 인물 서술은 영화에서 초점화의 영역(인물의 관점이나 시각)으로 이행하는 양상을 띤다. 언어적 특성을 함축하는 서술자 문제가 소설의 담화에서 핵심 요소로 등장하는 데 비해 시각적 내포를 지닌 초점화 문제가 영화에서 더욱 중요하게 부각되는 것은 당연한 일일 것이다. 하지만 소설에서 매우 중요한 역할과 비중을 차지하는 인물-서술자가 영화에서는 그렇지 않다는 사실은 '일인칭'이라는 '문학적' 서술 상황에 대한 영화 서술의 상대적인 취약성[15]을 확인시켜주는 것이기도 하다.

3. 소설과 영화의 초점화 — 정보량과 시각

서술의 층위가 스토리를 전달하는 행위나 표현 수단과 직접 관련된다면, 초점화는 서술이 형성되는 지각적·인식적·이데올로기적 전망 등을 지칭한다. 시각적 측면을 강조하는 시점視點이라는 용어가 지나치게 협소하다는 이유 때문에 새로이 만들어진 초점화라는 용어는 확실히 언어 서사물에 더 적합한 개념이라 할 수 있다. 소설에서 시각적 요소란 상당히 애매하거나 지엽적인 반면, 사상이나 세계관, 관심사나 이해관계 등을 포괄하는 관점(입장)의 문제는 매우 핵심적인 것이기 때문이다. 하지만 개념의 이 같은 확장으로 인해 초점화 논의는 종종 혼란에 빠지거나 너무 복잡하고 추상적이 되는 경향이 있다.

개념의 폭넓은 함의에도 불구하고, 스토리를 매개하는 초점화 단계의 핵심은 '정보량'에 있다.[16] '누가 보는가?'Who sees?라는 질문('누가 말하는가?'와 구별되는)에서 출발하여 초점화라는 용어를 처음 제안했던 주네

---

15 이는 특히 '일인칭' 소설을 영화화는 과정에서 발생하는 문제들과도 관련이 깊다. 일반적인 '일인칭' 소설들을 영화화할 때 인물-촬영자(카메라)가 등장하는 경우(스토리 내적 하위 서술)는 거의 없으며, 대부분 스토리 외적 상위 서술로 이야기의 서술 수준이 변경된다. 이 과정에서 인물의 관점이나 시각을 반영하는 초점화의 문제가 흥미롭게 부각된다(김승옥의 「무진기행」을 영화화한 김수용 감독의 영화 〈안개〉는 그 좋은 예이다). 때로는 소설의 '일인칭'적 성격이 영화에서는 현저히 중화되고 희석되면서 이야기 자체가 변질되는 경우도 찾아볼 수 있다(박현욱의 『아내가 결혼했다』나 이지민의 『모던보이』가 영화화될 때 이런 현상이 나타났다). 이에 대해서는 박진, 「디지털 콘텐츠 시대의 매체적 정체성」, 『작가세계』 2009년 봄, 238~242면 참조.

16 비전vision이라는 용어를 사용했던 장 푸이용이나 토도로프에게서도 논점은 제공되는 정보량의 정도였다.

트가 후에 이 질문을 '누가 지각하는가?Who perceives?'로 대체해야 한다고 주장하게 된 것도,[17] 초점화의 논점이 '보는 것'이 아닌 '아는 것'에 있다는 판단에 근거한다. 정보량을 기준으로 주네트가 제시한 초점화의 세 유형은 다음과 같다.

> ① 무초점화 (서술자＞인물) : 서술자가 등장인물이 알고 있는 것보다
> 더 많이 이야기하는 경우로, 흔히 전지적 시점이라 불리는 서술 상황
> ② 내적 초점화 (서술자＝인물) : 서술자가 등장인물이 알고 있는 것만을
> 이야기하는 경우로, 흔히 삼인칭 제한 시점이라 불리는 서술 상황
> ③ 외적 초점화 (서술자＜인물) : 서술자가 등장인물이 알고 있는 것보다
> 더 적게 말하는 경우로, 카메라의 렌즈처럼 외부에서 관찰하는 서술 상황

그런데 리몬 케넌이 지적한 대로,[18] 이 유형화에는 논리적 오류가 있다. '무초점화'와 '내적 초점화'는 초점화자(초점화의 '주체')의 위치에 따른 구분인 반면, '외적 초점화'는 초점화의 '대상'이 지각되는 방식에 따른 구분이기 때문이다. 실제로 주네트의 내적 초점화는 초점화자의 정보량이 스토리상의 인물의 관점으로 제한되어 있는 경우를, 무초점화는 초점화자가 스토리 바깥에 자리 잡아 그 같은 제약을 받지 않는 경우를 가리킨다. 반면에 외적 초점화는 초점화 대상을 제시할 때 그 외면만을 묘사하는 방식을 뜻하는 말로서, 위의 두 유형과는 다른 기준

---

17 Gérard Gennette, *Narrative Discourse Revisited,* trans. Jane E. Lewin, Ithaca, New York : Cornell Univ. Press, 1988, p.64.
18 S. Rimmon-Kenan(1983), pp.138~139.

에 근거한 구분이라 할 수 있다. 따라서 초점화의 유형은 우선, 초점화자가 스토리 세계 안에 있는가 아니면 밖에 있는가를 기준으로 하여 '내적 초점화'(인물-초점화자)와 '외적 초점화'(인물이 아닌 서술자-초점화자)로 나누는 것이 합리적이다.

내적 초점화이든 외적 초점화이든 서술자는 서사적 의도와 필요에 따라 자신이 알고 있는 것들(내면 심리에 대한 정보를 포함하여) 가운데 무엇을, 언제 이야기할 것인지를 선택할 수 있다. 특히 인물의 한계에 묶여 있어 정보량에 불가피한 제약이 따르는 내적 초점화와는 달리, 외적 초점화의 경우에는 서술자-초점화자가 인물이나 스토리 전반에 대한 정보를 최대한으로 전달하는 경우(주네트의 무초점화)로부터 최소한만을 제공하는 경우(주네트의 외적 초점화)에까지 폭넓은 스펙트럼을 이루게 된다.

한편 미케 발[19]이나 리몬 케넌이 언급한 대로 초점화의 주체만이 아니라 초점화의 대상도 함께 고려해야 한다. 스토리 내적 서술자(인물-서술자)나 스토리 외적 서술자(인물이 아닌 서술자)는 모두 특정 인물(들)이나 사건 등에 관심을 집중하여 이야기를 전개할 수도 있고 그렇지 않을 수도 있다. 초점화의 대상이 부재하거나 너무 많은 경우에는 이야기가 모호하거나 산만해질 수 있는 반면, 그 대상이 일정하게 한정되어 있을 때 이야기는 중심 스토리라인에 충실하게 집약될 수 있다. 초점화의 대상은 채트먼의 용어로는 '관심-초점interest-focus'[20]에 해당된다. 영화에서 카메라가 줄곧 한 인물을 따라다닐 때, 그는 초점화의 주체라기보다는 관심-초점 인물(초점화 대상)이라 보아야 한다.[21]

---

19 Mieke Bal(1985), pp. 106~110.
20 Seymour Chatman(1990), p. 148.

초점화 논의를 영화에 적용할 때 나타나는 가장 큰 문제는, 고드로와 조스트가 지적했듯이 '보는 것'과 '아는 것' 사이에 혼란이 발생할 수 있다는 점이다.[22] 소설과 달리 영화에서는 정보량의 층위와는 별개로 카메라가 보여주는 것과 인물이 본다고 간주되는 것의 관계가 매우 인상적으로 부각되는데, 소설을 중심으로 한 초점화 논의는 이 문제를 '아는 것'의 층위로 환원하거나 그것과 뒤섞어버리고 마는 것이다. 반면에 영화를 중심으로 새로 구상된 초점화 이론은 오히려 '아는 것'의 문제를 '보는 것'의 층위로 환원하여 또 다른 혼란을 유발하기도 한다. 이런 이유 때문에 영화에서는 초점화 이외에 '시각화ocularisation'의 층위를 따로 검토할 필요가 있다.[23] 그렇게 하면 시각의 문제와 혼동을 일으키는 일 없이 정보량의 차원에서 영화의 초점화에 대해 논의할 수 있으며, 영화 매체에 특수한 시각의 문제를 더 분명하게 설명할 수 있는 이점이 있다.

시각화 역시 동일한 기준에 근거하여 '내적 시각화'와 '외적 시각화'로 구분된다.[24] 인물의 눈(내적 시각화)으로 여과되지 않은 모든 시각(인물 자신의 모습을 보여주는 장면들 전체를 포함하여)은 원칙적으로 스토리 바깥

---

21 '일인칭' 소설을 영화화할 때 주인공-서술자는 초점화의 주체로 나타나지 않는 경우라도 대체로 관심-초점 인물로 등장하게 된다.
22 고드로 · 조스트, 송지연 역, 『영화서술학』, 동문선, 2001, 217~219면.
23 위의 책, 219면.
24 고드로와 조스트는 주네트의 용어인 '무초점화'를 따라 외적 시각화를 '무시각화'로 명명했지만, 무초점화나 무시각화란 논리적으로 이해하기 어려운 용어이다. 초점자나 시각화의 위치가 어디에도 존재하지 않는다는 뜻으로 읽히기 때문이다. 이런 문제 때문에 고드로와 조스트는 '무초점화'와 '무시각화' 대신에 '관객의 초점화'와 '관객의 시각화'라는 용어를 사용하기도 한다(위의 책, 236면). 그러나 이 용어는 혼란을 가중시킬 뿐 아니라 소설에는 적용할 수 없다는 한계를 드러낸다.

의 서술자의 것(외적 시각화)으로 보아야 한다. 외적 시각화는 관습적인 할리우드 영화에서처럼 서술자-시각화자의 존재를 감지하기 어려운 경우보다는 카메라의 존재나 위치, 움직임이나 각도 등을 특별히 의식하게 만드는 경우(드러난 외적 시각화)에 더욱 관심을 끈다.[25]

영화는 주로 외적 시각화에 의존하지만, 내적 시각화를 표현하는 몇 가지 특수한 관습들을 지니고 있다. 인물이 촬영 행위를 담당하거나 카메라가 인물과 동일시되는 영화들(〈블레어 위치〉, 〈믿거나 말거나, 찬드라의 경우〉 등)에서는 실제로 인물의 시각을 영상이 그대로 재현하게 된다. 하지만 이렇게 인물-서술자가 등장하지 않아도 인물을 통한 내적 시각화가 이루어지는 경우들이 있다. 화면 한 구석에 인물의 등과 같은 신체의 일부가 보일 때, 관객은 그 장면에서 인물이 보는 것을 그와 함께 본다고 말할 수 있다.[26] 어떤 대상을 응시하는 인물의 모습을 담은 쇼트 다음에 곧바로 그가 바라보고 있는 대상을 찍은 쇼트가 이어질 때에도, 우리는 그것을 인물의 시각으로 간주하게 된다.

일반적으로 인물의 눈을 통해 매개된 주관적 영상은 이내 외적인 시각의 객관적 영상에 자리를 넘겨주는 경우가 많고, 인물의 시각과 서술자의 시각이 중첩되어 있거나(간주관적 영상) 그 구별이 불분명한 경우도 많다. 영화 〈눈먼 자들의 도시〉(2008)에서 희뿌연 톤으로 처리된 영상들은 세상이 온통 하얗게 보이는 특이한 실명 상태에 있는 인물들의 시각을 스토리 외적인 서술자의 시각과 겹쳐놓은 양상을 띤다. 〈뷰티풀 마인드〉(2001)에서 정신질환을 앓는 천재 수학자의 눈에 비친 환영

---

25 그 구체적인 사례에 대해서는 서정남, 앞의 책, 313면 참조.
26 Seymour Chatman(1978), p.160.

을 그대로 재현한 주관적 영상은 내적 시각화에 해당될 수 있지만, 그 환영의 중심에 수학자 자신의 모습이 포함되어 있다면 인물(관심-초점 인물)의 심리와 정신 상태까지 꿰뚫어보는 외적 서술자의 시각으로 이해될 수도 있다. 소설에서 주로 서술의 층위에 나타나는 이중성과 모호성(인물의 목소리와 서술자의 목소리가 뒤섞인 자유간접화법 등)이 영화에서는 이처럼 시각화의 층위에서 발생하는 것이다.

이 외에도 영상물에서는 '청각화auricularisation'의 문제를 고려할 수 있다. 청각화 역시 특정 인물의 귀에만 들리는 것을 그대로 재현하는 경우(내적 청각화) 외에는 모두 스토리 외부의 서술자에게 귀속되는 '외적 청각화'(고드로와 조스트의 무청각화)로 볼 수 있다. 인물이 이명이나 환청에 시달릴 때 그 소리를 관객에게 그대로 들려준다든지, 인물이 일시적으로 귀가 안 들릴 때 음향을 소거한다든지(드라마 〈베토벤 바이러스〉에서 두루미의 경우) 하는 방식은 '내적 청각화'의 전형적인 예이다. 인물이 이어폰으로 듣고 있는 음악을 관객에게도 들려준다면 내적 청각화가 될 것이고, 인물의 청각과는 무관하게 들려오는 배경음악은 외적 서술자-청각화자에게 귀속될 것이다. 화면과 스토리 전개에 어울리는 '자연스러운' 배경음악은 드러나지 않은 외적 청각화에 해당되지만, 처절한 전투 장면이나 참혹한 사건 현장에 깔리는 서정적인 음악과 같이 서술자-청각화자의 특정한 관점이나 태도를 제시하는 배경음악은 드러난 외적 청각화에 속한다. 관객의 긴장과 공포감을 극도로 고조시키는 공포영화의 날카로운 음향들 역시 외적 청각화의 관습적인 예가 된다. 시각화와 청각화를 포함하여 영화의 초점화 체계를 소설과 비교하면 〈표 4〉와 같다.

〈표 4〉 소설과 영화의 초점화 체계

		소설		영화	
화 : 정보량 가 아는가)	외적 초점화 (서술자-초점화)	초점화의 위치가 스토리 밖에 있어 서사적 정보가 서술자에게 귀속됨	외적 초점화 (서술자-초점화)	초점화의 위치가 스토리 밖에 있어 서사적 정보가 서술자에게 귀속됨	
	내적 초점화 (인물-초점화)	초점화의 위치가 스토리 안에 있어 서사적 정보가 인물의 지각으로 한정됨	내적 초점화 (인물-초점화)	초점화의 위치가 스토리 안에 있어 서사적 정보가 인물의 지각으로 한정됨	
각화 : 영상 가 보는가)	없음		외적 시각화 (서술자-시각화)	시각화의 위치가 스토리 밖에 있어 영상이 서술자에게 귀속됨	
			내적 시각화 (인물-시각화)	시각화의 위치가 스토리 안에 있어 영상이 인물의 시각으로 한정됨	
각화 : 음향 가 듣는가)	없음		외적 청각화 (서술자-청각화)	청각화의 위치가 스토리 밖에 있어 음향이 서술자에게 귀속됨	
			내적 청각화 (인물-청각화)	청각화의 위치가 스토리 안에 있어 음향이 인물의 청각으로 한정됨	

　　이제 종종 혼란을 유발하는 초점화와 시각화의 문제를 함께 살펴보기로 하자. 공포영화 〈장화, 홍련〉(2003)의 스토리는 주인공 수미의 지각과 관점으로 정보가 제한된 채 서술된다(내적 초점화). 동생 수연이 죽었다는 사실을 깨닫지 못하는 수미의 관점에서 이야기가 진행되기 때문에, 관객 역시 결말부(수미가 그 사실을 자각하는)에 이르러서야 앞서 서술된 스토리에 대한 온전한 정보를 얻을 수 있다. 하지만 이 영화는 수미가 알 수 없는 세부 상황들(수미가 없는 장소에서 벌어지는 일들)을 관객에게 수시로 알려주기도 한다(외적 초점화). 이 같은 초점화의 위반은 소설에서라면 쉽게 눈에 띄고 분석이나 비판의 대상(의도적인 실험이거나 미숙함의 산물로)으로 떠오르겠지만, 영화에서는 관례적으로 무척 자연스럽게 받아들여진다. 초점화의 이 같은 가변성과 이질적인 초점화의 공존 가능성 또한 영화의 매체적 특수성 가운데 하나이다.

그런데 초점화와 시각화는 반드시 일치하거나 기계적으로 결합하는 것은 아니다. 〈장화, 홍련〉에서 초점(정보량)이 수미에게 밀착해 있는 동안에도 카메라의 시각은 훨씬 더 자유롭게 이동한다. 카메라는 수미가 보는 심리적 환상들(내적 시각화)뿐 아니라 새엄마 은주를 비롯한 다른 인물들의 눈에 비친 환영까지 영상으로 제시하고, 내적 초점화자인 수미 자신의 모습을 바깥에서 조명한다(외적 시각화). 이 영화는 인물-초점화의 비중이 높은 서사물이지만, 시각화 면에서는 서술자-시각화가 지배적인 영화라고 할 수 있겠다.

인물-서술자가 등장하는 영화 〈블레어 위치〉에서는 물론 내적 초점화와 내적 시각화의 특징이 모두 강하게 드러난다. 관객에게 주어지는 정보는 철저히 인물들이 아는 것으로 제한되어 있으며(내적 초점화), 카메라는 교차하는 인물들의 시각을 그대로 대변한다(내적 시각화). 그런데 이들이 촬영한 카메라의 영상은 공포에 질린 서로의 얼굴을 보여줄 뿐 공포의 대상인 마녀의 모습은 한 번도 보여주지 않는다. 그러다가 카메라가 바닥에 떨어지며 영화가 끝날 때, 관객들은 그들이 마녀에 의해 차례로 죽임을 당했을 것으로 막연히 짐작할 수 있을 뿐이다. 그들이 마녀를 직접 보았지만 카메라에 담지는 못한 것이라면, 인물이 본 것과 관객이 보는 것 사이에는 불일치가 발생한다. 또한 인물들이 아는 구체적 상황들을 관객은 다 알지 못하고 있다고도 말할 수 있을 것이다. 따라서 이 영화에서는 인물이 아는 것보다 정보를 덜 주고 인물이 본 것을 관객에게는 일부러 보여주지 않는, 스토리 외적 초점화와 스토리 외적 시각화의 개입을 생각해볼 수 있다. 이 같은 초점화와 시각화의 주체는 물론 익명의 상위 서술자일 것이며, 그 의도는 관객의 공포감을 극대화하기 위함일 것이다.

이처럼 영화의 초점화 문제는 소설보다 훨씬 복잡하고 다중적이다. 인물-초점화와 인물-시각화가 함께 나타나지 않는 경우도 많고, 모호성·가변성·비일관성도 소설보다 더욱 두드러진다. 소설에서도 때때로 그러하지만 특히 영화에서는 개별 작품의 초점화 방식을 유형화하여 규정하는 일이 아예 불가능하거나 아무런 의미도 지니지 못하는 경우가 대부분이다. 영화에서 이보다 훨씬 더 중요한 것은 초점화의 복잡한 이동과 변이의 양상들을 섬세하게 포착하고, 장르별·시대별·감독별 등으로 나타나는 그 리듬의 보편성(규칙성)이나 특수성(불규칙성)을 파악하는 일일 것이다. 그러기 위해서는 이를 개념화하고 기술할 수 있는 논리적 체계가 반드시 필요하다. 이는 영화 매체에 대한 열린 시각과 깊은 이해를 동반하는 새로운 서사학이 담당해야 할 몫일 것이다.

4. 소설과 영화를 포괄하는 서사학의 의의와 전망

이상과 같이 소설과 영화를 함께 조망할 수 있는 서술자와 초점화의 체계를 정리해보았다. 서술자의 개념을 다양한 매체와 수단(시각적·청각적 수단 등)을 동원하여 수용자에게 이야기를 전달하는 서사적 행위자로 정의하면, 소설의 서술자와는 성격을 달리하는 영화의 서술자를 서사학적으로 개념화할 수 있다. 또한 서술자의 위치(스토리 안 / 스토리 밖)

와 서술 수준(상위 서술 / 하위 서술)이라는 동일한 기준을 적용하여 소설과 영화의 서술자를 체계화함으로써, 매체에 따른 서술 방식의 차이를 구조적으로 살필 수 있게 된다.

2장에서 검토한 대로 스토리 내적 상위 서술(스토리 안의 인물인 '나'가 작가-서술자로 등장하는)은 언어 서사물의 독특한 서술 상황으로 눈길을 끈다. 반면에 영화에서는 이 같은 서술 상황을 찾아보기 어려우며, 소설에는 매우 일반적인 스토리 내적 하위 서술(허구적 '일인칭' 인물 서술자) 또한 영화에서는 실험적이거나 예외적인 형식으로 나타난다. 이렇듯 인물-서술자의 비중이 현저히 약화되고 스토리 외적 상위 서술이 지배적인 서술 상황으로 등장하는 것은 영상 서사물의 매체적 특수성이라 할 수 있다.

한편 3장에서 논의한 바와 같이, 종종 혼란을 유발하는 초점화의 층위에서는 정보량(아는 것)과 시각(보는 것)의 영역을 구별함으로써 소설과 영화의 특수성을 체계적으로 살필 수 있다. 누구의 관점에서 이야기가 전달되는가 하는 초점화의 문제는 우선, 스토리 안에 있는 인물의 관점으로 정보량이 제한되는가(내적 초점화) 또는 스토리 밖에 있는 서술자의 관점에서 정보량이 조절되는가(외적 초점화) 하는 두 가지 입장으로 나뉜다. 소설에 비해 영화에서는 초점화의 변주와 위반이 더욱 자유롭고 자연스럽게 이루어진다.

소설과 영화에 공통적으로 적용되는 초점화의 이 같은 국면 외에, 영화에서는 누구의 눈에 비친 영상인가(시각화)를 따로 고려할 수 있다. 영화에서 익명적인 서술자의 영상(외적 시각화)과 인물의 눈을 통해 여과된 주관적인 영상(내적 시각화)이 교차하거나 뒤섞이는 양상은 소설의

자유간접화법과 유사한 모호성과 다중성의 효과를 만들어낸다. 인물
-서술자의 역할이 축소된 대신, 영화는 내적 시각화와 내적 초점화를
통해 관심-초점 인물의 시각과 관점을 영화적으로 표현할 수 있다.

　소설과 영화의 매체적 특수성을 존중하고 섬세하게 포착하면서도
이를 넘어서는 서사물로서의 공통 구조를 밝히는 일은 오늘날 서사학
이 담당해야 할 중요한 과제이다. 이는 서사적 의사소통 과정에 대한
이해의 폭을 넓히는 것은 물론, 소설과 영화의 미학적 특성을 보다 체
계적으로 기술하기 위해서도 필요한 작업이다. 특히 서사의 매체간 이
동이 그 어느 때보다 활발한 지금, 언어 매체와 영상 매체의 서사적 차
이를 섬세하게 파악하는 능력은 콘텐츠의 생산·유통·변형·향유 과
정 전반에 걸쳐 중요한 역할을 담당할 수 있다. 서술자와 초점화 문제
를 포함하여 소설과 영화를 함께 조망할 수 있는 서사학적 체계를 구축
하고 이를 정교화하는 작업은 앞으로도 계속 이루어져야 할 것이다.

참고문헌

강헌국, 『서사문법시론』, 고려대 민족문화연구원, 2003.

권택영, 『후기구조주의 문학이론』, 민음사, 1990.

김상환, 『해체론 시대의 철학』, 문학과지성사, 1996.

김형효, 『데리다의 해체철학』, 민음사, 1993.

박진, 「디지털 콘텐츠 시대의 매체적 정체성」, 『작가세계』, 2009 봄.

＿＿, 「스토리텔링 연구의 동향과 사회문화적 실천의 가능성」, 『어문학』 제122집, 2013. 12.

서명수, 「제라르 주네트의 '서술체 담화'에서 시간 범주에 관한 연구」, 『내러티브』 제 5호, 2002. 6.

＿＿＿, 「G. 주네트의 '서술체 담화'에서 목소리 범주에 관한 연구」, 『내러티브』 제9 호, 2004. 10.

서정남, 『영화 서사학』, 생각의나무, 2004.

＿＿＿, 「영화 텍스트의 계층적 구조와 서사학적 접근 방법론의 효용에 관한 논고」, 『한 국어문학과 서사의 방향』, 2008년 국제어문학회 봄 전국학술대회 자료집, 2008.

석경징 외, 『서술이론과 문학비평』, 서울대 출판부, 1999.

손영미, 「서사학과 포스트휴머니즘」, 『내러티브』 제9호, 2004. 10.

오탁번·이남호, 『서사문학의 이해』, 고려대 출판부, 1999.

한용환, 『서사 이론과 쟁점들』, 문예출판사, 2002.

Bal, Mieke, *Narratology : Introduction to the Theory of Narrative*, Toronto · Buffalo · London : University of Toronto Press, 1985.

Bakhtin, Mikhail, *The Dialogic Imagination : Four Essays by M. M. Bakhtin*, ed. Michael Holquist, trans. Caryl Emerson & Michael Holquist, Austin : Univ. of Texas Press, 1981.

＿＿＿＿＿＿＿＿, *Problems of Dostoevsky's Poetics*, trans. Caryl Emerson, Minneapolis : Univ. of Minnesota Press, 1984.

＿＿＿＿＿＿＿＿, *Speech Genres and Other Late Essays*, ed. Caryl Emerson & Michael Holquist, trans. Vern W. McGee, Austin : Univ. of Texas Press, 1986.

Barthes, Roland, *S / Z*, Paris : Seuil, 1970.

_____, "Introduction to the Structural Analysis of Narratives", *A Barthes Reader*, ed. Susan Sontag, New York : Hill and Wang, 1982.

Bordwell, David, *Narration in the Fiction Film*, Madison : Univ. of Wisconsin Press, 1985.

Booth, Wayne C., "The Rhetoric of Fiction and the Poetics of Fictions", ed. Mark Spilka, *Towards a Poetics of Fiction*, Bloomington and London : Indiana Univ. Press, 1977.

_____, *The Rhetoric of Fiction*, 2nd ed., Chicago and London : The University of Chicago Press, 1983.

Chatman, Seymour, *Story and Discourse : Narrative Structure in Fiction and Film*, Ithaca and London : Cornell University Press, 1978.

_____, *Coming to Terms : The Rhetoric of Narrative in Fiction and Film*, Ithaca, New York : Cornell University Press, 1990.

Culler, Jonathan, *On Deconstruction : Theory and Criticism after Structuralism*, Ithaca, New York : Cornell University Press, 1982.

Deleuze, Gilles, *Différence et répétition*, Paris : P.U.F., 1968.

_____, *Logique du sens*, Paris : Minuit, 1969.

_____, *Mille plateaux : Capitalisme et schizophrénie*, Paris : Minuit, 1980.

_____, *Qu'est-ce que la philosophie?*, Paris : Minuit, 1991.

Derrida, Jacques, *De la grammatologie*, Paris : Minuit, 1967.

_____, *L'écriture et la différence*, Paris : Seuil, 1967.

_____, *Positions*, Paris : Minuit, 1972.

_____, *La Dissémination*, Paris : Seuil, 1972.

_____, 박성창 편역, 「광기가 사유를 감시해야 한다―프랑수아 에왈드와의 대담」, 『입장들』, 솔출판사, 1992.

Eikhenbaum, Boris M., 「'형식적 방법'의 이론」, T. Todorov 편, 김치수 역, 『러시아 형식주의―문학의 이론』, 이화여대 출판부, 1981.

Erlich, Victor, 박거용 역, 『러시아 형식주의―역사와 이론』, 문학과지성사, 1983.

Forster, E. M., *Aspect of Novel*, New York and London : A Harvest / HBJ Book, 1993.

Frye, N., *Anatomy of Criticism*, Princeton University Press, 1957.

Gaudreault, A. & Jost, F., 송지연 역, 『영화서술학』, 동문선, 2001.

Genette, Gérard, *Figure III*, Paris : Seuil, 1972.

_____, *Narrative Discourse Revisited*, trans. Jane E. Lewin, Ithaca, New York :

Cornell Univ. Press, 1988.

Girard, R., *Mensonge romantique et vérité romanesque*, Paris : Grasset, 1961.

Greimas, A. J., *Sémantique structurale*, Paris : Larousse, 1966.

Hawkes, Terence, *Structuralism and Semiotics*, London : Methuen, 1977.

Hernadi, Paul, 김준오 역, 『장르론』, 삼신문화사, 1983.

Jackson, Rosemary, 서강여성문학연구회 역, 『환상성-전복의 문학』, 문학동네, 2001.

Johnson, Barbara, *The Critical Difference*, Baltimore : Johns Hopkins University Press, 1980.

Kernan, Alvin, 최인자 역, 『문학의 죽음』, 문학동네, 1999.

Kristeva, Julia, *Σημειωτική : Recherches pour une sémanalyse*, Paris : Seuil, 1969.

_____, *La révolution du langage poétique*, Paris : Seuil, 1974.

Morson, Gary Saul & Emerson, Caryl, *Mikhail Bakhtin : Creation of a Prosaics*, California : Stanford Univ. Press, 1990.

Prince, Gerald, *Narratology : The Form and Function of Narrative*, Berlin · New York · Amsterdam : Mouton, 1982.

Ricœr, Paul, *Soi-même comme un autre*, Paris : Seuil, 1990.

Rimmon-Kenan, Shlomith, *Narrative Fiction : Contemporary Poetics*, London and New York : Methuen, 1983.

Rorty, Richard, "Philosophy as a Kind of Writing : An Essay on Derrida", *New Literary History*, vol.10, 1978.

Schramke, Jurgen, 원당희 · 박병화 역, 『현대소설의 이론』, 문예출판사, 1995.

Todorov, T., *Littérature et signification*, Paris : Larousse, 1967.

_____, *La Poétique de la prose*, Paris : Seuil, 1971.

_____, *Poétique : Qu'est-ce que le structuralisme?*, Paris : Seuil, 1973.

_____, *The Fantastic : A Structural Approach to a Literary Genre*, New York : Cornell Univ. Press, 1975.

_____, *Théories du symbole*, Paris : Seuil, 1977.

White, Hayden, *Metahistory : The Historical Imagination in the Nineteenth-Century Europe*, Baltimore and London : The Johns Hopkins University Press, 1973.